皇帝のいる文学史

中国文学概説

浅見洋二・高橋文治・谷口高志　著

大阪大学出版会

目　次

まえがき

本書は中国文学史の概説書として編まれた。だが、もとより中国の文学の歴史を満遍なく記すことはめざしていない。それは完全に我々の手にある。そもそも、満遍なく記された中国文学史とはいったいどのような姿を呈するのか、想像もつかない。だから、あまり多くを求め過ぎないようにしよう。目標は正しく限定する必要がある。そこで本書では数個の問題の枠組みを設定し、その枠組みから見た前近代の中国文学の姿を提示することとした。設定した枠組みは、まず大きくは「国家と個人」と「事実と空想」。いずれも、あまりにも柄《がら》が大きく茫漠とし過ぎている嫌いはあるが、人文諸学全般に通ずる普遍的かつ根源的な問題と言える。中国文学研究は、今やすっかり人文学の周縁へと押しやられてしまった感があるが、それでもなおこうした問題に挑む権利は有していよう。そのように信じて、あえてここに蟷螂《とうろう》の斧を振るおうと試みる。

本書の第一部では「国家と個人」の枠組みから中国文学史を概観する。第一部は、さらに「言語と権力」「〈私〉の文学」の二つの章に分かれる。「国家」について考えるとき、最も重要な鍵となるのは権力であろう。国家は圧倒的な権力を持つ。国家を国家たらしめているのは権力であると言っても過言ではない。その権力のもとにあって文学の言葉はどのような役割を負い、どのようにふるまったのか。そして、しばしば国家の対極には「個人」が位置づけられるが、では、いったい個人を個人たらしめているものは何か。ひとことで言えば他者と異なる自分固有の私的世界となるだろうが、しかし私的世界とはいったいどのようなものなのか、かつて文学の言葉はそれを表現することができたのか。第一部では、こうした問題について考える。第二部に比べて、概説的な要素をより多く含んだ叙述となるだろう。

第二部では「事実と空想」の枠組みから中国文学史を概観する。第二部は、さらに「史書と小説」「家族の物語」「人為と自然」の三つの章に分かれる。「事実」は「現実」と言い換えてもいい。すなわち、人が見聞きした世界。人が生まれ、暮らし、そして死んでゆく世界。例えば、歴史、家族、世間。そこでは人と人とが慈しみ合い、傷つけ合う。喜びや悲しみ、憤怒や快楽がさまざまに交錯して離反と融合を繰り返す。その現実を、文学の言葉はどのように受けとめたのか。現実のなかの何を表現し、何を表現しなかったのか。そして、現実と対峙するなか、文学が作り出した文学ならではの働きのひとつが「空想」である。言い換えれば、言葉による現実の変形、もしくは現実の超克。そのとき言葉はいったい何と衝突し、何を回避したのか。何をめざし、どこへ向かおうとしたのか。第二部では、こうした問題について考える。第一部に比べて、より個別の問題に特化した叙述となるだろう。

＊

本書で取りあげるさまざまな文学の言葉、それを文字テクストとして書き伝えたのはどのような人々か。文字言語を書き伝えるのは誰もができることではない。前近代にあって、それはほとんど知識人、すなわち「士農工商」のうち「士」の階層に重なる人々に限られていた。知識人とは、文字言語にアクセスできる者の謂《いい》でもある。彼らは、自らの言葉を文字として書き記し後世に伝えた。文学史は彼らの言葉によって埋めつくされている。それに対して、知識人ならざる人々、すなわち「農」「工」「商」などの老百姓《ラオバイシン》（庶民）は自らの言葉を書き伝えることはなかった。結果として、文学史のなかから彼らの声が聞こえてくることはない。いや、そんなことはない、例えば『荘子』には大工や料理人や牧童の言葉が、『水滸伝』には物売りや女郎やヤクザの言葉が記録されているではないか、という反論があるかもしれない。だが、当たり前のことを大層に言うようで気がひけるが、これら老百姓の言葉を文字テクストとして書き伝えたのは、結局のところ知識人たちである。

その意味で象徴的なのが、明の思想家王陽明《おうようめい》が記した老百姓との対話。江西省の泰和県で、王陽明は楊茂《ようも》という名の聾唖者（おそらくは農民）の訪問を受け、「心」によってものごとを判断することの大切さについて筆談で語りあった。その問答が、王陽明「泰和の楊茂を諭《さと》す」に記録されている。その冒頭部分を抜き出してみよう。

（王）「あなたは口で是非を言うことができず、耳で是非を聴きわけることもできないが、心では是非を理解できますね。」
（楊）「是非はわかります。」
（王）「ならば、あなたは自分の口が他の人に及ばず、耳も他の人に及ばないとしても、心はやはり他の人と同じですね」。

楊茂はうなずき、拱手して感謝した。

以下、この問答は王陽明が自説を滔々と説く（実際には筆で書く）かたちで進む。それに対して楊茂はどのように答えたかというと、いっさい言葉を発する（書く）ことはなく、王陽明の発言の途中に「楊茂は胸を叩いて天を指さす」「楊茂はうなずき拝謝する」「楊茂は胸を叩いて天を指さし地に跪《ひざまず》く」「楊茂は額を何度も地につけて拝する」

という、そのふるまいが記されるだけだ。楊茂は筆談ができるだけの教養を持つ人物であり、王陽明が説く思想の中身はきちんと理解しているようだ。にもかかわらず、彼が発した（書いた）言葉は「是非はわかります（是非ヲ知ル）」という冒頭の簡単な返事だけ。王陽明の饒舌と比べて、あまりにも不均衡であり、問答の体をなしていない。楊茂は言葉を返すことなく、ただひたすら身体を動かしつづける。王陽明が一方的に発する言葉に賛同や感謝を示すだけのために。映画『男はつらいよ』には、主人公の寅さん（渥美清《あつみきよし》演じるテキ屋の車寅次郎《くるまとらじろう》）がアレコレと小難しい理屈をつけてくる相手に向かって「てめぇ、さしずめインテリだな！」と揶揄《やゆ》をこめて言い放つ場面がある。ここは楊茂にも同じセリフを発してほしいところであるが、もちろん彼にそれを求めるのは酷な話だ。

王陽明と楊茂の問答には、前近代における知識人と老百姓との関係性が凝縮して表現されているように思われる。言葉＝声を発するのはあくまでも前者であり、後者は前者が発する言葉＝声をひたすら聴き取り、そして受け入れる。この関係の非対称性に対して、後者が疑問や不満を抱くことはない。むしろ、ひれ伏して感謝し恭順する。果たして前者の眼に後者の姿は映っていたのか、前者の耳に後者の声は聞こえていたのか、かなり疑わしいと言わねばならない。もちろん、これを近代の側から批判してもあまり意味はない。善し悪しはともかくとして、前近代の中国にあって「士」と老百姓との関係性は、このようなかたちで構造化されていたということだ。本書がめざしたのは、その構造のなかで文学の言葉がどのように動いていたのか、そのメカニズムをわかる範囲内で可能な限り立体的に浮き彫りにすることである。

*

知識人については、しばしば次のような欠点が指摘される。社会や生活の現場から遊離して、空疎な観念のなかに閉じこもり、実効性のない言葉を弄んでいるに過ぎない、と。このような批判がなされるとき、知識人と対極にあるものとして想定されているのは多くの場合、老百姓《ラオバイシン》であろう。老百姓こそは、さまざまな現場＝現実を身をもって生きる、地に足のついた確固たる存在である、と。その老百姓の側に立って見るとき、知識人が全身全霊をかけて取り組む言葉の営みも、どこか虚妄の要素を含んだ、うさんくさいものと映らざるを得ないのだ。

『荘子』天道に見える車大工の輪扁《りんぺん》の故事は、その種の知識人批判を語った最初期の例のひとつ。斉の桓公が読書するのを見た輪扁は、何を読んでいるのかと訊ねる。桓公が古の聖人の言葉を読んでいると答えると、輪扁は言う。これまで長いこと大工として車輪を削ってきたが、手仕事の最も玄妙な部分について言葉では説明できない。古の聖人が得たという世の真理もそれと同じで、言葉にして伝えられるものではない。真理は聖人とともに過去へと消え去ったはず。したがって、いま桓公が読んでいる言葉は聖人がのこしていった「糟粕《そうはく》（かす）」に過ぎない、と。大工仕事の経験から得た確固たる智慧によって、書物を読むことの虚妄が鋭く抉り出されている（ただし前述したように、この大工の言葉を書き記しているのはあくまでも知識人、すなわちここでは荘子。知識人たる荘子が老百姓たる車大工の口を借りるかたちで知の虚妄を暴いているのだ）。

古今東西、知識人の営みの虚妄を言い当てた言葉は少なくない。寅さんの発した「てめぇ、さしずめインテリだな！」もそのひとつだが、ほかにも例えば「詩を作るより田を作れ」。「田を作る」ことは人類の生存と繁栄にとって不可欠の営みである。それに比べれば「詩を作る」ことなど、しょせん虚妄の業《わざ》に過ぎないのではないか。およそ文学に関わる者にとって、この種の疑念を懐かずにいることは難しいだろう。かつて、飢えた子供を前にして文学は何をなし得るかという問いが言論界をにぎわせたことがあった。実際に飢えた子供という圧倒的な現実を前にして、「詩を作れ」と迷うことなく言い切れる者はきわめて数少ないはずである。飢えた子供を救うのに必要なのは「田を作る」ことであって「詩を作る」ことではないのは、あまりにも明白だろうから。

迫りくる圧倒的な現実を前にして否応なく気づかされる知の営みの虚妄。例えば、思想やイデオロギーの虚妄。Th. W. アドルノの「リスボンの地震だけでヴォルテールにとっては、ライプニッツの弁神論を捨てるに充分であった」(『否定弁証法』木田元等訳)という言葉もまた、それを鋭く言い当てている。一七五五年のリスボン大地震の災厄を前にして、ヴォルテールは思想的転向を余儀なくされる。ヴォルテールが信奉するライプニッツの弁神論(神の善・全能を擁護する理論)は、巨大な災厄がもたらす試練を生き延びることができず、あっけなく廃棄されてしまったのだ。依拠するに足る実効性のないものとして。ここに語られているのは、大自然の圧倒的な力を前にして露わになったイデオロギーの虚妄にほかならない。

このアドルノの言葉の横に並べて読んでみたいのは、晋・劉琨《りゅうこん》「盧諶《ろしん》に答うる詩、并《なら》びに書」(『文選』巻二五)の書のなかに見える次の言葉。

かつて若かりし頃、わたしは身を慎むことなどせず、遠くは老子や荘子の斉物の思想にあこがれ、近くは阮籍《げんせき》の放逸のふるまいを喜び、幸や不幸はどこから生まれるのか、哀や楽はどこからやって来るのかなどという問題には疑いの眼を向けていたものでした。ところが先頃、恐れおののくままに逆賊の反乱に苦しむこととなりました。国は亡んで家は絶え、親族や友人が傷つけられました。杖を手に行くゆく詩を口ずさむと、くさぐさの憂いが一時《いちどき》に襲ってきます。ぽつねんと一人坐っていると、哀しみと憤りがともに押し寄せてきます。……(中略)……他ならぬあなたと別れた日は、恨めしく思わざるを得ませんでした。そこではじめて、老子や荘子の主張が嘘偽りで、阮籍の行いがでたらめであることがわかったのです。

若き日々、老子や荘子の思想、阮籍の自由な言動に心酔していた劉琨は、西晋末期、異民族との戦いのなかで父

図1　魯迅（1881-1936）
1904年、東京の弘文学院（留学生向けの学校）を卒業した際に撮影。この後、仙台の医学専門学校に進む。『魯迅全集』第10巻（人民文学出版社、2005年）による。

母や友を殺されるなど、耐えがたい苦難を味わう。加えて更に親友の盧諶とも別れることになった。こうした現実の体験を経て、劉琨は言う。老荘の思想や阮籍の文学など、まったくの嘘っぱちだとわかった、と。天地が覆るほどの悲しみに打ちのめされてイデオロギーの虚妄を思い知るという点では、アドルノが記すヴォルテールの転向と似通う所がある。「詩を作るより田を作れ」。しかし、これまで人類は、その価値を疑いつつも、また劉琨のような挫折や転向を余儀なくされながらも「詩を作る」ことをやめなかった。本来、詩を作るべきではない者までも巻き込んで詩は作られつづけてきた。医学によって祖国中国に貢献しようと志し日本に留学した周樹人《しゅうじゅじん》は、文学こそが病める祖国を救えるのだと気づいて方向を転じ、やがて作家魯迅《ろじん》となる。『吶喊《とっかん》』の自序に言う。「私は、医学などは肝要でない、と考えるようになった。……むしろわれわれの最初に果すべき任務は、かれら（引用者注：中国の人民）の精神を改造することだ。そして、精神の改造に役立つものといえば、当時の私の考えでは、むろん文芸が第一だった。そこで文芸運動をおこす気になった」（竹内好訳）。魯迅もまた、本来ならば詩を作るべきではなかったにもかかわらず、詩に巻き込まれてしまった者のひとりと言えるかもしれない（結果として中国の文学史に近代の扉が開かれ、世界の文学史に少なからぬ傑作が加えられたのは、医師周樹人の手によって救われたかもしれぬ命の数を考慮に入れたとしても、人類にとってやはり幸運なことであったと言うべきだろう）。こうした事実を見ると、文学をはじめとする言葉の営みには人という存在を遍く惹き寄せる力、深刻な苦難のなかを生き延びる強《したた》かな力がそなわっていると見なさざるを得ないのではないか。中国の文学にあって、その「力」とはいったいどのようなものだったのか。それを明るみに出すこともまた本書のめざすところである。

（浅見洋二）

【附記】本書は三名の分担執筆による。まえがきおよび第一部第一・二章は浅見洋二、第二部第三・四章およびあとがきは高橋文治、第二部第五章は谷口高志が、それぞれ分担して執筆した。

資料の原文の引用に際しては、最もよく通行していると思われる標準的なテクストにより、その書誌情報についてはいちいち示さない。原文資料には、その性質に応じて訓読・口語訳もしくはそのいずれかを適宜附した。参考文献については、本書の執筆に際して特に参照したものに限り、本文もしくは注に示した。

第一部　国家と個人

第一章　言語と権力

はじめに

　文学はそれ自体で存在することはできない。それを生み出し、受けとめ、伝えてゆく人間集団＝社会があってはじめて成り立つもの、社会的関係性の網の目のなかにあって存在するものである。近代以前の中国社会は、基本的には「帝国」すなわち皇帝を頂点とする権力システムが作動する空間であった。かかる政治空間のなかにあって、為政者の権力と文学言語とはどのような関係にあったのだろうか。以下、おおむね時代の流れを追うかたちで見てゆきたい。

　ここで取りあげる権力とは、第一には為政者たる皇帝や王の統治権力を指している。しかし、ひとくちに権力と言ってもさまざまである。範囲を広く採れば、地域の有力者や家長などの権力も含められよう。また、法や規範など、より抽象的なかたちでの権力も存在する。例えば、言語それ自体にそなわる権力もそのひとつ。すべての言語行為には権力への志向が潜んでいると言っても過言ではない。ロラン・バルト『文学の記号学──コレージュ・ド・フランス開講講義』（花輪光訳、みすず書房、一九八一年）が「たとえ権力の外にある場所から語ったとしても、およそ言説には、権力（支配欲 libido dominandi）がひそんでいる」（九頁）と言い当てたように。そしておそらく、言語にそなわるこの種の権力性は皇帝権力をはじめとする政治上の諸権力とも密接に絡み合っている。

なお、本章で問題とする言語は、文字として書かれたものに限定されることになる。口頭で発せられた音声としての言語は物理的に消え去る運命にある。我々の前に読むことが可能なかたちでのこされているのは、文字として書かれたものだけである。したがって、考察の対象が文字として書かれたテクストに限定されるのは当然なのだが、ここではそのことの持つ積極的な意味を強調したい。

我々はふだんごく自然のこととして言葉を口にし耳にしながら生活している。そうした口頭で交わされる言葉と文字として記される言葉との間には、もちろん連続する面もあるのだが、その一方で異質な面もある。前近代にあっては、その異質さの度合いはより高くなる。本章のテーマに結びつけて言うならば、権力との関係性がより鋭く問われるのは、話された言葉よりも文字として書かれた言葉であると考えられる。あるいは逆に、次のように考えてもいいかもしれない。権力の制御が及ぶのは文字としての言語に限られるのであって、音声としての言語が交わされる世界は権力にとって制御不可能な世界である、と。

第一節　天の言葉　王の言葉

言語とは何か。この問いに対する最大公約数的な答えは、人と人とを結ぶコミュニケーションの手段という答えではないだろうか。前近代の中国にあっても、言語に対する見方はおおむねこのようなものであったと考えていい。古くは『春秋左氏伝』(1)襄公二十五年に次のような孔子の言葉が見える。ここで言語は「言」と「文」とに分けてとらえられており、前者は音として発せられた言語、後者は文字として整えられた言語を指す。

古の書物に「言は以て志を足《な》し（達成し）、文は以て言を足《な》す」とある。言葉として口にしなければ、誰もその意図をわかってくれないし、口にしただけでそれを文字として記さなければ広く伝わることがない。

人が心のなかに懐く「志（意図・心情）」は言語を介して他者へと伝達されると孔子は言う。人と人とを結ぶ意思伝達の手段として、言語を位置づけたものである。しかし、このような見方は言語にそなわるさまざまな側面の一部をとらえているに過ぎないだろう。文字として記された言語の場合は特にそのように言える。

天・神との交信――『詩経』

中国にあって文字として記された言語は、古くは殷《いん》（商）の甲骨文にまで遡ることができる。すなわち、殷の王宮において行われていた卜占《ぼくせん》（占い）の内容・結果を亀の甲羅などに刻んで記録した文字である（第二部第三章を参照）。占いとは、人智を超えた何らかの超越的な力を有する存在に向けて、その意思を問い訊ねる行為にほかならない。殷の時代にあって超越的な存在とはすなわち天（特に天の神を「帝」と呼んだ）であった。天の意思を聴こうとする王は、貞人（卜人）に占いを命じる。貞人は亀の甲羅の腹の部分に穴をあけて炎で炙《あぶ》る。熱せられた甲羅には罅《ひび》が入るが、その罅の形によって天の意思を判断するのである。甲骨文とは、この天への問いかけの言葉と、天の応答を王が判断して述べる、いわゆる占断の言葉からなる。言い換えれば、王と天との交信の記録である。

甲骨文として記された言語は、人と人とを結ぶコミュニケーションの手段という通常の言語とは自ずと異なる性格を帯びていよう。人と人とのコミュニケーションは位階差のないフラットな関係性のもとにあると言っていいが、甲

図2　史墻盤《ししょうばん》とその銘文

西周の共王のとき（B.C.10世紀）、史墻が祖霊を祭るために作った盤。内側に記された銘文は、武王より共王に至る歴代の王の事跡とともに史牆一族の歴史を述べ、それを誉め称える。中田勇次郎編『中国書道全集』第一巻（平凡社、1988年）による。

骨文に反映されているのは人と超越者たる天との間に取り交わされる、圧倒的な位階差を伴うコミュニケーションである。同様のことは、甲骨文に次いであらわれる金文についても言える。金文とは、鼎《かなえ》などの青銅器に刻まれた文字。殷およびその後を継ぐ周の時代にあって青銅器は実用的な器物ではなく、祖霊の祭祀などに用いられる神聖なる器物であった。したがって、そこに刻まれた文字もまた、祖霊をはじめとする超越的な存在に向けて捧げられた文字という性格を帯びることになる。ただ単に地上の人々へと向けられるものではなかったのである[2]。

甲骨文や金文など古代の文字テクストから浮かびあがってくるのは、人と超越者との交信手段という言語の性格であるが、この地上にあって誰もが超越者と交信する資格や能力を有するわけではない。それを有するのは地上の権力者・為政者、すなわち王である（後に皇帝なるものが登場する以前、権力の頂点に位置する者は王と称した）。唯一、王のみが超越者に向けて問いを発し、その答えを聴き取ることができる。キリスト教やイスラム教における「預言者」

のように。そしてさらに王は、超越者の意思を超越者に代わって地上の人々に向けて発すること、すなわち命令することもできる。人と超越者とのコミュニケーションにおいて、王という存在がかくも特権的な位置を占めているということ。中国における文字テクストの歴史において、まずはこの点を確認しておくべきであろう。

右に述べたことは、甲骨文や金文の後にあらわれる文字テクストにも受け継がれてゆく。例えば『詩経』(3)。古代中国にあって書き記されたさまざまな文字テクスト、そのなかのいくつかは知識人（その多くは社会的エリートでもある）によって特別の価値を与えられ、書物(4)として読み継がれてゆき、さらにその一部は漢王朝のときに儒家の経典となる。『詩経』はそのひとつであり、周王朝の時代、紀元前一一〇〇－六〇〇年頃の詩（歌謡）を収める。当初、三千篇あった作品から孔子が三百篇あまり（現存するのは三百五篇）を選んで編んだとされる、現存する最も古い歌謡集である。そのほとんどは無名氏（詠み人知らず）の作(5)。内容は大きくは風・雅・頌の三つに分かれる。風は各地の民謡、雅（大雅・小雅）は宮廷の各種儀礼《セレモニー》においてうたわれる歌、頌は宗廟（祖霊を祀る御霊屋《みたまや》）での祭祀においてうたわれる歌と基本的には解される。

『詩経』に収める詩については、そのほとんどすべてに渉って神霊・祖霊信仰との関連を読みとろうとする解釈上の立場もあるが、なかでも特に超越者との交信という性格が強くあらわれているのは頌の部に収められる詩である。この頌について「毛詩大序」（毛氏による『詩経』解釈学の総論的著述。本章第四節を参照）は「頌なる者は、盛徳（王の盛んなる徳）の形容を美《ほ》め、以て其の成功を神明（神霊）に告ぐる者なり」と説く。ここでは周頌の「維天之命《いてんしめい》」と題する作(6)を読んでみよう。ここで交信の相手となっているのは儒家の理想とする君主、周の文王（姫昌《きしょう》）の霊魂。全篇をあげる。

維天之命、於穆不已　　維《こ》れ天の命、於《ああ》穆《ぼく》として已《や》まず

於乎不顯、文王之徳之純　　於乎《ああ》　顯《あき》らかなるかな、文王の徳の純なる
仮以溢我、我其収之　　仮《よみ》して以て我に溢《あふ》る、我　其れ之を収め
駿恵我文王、曾孫篤之　　駿《なが》く我が文王に恵《したが》う、曾孫　之を篤《あつ》くせよ

（そもそも天の命令こそ、かしこくも永遠に。ああ明らかなるかな、文王の徳の大いなること。我らを嘉《よみ》し我らをいつくしみ、我らそれをかたじけなく戴く。永遠に我が文王を慕う。子々孫々も篤く敬え。）

本詩については、周公（姫旦《きたん》。文王の第四子、武王の弟。成王を輔佐した聖人）が文王の霊を祭る作と解する点で歴代の解釈は一致する。つまり、周公が文王の霊に向けて、その徳を称え、感謝の念を捧げ、子々孫々篤く敬うことを誓う詩である。なお『詩経』の詩にはすでに押韻（脚韻）の規則が確立しており、右の詩は「収」「篤」で韻を踏む（当時の語音では二字は韻母を近くする）。

頌以外にも、超越者との交信が詩の言葉として書き記された作は多く見られる。例えば、大雅の「皇矣《こうい》」には、天が文王に向けて発した命令をうたう次のような一章がある。押韻は「徳」「色」「革」「則」／「王」「方」「兄」／「衝」「墉《よう》」と三類の韻を踏み換える。

帝謂文王、予懐明徳　　帝　文王に謂《い》う、予《われ》　明徳を懐《おも》う
不大声以色、不長夏以革　　声と色とを大にする不《な》かれ、夏と革とを長くする不かれ
不識不知、順帝之則　　識らず知らず、帝の則《のり》に順《したが》わしめよ
帝謂文王、詢爾仇方　　帝　文王に謂う、爾《なんじ》の仇方に詢《はか》り
同爾弟兄、以爾鉤援　　爾の弟兄と同《とも》に、爾の鉤援《こうえん》と

与爾臨衝、以伐崇墉　　爾の臨衝《りんしょう》とを以て、以て崇墉《すうよう》を伐《う》てと

（天帝は文王に告げられた。「我は明徳をこそ思う。法令を多くしてはならぬ、刑罰〔鞭打ち〕を厳しくしてはならぬ。知らず知らずのうちに、天帝の則に従わしめよ」。天帝は文王に告げられた。「爾の友邦と諮り、爾の兄弟と力を合わせ、爾の城壁攻略用の梯子と突撃用の戦車をもって、崇〔国名〕の城を伐て」。）

本詩は、周王朝が天命を受けた正統の王朝であることを述べたもの。右にあげたのは、天が文王に統治の基本方針を教え授け、また崇国を討伐して天下を平定すべしと命じた箇所である。

右の二篇にはいずれも、天や祖霊といった超越的な存在と地上の最高権力者である王との間で交されたメッセージの中身が記されている。『詩経』と言えば、風の部に収められる作のような、当時の農村共同体を背景としてうたわれた素朴な民謡を思い浮かべるかもしれない。だが一方で、ここに見たように周王朝という権力の中心にあって発せられた言葉を記す、政治的・儀礼的な重みを帯びた作も少なくないことには注意すべきであろう。

王の言葉――『尚書』

甲骨文、金文、そして『詩経』の詩、いずれもひとことで言えば、王なる存在と結びついた、王を基点として成立する言語＝文字テクストであった。王を基点とする言語にあっては、これまで見てきたように超越者との交信という側面が重要な位置を占めているのであるが、同時に王と臣・民とのコミュニケーションという側面もまた重要である。この場合のコミュニケーションもやはり同等でフラットな関係性のうえに成り立つのではない。王の権力を頂点とする位階秩序《ヒエラルキー》のもとに成り立つ。なお、王の交信相手となりえたのは実質的には臣下や諸侯をはじめとする各地の有力者など社会的・知的エリート層に限られており、一般の庶民層は埒外に置かれていたと考えるべきだろう。

明確な上下関係のもとでなされるコミュニケーションは、往々にして一方向的かつ非対称的なものとなる。その典型が命令の言葉である。経書のなかには、王が臣下に向けて発した命令の言葉を収めるものがある。すなわち『尚書（書経）』。『尚書』とは、ひとことで言えば堯・舜以下、夏・殷・周三王朝の諸王の命令の記録である。同じく経書として『春秋』があるが、こちらは諸王の行動の記録。『尚書』と『春秋』について『漢書』藝文志（後出）には「古の王者、世《よ》に史官有りて、君挙《うご》けば必ず書す。言行を慎み、法式を昭《あきら》かにする所以《ゆえん》なり。左史は言を記し、右史は事を記す。事を『春秋』と為し、言を『尚書』と為す」とあって、古には左右の「史」＝史官が置かれ、左史が王の発言を、右史が行動をそれぞれ記録し、前者が『尚書』、後者が『春秋』となったと言う。もちろん発言と行動とは截然と分けられるものではなく、『尚書』にも行動は記録されるし、『春秋』にも発言は記録される(7)。

『尚書』のなかでも最古層に属するのは、周書の部に収める大誥《だいこう》・康誥《こうこう》・酒誥《しゅこう》・召誥《しょうこう》・洛誥《らくこう》、いわゆる五誥《ごこう》の諸篇である。「誥」とは王の告示・命令。ここでは康誥から、周の成王（姫誦《きしょう》。武王の子）の命令を記した一節を読んでみよう。ただし成王は幼く、実際に命令を発したのは補佐役である叔父の周公旦。

王曰く「嗚呼《ああ》封よ、乃《なんじ》の罰を敬明せよ。人に小罪有りて、眚《あやま》ちに非ず、乃ち惟《こ》れ終りまで、自《みずか》ら典《つね》あらざるを作《な》して、式《もっ》て爾《なんじ》にすれば、厥《そ》の罪小なる有るも、乃ち殺さざるべからず。乃ち大罪有りて、終うるに非ず、乃ち惟れ眚ち災いなれば、適《まさ》に爾は道を既《つく》して、厥《そ》の辜《つみ》を極めよ。時《こ》れ乃ち殺すべからず」。

王曰く「嗚呼封よ。叙有れば、時《こ》れ乃ち大いに明らかにして服す。惟れ民は其れ勑《つつし》み懋《つと》め和《やわ》らぐ。疾《やまい》有るが若くせば、惟れ民は其れ畢《ことごと》く咎《とが》を棄つ。赤子《せきし》を保つが若くせば、惟れ民は其れ康《やす》らぎ乂《おさ》まる。汝封は人を刑し人を殺すに非ずや。人を刑し人を殺す或《あ》る無かれ。汝封は又た人を劓刵《ぎじ》すと曰《い》うに非ずや。人を劓刵する或る無かれ」。

（王が仰《おお》せられるに、「ああ、封よ、汝が執り行う刑罰を敬虔明朗にせよ。人に小さな罪ある場合、それが過失によるのでなく、一生の間、則《のり》にはずれた行いをして汝にさからうのであれば、たとえ罪が小さくとも殺さなければならぬ。また、大きな罪あっても、一生つづけるのではなく、過失によるものであるならば、まさに道理を尽くして、その罪を詳しく検討せよ。その者は殺してはならぬ」。
　また王が仰せられるに、「ああ、封よ、刑罰の秩序が整えば、治世が明らかとなり人々は従う。民は身を慎み、励み和する。教化に際しては我が身の病を払うがごとくすれば、民はみな悪行を棄てる。赤子のごとく慈しめば、民は安らかに治まる。汝は人に刑罰を加え殺すこともできるが、やたらに刑罰を加え殺してはならぬ。汝は人の鼻を削ぎ耳を切ることもできるが、むやみに鼻を削ぎ耳を切ってはならぬ」。）

「封」と呼びかけられているのは、周公の弟康叔《こうしゅく》。成王が康叔に向けて、刑罰を用いるに当たっての心構えを説く。罪状に応じて厳正に、また寛大に処罰すべきである、と。後に「周誥（周書の五誥）殷盤（商書の盤庚《ばんこう》）、詰詘聱《きっくつごう》牙《が》」（唐・韓愈「進学解」）と評される生硬でゴツゴツとした、またそれだけに荘厳な言葉遣いがなされる。敢えてその種の言葉を使うことで王の権威を高める。言語による権力の荘厳化が図られた典型的な例と言えよう。
　次に『尚書』のなかでも比較的後期の成立と推測される部分から、中国の神話に関わる記述がなされる堯典《ぎょうてん》の一節を読んでみよう。

（堯帝は）羲《ぎ》氏和《か》氏に命じて、謹んで大いなる天に従い、日月星辰の運行を明らかにし、恭しく民に時候の知識を授けさせた。羲仲《ぎちゅう》に命じて暘谷《ようこく》なる嵎夷《ぐうい》の地に住まわせ、出たばかりの太陽を導き、春の農耕を公平に整え、昼の長さが半分で夕方に南中する星が「鳥」となる時を基準にして、春の半ばの時を正しく定めた。その民は野に出て勤《いそ》しみ、鳥獣は交尾する。更に羲叔《ぎしゅく》に命じて南方の交阯《こうし》に住まわせ、公平に南方の養育を整え、

図3　太陽と月を司る神を刻んだ漢代の画像石

左の太陽には金烏《きんう》（三足の烏）、右の月には蟾蜍《せんよ》（ヒキガエル）の姿が見える。南陽漢代画像石編輯委員会『南陽漢代画像石』（文物出版社、1985年）による。

謹んで日影の長さの極点を測らせた。昼が長く夕方の星が「火」となる時を基準にして、夏の半ばの時を正しく定めた。その民は助け合って勤しみ、鳥獣は羽毛がまばらになって皮革があらわになる。和仲《かちゅう》に命じて西方の昧谷《まいこく》に住まわせ、謹んで入り日を見送らせ、公平に秋の取り入れを整え、夜の長さが半分で夕方の星が「虚」の時を基準にして、秋の半ばの時を正しく定めた。その民は安らかで、鳥獣の羽毛は生えかわる。更に和叔《かしゅく》に命じて幽都《ゆうと》なる北方の地に住まわせ、公平に年越しの行事を監督させた。昼は短く、夕方の星が「昴《ぼう》」の時を基準にして、冬の半ばの時を正しく定めた。その民は冬ごもりし、鳥獣は柔らかな羽毛を生やす。堯帝は仰せられた。「ああ、汝ら羲氏と和氏よ、ひとめぐり三百六十六日、閏月で四季を定め、一年を作りなした。多くの官を管理し、諸々の役目をあまねく発揮させた」。

太古の聖王堯帝が、天地をつかさどる官である羲《ぎ》氏・和《か》氏（もとは神話のなかの太陽を運ぶ御者）に命じて天体・季節の運行を定めさせたこと、またそれによって人や鳥獣の秩序立った暮らしが作り出されたことが述べられる。それを踏まえて引用の末尾には、臣下に向けてその仕事ぶりを褒め称える堯帝の言葉が書き記されている。なお、ここに記されているのは中国版『創世記』とも言うべき天地生成のプロセスである。中国には神話の類が乏しいと言われるが、しかしまったくなかったわけではないことがここからもわかる。

王と「天命」

『尚書』に記録される王の命令は、地上にあって唯一かつ至高の権力者たる王が発したものであるがゆえに聖なる言葉として犯しがたい威厳を持つ。では、王の王たる所以《ゆえん》はどこにあるのか。王の言葉の力の源泉は何に由来するのか。それは「天命」、すなわち天の命令、天の意思として人に与えられた使命にほかならない。王は天命を受けてこの地上において王となるのであり、天命を授けられた存在であるがゆえに「天子（天帝の子）」と呼ばれる。このように王権の正統性（legitimacy）は天によって保証されるという考え方、いわば王権天授説が中国の王権を基礎づけていたのである(8)。

先にあげた『詩経』周頌の「維天之命《いてんしめい》」や大雅の「皇矣」にも、この種の考え方が説かれていた。『詩経』には、このほかにも例えば周頌の「昊天有成命《こうてんゆうせいめい》」に

昊天有成命、二后受之　　昊《おお》いなる天に成命（定まれる命）有り、二后（文王・武王）之《これ》を受く

とあり、文王・武王が天命を受けて天子となったことが説かれ、また大雅の「江漢」に

明明天子、令聞不已　　明明たる天子、令聞《れいぶん》（名声）已《や》まず
矢其文徳、洽此四国　　其の文徳を矢《ほどこ》し、此の四国（四方の国々）を洽《やわら》ぐ

とあり、宣王（姫静《きせい》）を「天子」と呼んで、その治世を称える語が見える。

王は天から命を授けられた存在であり、それをこの地上において実現すべく官の輔佐を受けて統治に努め励まな

ければならない。『尚書』皐陶謨《こうようぼ》に「天工（天の働き）人其れ之《そ　これ》に代わる」とあるのは、王とその輔佐役たる臣下が天に代わって、天の意を体するかたちで地上の統治を行うべきであることを説いた言葉である。天の意思を代行する過程で、王は臣下すなわち官吏に向けて命令を発する。つまり王は、天から命を授けられる存在であると同時に、臣下、ひいては民に対して命を授ける存在でもある。『尚書』が記録する歴代の諸王の言葉は、このような天→王→臣（官）→民という国家統治のための位階秩序と表裏一体の関係にあって存立し機能するものであった。古代中国にあって言語の持つかかる性格は、ひとり『尚書』のみならず他のあらゆるジャンルの作品にも広く認められるものだったと考えられる。

第二節　朝廷と言語

前節に見たように古代にあっては、言語＝文字は超越者たる天や為政者たる王といった特権的な力を有する存在と共にあった。地上における最高の権力者が王あるいは皇帝であり、彼らが身を置く場所が朝廷である。以下、本節では秦・漢より唐・宋へと至る王朝の事例に則しつつ、朝廷という場所の持つ意味を言語・文学との関連から考えてみよう。

文字・書物の統御

秦（前二二一－前二〇七）は春秋・戦国時代の分裂・混乱を統一、封建制を廃止し郡県制＝中央集権体制を確立した(9)。初代皇帝の始皇帝は中国史上はじめて「皇帝」を名のる。皇帝という中国の統治権力について考えるうえで重要な人物と言える。始皇帝が実施した多くの政策のなかでも、本章にとって重要なもののひとつが「文字の統一」、より正確に言うと行政文書における文字使用の規範化である[10]。甲骨文・金文以降、今日に伝わる文献に用いられる文字はきわめて多様な姿を見せている。それが、いわゆる篆書《てんしょ》（小篆）、そしてそれをより書きやすく改めた隷書（楷書の母体となった文字）として統一・標準化されたのが秦代であった。篆書は甲骨文・金文の流れを汲む儀礼的性格の強い書体であるが、一方の隷書は役人たちが行政文書に使う実務的な性格の強い書体である。隷書には甲骨文・金文が帯びていたような聖性はもはやない。代わって前面に出てくるのは国家の世俗的な権力性である。

　文字が統一されたのは、帝国を一律に統治するうえで効果的だったからであろう。その意味では度量衡や車軌の統一とも連動する政策であった。『史記』始皇本紀に「法度・衡石（秤《はかり》と錘《おもり》）・丈尺を一にし、車は軌を同じくし、書は文字を同じくす」とある。こうして秦にあっては、官僚たちが統一された書体を用いて行政文書を作成し交換する仕組みが作られ、それを通して均質な文字言語が帝国全土に広がっていったのである。文字言語の主たる使用者が官僚であったこと、官僚システムと表裏一体の関係にあって文字言語が機能していたこと。これらは中国に特徴的な現象と言っていいが、それが初めて明確にあらわれたのが秦代であった。

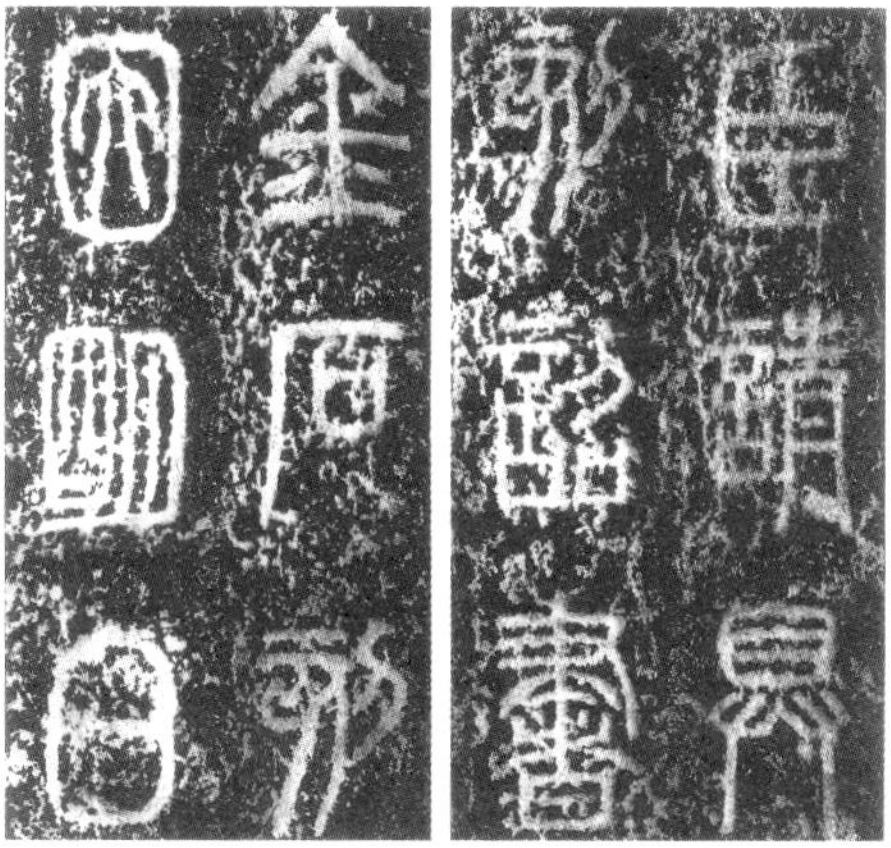

図4　泰山刻石拓本

秦の始皇帝は各地を巡幸し、皇帝の威信を示す刻石を建てた。ここにあげたのは、五岳のひとつ泰山に建てられたもの。小篆を作ったとされる李斯《りし》の書と伝えられる。三井文庫蔵。曽布川寛・谷豊信編『世界美術大全集・東洋編　第2巻　秦・漢』（小学館、1998年）による。

　ここで確認しておくべきは、篆書・隷書に限らず漢字という文字の持つ特性である。漢字は表意（表語）文字であって、アルファベットや仮名《かな》のような表音文字ではない。つまり音を表現する力は極めて弱い。これはデメリットであるが、見方を変えればメリットでもある。言葉の音は地域や時代によって異なるものであるが、表意文字たる漢字はその差異を比較的容易に乗り越えられる。言い換えれば、漢字は音声の違いを蔽い隠して無化する機能を持っているのだ。漢字がかくも広大な地域で、かくも長大な時代の波をくぐり抜けて受け継がれ用いられたのは、この特性による。そして、臣民こぞって皇帝という唯一者に帰順すること、すなわち臣民の一体化が専制政治にとっての理想であるならば、さまざまに異なる音声をひとつの文字に均質に包み込む漢字こそは、それを象徴的に体現するものであったと言うべきかもしれない。

始皇帝の採った政策のなかで最もよく知られるのが「焚書坑儒」であろう（ただし悪しき政策として）。『詩経』『尚書』など後に儒家の経典となる書物を焚《や》き棄て、儒者を生き埋めにする、一種の思想・言論弾圧策である。弾圧の対象となったのは儒家の書物だけではない。医薬・卜占・農業などに関する実用書を除いて、民間・個人の蔵書は禁じられた（「挟書律」）。広く言えば、文字の統一なども通底する、朝廷による文化の一元的な統制・管理をめざす政策である。朝廷は文化の中心であり、文化を保存・伝承する最大のメディアである書物を収集し、自らの管理下に置こうとする。もちろん、これは古くから見られる現象である。例えば、周王朝の官制を記した『周礼《しゅらい》』に「外史」なる史官の職掌について「三皇五帝（太古の帝王）の書を掌《つかさど》り、書名を四方に達するを掌る」とあるように。これをより強圧的に徹底したのが秦の朝廷であった。

秦の後を継ぐ漢（前漢は前二〇二−後八、後漢は二五−二二〇）は、中国的なるものの基礎を打ち立てた王朝である。前後合わせて四百年の命脈を保ち、広大な版図を誇った。中華帝国の典型と言ってもいいだろう。その漢王朝の朝廷にも数多くの書物が収蔵されていた。宮中の蔵書は「秘書」と呼ばれ、その管理を司る秘書監なる職が設けられていた。こうしたなか、宮中蔵書に関する目録・解題書も編まれるに至る。すなわち前漢の成帝が劉向《りゅうきょう》（前七七−

前六）に命じて編ませた『別録』、さらにはそれを引き継いで劉向の子劉歆《りゅうきん》（？－二三）が編んだ『七略』。いずれも散佚したが、『漢書』の藝文志[11]に引き継がれて今日に伝わる。単なる図書目録解題であることを越えて、古代の文化・学術の歴史を伝えてくれる点でも重要な著作である。

『漢書』藝文志は「輯略《しゅうりゃく》」「六藝略」「諸子略」「詩賦略」「兵書略」「数術略」「方技略」の七つの部からなる。「輯略」は総論とも言うべき性格を持つ部であるので、それを除いて実質的には書物を六部に分かつ分類方法が採られていると言える。「六藝略」は『周易』『尚書』『詩経』『春秋』など儒家の経典、「諸子略」は儒家・道家・法家など諸子百家の思想書、「詩賦略」は詩歌や賦といった文学作品集、「兵書略」は兵法に関する書、「数術略」は天文・暦法・占卜などに関する書、「方技略」は医学などに関する書、といったかたちで書物が分類されている。

図書目録とは、言語とそれによって支えられる知、すなわち文化・学術を分類し整序するためのものである。分類し整序するということは権力の行使にほかならない。先に引いたロラン・バルト『文学の記号学』が「分類というものはすべて圧制的である」（一三頁）と述べて、「分類」の持つ権力性を指摘しているように。朝廷の図書目録こそは、言語が皇帝権力の統制下にあって秩序づけられていたことを最も端的に示すものと言えよう。

ちなみに、以後の図書分類においては、魏晋南北朝期（六朝期）を通じて「経」「史」「子」「集」の四つに分類する四部分類法が形成されてゆき、『漢書』藝文志の六部分類法に取って代わる。この四部分類法は、近代に至るまで長く行われてゆく[12]。六部分類にしても四部分類にしても、今日、日本の図書館で行われている「日本十進分類法（Nippon Decimal Classification）」などとは大きく異なる分類方法が採られているが、それはとりもなおさず知の構造の違いの反映である。前近代の中国には、近代（西欧近代）とは異なる知の枠組みが存在したことを、かつての図書目録は気づかせてくれる[13]。

「言語侍従」

朝廷に集められたのは書物だけではない。知識人や文人たちも集められた。漢王朝にあっても、皇帝権力による知の支配・統治の一環をなすかたちで多くの知識人・文人が朝廷に招かれ、さまざまな言論活動を命じられた。

彼らの言論活動には文学作品の創作、すなわち宮廷文学の活動も含まれる。漢代には、いくつかの例外を除いて、狭義の詩はまだ知識人の手で創作されるには至っていなかった。彼らが創作した文学作品は主に賦であった。賦とは、長篇の韻文。広義の詩の一体をなすものと言っていいが、散文に似た要素も含む。詩が作者の内面（思想・心情）を表現することに主眼を置くのと異なり、外界の事物・事象を描写することに主眼を置く。詩の創作が文人間に広まるのに伴って賦は相対的にその重要性を失ってゆくが、魏晋南北朝にあってはなお文壇の中心的な位置を占めるジャンルであった。そのことは『文選』という書物からも見て取れる。『文選』は、梁王朝の皇族である蕭統《しょうとう》が編んだ先秦より梁代に至る詩や文章の総集（詞華集《アンソロジー》）。宮廷文学なるものを凝縮して具現する書物と言っていい(14)。その『文選』には全六十巻のうち十九巻、つまりほぼ三分の一を賦が占めている。しかも賦は冒頭に配されており、詩や文に優先する扱いを受けている。

『漢書』の編纂者である後漢の班固《はんこ》(15)（三二—九二）は、賦の代表的な作家でもあった。『文選』の巻頭を飾る彼の「両都の賦」序（『文選』巻一）は次のように述べる。

　言語によって天子に侍従する臣下（「言語侍従の臣」）としては、司馬相如《しばしょうじょ》、虞丘寿王《ぐきゅうじゅおう》、東方朔《とうほうさく》、枚皐《ばいこう》、王褒《おうほう》、劉向《りゅうきょう》らが、朝に夕に思いをめぐらし、日々月々に言上した。公卿大臣としては、御史大夫の倪寛《げいかん》、太常の孔臧《こうぞう》、太中大夫の董仲舒《とうちゅうじょ》、宗正の劉徳《りゅうとく》、太子太傅の蕭望之《しょうぼうし》らが、折々に文章を作った。あるものは下々の事情を述べて天子を諷諭し、またあるものは天子の徳を広めて人々に忠孝を尽くさせた。いずれの言葉もおだやかにして尊崇の念にあふれ、後の世にも明らかに伝わる。『詩経』の雅・頌に次ぐものと言える。ゆえに成帝のとき、これらを調べて記録したのである。奏上された作は合わせて千篇あまり、かくて大いなる漢朝の文章は、夏・殷・周三代と輝きを同じくすることとなった。

前漢の武帝・宣帝の治世を称えるなか述べられた言葉。武帝のとき、漢王朝も創業期の混乱を抜け出して全盛期を迎えた。他の王朝全般を通じて言えることだが、王朝創業期には武力による統治を重んずる風潮が強いが、やがて情勢が安定するとともに「文治」へとシフトしてゆく。武帝の時代はまさにそのような時代であった。当時、宮廷では司馬相如や東方朔といった文人が「言語」すなわち言論・文学活動によって皇帝に仕えていたことが述べられる。ここでは彼ら臣下たちを「言語侍従の臣」、言語によって侍従する臣下と呼んでいる。同様の呼び方としては他に「文学侍従の臣」「詞臣」などがある。

皇帝の側近く仕える文人＝官僚はいずれも選び抜かれたエリートであるが、彼らエリートのエリートたる所以はどこに求められていただろうか。ひとことで言えば、それは文筆能力、言語の運用能力である。国家を運営・維持するうえで必要なのは、経済力・軍事力もさることながら、何よりも文化・イデオロギーの力。そして、文化・イデオロギーを支えるのは言語にほかならない。つまり言語を支配する者が国家を支配する力を持つ。魏の文帝曹丕《そうひ》[16]（一八七－二二六）「典論・論文」（『文選』巻五二）が、いみじくも述べるように「文章は経国（国家統治）の大業」なのだ。したがって皇帝は、言語運用能力に優れた文人を身近に置こうとする。そうした皇帝の意向に応える存在が「言語侍従の臣」であったと考えていい。国家の統治権力を補強するための資源として彼らは呼び集められたのである。もちろん、それは彼ら自身が望んでいたことでもあり、ほとんどの者は権力の傍近く「侍従」することを栄誉として感じていたに違いない。

帝国の似姿――漢賦

前漢の司馬相如《しばしょうじょ》[17]（前一七九－一一七）は、班固の言う「言語侍従の臣」の代表。賦の集大成者としても高く評価される文人である。ここでは司馬相如の出世作にして代表作、武帝に激賞されたという「子虚の賦」（『文選』巻七）と「上林の賦」（『文選』巻八）を取りあげてみよう。ともに『文選』では「畋猟《でんりょう》（狩猟）」の部に収められ、合わせて「天子遊猟の賦」とも呼ばれる。「子虚《しきょ》」「烏有《うゆう》先生」「亡是《むぜ》公」といった、それ自体が虚構性を象徴する名前を付与された三人の架空の語り手を設定し、彼らの口を通して天子や王の豪壮な狩猟のさまをうたう。次にあげるのは「上林賦」の一節、狩猟が行われる都の上林苑、そのなかを流れる河川のありさまを描写した箇所である。

蒼梧《そうご》を左にし、西極《せいきょく》を右にす。丹水《たんすい》　其の南を更《へ》、紫淵《しえん》　其の北を徑《わた》る。灞滻《はさん》を終始し、涇渭《けいい》を出入す。酆《ほう》鎬潦潏《こうろうけつ》、紆餘委蛇《うよいい》として、其の内に経営す。蕩蕩乎として八川分流し、相い背きて態を異にす。東西南北に、馳騖《ちぶ》往来し、椒丘《しょうきゅう》の闕を出《い》で、洲淤《しゅうよ》の浦を行き、桂林の中を経、泱漭《おうもう》の壄《の》を過ぐ。汩乎《いっこ》として混流し、阿《くま》に順いて下り、隘陿《あいきょう》の口に赴く。穹石《きゅうせき》に触れ、堆埼《たいき》に激し、沸乎《ふっこ》として暴怒し、洶涌《きょうよう》して彭湃《ほうはい》し、滭弗宓汩《ひつふつひついつ》、偪側泌瀄《ひょくそくひっしつ》す。横流逆折し、転騰潎洌《てんとうべつれつ》たり。滂濞沆溉《ほうひこうがい》、穹隆雲橈《きゅうりゅううんどう》、宛潬膠盭《えんぜんこうれい》たり。踰波《ゆは》　浥《みぞ》に趨《はし》り、涖涖《りり》として瀬を下る。巌《いわお》を批《う》ち擁《くま》を衝き、奔揚滞沛《ほんようていはい》し、坻《しま》に臨み壑《たに》に注ぎ、瀺灂《ざんしゃく》として霣墜《いんつい》す。沈沈隠隠、砰磅訇礚《ほうほうこうかい》、潏潏淈淈《けつけつこつこつ》、湁潗《ちゅうしゅう》して鼎《かなえ》のごとく沸く。馳波跳沫《ちはちょうまつ》、汩濦《いついん》として漂疾し、悠遠長懐し、寂漻《せきりょう》にして声無く、肆乎《しこ》として永く帰る。然る後　灝溔潢漾《こうようこうよう》として、安らかに翔《かけ》り徐《おもむろ》に回《めぐ》り、翯乎《かくこ》として滈滈《こうこう》たり。東のかた太湖に注ぎ、陂池《ひち》に衍溢《えんいつ》す。

（上林苑は蒼梧郡を左に、西極を右にし、丹水がその南を流れ、紫沢《したく》がその北をゆく。灞水と滻水とは苑のなかを流れゆき、涇水と渭水とが流れ込み流れ出る。酆・鎬・潦・潏の四つの川はうねうねと苑のなかに横たわる。蕩蕩と流れる八つの川が分かれ、別の方向に流れて姿を異にする。東西南北にほしいままに流れ、椒丘を出て、中洲を行き、桂林を経て、広大なる野を過ぎる。すばやく混じり合い、岸に沿って下り、峡谷の口へと向かう。巨石に触れ、盛りあがる岩にぶつかり、激しく躍りあがり、どっと逆巻き、ゴーゴー、ザーザーと響きをあげる。縦横に流れ動き、逆行して渦巻く。ドカドカ、ドンドンと盛りあがる。高まる波が淵に注ぎ、ドードーと早瀬を下る。岩を引き裂き隈を打ちすえて躍りあがり、島に当たり谷に注ぎザワザワと落ちる。ゴーゴー、ザーザーと鼎の水のごとく湧き、駆ける波や泡がサラサラと走り、遠くへと去りゆけば、あとはひっそりと声無く、永遠の流れとなる。かくて広々と果てしなく、ゆったりとおだやかにめぐり流れ、キラキラと光りながら、東は太湖に注ぎ、湖沼に満ちあふれる。）

上林苑のなかを多くの河川がさまざまに流れている。たったそれだけのことを言うのに、過剰なまでの言葉が費やされている。双声《そうせい》（声母を重ねる語）・畳韻《じょういん》（韻母を重ねる語）の擬音語・擬態語を数多く駆使しつつ。ここに繰りひろげられるのは、まさに「言語の蕩尽」とも呼ぶべき事態である。

つづいて本篇は、上林苑の河川に棲む生きものや鉱物について次のように述べる。

　蛟龍赤螭《こうりゅうせきち》、䱭鰽漸離《こうぼうぜんり》、鰅鰫鰬魠《ぎょうようけんたく》、禺禺魼鰨《ぎょうぎょうきょとう》あり。鰭《ひれ》を揵《あ》げ尾を掉《ふる》い、鱗を振るい翼を奮いて、深巌に潜処す。魚鼈《ぎょべつ》　讙《かまびす》しく声《な》き、万物　衆夥《しゅうか》なり。明月の珠子、江靡《こうび》に的皪《てきれき》たり。蜀石黄碝《しょくせきこうぜん》、水玉　磊砢《らいら》として、磷磷爛爛《りんりんらんらん》として、采色　澔汗《こうかん》して、其の中に叢《むら》がり積もる。鴻鷫鵠鴇《こうしゅくこくほう》、駕鵝属玉《かがしょくぎょく》、交精旋目《こうせいせんもく》、煩鶩庸渠《はんぼくようきょ》、箴《しん》疵鵁盧《しこうろ》ありて、其の上に群がり浮かび、汎淫泛濫《はんいんはんらん》して、風に随いて澹淡たり。波と揺蕩して、水渚に奄薄《えんはく》す。菁藻《せいそう》を唼喋《そうとう》して、菱藕《りょうごう》を咀嚼《そしゃく》す。

（苑内には蛟龍・赤螭・鮔䲛・漸離・鰅鰫・鰬魠・禺禺・魼鰨などの魚が棲む。鰭をあげ尾を振るい、鱗をくねらせ翼を動かしながら、深い岩穴に潜む。魚と亀がかまびすしき声をあげ、万物がおびただしく群がる。明月のごとき珠が川のほとりに輝き、蜀石・黄碝・水晶が積み重なって、キラキラときらめく光を発して、水中にびっしりと集まる。鴻・鷫・鵠・鴇・駕鵝・屬玉・交精・旋目・煩鶩・庸渠・箴疵・鵁盧などの水鳥が、川面に群がり浮かび、ユラユラと風のままに漂う。波に揺られながら渚を埋めつくし、水草を啄《ついば》み、菱や蓮を咀嚼する。）

やはりここにも大量の言葉が投入されている。賦とは事物の描写に重点が置かれる韻文であると先に述べたが、ここは事物の描写というよりも名前の列挙と言った方がふさわしい。描写対象とされた世界を賦の言語のなかに凝縮して取り込むこと、いわば世界のカタログ化がここでは企まれているのだ。

右にあげた二例から、賦には言語遊戯とも呼ぶべき性格がそなわっていたことがうかがわれる。何よりもそれは双声・畳韻語を多用するなど聴覚的効果を追求するところにあらわれているが、それだけではない。例えば、前の引用例では河川の水を描写するところにさんずい偏の文字を連ね、後の引用例では魚類の名を列挙するところに魚偏の文字を連ねるなど、言葉の配置に際して文字の形にも配慮していよう。文字の視覚的効果に趣向を凝らす、一種の文字遊戯への傾きを見て取れる(18)。また、使用される文字には稀見で難解なものが大量に含まれている。それらの多くが上層の知識人ですら見慣れぬ文字であったこと、『文選』に字義や字音に関する注が多く附されていることからも明らかである。いずれも敢えて意識的に選んだものと思われる。

ここでさらに指摘しておきたいのは、賦の言語における表現形式と表現内容の関係のいびつさである。通常のコミュニケーションにおいては言語の形式（意味するもの）と内容（意味されるもの）とが均衡する関係にあると考えられるが、文学作品の言語表現においては往々にしてその均衡が崩れる。詩的な表現などと呼ばれる類の言語表現において比較的よく見られるのは、少ない表現形式に対して多くの表現内容というかたちの不均衡。切りつめられた言葉に無限の内容が盛り込まれる、いわゆる余韻・余情というものがそれである。俳句などのように言葉を極限にまで切り詰める詩を想定すればよく理解できよう。

　ところが、賦において生じているのはこれとは別の不均衡である。すなわち、少ない表現内容に対して多くの表現形式というかたちの不均衡。ここに余韻や余情が介在する余地＝余白はない。余白は言語によって隙間なく埋めつくされる。ここにあるのは、ただひたすらなる言語の蕩尽、言語の戯れである。『史記』司馬相如伝の賛には、司馬相如の賦に見られる言語表現のあり方を評して「虚辞濫説《きょじらんせつ》」と述べる語が見える。「中身のない過剰な言語」を意味するこの評語は、賦における言語表現の性格をきわめて的確に言い当てている。

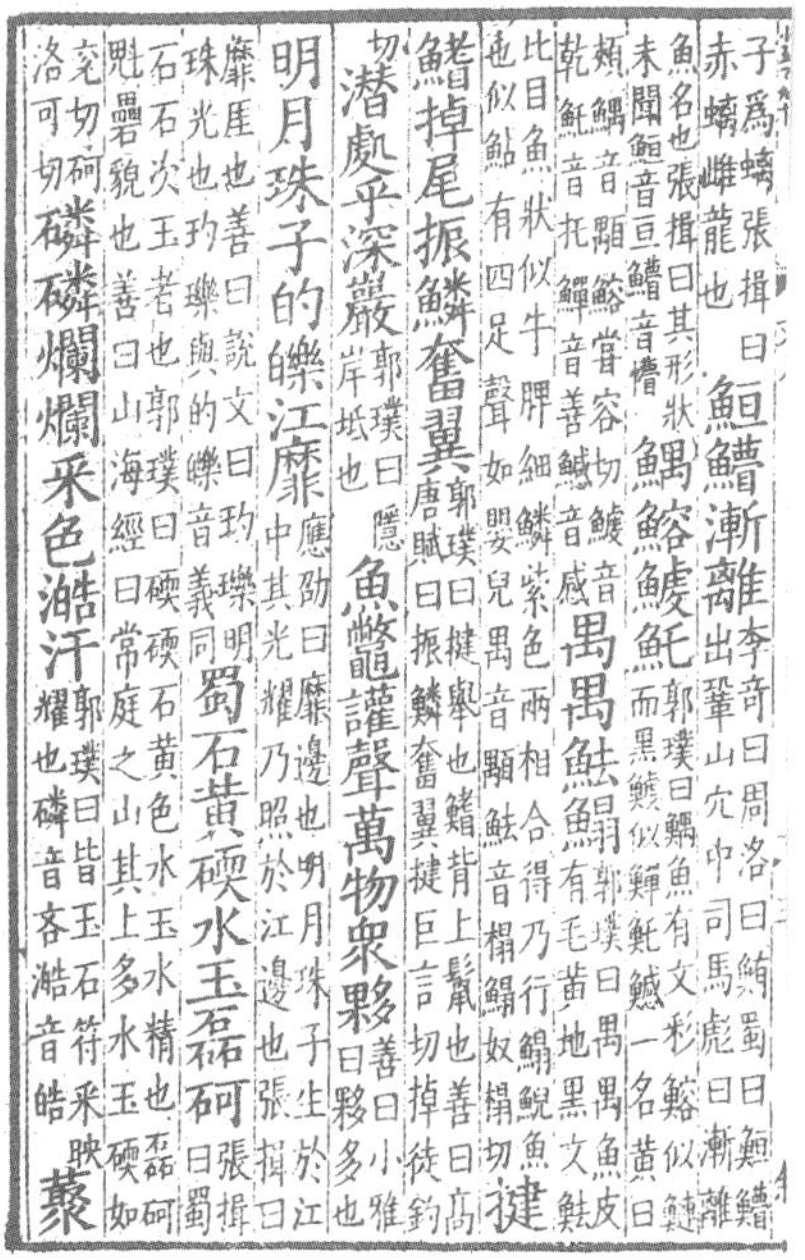
子為螭張揖曰赤螭雌龍也䱻鰽漸離李奇曰周洛曰鮪蜀曰䱻鰽出鞏山穴中司馬彪曰漸離
魚名也張揖曰其形狀未聞䱻音亘鰽音槽鰅鰫鰬魠郭璞曰鰅魚有文彩鰫似鰱而黑鰬似鯶魠鱤一名黃日
頰鰅音顒鰫音容切鰬音乾魠音托鱓音善鱤音感禺禺鱋鰨郭璞曰禺禺魚皮有毛黃地黑文鱋
比目魚狀似牛脾細鱗紫色兩相合乃行鰨鯢魚黿似鮎有四足聲如嬰兒禺音顒鱋音榻鰨奴榻切揵
鰭掉尾振鱗奮翼郭璞曰揵舉也鰭背上鬣也善曰高唐賦曰振鱗奮翼揵巨言切掉徒釣
切潛處乎深巖郭璞曰隱岸坻也魚鼈讙聲萬物眾夥善曰小雅曰夥多也
明月珠子的皪江靡應劭曰靡邊也明月珠子生於江中其光耀乃照於江邊也張揖曰
靡厓也善曰說文曰玓瓅明珠光也玓瓅與的皪音義同蜀石黃碝水玉磊砢張揖曰蜀
石石次玉者也郭璞曰碝石黃色水玉水精也磊砢魁礨貌也善曰山海經曰常庭之山其上多水玉碝如
兗切砢洛可切磷磷爛爛采色澔汗郭璞曰皆玉石符采映燿也磷音吝澔音皓藂

図5　司馬相如「上林賦」

晋・郭璞《かくはく》や唐・李善の注が附される。例えば「䱻」字について「䱻　音は亘《こう》」などと字音の説明がなされる。胡刻本『文選』による。

　白川静『中国の古代文学（二）』（中公文庫、一九八一年）は司馬相如「上林の賦」について「『上林の賦』には、国の内外のあらゆる物産、草木禽獣の類をも網羅しており、その網羅的であることが同時に世界的であることを意味した」（一〇五頁）と述べ、賦というジャンルの持つ「網羅的」、またそうであるがゆえの「世界的」な性格を指摘している。また、この白川氏の指摘を受けて、戸倉英美『詩人たちの時空』（平凡社、一九八八年）は漢賦に「世界のすべてを描き出したいという欲望」（一八頁）、「世界全体を認識できるという信念」（一九頁）を指摘している。さらに言い換えるならば、世界を言語によって隅々までくまなく支配し所有しようする欲望とでも言えようか。賦が描き出す世界に余白があってはならないのだ。

先に述べたように賦は漢代にあって盛行した。賦というジャンルが一気にピークへと達したのが漢帝国の時代であったのだが、このように見てくるとその理由がよく納得できるのではないか。「帝国」とは、この世界をくまなく支配し所有しようとする政治体制にほかならない。余白が存在することが許されないのは、帝国の支配にあっても同様である。賦とは、まさしく漢という強大な帝国の似姿であった。

応制詩――魏晋南北朝

漢代にあって「言語侍従の臣」たる宮廷文人が創作したのは主に賦であったが、魏以降、彼らは詩も創作するようになる。賦であると詩であるとを問わず、その多くは自発的に作られたのではない。皇帝や皇族の命令を受けて作られた。皇帝の命令を受けて作ることを「応詔」「応制」と言う。「詔」「制」は皇帝の命令。唐代以降は「応制」の語がより広く用いられる。ほかに皇太子や諸王の命令を受けて作ることを「応令」や「応教」などと言う。

宮廷文学とはすなわち応制の文学と言っても過言ではなく、宮廷文学の時代である魏晋南北朝を通じて書かれた。『文選』にも応制の詩は多く収められている。ここでは南朝宋・顔延之《がんえんし》[19]（三八四－四五六）の「詔《みことのり》」に応じて曲水に讌《うたげ》するとき作れる詩」（『文選』巻二〇）を読んでみよう。本詩は、元嘉十一年（四三四）三月三日、曲水の宴の席上、文帝の詔に応えた作。荘重な四言形式によって宋王室の繁栄を言祝ぐ。一章八句、全八章からなり、章ごとに韻を換える。「曲水」は庭園内を曲がりくねって流れる水路。陰暦の三月三日には、曲水に杯を浮かべ、杯が自分の前を通り過ぎぬうちに即興の詩を作る宴が催された。[20] 冒頭の一章は次のようにうたい起こす。

道隠未形、治彰既乱　道は未形に隠れ、治は既乱に彰《あらわ》る
帝迹懸衡、皇流共貫　帝迹は衡を懸け、皇流は貫を共にす
惟王創物、永錫洪筭　惟《こ》れ王　物を創《はじ》め、永く洪算を錫《たま》う
仁固開周、義高登漢　仁は固くして周を開き、義は高くして漢に登る

（大いなる道はいまだ形なきところに隠れ、治世は動乱を経て姿をあらわす。古の帝王の勲功は秤《はかり》を高く掲げて基準を示し、その伝統は一筋の糸に貫かれる。ああ、我が王はすべてを新たに始められ、天より長久なる国運を賜わった。仁の徳は固く、周の道を今に開き、義の道は高く、漢と肩を並べる。）

宋王朝が古の聖王の伝統を受け継ぎ、周や漢にも匹敵する偉大なる王朝として創始されたことを述べる。「懸衡」は秤を掲げる。具体的には法令を施行すること。「永錫」一句は、天命を受けたことを言う。これを受けて第二章は次のようにうたう。

祚融世哲、業光列聖　祚《そ》は世哲より融《なが》く、業は列聖より光《かがや》く
太上正位、天臨海鏡　太上　位を正しくし、天臨み海鏡《て》らす
制以化裁、樹之形性　制するに化裁を以てし、之《これ》が形性を樹《た》つ
恵浸萌生、信及翔泳　恵は萌生《ぼうせい》を浸《うるお》し、信は翔泳に及ぶ

（皇位は世々の賢王よりも長久にして、勲功は代々の聖王よりも輝く。陛下が正しくも尊位にあらせられ、しろしめす天のもと海は穏やかな光を湛える。民を治めるのは自然のよろしきにかない、名実ともに整然たる世を確《しか》と打ち立てられた。恵みは草木を潤し、真心は空を飛ぶ鳥や水を泳ぐ魚にも及ぶ。）

文帝が即位し、教化の恵みが遍く万物に及んだことを称える。「海鏡」は、海に波が無く鏡のように平らかに光輝くこと。太平の世を喩える。

右にあげた冒頭の二章には、応制の詩に不可欠の主題が凝縮して表現されている。それをひとことで言えば、自らが仕える皇帝に対する言祝ぎ。皇帝が中国を統治する唯一者として天より正統性《レジティマシー》を賦与されていること、その徳によって中国が正しく統治されていること。それを荘厳な言葉を駆使して称え言祝ぐことに応制の詩は捧げられているのだ。本詩は、第三章以降にも同様の言祝ぎを連ねた後、次の一章によってうたい収める。

仰閲豊施、降惟微物　　仰ぎて豊施を閲《けみ》し、降りて微物を惟《おも》う
三妨儲隷、五塵朝黻　　三たび儲隷《ちょれい》を妨げ、五たび朝黻《ちょうふつ》を塵《けが》す
途泰命屯、恩充報屈　　途は泰《とお》るも命は屯《なや》み、恩は充つるも報は屈す
有悔可悛、滞瑕難払　　悔い有りて悛《あらた》むべきも、滞瑕《たいか》は払い難し

（仰ぎ謹んで陛下の恵みを思い、伏して数ならぬ我が身を顧みる。三たび東宮の職をふさぎ、五たび朝廷の官服をかたじけなくした。道は確かに通ずるも我が運命は滞り、御恩は満ち溢れるも報いんとして叶わぬまま。咎《とが》多く悔い改めるべくも、積もる汚れは拭い去りがたい。）

宴に参加を許された我が身の、臣下としての至らなさをひたすらに恥じて詩を締めくくっている。この締めくくり方もまた、応制の詩の型をなすものと言っていい。皇帝に対する言祝ぎと表裏一体のかたちで、こうした謙遜もしくは卑下の言葉が発せられるのである。

応制詩――唐代

南北朝の分裂・混乱を統一した唐（六一八―九〇七）にあって、応制の詩はどのように書かれていただろうか。「応制」もしくはそれに類する語句を詩題に掲げた作品は、初唐期[21]に数多く集中している。試みに『全唐詩』[22]によって検索した結果を主な詩人別にあげるならば、許敬宗《きょけいそう》が十八題、宋之問《そうしもん》が二十五題、李嶠《りきょう》が二十九題、劉憲《りゅうけん》が二十題、蘇頲《そてい》が二十九題、張説《ちょうえつ》が四十九題、李乂《りがい》が二十六題、盧蔵用《ろぞうよう》が二十一題、沈佺期《しんせんき》が二十八題となる。ところが、次の盛唐期になると急激にその数は減ってゆき、王維《おうい》[23]（七〇一？―七六一？）に十六題あるのが目立つ程度である（王維と言えば山水詩人として名高いが、貴族の文学サロンで活躍した宮廷詩人という側面も看過できない）。王維以後の著名な文人、例えば盛唐の李白・杜甫、中唐の白居易・韓愈・柳宗元らは、いずれも宮廷の文学サロンを主たる活躍の場とした文人ではない。つまり、文学史の主流は宮廷文学から遠ざかる傾向を示している。この動きが応制の作の減少となってあらわれたものであろう。その意味では、王維の応制詩は宮廷文学の残照とも言うべき作品群である。

王維が玄宗皇帝のために書いた作を読んでみよう。『唐詩選』[24]にも収められてよく知られる「聖製『蓬莱従《よ》り興慶に向かう閣道中の留春（宮殿の名か）にて雨中に春望する作』に奉和す、応制」は次のようにうたう。

渭水自縈秦塞曲　　渭水　自《おの》ずから秦塞を縈《めぐ》りて曲がり
黄山旧繞漢宮斜　　黄山　旧《もと》より漢宮を繞《めぐ》りて斜めなり
鑾輿迥出仙門柳　　鑾輿《らんよ》　迥《はる》かに出ず　仙門の柳
閣道廻看上苑花　　閣道　廻《めぐ》りて看る　上苑の花
雲裏帝城双鳳闕　　雲裏の帝城　双鳳闕
雨中春樹万人家　　雨中の春樹　万人の家

為乘陽氣行時令　陽気に乗じて時令を行う為《ため》にして
不是宸游重物華　是れ宸游《しんゆう》の物華を重んずるに非ず

（渭水は山に囲まれた秦の地に従ってうねうねとめぐりゆき、黄山は昔より漢の宮殿を取りまいて斜めに聳える。御車は遥か御門の柳よりお出ましになり、高廊下をめぐりつつ御苑の花を眺められる。雲にも達する宮城の二つの楼闕、雨に煙る春の樹に見え隠れする万の人家。此度《こたび》の出御は穏やかなる春の陽気に乗じて季節の政《まつりごと》をなされるため、ただ春景色を愛でられるがためではない。）

春を謳歌する都の繁栄とともに皇帝の徳を称える詩。後に南宋の葛立方《かつりっぽう》『韻語陽秋』巻二は「応制の詩は他の詩の比に非ず、自《おの》ずから是れ一家の句法にして、大抵は典実・富艶を出《い》でず」と述べる。応制の詩に特徴的な性格として「典実（典雅な重厚さ）」と「富艶（豊かな華やぎ）」とがあげられるが、本詩は両者を兼ね備えた作と言える。清の沈徳潜《しんとくせん》『唐詩別裁集』巻一三は、本詩について「応制の詩は応に此《まさ》の篇を以て第一と為すべし」と高い評価を与えている。

次に王維と同世代の李白[25]（七〇一－七六二）の作を読んでみよう。李白は、その祖先も含めて出自がはっきりしない。この点、歴史に名をのこすような人物としてはやや例外的な存在。今日では西域出身の非漢族とする説も有力である。唐というグローバルな広がりを有する帝国ならではの文人と言うべきだろう。その人柄・作風は伝統的文化の枠をはみ出した所が少なくない。「謫仙人」と称され「飄逸」とも評されたように、まさに仙界から地上に降りてきて、一陣の飄風のように唐という時代を吹き抜けていった詩人であった。

実際に李白は漂泊の詩人である。二十代半ば、少年時代を過ごした蜀の地を出て以降、長江沿岸域を中心に各地を歴遊した。その李白にも、短期間とはいえ朝廷に身を置いた時期があった。天宝元年（七四二）から三年にかけて、翰林供奉《かんりんきょうほう》として玄宗皇帝の傍近く仕えたのだ。翰林供奉とは一種の「言語侍従の臣」、文筆の才によって皇帝に奉仕する官。しかし長続きはせず宮廷を逐われることとなる。宦官高力士《こうりきし》の讒言《ざんげん》に遭ったためとする説もあるが、詳細は不明。結局、李白は宮廷文人として生きるには向いていなかったということだろう。大きく文学史のなかに位置づけてみるならば、宮廷文学の時代が過去のものとなりつつあったことを象徴する事例と言えなくもない。

翰林供奉時代の李白が玄宗の命を受けて作った詩には「清平調詞三首」、「宮中行楽詞八首」などがあり、文筆の才が遺憾なく発揮されている。ここでは「詔を奉じて作る」という原注が附された「宮中行楽詞八首」から其の二をあげよう。

柳色黄金嫩、梨花白雪香　　柳色　黄金嫩《やわら》かく、梨花　白雪香《かんば》し
玉楼巣翡翠、珠殿鎖鴛鴦　　玉楼　翡翠巣くい、珠殿　鴛鴦を鎖《とざ》す
選妓随雕輦、徴歌出洞房　　妓を選びて雕輦《ちょうれん》に随わしめ、歌を徴して洞房を出《い》でしむ
宮中誰第一、飛燕在昭陽　　宮中　誰か第一なる、飛燕は昭陽に在り

（柳は黄金色に輝く柔らかな枝を垂れ、梨の花は白雪のように香りを放つ。玉の高殿に翡翠が巣作り、珠の御殿に鴛鴦が籠《こも》り棲む。舞妓を選び彫刻で飾った御輿にしたがわせ、歌妓を呼び奥向きの部屋より招きだす。宮中にあって美貌第一を誇るのは誰か。かの趙飛燕なるひと、昭陽殿に在《いま》す。）

宮中の行楽をうたった作。春のむせかえるような香気のなか、行楽を楽しむ皇帝とそれにつきそう女性たちをうたい、末尾に皇帝の愛姫の姿を提示して締めくくる。趙飛燕《ちょうひえん》は漢の成帝の后《きさき》、昭陽殿に住んだ。ここでは暗に楊貴妃を指す。

図6　唐・張萱《ちょうけん》「虢国《かくこく》夫人遊春図」

楊貴妃の姉の虢国夫人が侍従らとともに春の行楽に出かけるさまを画く。遼寧省博物館蔵。中国美術全集編輯委員会『中国美術全集・絵画編2隋唐五代絵画』（人民美術出版社、1988年）による。

この「宮中行楽詞」については、晩唐の孟棨《もうけい》『本事詩』[26]高逸に次のようなエピソードが記されている。

玄宗は宮人たちとの行楽に際し、高力士《こうりきし》に言った。「この佳き時節に美しい景色を前にして、歌妓の歌声だけを楽しんでおれようか。才抜きんでた詩人に詠じさせたなら、後世にまで誇ることができるだろうに」。そこで、李白を召し出すよう命じた。このとき李白は寧王（玄宗の兄）の酒席に招かれ酔いつぶれており、宮中に至ると拝舞はしたもののふらついていた。玄宗は李白が近体の律詩を軽んじ苦手としていることを知っていたので、あえて宮中の行楽を五言の律詩十首（今日伝わるのは八首）にうたわせた。李白は頓首して言った。「寧王殿下より御酒を賜わり、酔っておりますが、もし陛下よりご無礼をお許しいただけますならば、及ばずながら技の限りを尽くしましょう」。玄宗は「よろしい」と言って、二人の宦官に命じて李白を扶《たす》け起こし、墨を磨り筆を濡らして与えさせ、さらに別の二人の宦官に朱の罫紙を面前にひろげ持たせた。李白は筆を執ると、思いの湧き出るままに筆を停めることなく、立ちどころに十篇を書きあげた。書き直しの筆を加えた箇所もなく、筆跡は雄勁、鳳が脚を踏みしめ龍が手でつかむかのようであり、韻律と対偶ともに精妙ならざる所はなかった。

酔いのハンディキャップをものともせずに、難度の高い作品を立ちどころに書きあげる超絶ぶりが語られている。当時、才気溢れる洒脱な詩人としての李白のイメージが形成され流通していたこと、この物語からもうかがい知ることができる。

ところで、右の物語にはたちまちのうちに作品を書きあげ、草稿には書き直しの痕もないという作詩のあり方が称賛されている。かかる作詩のスタイルは、魏・曹植《そうしょく》（一九二－二三二）の「七歩成詩（七歩にて詩を成す）」の故事(27)をはじめ、古くから文人の理想型として語られてきた。ところが唐代後期、中唐期に至ると、それとは対極的な作詩スタイルが詩人たちの間に広まってゆく。韓愈《かんゆ》（七六八－八二四）と賈島《かとう》（七七九－八四三）の「推敲《すいこう》」の故事(28)に代表されるように、一篇の詩を作るのに長い時間をかけて推敲を重ねるスタイル、いわゆる「苦吟」のスタイルがそれである。なぜ、中唐という時代にこのような現象が生じたのか。その背後には歴史の巨大な転換が根本的な要因として横たわっていたと考えられる。

中国史学の分野では、唐代後期から宋代にかけての時期、「唐宋変革（Tang-Song Transition）」と呼ばれる歴史変革が生じていたと説かれる。貴族の時代である中世的社会が解体し、平民の時代である近世的社会へと移行しつつあった時代が唐代後期であるという見方である(29)。これは政治・経済史の分野よりも、文化史の分野でより明確にあらわれている。文学の歴史もその例外ではなく、この時期にはさまざまな面で従来の文学的枠組みが解体・変容しつつあった。曹植の「七歩成詩」に代表されるような作詩スタイルが貴族の時代を象徴するスタイルだとすれば、韓愈・賈島の「推敲」に代表されるような「苦吟」の作詩スタイルは平民の時代を象徴するものと言えるかもしれない（貴族は汗をかかなくてもいいが、平民は汗をかいて血の滲むような努力をしなければならない?!）。もちろん、近世になってからも前者は理想のスタイルとして高く評価されてゆくのであって、すべての詩人が後者のスタイルへと雪崩を打って移行していったわけではないのであるが。

応制詩――宋代

話を応制の詩にもどそう。李白が「宮中行楽詞」を書いたのは皇帝の「行楽（園遊）」の場においてであった。同様の応制詩は、宋（北宋は九六〇－一一二七、南宋は一一二七－一二七九）に至っても書かれつづける。平民の時代とされる宋代も皇帝が唯一無二の絶対者として統治する帝政の時代であり、宮廷文学は必要不可欠なものとして継承されたのである。

宋代の応制詩にはさまざまな作品があるが、ここで取りあげてみたいのは「賞花釣魚詩」[30]と呼ばれる一群の作品。宮中で催される「賞花釣魚宴」の場で作られた、宋代の宮廷文学に特徴的な作品群と言っていいだろう。もちろん、先に見た玄宗の例をあげるまでもなく同様の催しは古くから行われてきたし、それをうたった詩も少なくない。宋代に特徴的なのは、その賞花釣魚宴が公式の行事として儀礼化したことである。この宴会が宮廷文学活動と結びついて本格的に行われるようになるのは第二代皇帝太宗の時代。一般的に王朝創業期から最盛期へと向かう過程において宮廷文学は盛んになる傾向があるが、太宗の時代はまさにそのような時代であった。太宗即位時の年号が「太平興国」とされたことにも象徴されるように。その後、賞花釣魚宴は真宗・仁宗の時代を通じて盛んに行われたが、次の神宗時代になると行われなくなり廃止に至る。北宋の最盛期に行われた儀礼であった（もちろん以後もこれに類する催し自体は別のかたちで行われていったと推測される）。

最も早い時期の賞花釣魚宴に関する史書の記録を見てみよう。『続資治通鑑長編』[31]巻二五、太宗の太平興国九年

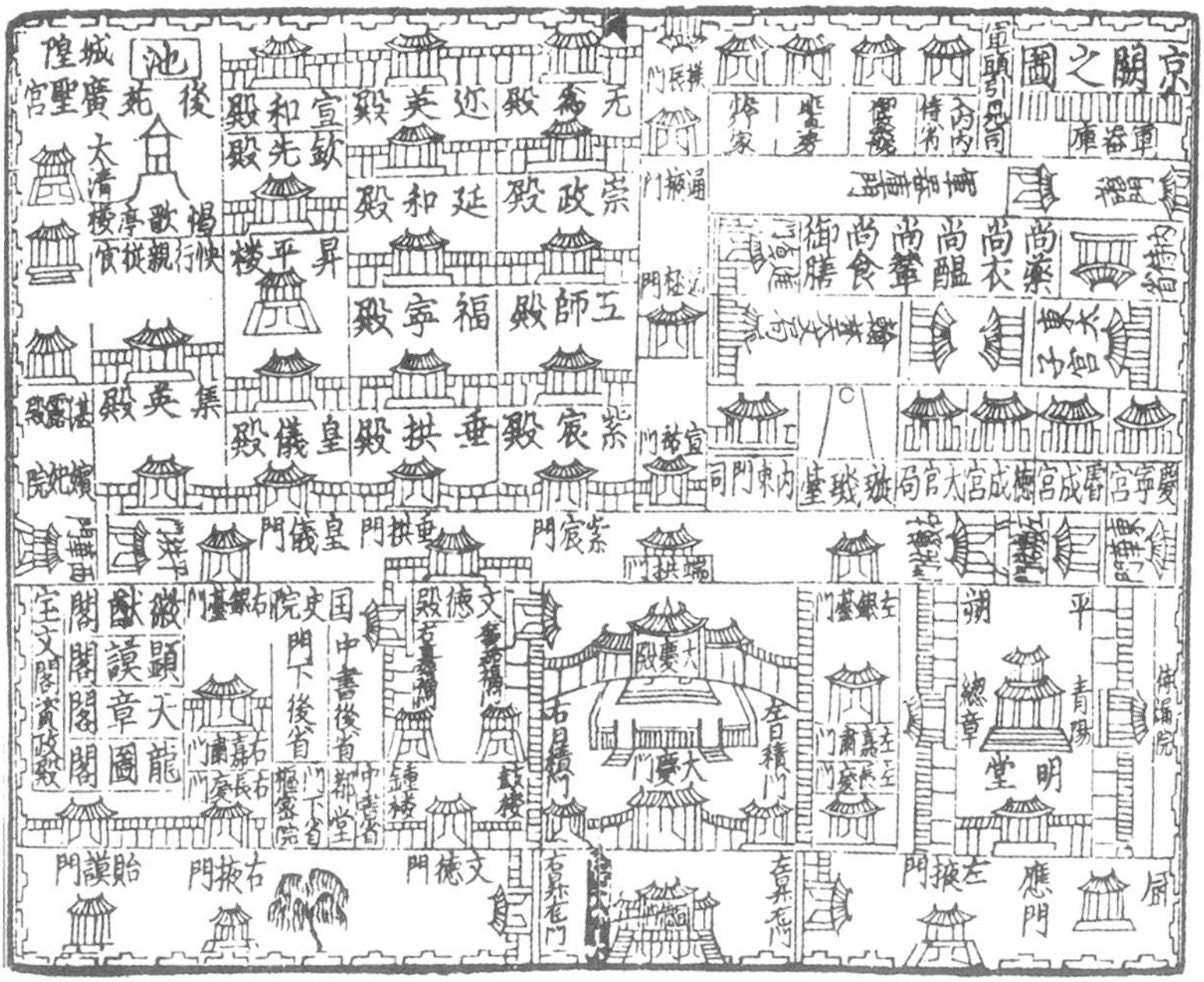

図７　北宋の宮城図
元刊本『事林広記』による。

（雍熙元年、九八四）三月己丑《きちゅう》（二十五日）の記事には次のようにある。

この日、宰相ら近臣を召して後苑で花見を行った。皇帝は言った。「暖かく長閑《のどか》な春、万物は繁茂し、四方は平和に治まっている。わたしは天下の楽しみを自らのものとして楽しみたい。侍従の詞臣たちに命じて詩を作らせよう」と。花見の席を設けて詩を作らせるのはこのときに始まった。

この行事が行われた場所は「後苑」、すなわち宮城の西北隅にある庭園。そこに宰相らを招いて一種の園遊会を開き、参加者に詩を作らせたのである。

賞花釣魚宴が催された「後苑」は、宮城のなかでも内朝（内廷）と呼ばれる区域にあった。内朝とは、外朝（外廷）に対して言う。北宋の宮城については、元代に編まれた類書『事林広記』に宮城の建物配置図があって、その概略を知ることができる。それによると宮城を囲む城壁の東西両側中央に東華門・西華門があり、それらを結ぶ東西の街路（横街）によって宮城は南北に区分される。北側が内朝、南側が外朝である。内朝には、垂拱《すいきょう》殿・紫宸《ししん》殿などの宮殿があり、皇帝の日常的な政務が執り行われる。同時に内朝は皇帝や皇太子・皇后・諸妃の日々の生活の場でもあり、それに奉仕する諸機関、また宦官や女官などの人員が配置されていた。一方の外朝には、大慶殿・文徳殿などの宮殿がある。大慶殿は各種の国家儀礼に使用され、文徳殿は皇帝が臣下を接見する「視朝」などに使用される。これらのほかに外朝には中書省・門下省・枢密院などの民政・軍政を司る主要官庁、皇帝の詔勅を起草する学士院（翰林学士院）、宮中アカデミーあるいは図書館とも言うべき三館・秘閣[32]などがあった。

　賞花釣魚宴において作られた応制詩の例として、欧陽脩《おうしょうしゅう》[33]（一〇〇七－七二）の「応制賞花釣魚」を読んでみよう。仁宗の嘉祐六年（一〇六二）の作。このとき欧陽脩は枢密副使をつとめていた。軍政を司る要職である。

絳闕晨霞照霧開　　絳闕《こうけつ》の晨霞　霧を照らして開き
軽塵不動翠華来　　軽塵動かずして翠華来たる
魚遊碧沼涵霊徳　　魚は碧沼に遊びて霊徳を涵《うるお》し
花馥清香薦寿杯　　花は清香を馥《かお》らせて寿杯を薦《すす》む
夢聴鈞天声杳黙　　夢に鈞天を聴けば声は杳黙たり
日長化国景徘徊　　日は化国に長くして景《かげ》は徘徊す
自慚撃壌音多野　　自ら慚《は》ず　撃壌《げきじょう》の音は野に多く
帝所賡歌亦許陪　　帝所の賡歌《こうか》　亦《ま》た陪するを許さるるを

（朱塗りの宮門を染める朝焼けに照らされて霧が晴れ、塵も静まる御成道を翡翠の羽で飾った御車がお出ましになる。魚戯れる緑の池は帝の大いなる徳を映し、芳しき花のもとめでたき杯を捧げたてまつる。夢心地に聴く天上の楽の音は幽遠にして、輝く日は教化遍く及ぶ国に長《とこ》しえの光をたゆたわせる。民が地を叩く音が野に満ちる麗しき御世、宮中の詩の宴に陪席を許された忝《かたじけ》なさにただひたすら恥じ入る。）

七言律詩形式による作。宮殿や庭園の様子を描写するとともに、皇帝の政治の成功を言祝ぎ、さらにはその席に侍ることを許された喜びをあらわす。「撃壌」とは、民が地面を打って歌をうたい喜ぶこと。善政の実現した世の中を言う。先に引いた葛立方『韻語陽秋』が応制の詩に不可欠な要素としてあげる「典実」と「富艶」は、本詩においても絶妙な調和を見せている。

欧陽脩と言えば、宋代の新たな文学潮流(34)を切りひらいた文人。欧陽脩がそれまでとは大きく異なる文学観を提唱したからこそ、それを受け継ぐかたちで蘇軾《そしょく》（一〇三六－一一〇一）や王安石《おうあんせき》（一〇二一－八六）といった文人たちが出現し得たと言っても過言ではない。しかしながら、右の作品には宋代の詩ならではの格別に新しい要素を見出すことはできない。宮廷文学が、時代の変化とは無縁の、型通りの表現を重んずる文学である以上、それは当然のことと言うべきだろう。そして、官僚たる者、こうした宮廷文学の営みとまったく無縁であることは許されなかった。彼らの言語表現活動は、皇帝権力の制御下にあったのである。

第三節　官僚＝文人の宿命

天命を受けて世を統治する王や皇帝は、自らを輔佐する臣下として官僚を選び、しかるべき任務を与える。官僚（文官）の選抜の仕方はさまざまである。例えば、漢代の「郷挙里選」や魏晋南北朝期の「九品官人法」などは、朝廷から派遣された官が地域社会から優秀な人材を選出・推薦する制度であった。これらは選抜の公正さという点で少なからぬ問題点を含んでいたため、それを解決すべく隋代には「科挙」の制度が作られる。いわば実力本位の学力試験による選抜システムである。当初、この制度はさほど機能しなかったが、唐代に入ると徐々に実質的な役割を果たすようになり、宋代に至って完成する。科挙の試験はさまざまな種目に分かれるが、文学史について考えるうえで重要なのは「進士科」であろう。なぜならば、この試験において最も重視されたのが詩・賦の創作能力であったから。進士科の制度が機能するのに伴って、官僚は同時に詩・賦の創作能力をそなえた文人でもあるという中国ならではの官僚＝文人層が形作られてゆくのである[35]。

帝国全土から選び抜かれた知的エリートたる官僚は、臣下として皇帝に仕える。皇帝が身を置く場所は朝廷である。皇帝とは、朝廷に身を置くべく運命づけられた存在と言っていい。言い換えれば、皇帝と朝廷との結びつきは天命にもとづく必然である。それに対して、臣下たる官僚と朝廷との結びつきは偶然のものに過ぎない。彼らはいったん朝廷へと招かれるが、終生そこに身を置くわけではない。自ら望んでそこを去ることもあれば、望まずして逐われることもある。官僚とは、朝廷の内と外を往き来すべく運命づけられた存在であると言ってもいい。以下、前節に引きつづいて見てみたいのは、朝廷の内と外を往き来する存在である官僚と文学との関わりについてである。

翰林学士

官僚とひとくちに言っても多種多様である。大きくは「京官」すなわち中央官庁の役人と「外官（外任官）」すなわち地方官とに分かれる。中央官庁として重要なのは、隋・唐王朝で言えば「三省」すなわち中書・門下・尚書の各省、それぞれ政策の立案・審査・施行を担い、そのうち尚書省は「六部」すなわち吏（人事を司る）・戸（財政）・礼（礼制）・兵（軍事）・刑（司法）・工（土木事業）の各部から構成された（いわゆる「三省六部」制）。地方官は、郡・州や県に派遣される行政官である[36]。官僚は一般に三年の任期で中央官と地方官の両方を経験するかたちでキャリアを積んでゆく。官僚にとって中央官と地方官のどちらが喜ばしいか。総じて前者が喜ばれたようだが、地方官でも場所と職掌によっては重視されるポストもあって一概には言えない[37]。

ここでは文官の代表として翰林学士に焦点を当ててみよう。翰林学士は、文官のキャリア形成にとって極めて重要なポストであり、何よりも皇帝の傍近く仕える「言語侍従の臣」という性格を強く有していた。文学と権力との関係を主題とする本章にとって特に注目される[38]。

翰林学士は唐代半ば、玄宗の時代に設けられた皇帝の秘書とも言うべきポスト[39]。玄宗の時代には当初、文筆によって皇帝に仕えるポストとして、翰林院に翰林供奉（翰林待詔）などが設けられていたが、開元二十六年（七三八）、翰林院とは別に学士院が開設され、翰林学士のポストが設けられた（翰林院と翰林学士院とは時に混同されることもあったが、性格を異にする別の機関である）。翰林供奉が主として詩賦の創作など藝術的な活動に関わったのに対して、皇帝が発布する詔勅の起草に従事するなど政治の根幹により深く関わる点で特色を持つ。皇帝に代わって言葉を発する「代言の職」であり、皇帝の意志決定にも影響を及ぼし得る立場にあった。

翰林学士は、中央集権体制が確立し官僚制度が整備された宋代にも継承され、その重要性を増してゆく。詔勅などの起草を行う「代言の職」である点では、中書舎人《ちゅうしょしゃじん》や知制誥《ちせいこう》らも同様の職掌であるが、皇帝との距離の近さ、親密さの度合いでは翰林学士の方が勝っていた。翰林学士は「内相」とも呼ばれたが、この呼称にもその重要性はあらわれている。「内朝の宰相」といった意味であり、外朝＝政府にあって政治の中核を担う宰相とは別の、もうひとりの宰相とも言うべき存在と見なされていた。また宋代には、中書舎人・知制誥および彼らが起草した文書を「外制」と呼ぶのに対して、翰林学士および彼らが起草した文書を「内制」と呼ぶことが定着してゆく。(40)「内相」という呼称と同じく、この「内制」という呼称にも皇帝との距離の近さが反映されている。実際、翰林学士は「天子の私人」と呼ばれるなど、内朝に頻繁に出入りし、皇帝との間に親密でプライベートな関係を有する存在だった。言い換えれば、朝廷の「内」と「外」とを結ぶ結節点とも言うべき重要なポジションを占めていたのである。

官僚たちは、翰林学士という存在をどのように捉えていたのか。宋人の発言をいくつか見てみよう。北宋の欧陽脩は仁宗のときに翰林学士をつとめた。その間に書いた自らの「内制」をまとめた文集に附した序文「内制集の序」は、まず「学士　号して職親地要（皇帝側近の枢要なポスト）と為し、実に儒者の至栄なり」と翰林学士の重要さ、その職に就く栄誉について述べたうえで、かつて真宗のときに翰林学士をつとめた銭惟演《せんいえん》の言葉を引くかたちで

朝廷の官、宰相の重きと雖も、皆な雑《ひろ》く他才を以て之に処《お》くべし。惟《た》だ翰林学士のみ、文章に非ざれば可ならず。

と述べる。翰林学士にとって最も重要な能力が「文章」すなわち文筆能力であると見なされていたことがわかる。「翰林」とは「筆の林」、すなわち「詞臣の集う場所」の意。この職名にもすでに、そのことは示されていよう。

ひとくちに文筆能力と言ってもその中身には幅がある。北宋の張耒《ちょうらい》(41)（一〇五四―一一一四）の「銭内翰を賀する啓」は、翰林学士に就任した銭勰《せんきょう》への祝意を述べるなか

従容《しょうよう》として入侍するは、独り太白《たいはく》、楽天《らくてん》の詞華を高しとすと雖《いえど》も、論議もて邦《くに》を経《おさ》むるは、復《ま》た徳裕《とくゆう》、敬輿《けいよ》の術業を重んず。

と述べる。唐代の翰林学士を代表する人物として李白（字太白）、白居易（字楽天）、李徳裕、陸贄《りくし》（字敬輿）の四名を挙げたうえで、さらにその四名を李白・白居易と李徳裕・陸贄との二類に分けている。前者は「詞華」すなわち詩文などの藝術性に富む文学ジャンルにすぐれた人材、後者は「術業」すなわち政策論によって国家運営に貢献し得る学識にすぐれた人材(42)。つまり張耒は、翰林学士に求められる能力を「詞華」と「術業」の二つの側面から語っているのである。理想的な翰林学士とは、「詞華」と「術業」の両者を兼ね備えた人材ということになるだろう。その文筆能力について言えば、詩文などのジャンルにおける藝術的表現力だけでなく、堂々たる政策論を展開しうるような論理構築能力もまた重要視されていたのである。

「詞臣」

以下、「詞華」にすぐれた官、すなわち「詞臣」としての側面から翰林学士の活動について見てみたい。

先に宋代の宮廷では「賞花釣魚宴」なる園遊会が開催されるようになったことを述べたが、この園遊会に参加したのはどのような人々だったのか。『続資治通鑑長編』巻二六から、雍熙二年四月丙子《へいし》（二日）の賞花釣魚宴に関する記事をあげよう。

皇帝は、宰相、参知政事、枢密使、三司使、翰林学士、枢密直学士、尚書省の四品以上、両省（中書・門下省）の五品以上の官、三館の学士を召し、後苑で宴を設けた。花を賞し魚を釣り、音楽を演奏させ酒を楽しみ、臣下たちに命じて詩を作らせ弓を習わせた。

宰相、参知政事（副宰相）、枢密院（軍政機関）や三司（財政機関）の長官といった高官たちに加えて、翰林学士も招かれて詩を作っていたことがわかる。「賞花釣魚詩」を今に伝える主立った人物としては王禹偁《おううしょう》、楊億《ようおく》（九七四－一〇二〇）、范仲淹《はんちゅうえん》（九八九－一〇五二）、宋祁《そうき》（九九八－一〇六一）、欧陽脩、韓琦《かんき》（一〇〇八－一〇七五）、司馬光《しばこう》（一〇一九－一〇八六）、王安石など北宋前半を代表する錚々たる文人の名前があげられるが、いずれも翰林学士をつとめた経歴を持つ。

このうち王禹偁《おううしょう》[43]（九五四－一〇〇一）が淳化四年（九九三）、左遷先の商州（陝西省商洛）から呼びもどされた際に長子の嘉祐《かゆう》に贈った詩「雪に対して嘉祐に示す」には、次のような一節がある。

胡為碌碌事文筆　　胡為《なんすれ》ぞ　碌碌《ろくろく》として（あくせくと）文筆を事《こと》とせん

歌時頌聖如俳優　　時（時世）を歌い聖（聖徳）を頌すること俳優の如し

「文筆」の営み、特に「歌時頌聖」すなわち時の皇帝の徳を褒め称える行為を指して「俳優」、すなわち楽人・優人など音楽・演藝に従事する者に類した営みだと言っている。王禹偁は左遷の直前まで政府中枢に身を置き、太宗皇帝の側近く仕えた。右の詩句は、その間の自らの活動なども念頭に置きつつ、「文筆」の営みを「俳優」に類した営みとして否定的にとらえたものである。

王禹偁が「俳優」の語によって「文筆」の営みを喩える言葉は、商州左遷の前、朝廷にあって仕えていた際にも発せられていた。端拱《たんきょう》元年（九八八）の乾明節（太宗の生日）、王禹偁が詩を奉った際の上表「乾明節　祝聖の詩を進むる表」は次のように述べている。

わたくしの詩は宮中で楽曲に載せて歌われる栄誉に浴しましたが、しかし古の「風雅」の詩には遠く及ばないのが恥ずかしく感じられます。とはいえ、めでたい席の杯を傾けながら聴いていただけるならば「俳優」の藝の代わりくらいにはなることでしょう。

図８　散楽図レリーフ

五代（10世紀）の義武軍節度使王処直《おうしょちょく》の墓壁に刻まれたもの。「散楽」とは一種の俗楽。雅楽に対して言う。河北省文物研究所蔵。小川裕充・弓場紀知編『世界美術大全集・東洋編　第５巻　五代・北宋・遼・西夏』（小学館、1998年）による。

自分の詩は「風雅」すなわち『詩経』の詩には及びもつかないが「俳優」に類した役割くらいは果たせるだろう、と謙遜しているのである。ここでは宮廷文学の営みが「俳優」の業《わざ》になぞらえられていることに注目したい。

これまで宮廷文学の担い手として官僚＝文人の存在に注目してきたが、このほかに教坊に属する「楽人」や「優人」、すなわち王禹偁の言う「俳優」の存在も見落とすことはできない。教坊とは、音楽（俗楽）をはじめ舞踊・演劇などを司る機関であり、楽人・優人の管理・養成機関も兼ねていた。唐の玄宗の時代に設置され、宋代に受け継がれた[44]。教坊の楽人・優人は、宮廷の宴席などの場に娯楽を提供する役割を負っていた。そのため、同じ宴席に参加する宮廷文人たちの創作活動とも自ずと密接な関係を有していたのである。宮廷文学の営みを「俳優」の業になぞらえる王禹偁の言葉は、そのような背景のもとに発せられた言葉として読むべきだろう。

翰林学士が、楽人・優人などと共同で執り行う宮廷の文学・藝術活動のひとつとして取りあげてみたいのが、「楽語」「致語」などと呼ばれる作品である。これは音楽・舞踊を伴い、楽人・優人によって奏される一種の韻文であり、五言・七言の詩を含む。明の徐師曾《じょしそう》『文体明弁序説』(45)は次のように解説する。

「楽語」とは優人たちが演技を行う際の言葉である。「致語」とも言う。古の時代、天子・諸侯・卿大夫たちが接見や訪問などを行う際には、親交のために常に宴席の場が設けられたが、その時には音楽が演奏された。『詩経』小雅に収める「鹿鳴《ろくめい》」「四牡《しぼ》」「魚麗《ぎょれい》」「嘉魚《かぎょ》」などの篇は、いずれもそうした音楽に合わせて歌われる歌であった。……（中略）……宋代の制度では、元旦・春秋・興龍・地成（坤成）などの節日に大規模な宴会が催されたが、その際には楽人による歌楽の催しが行われた。皇帝は詞臣（翰林学士）に命じて「致語」を作らせ、それを教坊の楽人たちに与えて習い歌わせた。また役人が民と宴会を開くときも、雑戯の上演は行わないものの会の冒頭でうたわれる歌があった。これもまた「楽語」と呼んだ。

宋王朝の宮廷で「楽語」「致語」が奏される宴席は明確に儀式化されていた。『宋史』楽志一七・教坊は、その式次第について次のように説明する。

春宴・秋宴・聖節（皇帝の生日）の三大宴の式次第は次の通り。第一、皇帝が席に着き、宰相が酒を薦める。庭では篳篥《ひちりき》が奏され、その他の楽器がそれに和す。群臣に酒が下賜され、全員が席に着く。宰相が酒を飲み、

「傾盃楽」の詞を作る。百官が酒を飲み、「三台」の詞を作る。第二、皇帝が再び盃を挙げ、群臣が席の後ろに立つ。歌とともに音楽が奏される。第三、皇帝が盃を挙げ、第二の作法にならって同様のことを繰り返す。順次食事を進める。第四、百戯（各種の演劇・演藝）の上演。第五、皇帝が盃を挙げ、第二の作法にならって同様のことを繰り返す。第六、楽人が挨拶の言葉を述べ、それに続けて詩が詠じられる。この詩を「口号」と呼ぶ。皇帝の徳を称え、内外の平和を言祝ぐ内容の詩である。その際に群臣は全員起立し、終わると再拝する。第七、大曲（長篇の楽曲）を合奏する。第八、皇帝が盃を挙げ、殿上では琵琶の単独演奏がなされる。第九、少年たちが集団で舞い、言葉を述べて皇帝の徳を称える。第十、雑劇が終わると、皇帝は衣裳直しのため退席。第十一、皇帝は再び着席し、盃を挙げる。殿上では笙の単独演奏。第十二、蹴鞠《けまり》。第十三、皇帝が盃を挙げ、殿上では箏の単独演奏。第十四、女子の集団での舞い、少年たちのときと同様、言葉を述べる。第十五、雑劇の上演。第十六、皇帝が盃を挙げ、第二の作法にならって同様のことを繰り返す。第十七、鼓吹曲の演奏。法曲、あるいは亀茲《きゅうじ》（いずれも西域系統の楽曲）を用いる。第十八、皇帝が盃を挙げ、第二の作法にならって同様のことを繰り返す。食事の終了。第十九、角觝《かくてい》（一種の武藝）が演じられ、宴が終わる。

春宴・秋宴・聖節の三大宴は、全部で十九の式次第によって構成されていたこと、教坊の演目が配置されていたこと、そしてそのなかで「口号」（言葉を述べる、言葉にして発するといった意）と呼ばれる詩が詠じられたことがわかる。

北宋を代表する文人蘇軾《そしょく》[46]（一〇三六－一一〇一）は、元祐元年から四年（一〇八六－八九）の間、翰林学士をつとめた。その際に宮中の宴席で詠じられた作をのこしている。『東坡七集』本『東坡内制集』附録の楽語類に収める。同書によって列挙すると次の通り。括弧内は同書に記される制作時期。

「坤成節集英殿宴教坊詞」（元祐二年七月十五日）

「集英殿秋宴教坊詞」

「興龍節集英殿宴教坊詞」（元祐二年）

「紫宸殿正旦教坊詞」（元祐四年）

「興龍節集英殿宴教坊詞」

これらは、いずれも「教坊致語」「口号」「勾合曲」「勾小児隊」「隊名」「問小児隊」「小児致語」「勾雑劇」「放小児隊」「勾女童隊」「隊名」「問女童隊」「女童致語」「勾雑劇」「放隊」といった十五の作品からなる。一種の組詩と言っていいだろう。「勾」は引き入れる、「放」は送り出すの意。教坊の優人・楽人が入退場する際に朗唱されたものと推測される。これら十五の作品の配列を見ると、右にあげた『宋史』楽志が記す式次第の第六・七・九・十・十四・十五などに対応していることがわかる。

蘇軾の「楽語」は、宋代にあっては『内制集』の一部として伝えられたと推測される。通常の蘇軾詩集、例えば南宋に編まれた王十朋《おうじっぽう》集注『百家注分類東坡先生詩（集注分類東坡先生詩）』や施元之《しげんし》等注『注東坡先生詩（施注蘇詩）』などは収めない。後に編まれた詩集、例えば清の馮応榴《ふうおうりゅう》輯注『蘇文忠公詩合注』は「致語」「口号」の作を抜き出して収めるが、それ以外の作はやはり収めない。『内制集』は、翰林学士として制作した文章の集成という性格を持つ集であり、各種の詔勅などが収められる。『内制集』と通常の詩集とでは、収録作品の選択の基準が異なっていたと考えられる。「楽語」の類は詔勅などと同様、一種の公文書的な性格を帯びた作品であり、詩集に収めるにはそぐわないと見なされていたのだろう。(47)

遍在する権力　権力の内面化

官僚＝文人たちにとって、宮中の各種宴席に参加し詩を作ることは最高の栄誉であった。賞花釣魚宴に加わった体験を持つ王禹偁は、太宗の淳化三年（九九二）、左遷先の商州での作「謫居　事に感ず」のなかで次のように述べている。

内朝長得対、駕幸毎教随
瓊苑観雲稼、金明閲水嬉
賞花臨鳳沼、侍釣立魚坻

内朝　長《つね》に対するを得、駕幸（皇帝の外出）毎《つね》に随わしむ
瓊苑《けいえん》（園の名）に雲稼《うんか》（収穫）を観、金明（池の名）に水嬉《すいき》（舟遊び）を閲す
花を賞して鳳沼（禁中の池）に臨み、釣に侍して魚坻《ぎょち》（釣魚台）に立つ

王禹偁は前年まで、知制誥をつとめるなど政府の中枢にあって太宗の側近く仕えた。その栄光の日々を振り返るなか、内朝で催された賞花釣魚宴にふれている。屈折したかたちではあるが、賞花釣魚宴に対する恋々たる心情があらわれていよう。

このように、朝廷を離れた外任の官僚＝文人にとっても賞花釣魚宴は気になるものであったらしく、なかには遠く赴任先から詩を上呈する者もあった。例えば、仁宗のときに翰林学士をつとめた王珪《おうけい》（一〇一九－八五）は「枢密院直学士知鄧州王琪の後院賞花釣魚に和する詩を進むるに奨諭《しょうゆ》を賜《たま》う　詔《みことのり》」と題する詔を書いているが、これは鄧州（河南省鄧州）の知事をつとめる王琪《おうき》が「賞花釣魚詩」を奉ってきたことを褒め称えたものである。皇帝の潜在的な命令の力は、朝廷外にも広く及んでいたということだろう。皇帝権力の遍在とも言うべき事態をここには見て取れる。

皇帝の潜在的な権力が朝廷の外にも広く及ぶということは、見方を変えて言えば官僚＝文人たちが皇帝の権力を自己の内部に取り込んでいたということでもある。文人たちは外部にある権力によって制御されるだけではない。自ら進んで権力の意思を取り込み、それを自らに対して行使する。つまり自分で自分を制御するのだ。近年、各種の権力論（特に「規律《ディシプリン》権力」をめぐる議論）でしばしば説かれるところの「権力の内面化」である。権力は外からだ

けでなく、内からもやって来る。それによって、権力の支配はより巧妙かつ隠微なかたちで徹底されてゆくのである。
右に見た王琪による「賞花釣魚詩」献上の例について言えば、王琪は実際には命令されていないにもかかわらず、自ら進んで詩を作り、遠く地方から朝廷へと献上した。いわば応制の自作自演。こうして応制という文学制作システムは朝廷外へと広く波及してゆく。これを踏まえて敢えて極端な言い方をするならば、次のように言ってもいいだろう。帝制下にあって書かれた文学はすべて宮廷文学であり、応制の文学であった、と。

いま述べた点に関連して、ふたたび時間軸を溯ってみよう。唐代の初め、宮廷サロン文学華やかなりし初唐の時代へと。初唐の則天武后《そくてんぶこう》[48]期を代表する文人沈佺期《しんせんき》[49]（六五〇?―七一三?）は、数多くの応制詩をのこす典型的な宮廷文人であった（張説《ちょうえつ》、蘇頲《そてい》に次いで多い）。しかし、その沈佺期とて生涯を通じて朝廷に身を置きつづけたわけではない。役人の常として、朝廷を逐われたときもあった。則天武后の退位に伴って安南（ベトナム）へと左遷される旅の途中、広東の北に横たわる大庾嶺《だいゆれい》を越えた際に、沈佺期は「遥かに杜員外審言の嶺を過《よぎ》るに同ず」と題して次のような詩を書いている。同じく左遷され、先に嶺を越えて安南へと赴いた友人の杜審言《としんげん》（六四五?―七〇八）に向けて書き送った作。『唐詩選』にも採られる。

天長地濶嶺頭分　　天は長《はる》かに地は濶《ひろ》く　嶺頭に分かたる
去国離家見白雲　　国を去り家を離れて白雲を見る
洛浦風光何所似　　洛浦の風光　何の似る所ぞ
崇山瘴癘不堪聞　　崇山《すうざん》の瘴癘《しょうれい》　聞くに堪えず
南浮漲海人何処　　南のかた漲海《ちょうかい》に浮かびし人は何処
北望衡陽雁幾群　　北のかた衡陽を望めば雁は幾群ぞや

両地江山万余里　　両地の江山　万余里

何時重謁聖明君　　何《いず》れの時にか重ねて聖明の君に謁せん

（遥かなる天と大いなる地は連なる嶺《みね》に分かたれ、王都を去り宮居《みやい》を遠く離れて白雲を眺める。洛水のほとりの景色とは似ても似つかぬところ、崇山の毒気は聞くに堪えない。南の漲海に船を浮かべる友はいま何処、北の衡山を振り返っても雁の群は見えない。我々が向かう南の地は都とは万余里の江山に隔てられている。英明なる大君にふたたび拝謁することがかなうのはいつのことか。）

都を遠く離れた嶺南の地の異なる風土をうたいつつ、友への思いを述べる作。「国」と「家」、合わせるならば「国家」とは、朝廷あるいは皇帝を指し示すか。「崇山」はベトナムの山。「漲海」は今の南シナ海。「衡陽」は湖南省にある衡山。「陽」は山の南斜面。衡山には回雁峰なる峰があり、雁はそこまで来るとさらに南には向かわず北へ帰るとされた。つまり雁の飛来する南限の地。中国では古くから雁は書簡を運ぶ動物と見なされてきた（もうひとつが鯉）。雁の姿が見えぬとは、嶺南が都の便りも届かぬ僻地であることをいう。

ここで特に注目したいのは尾聯、友に向けて呼びかける言葉。沈佺期は言う。いつの日にか、二人そろって英明なる天子にふたたび謁見したいものだ、と。こうして本詩が皇帝の存在を前面に出すことで締めくくられているのに注意しよう。詩題が示すように、本詩は友との間に交わされた作である。ならば自分と友との関係性を表現すれば、それで事足りるはずである。にもかかわらず本詩に表現されるのは友との関係性だけではない。自分と友との二人に加えて、皇帝という存在が第三項として詩のなかに導入されるのである。

同様のことは、次にあげる李白「送別、書字を得」についても言える。なお、詩題の「書字を得」とは、送別の宴で参会者が詩を作る際に韻字を割り振り、その結果、李白には「書」字が割り当てられたことを言う。

水色南天遠、舟行若在虚　　水色　南天に遠く、舟行　虚に在るが若し
遷人発佳興、吾子訪閑居　　遷人　佳興を発し、吾子　閑居を訪う
日落看帰鳥、潭澄羨躍魚　　日落ちて帰鳥を看、潭澄みて躍魚を羨む
聖朝思賈誼、応降紫泥書　　聖朝　賈誼《かぎ》を思い、応《まさ》に紫泥《しでい》の書を降すべし

（遥か南の彼方まで水面がひろがり、舟はまるで虚空を行くかのよう。放逐されたわたしは深い感慨を催し、君はわざわざ侘《わ》び住まいのわたしを訪れてくれた。日が沈む空に塒《ねぐら》へと帰る鳥を眺め、澄みわたる水に踊り飛ぶ魚を羨む。聖上は賈誼のごとき君を思いやり、紫の封泥の書を降してくださることだろう。）

最後の二句は、旅立つ友（未詳）を漢の賈誼《かぎ》、すなわち才能を有しながらも朝廷を逐われ左遷された不遇の文人になぞらえて言う(50)。いつかきっと聖上は、賈誼にも匹敵する才徳の持ち主である君を朝廷に呼びもどす命令書を下されることだろう、と。このように見送る者が旅立つ者を励ます言葉を餞《はなむけ》として贈るのは、送別詩によく見られる型となっている。注目したいのは、先に見た沈佺期が杜審言に書き送った詩の場合と同様、この餞の言葉が自分と友との関係性だけで成り立つのではなく、皇帝という第三項が加わっていることである。なぜ、自分と友との関係性のなかに皇帝という存在を持ち込むのか。あたかも二人の友情は皇帝によって支えられていると見なされているかのようではないか。帝国全土に遍在する皇帝の力によって。ここにも皇帝権力の遍在、ひいてはその内面化は間接的にあらわれているのではないだろうか。

遍在する皇帝権力、その内面化があらわれた例として、さらに杜甫(51)（七一二―七七〇）の詩を読んでみよう。杜甫は、皇帝＝朝廷へのあこがれを懐きつつも、結局はそこへと到達できなかった文人である。若き日に科挙に応ずるも落第して各地を放浪。天宝十四載（七五五）、右衛率府兵曹に任じられるのが四十四歳のときのこと。至徳二載（七

五七）、左拾遺となるも、翌乾元元年には華州（陝西省華県）司功参軍に左遷される。翌年、ついに官を辞し、秦州（甘粛省天水）を経て蜀の成都に向かう。剣南節度使の厳武《げんぶ》の庇護を受けるなどして、成都郊外に構えた草堂を拠点に数年を過ごす。広徳二年（七六四）、厳武の幕下、節度参謀・検校工部員外郎となるが、翌永泰元年に辞して成都を離れる。以後、長江沿岸の夔州《きしゅう》（重慶市奉節県）など辺境の地を転々とし、大暦五年（七七〇）、耒陽《らいよう》（湖南省耒陽県）にて病没。朝廷で皇帝の傍近く仕え、「君を堯舜に致す」（君主を堯舜にも匹敵する聖天子となすべく貢献することを言う定型句、杜甫に限らず官僚＝文人が繰り返し語る理想）ことを夢見た杜甫であったが、実際はかかる官僚としての栄光とは無縁の、もっぱら朝廷の外を這いずりまわって生きた生涯であった。晩年の作「冬至」は、南方の辺境を放浪するなか次のようにうたう。

年年至日長為客　　年年　至日　長《つね》に客と為り
忽忽窮愁泥殺人　　忽忽たる窮愁　人を泥殺《でいさつ》す
江上形容吾独老　　江上の形容　吾は独り老い
天涯風俗自相親　　天涯の風俗　自《おの》ずから相い親しむ
杖藜雪後臨丹壑　　杖藜《じょうれい》　雪後　丹壑《たんがく》に臨み
鳴玉朝来散紫宸　　鳴玉　朝来

図9　詩聖杜拾遺像

「詩聖」は詩の聖人の意。「拾遺」は杜甫が左拾遺の官についたことによる。成都杜甫草堂石刻拓本。

紫《し》宸《しん》に散ず

心折此時無一寸　　心折れて此の時に一寸も無く
路迷何処見三秦　　路迷いて何処にか三秦を見ん

（来る年も来る年も冬至の日はいつも旅の空、言い知れぬ愁いにぐずぐずとつきまとわれる。長江のほとりにひとり老いさらばえた姿をさらし、天の果ての風俗にもいつしか親しむようになった。アカザの杖をつき雪の晴れ間に赤い岩肌の谷を前にする今、都では高位の方々が佩玉を鳴らしつつ朝方に紫宸殿より退出する頃合い。わが心は粉々に砕けて一寸たりとも形をとどめない。いったいどこが三秦〔長安〕なのか、帰るべき道をさがしあぐねる。）

また、最晩年の作「小寒食、舟中の作」は次のようにうたう。「寒食」は冬至の後の百四〜六日。この三日間は火を用いることを禁じ、あらかじめ作り置きした食物を食す。寒食の三日目が「小寒食」。

佳辰強飲食猶寒　　佳辰に強《し》いて飯すれば食は猶お寒く
隠几蕭条帯鶡冠　　几《き》に隠《よ》りて蕭条として鶡冠《かつかん》を帯ぶ
春水船如天上坐　　春水　船は天上に坐するが如く
老年花似霧中看　　老年　花は霧中に看るに似る
娟娟戯蝶過閑幔　　娟娟《けんけん》たる戯蝶は閑幔を過ぎ
片片軽鴎下急湍　　片片たる軽鴎は急湍《きゅうたん》を下る
雲白山青万余里　　雲白く山青くして万余里

愁看直北是長安　　愁え看る　直北は是れ長安
（春の佳き時節に強いて飯を口にするが今日もまだ冷たい物しかなく、脇息《きょうそく》に寄りかかり侘びしくも雉《きじ》の羽を飾った隠者の帽子をかぶっている。春の水に浮かぶ船のうえはまるで天上に坐しているかのよう、年老いた眼に花々はぼんやりと霧の向こうに眺めるかのよう。あでやかに舞う蝶はしずかに揺れる幔幕を通り過ぎ、ひらひらと飛ぶ鴎は早瀬を下ってゆく。雲白く山青き万余里の彼方、愁いつつ眺めやる真北こそはまさしく長安の都。）

いずれの詩にも、老残の身で旅する悲哀をうたうなか、都長安を思う言葉が発せられる。杜甫の心は、ぶれることなく北に位置する都長安を指し示しているのだ。皇帝権力の内面化、それがすなわち「忠義」と呼ばれるものである。杜甫は、宋代に至って「一飯も未だ嘗《かつ》て君を忘れず」（蘇軾「王定国詩集叙」）と称えられるなど「忠義」の文人の典型と見なされてゆく。「忠義」と呼ぶことが適切であるか否かは措くとして、右の詩には内面化された皇帝権力、もしくは遍在する皇帝権力の影をはっきりと見て取れよう。また、それを前提にすることによって、詩に表現された杜甫の悲哀はいっそう陰影を増すのではないだろうか。

第四節　文学と権力批判

「ペンは剣よりも強し（The pen is mightier than the sword）」[52]――一見するとこれは「剣」の暴力に対峙するものとしての「ペン」=言語の非暴力を説いた言葉であるかに見える。だが、そう考えるのは必ずしも適当ではない。「ペン」と「剣」とが同じ地平に並べて比較されているのを踏まえるならば、むしろこれは言語の持つ暴力性を指摘した言葉として読むべきである。「ペン」にもまた一種の暴力＝権力がそなわっているのだ、と。冒頭に引いたロラン・バルトが「たとえ権力の外にある場所から語ったとしても、およそ言説には、権力（支配欲）がひそんでいる」と述べたのは、まさしくこの暴力＝権力を問題化したものであろう。本節で考えてみたいのは、こうした「言語の権力」言い換えれば「ペンの力」についてである。かつて中国にあって「ペンの力」はどのような形をとっていたのか。また、それは国家の統治権力との間にどのような関係を取り結んでいたのだろうか。

経典の権力

漢代には儒家思想が国家の根本的なイデオロギーとして位置づけられるに至る。その過程で『尚書』や『詩経』が儒家の経典となっていったこと、先にふれた通りである。また、先に漢の朝廷による言語・文化に対する統御の諸相を見たが、経典の制定もその一環をなす。書物は皇帝権力によって経典として認定され、またそのことによって権威＝権力を獲得するに至ったのである。

前近代の中国にあって、経典の権威＝権力は言語空間全体を支配し統御していたと言っても過言ではない。結果として、あらゆる言語表現行為にはつねに経典の影が張りついているかのように見える。経典の持つ圧倒的な影響力について、ここではある書物の文学史言説を取りあげて確認しておこう。すなわち、梁・劉勰《りゅうきょう》[53]（四六五？－五三二？）の『文心雕龍《ぶんしんちょうりゅう》』、全五十篇からなる文学理論書。本書の前半部はいわゆる文体《ジャンル》論。韻文・散文の各種文体ごとにその特質や沿革を述べる。後半部はいわゆる創作論。「神思（イマジネーション）」や「比興（比喩・象徴表現）」など、文学をめぐるさまざまなテーマ・概念を取りあげて考察を加える。その総合性・体系性において空前にして絶後の書物である。[54]

『文心雕龍』の全体に渉る検討は措くとして、ここで注目したいのは本書冒頭の構成である。冒頭第一篇には「原道（「道」の原理論）」の篇が置かれ、次いで「徴聖（聖人論）」、そして「宗経（経典論）」の各篇がつづく。まずは最も根本的な前提として、宇宙の根本原理たる「道」が措定される。その「道」を理解する能力を有するのが聖人であり、聖人の言葉を書き記した書物が経典である。劉勰が本書の冒頭で示そうとしたのは、こうした道→聖人→経典という図式で示される言語＝文学生成のメカニズムだったと理解していいだろう。この冒頭部分を受けて、『文心雕龍』には以下、『楚辞』、五言の詩、楽府、賦といった各種文体の発生を説く文学史的記述がつづく。そうした一連の中国文学史の発端であり基礎でもあるのが、道→聖人→経典という流れであった。つまり、すべての文学作品の源流を遡ってゆくと経典、さらには経典に記された「道」に行き着くということになる。

「道」は、凡人にはそれにアクセスする途は閉ざされているのであるから、さしあたっては考慮の外に置いてもいい。問題となるのはやはり経典である。経典は、聖人ならずとも知識人であれば誰もが読むことができる。また知識人たる者、必ず経典を読まなければならない。こうして、知識人の言語表現行為において経典の持つ意味は特別のものとなってゆく。『文心雕龍』宗経は、経典について次のように述べる。

　性霊の鎔匠《ようしょう》にして、文章の奥府なり。淵なるかな鑠《しゃく》たるかな、群言の祖なり。[55]
（精神を錬磨する鋳物師《いもじ》にして、文章の奥深い宝蔵。幽遠にして光輝溢れる、あらゆる言葉の始原。）

経典こそはすべての文学ジャンルの汲めども尽きぬ源流であると言う。また、本書の自序とも言うべき序志篇には「其の本源を詳《つまび》らかにすれば、経典に非ざるは莫《な》し」――すべての文学は経典に「本源」を持つという言葉も見える。前近代中国の言語表現にとって、経典が唯一にして絶対の始原をなすものと位置づけられていたことが確認できる。それは言語表現を成り立たせる基盤であったが、一方では言語表現を縛る桎梏でもあっただろう。それを桎梏だと感じた文人はほとんど存在しなかったかもしれないが。

我が国の文学・文化と中国のそれとの違いはどこにあるか。この問いについては、さまざまな回答がなされることだろうが、以上を踏まえてここでは、両者の違いは経典の有無にこそあると言っておきたいと思う。経典を持たぬ文化のなかに生きてきた我々にとって、経典にそなわる権威＝権力を真に理解することはむずかしいのかもしれない。とはいえ我々は、中国の文人・知識人たちがつねに肌身に感じていたであろう経典のあからさまな圧力を想像してみる必要がある。そして、彼ら自身もそれと気づかぬうちに絡め取られてしまった経典の隠微な圧力についてもまた。

「毛詩大序」――『詩経』解釈学

経典の権威＝権力は、経典それ自体に本来的にそなわっていたわけではない。それは後から付与されていった。では、どのようにして付与されたのか。ひとつには経典に対する読み＝解釈を通してである。古今東西、およそ経典なるもの、おびただしい量の注釈・解釈をまとっているのであるが、それらは経典の経典たる所以、経典の権力性を強化する役割を負っていたのである。ここでは以下、『詩経』の解釈学について見てみよう。

もとは『詩』とのみ呼ばれていた古代の歌謡集は、漢代に至って『詩経』となる（ただし書名として用いられるのは宋代になってから）。もちろん、一朝一夕に経典となったわけではなく、古くより孔子の教団で一種の教科書として扱われるなど、経典となるにふさわしい前史を有していた。『論語』のなかには、孔子が弟子たちに『詩』の重要性を説いた発言が多く見える。例えば陽貨篇には『詩』の持つメリットを列挙して次のように述べる。

詩は以て興《おこ》すべく、以て観るべく、以て群すべく、以て怨むべし。邇《ちか》くは父に事《つか》え、遠くは君に事え、多く鳥獣草木の名を識《し》る。

詩という文学作品にそなわる機能を正面から論じた最初期の文学論として貴重である。孔子は、「興」＝心情表出、「観」＝認識・観察、「群」＝社会（社交）的機能、「怨」＝カタルシス（精神的浄化）などの面から、次いで「父に事う」＝孝や「君に事う」＝忠といった道徳の涵養という面から詩のメリットを説く。最後には鳥獣草木の名前を知ることができるというメリットにもふれている。これは一見すると取るに足らぬことのように見えるが、じつは意外にも文学にそなわるメリットの最も根本的な所を衝いているのではないか。我々が知る物の名前のうち、文学を通して得たものがいかに多くを占めていることか、少し振り返ってみるだけで誰もが気づかされるであろう。

漢の初め、『詩経』を伝承し研究する学派はいくつかに分かれていた。主な学派には、魯詩（魯の申培《しんばい》の学派）・斉詩（斉の轅固生《えんこせい》の学派）・韓詩（燕の韓嬰《かんえい》の学派）のいわゆる三家詩と、毛詩（毛亨《もうこう》・毛萇《もうちょう》の学派）があった。前者は今文学派（漢代に通行する隷書で書かれた経書に拠る学派）、後者は古文学派（秦代以前の篆書などで書かれた経書に拠る学派）に属する。このうち三家詩は衰亡し、毛詩だけがのこる。そのため以後、『詩』は『毛詩』と呼ばれるようになる。

『毛詩』には、詩に対する解釈が序と注のかたちで施された。序は各篇に附されて詩の背景や意図の説明を行い、注は本文の字句の説明を行う。後漢の儒学の大家鄭玄《じょうげん》(56)による注釈と合わせて、正統的な『詩経』解釈学として受け継がれてゆく。後に南宋の朱熹《しゅき》が新たな儒学＝宋学の体系を打ち立てると、新たな解釈として『詩集伝』などが著わされるに至るが、その後も引きつづき『詩経』解釈学として一定の地位を保った(57)。

『毛詩』の序のうち、冒頭に収める「関雎《かんしょ》」に附された序文は他の序と異なって分量も多く、しかも詩なるもの全体についての根本的な議論を展開する。これを他の序（「小序」）と区別して「大序」と呼ぶ。その作者や成立時期については諸説あるが、漢代に毛詩学派に属する某氏が著わしたものと考えられる。次にその一部をあげよう。「国風」の詩に附された序文でもあることから、ここでの論述は「風」の語義の説明を柱にして展開される。

詩とは「志（思想・心情）」のあらわれである。心のなかにあるのが「志」であり、それが言葉となってあらわれたのが詩である。感情が心のなかに動き、それが言葉となってあらわれる。言葉にしても足りないときは、思いを込めて声に発する。思いを込めて声に発しても足りないときは、声を長く伸ばしてうたう。声を伸ばしてうたっても足りないときは、知らず知らずのうちに手を舞い動かし、足を踏みならす。

感情が声となってあらわれ、その声が美しく響くとき、それを「音（音楽・歌声）」と呼ぶ。治世の音は安らかで楽しそうだ。その政治が調和しているからである。乱世の音は怨みがましく憤りに満ちている。その政治が道を踏み外しているからである。亡国の音は哀しく憂わしげだ。その民が苦しんでいるからである。ゆえに為政者の得失を正し、天地を動かし、鬼神に働きかけるには、詩ほどふさわしいものはない。先王たちは、詩によって夫婦の関係を調和させ、孝と敬とをまっとうさせ、人倫を厚くし、教化を良くし、風俗を変えたのであった。

かくして詩には六つの原理がある。第一が「風」、第二が「賦」、第三が「比」、第四が「興」、第五が「雅」、第六が「頌」。上に立つ者は下にある者を教化（「風化」）し、下にある者は上に立つ者を諷刺（「風刺」）し、音楽に載せて（「文」＝穏やかで美しい言葉によって）諌めの意を訴える。それを言う者に罪はなく、それを聞きいれる者は自らの戒めとできる。だから、かかる歌を「風」と呼ぶのである。

王道が衰え、礼儀が廃れ、政治の教化が失われ、王朝の政が変わり、人々の暮らしが移りゆくと、「変風」「変雅」なるものが起こってきた。国の史官は政治の得失の経緯を明らかにし、人倫の衰亡を悲しみ、刑罰の苛烈であるのに心傷め、思いをうたって上に立つ者たちを諷刺（「風」）したのだ。

詩とは何か。詩の機能・目的について真正面から論じたきわめて貴重な資料である。『論語』に見られる孔子の詩論と比較するならば、その体系性・総合性において格段の進歩が見られる。

引用の冒頭部分では、詩なるものを人の内面の精神世界の発現としてとらえる。今日でも最大公約数的な定義として通用するような普遍的な見方が述べられている点には少なからず驚かされる。それを承けて右の序は、詩を政治的・社会的な背景のなかに位置づけて論じる。(58) 詩とはそれが生み出された時代の政治の善し悪しを反映するもの、すなわち政治の鏡であるという見方、また、そうであるがゆえに国をより正しい方向へと導く有効な手段・道具となり得るという見方が提示されている。

では、詩はどのような機能によって社会を正しい方向に導くのか。ここでキーワードとなるのが「風」である。「風」はここでは「風化」と「風刺」との二つに分けられる。前者は上から下へと向かう、善なる為政者による民の教化。後者は下から上へと向かう、善なる臣・民による為政者への批判。両者は並び立つ関係にあるが、序文全体の文脈を踏まえるならば、主眼はどちらかと言えば後者の「風刺」（「諷刺」）に置かれている。

以上を要するに「毛詩大序」の文学論は、文学作品を帝王＝為政者を中核とする権力システムのなかに位置づけた点で大きな特色を持つ。それは各篇に附された「小序」にも通底する。以後、この『毛詩』解釈学の文学観が中国文学の綱領にして公理とも言うべき重要な位置を占め、中国文人の文学観を決定づけることとなる。後の宋代には、『毛詩』の序文に示された解釈に対する疑念が提出されるようになり（いわゆる「疑序」）、やがては序文が廃される（いわゆる「廃序」）までに至る。例えば、朱熹『詩集伝』は序文を採らない。しかし、朱熹の解釈も含めて根本的なところでは『毛詩』解釈学の枠組みは維持されつづけたと考えていい。善くも悪くも「毛詩大序」の文学観は、中国の文学が負わなければならなかった宿命と言うべきであろう。

ここで「毛詩大序」の文学観と密接に関連するものとして、「採詩」「陳詩」なる制度についてふれておきたい。当時、古く中国には「採詩の官」が設けられ、各地の民間歌謡を採集することが行われていたと考えられていた。その種の官が実在したかどうか、じつはきわめて疑わしいのであるが。例えば『礼記』王制には「天子は五年に一たび巡守（巡幸）す。……（中略）……大師（楽官）に命じて詩を陳《の》べしめ以て民風を観る」、また『漢書』藝文志には「古に採詩の官有り。王者　風俗を観、得失を知り、自ら考正する（我が身を正す）所以《ゆえん》なり」とある。

「採詩」とは、ひとことで言えば帝王を中核とする権力システムのなかに詩を組み込む制度である。ここには次のような考え方のあらわれを読み取ることもできる。すなわち、詩は帝王に帰属する帝王の所有物であり、したがって詩の最終的かつ究極の読者は帝王である、という考え方のあらわれを。今日、我々は次のように考えているかもしれない。「詩はそれを書いた作者のものである」、あるいは「詩は広く公衆に読まれるべきものである」等々と。だが、これらは近代以降に明確となった文学観に過ぎないことを、「採詩」とそれをめぐる言説はあらためて気づかせてくれるだろう。

「諷諫」――権力の分有

前掲「毛詩大序」には「下は以て上を風刺し、文を主として譎諫《けつかん》す。之《これ》を言う者は罪無く、之を聞く者は以て戒《いまし》むるに足る」とあって、詩による権力批判が容認、というよりはむしろ奨励されている。これによって文人ひとりひとりに皇帝権力を批判する「ペンの力」が分け与えられることとなった。言い換えるならば、権力の分有が行われたのであり、きわめて重要な出来事と言えよう（ただし近代的な「言論の自由」とは若干異なること、後に述べる通りである）。以後、この考え方は経典の権威＝権力に支えられてひとつの絶対的な伝統となり、中国の文学に受け継がれてゆく。

では、文人たちは自らに与えられた「ペンの力」をどのように行使しただろうか。前節までに見てきた宮廷文学の「言語侍従」にあっては、それが行使されることはほとんどなかったかに見える。誰もが思うだろう。そこで行われていたのは、御用文人の阿諛《あゆ》追従《ついしょう》にほかならないではないか、と。確かに、その通りである。だが、その宮廷文学の営みにあっても、文人たちは「ペンの力」を行使して政治的権力を批判しようとしていたのだ。皇帝のお膝元で営まれる宮廷文学であるからこそ、権力批判は文学のあるべき姿として期待され奨励されていたと言ってもいいだろう。そのことは、第二節に引いた班固「両都の賦」序からも見て取ることができる。そこには「言語侍従の臣」などの言論活動について述べるなか「下情を抒《の》べて諷諭を通ず」という言葉がある。朝廷での言論活動の根幹をなすものとして「諷諭」＝権力批判が位置づけられていたことがわかる。皇帝の側近くで行われる文学活動であるがゆえに、よりいっそう公式的な理念が前面に出るのだと考えられる。

同様のことは、司馬相如の賦についても言える。『史記』司馬相如伝の賛には「相如は虚辞濫説多しと雖《いえど》も、然れども其の要帰《ようき》（主要目的）は之《これ》を節倹（奢侈を戒め倹約を旨とする態度）に引《みちび》く。此れ詩の風諫と何ぞ異ならんや」とある。司馬相如の賦の制作の目的は皇帝の豪奢な営みを描写することにあるのではなくて、それを通して皇帝に倹約の道徳を諭すことにある。そこにこそ『詩経』の「風諫」と同じ権力批判の精神のあらわれを認めることができるのだと言うのだ。実際、司馬相如「上林の賦」の最後の部分には、亡是《むぜ》公が奢侈を諫める言葉が見える[59]。

『詩経』の「風刺」「風諫」の精神を受け継ぐ詩として、楽府《がふ》と呼ばれる作品群がある。楽府とは、もとは前漢の武帝のとき宮中に設置された役所の名称。そこでは祭祀や各種儀礼のための楽曲の制定や民間の歌謡の採集・整理が行われた。やがてそこで採集・整理された歌も役所の名を用いて楽府と呼ばれるようになる。漢・魏の頃の楽府（古楽府）は楽曲を伴っていた。その後、楽曲のほとんどは失われてゆくが、古楽府の標題（楽府題）やテーマ・モテイーフを模倣する摸擬作が盛んに書きつづけられてゆく。[60]

楽府とりわけ民間歌謡としての楽府については、儒家的な立場からその意義が説かれてきた。例えば『漢書』藝文志・詩賦略は次のように述べる。

　武帝が楽府を設立し、歌謡を採集するようになってから、代《だい》や趙の謳《うた》や秦や楚の風《うた》が世にあらわれた。どれもみな哀楽に心動かされ、出来事に触発されたものであり、それによって風俗をよく観察し、人情の厚いか薄いかを知ることができる。

先にあげた「毛詩大序」に見られるのと同様の詩としての効能が語られている。そもそも楽府による民歌の採集は、古の「採詩」「陳詩」の制度を受け継ぐものであったと考えるべきであるが、その「採詩」「陳詩」が「毛詩大序」の文学観と密接に関連することは先に述べた通りである。楽府の目指すべきモデルとして、『詩経』の詩が確固として位置づけられていたのである。

唐代にあって、「諷諭」＝権力批判の手段として楽府の役割を再認識し、それを理論化したのが中唐の白居易《はくきょい》[61]（七七二－八四六）である。単に理論化しただけでなく、「新楽府」と称する作品の制作にも自覚的に取り組んだ。権力批判の詩としての楽府詩史において白居易の果たした役割はきわめて大きい。「新楽府」の制作によって彼が目指したのは、ひとことで言えば『詩経』の「諷諭」の復活。「新楽府序」（元和四年〔八〇九〕）は、自らの楽府詩について次のように述べる。

　合わせて九千二百五十二語、五十篇に分かつ。篇に定まった句数なく、句に定まった字数なく、詩の内実

（「意」）に係る作であって、表現（「文」）に係るのではない。冒頭の句に題目を掲げ、末尾に言わんとするところ（「志」）を明らかにするのは、『詩経』三百篇の精神を受け継ぐ。その表現は質実にして率直であり、これを読む者は容易く理解できる。その言葉は率直にして適切であり、これを聞く者は戒めとすることができる。その中身は確固として真実であり、これを採集すれば真実を伝えることができる。そのスタイルは自然にして自由であり、楽曲に載せてうたうことができる。総じて言えば、君のため、臣のため、民のため、物のため、事のために作ったのであって、表現（「文」）のために作ったのではない。

問題なのはあくまでも「意」や「志」すなわち詩の中身であって、「文」すなわち詩の表現のあり方は二の次である。ややもすると文学作品は表現のための表現に陥ってしまいがちであるが、それは断固として避けるべきだと白居易は訴える。これはひとり白居易に限らず、儒家思想をバックボーンとする中国文人の基本姿勢と言っていい。

白居易は、『詩経』以来の「諷諭」の伝統の重要性を繰り返し強調しており、このほかにも親友の元稹《げんしん》に与えた書簡「元九に与うる書」（元和十年（八一五））は『詩経』をめぐって次のように述べる。

「言う者は罪無く、聞く者は戒めとする」（「毛詩大序」）のであって、言う者も聞く者も、双方が真心を尽くさぬことはなかった。周が衰えて秦が興《おこ》るに及び、「採詩」の官は廃止され、上に立つ者は詩によって時政を察して欠を補うことをせず、下にある者は歌によって人としての感情を漏らし訴えることをしなくなった。阿諛《あゆ》追《つい》従《しょう》ばかりがはびこり、過ちを救う道も絶たれるに至った。このとき、『詩経』の六義（六つの原理）は崩れ始めたのである。

「毛詩大序」に奨励されていた「諷諫」の精神を、「毛詩大序」の一節をほぼそのまま引くかたちで確認している。このほか「新楽府」五十首の最後に置かれる「采詩の官」と題する詩にも「言者無罪聞者誡（言う者は罪無く聞く者は誡《いまし》む）」という句があって、同様の趣旨が述べられる。

このような考え方のもと、若き日の白居易は「新楽府」五十首をはじめとする「諷諫」「諷諭」の作品を書き、自ら編集した文集（後に『白氏文集』として集成）に設けた「諷諭」の部に収めた。(62) それらは名も無き庶民の辛苦に寄り添い、その代弁者たらんとする意志に貫かれている。「新楽府」からいくつか例をあげれば、「新豊の臂《うで》を折りし翁」詩は徴兵を逃れるため自らの腕を折った貧しい老人の悲しみを代弁し、「売炭翁」詩は宦官に安く炭を買い叩かれる炭売りの老人の苦しみに寄り添う。こうした詩を書いた先駆的な詩人として、実は唐代にはすでに杜甫がいる。杜甫、とりわけその「諷諭」の作に初めて高い評価を与えたのが、ほかならぬ白居易であった。

杜甫、白居易と受け継がれてきた楽府の精神は以後も一貫して受け継がれてゆく。その例は枚挙にいとまないが、ここでは北宋の蘇軾「呉中田婦歎《ごちゅうでんふたん》」詩を読んでみよう。神宗の熙寧五年（一〇七二）、杭州の通判（副知事）をつとめていたときに書かれた七言古詩。いわゆる新楽府の一種と言っていい作であるが、そのことは詩題にあらわれている。「……歎」という題は楽府系の詩に特徴的なものであった。(63)

今年粳稲熟苦遅　　今年　粳稲《こうとう》　熟すること苦《はなは》だ遅し
庶見霜風来幾時　　霜風を見るを庶《ねが》うも来たるは幾時ぞ
霜風来時雨如瀉　　霜風の来たる時　雨は瀉《そそ》ぐが如く
杷頭出菌鎌生衣　　杷頭　菌を出《い》だし　鎌は衣を生ず
眼枯涙尽雨不尽　　眼枯れ涙尽くるも雨は尽きず

忍見黄穂臥青泥　見るに忍びんや　黄穂《こうすい》の青泥に臥すを
茅苫一月隴上宿　茅苫《ぼうせん》　一月　隴上に宿し
天晴穫稲随車帰　天晴れて稲を穫《か》り　車に随いて帰る
汗流肩赬載入市　汗流れ肩赬《あか》く　載せて市に入れば
価賤乞与如糠粞　価《あたい》は賤《いや》しく乞与《きよ》すること糠粞《こうせい》の如し
売牛納税拆屋炊　牛を売りて税を納め　屋を拆《さ》きて炊く
慮浅不及明年飢　慮は浅く明年の飢えには及ばず
官今要銭不要米　官は今　銭を要《もと》め　米を要めず
西北万里招羌児　西北　万里　羌児《きょうじ》を招く
龔黄満朝人更苦　龔黄《きょうこう》　朝に満ちて　人は更に苦しむ
不如却作河伯婦　如《し》かず　却《かえ》って河伯《かはく》の婦《つま》と作《な》るに

（今年のうるち米は何とも稔りが遅く、秋風が立つのをいつかいつかと待ち焦がれた。いざ秋風が吹けば雨はどしゃぶり、まぐわには菌《きのこ》が生え鎌は苔むすほど。涙は涸れ果てるも雨はやまず、黄色の穂が青黒い泥に倒れ伏すのは見るに忍びない。ひと月のあいだ田の端の茅葺きの小屋に寝泊まりし、晴れれば稲を刈り取り車に載せてその後をゆく。流れる汗に赤い肩を光らせて市場に担ぎ込めば、値段は安く糠《ぬか》やくず米のようにただ同然でくれてやったようなもの。牛を売って税を納め屋根を剥いで炊事の薪にするしかないが、考えの浅い百姓には来年の餓えに備える余裕はない。お上はこの頃、銭で納めよ、米は要らぬと言うが、西北の万里かなたタングートの賊に攻め入られるありさま。朝廷には龔遂《きょうすい》や黄覇《こうは》のような名臣が満ちているというのに何故か民はますます苦しむ。いっそ水神さまの嫁にでもなったほうがましというもの。）

呉（江蘇省から浙江省にまたがる地域）の農婦の苦しみをうたい、朝廷の政治を批判した作品。全篇、農婦の口を借りてうたうと解してもいいし、第三者の視点からうたうと解してもいい。前半は、天候の悪さゆえに満足な稔りを得られぬことを嘆く。だが後半に至って、農民の苦しみは朝廷の政治に起因するものであることが明らかにされてゆく。末尾の二句は、善政を施したことで知られる漢の重臣龔遂・黄覇に当今の高官たちをなぞらえて皮肉を述べる。「河伯」は水中に住む神。その妻になるとは、入水自殺することを示唆していよう。こんな世のなか死んだ方がましだと。

本詩が書かれた熙寧年間は、王安石らによる政治改革、いわゆる「新法」が施行された時期。この改革に対して距離を置く蘇軾は、「旧法党」と呼ばれる守旧派官僚グループに属すと見なされていた。杭州通判となったのも、「新法党」が実権を握る朝廷を避けるために自ら願い出てのことであった。この時期、蘇軾は後に述べるように「新法」の政策を批判する詩を少なからず書いているが、本詩もそのような意図のもとに書かれたと考えられる。

「詩禍」の歴史

ここで蘇軾を取りあげたのはほかでもない。彼が言論の罪に問われ、一種の政治犯となったからである。「之を言う者は罪無し」と説く「毛詩大序」の文学観は、一見すると思想・言論の自由を認めていたかに見える。[64]だが、実際には必ずしもそうではなかった。国家の権力を前にして「ペンの力」が屈従を強いられることも少なくなかった。その代表的なケースが蘇軾の詩をめぐる言論弾圧事案すなわち「烏台《うだい》詩案」である。それについて述べる前に、中国における筆禍事案（「詩禍」「文字獄」などと呼ぶ）の歴史について、南宋の羅大経《らだいけい》『鶴林玉露《かくりんぎょくろ》』乙編巻四・詩禍が記す漢代から宋代に至る筆禍事案の一部を取りあげつつ概観しておこう。

羅大経が「詩禍」の始まりとしてあげるのは、漢・楊惲《ようらん》[65]（？－前五六）の事案。上司と対立し地位を失った楊惲は故郷に帰り、農事に勤しんだ。そのとき作った詩（『漢書』巻六六楊惲伝および楊惲の書簡「孫会宗に報ゆる書」〔『文選』巻四一〕に見える）に次のようにうたう。

田彼南山、蕪穢不治　　彼の南山に田《でん》すれども、蕪穢《ぶわい》にして治まらず
種一頃豆、落而為萁　　一頃《けい》の豆を種うれども、落ちて萁《き》と為る
（かの南の山に田作るが、荒れ果てて稔りは得られない。一頃〔百畝《せ》〕の畑に豆を植えたが、豆は散り落ちてまめがらだけになった。）

一見すると豆作りの苦労を詠じただけの作だが、これが皇帝の不興を買い、後に楊惲が処刑される一因となったと伝えられる。人々はここにどのようなメッセージを読み取ったのか。『漢書』楊惲伝に附される張晏《ちょうあん》の注によると、第一句の「南山」は君主を、第二句は朝廷の腐敗をそれぞれ喩える。そして第三・四句は、「豆」を貞直なる臣下すなわち楊惲自身に喩えて、それが野に見棄てられていることを言うと解する。このような解釈のもと、本詩は朝廷を暗に批判した不敬なる詩と見なされたのである。

次いで羅大経は隋および唐代のいくつかの事案をあげる。ここでは中唐の劉禹錫《りゅううしゃく》(66)（七七二－八四二）の事案を見ておこう。劉禹錫は、柳宗元らとともに王叔文《おうしゅくぶん》の政治改革（「永貞の革新」）に参加するも守旧派の巻き返しにより失脚し、元和元年（八〇六）、南方の僻地朗州《ろうしゅう》（湖南省常徳）の司馬に左遷される。(67)元和十年（八一五）の春、都に召還された劉禹錫は「元和十年　朗州自《よ》り召を承《うけたまわ》りて京に至り戯れに花を看る諸君子に贈る」と題して次のようにうたう。

紫陌紅塵払面来　　紫陌の紅塵　面を払いて来たり

無人不道看花回　　人として花を看て回《かえ》ると道《い》わざるは無し
玄都観裏桃千樹　　玄都観裏　桃は千樹
尽是劉郎去後栽　　尽《ことごと》く是れ劉郎の去りし後に栽《う》う
（都大路に華やぐ紅の塵が顔に吹き寄せ、人はみな「花を見た帰り」と言う。玄都観に咲く千本もの桃、それはすべてわたくし劉氏が去った後に植えられたものだ。）

玄都観は道教の寺院。そこに咲く桃の花を愛でる人々の姿を目にして、劉禹錫は左遷の日々を振り返り感慨を催す。この詩は、羅大経も指摘するように、単に歳月の経過に触発された感慨をうたうに過ぎず、諷刺の意図はないものと読める。しかし、守旧派はここに当てこすりを読み取って、連州（広東省連州）への流謫を命じるのである。(68)

以上に加えて、羅大経は宋代の三つの事案をあげる。すなわち北宋の蘇軾の「烏台詩案」、同じく北宋の蔡確《さいかく》(69)（一〇三七－九三）の「車蓋亭詩案《しゃがいていしあん》」、そして南宋の劉克荘《りゅうこくそう》(70)（一一八七－一二六九）らの「江湖詩案」である。ここでは特に「烏台詩案」について見てみよう。

「烏台詩案」

新法党が実権を握る朝廷を避け、杭州へと転出した蘇軾はその後、密州（山東省諸城）・徐州（江蘇省徐州）・湖州（江蘇省湖州）の各知事を歴任する。湖州知事をつとめていた元豊二年（一〇七九）、蘇軾のもとに御史台（一種の監察機関、柏が茂り多くの烏《からす》が集まったことから「烏台」「烏府」と呼ばれる）から派遣された特使が訪れ逮捕状を差し出す。容疑は朝廷誹謗罪。神宗朝で実施された新法の改革政策を詩にうたって批判したことが問題視されたのだ。都汴《べん》（河南省開封）へと連行された蘇軾は、御史台の獄につながれ、数ヶ月に渉って取り調べを受ける。最終的には自ら罪を認め、死刑も覚悟するが、恩赦によって長江中流に位置する黄州（湖北省黄岡）に左遷され、その地で六年を過ごすこととなる。蘇軾に連座するかたちで弟の蘇轍《そてつ》をはじめ多くの知友が左遷された[71]。

「烏台詩案」は史上初の筆禍事案と言われることもあるが、それはやや正確さを欠く。蘇軾以前にも筆禍を招いた文人は数多い。その一部については楊惲や劉禹錫の事案など先に見た通りであるが、ほかにも韓愈の「仏骨を論ずる表」[72]にまつわる事件などがよく知られる。ただ、蘇軾のケースがそれまでと大きく異なっていることも確かである。まずは事案の全過程がしかるべき文書（起訴状や供述調書などに相当する裁判文書）を伴って記録された点で過去の事案と異なる。過去の事案では経緯の詳細についてはほとんど伝わらないし、かろうじて伝わる断片的な情報も単なるうわさ・流言であった可能性を排除できない。極端な言い方をすれば、本当にそういうことがあったかどうかも実は疑わしいのである。ところが蘇軾の場合、彼の自供内容までもが公的な文書としてのこされた。まとまった裁判文書が世に流出し後世にまで伝わったという点で、まさに空前の事案であった。蘇軾という文人の知名度の高さがこうした文書の伝存につながったと考えられる。このほかにも、蘇軾の詩集、しかも刊行された詩集（『銭塘集〔元豊続添蘇子瞻銭塘集〕』）が証拠として採用されるなど、本事案の特異さを示す点は少なくない。

蘇軾が罪に問われた際に証拠となったのはどのような詩か。先にあげた「呉中田婦歎」のように、あからさまな政治批判を繰り広げる楽府系の作品であったか、というと実はそ

図10　「東坡先生笠屐《りゅうげき》図」

後年、海南島に流されていた蘇軾は友人の家を訪ねる途中、雨に降られたため農家で笠と屐（下駄）を借りる。その姿を見て村の女や子供たちは笑い、犬は吠えかかったという。蘇軾の親しみやすく飾らぬ人柄を伝える図像として古くより多くの作品が画かれてきた。本図は清代に刊行された蘇軾詩集『古香斎施注蘇詩』の巻首に載せるもの。

うではない。なかには次にあげる「山村五絶」其の四のような、一見すると単なる農村風景のスケッチと見えるような七言絶句の小品も含まれていた。

杖藜裹飯去忽忽　藜《あかざ》を杖つき飯を裹《つつ》みて去ること忽忽《そうそう》たり
過眼青銭転手空　眼を過ぐる青銭　手を転じて空し
贏得児童語音好　贏《か》ち得たり　児童の語音好きを
一年強半在城中　一年の強半は城中に在り
（あかざの杖つき飯を包んで慌ただしく出かけたが、もらった銅銭は見る間に人の手にわたる。手に入れたのは何かと言えば、子どもの話す言葉が上品になったことくらい。なにしろ一年のうちほとんどは街場にいるような始末なのだから。）

熙寧六年（一〇七三）、杭州通判時代の作。農民たちが貸付金の授受のために街場に頻繁に出入りするようになったさまをうたうが、言外に朝廷批判の意が込められているとされた。つまり、青苗法の施行を批判した作品である、と。青苗法とは、春の播種期に農民に資金を貸し付け、秋に回収する政策。小農を大地主の搾取から救済し、合わせて政府の資金運用を図ることを目的とする。農民たちはこの手続きのため頻繁に役所のある城内へと出かける必要があった。その非合理を批判する作と解されたのである。この解釈について蘇軾は、そのような意図はないと訴えることもできたのかもしれないが、取り調べの比較的早い段階であっさりと認めてしまう。本当に批判の意図があったか否かはともかく、詩の内容から新法政策との関連を否定することは難しかったということだろう。

もちろん、告発者側の作品解釈のすべてが認められたわけではない。例えば、南宋の葉夢得《ようぼうとく》『石林詩話』巻上には、神宗皇帝と宰相王珪《おうけい》との間で交わされた次のようなやりとりが記されている（同様の記事はほかに北宋の王鞏《おうきょう》『聞見近録』などにも見える）。ただし、これは正式な裁判記録ではない。おそらく当時、蘇軾の詩には、正式な告発対象とならないまでも朝廷批判の意図を読み取れるとされた作が少なくなかったのであろう。

元豊の時、蘇軾は大理（御史台）の獄に繋がれた。神宗はもともと蘇軾を重く処罰するつもりはなかったが、時の宰相（王珪）は「蘇軾には陛下に対する謀反の意図があります」と進言した。それを聞くと神宗は顔色を変えて言った。「蘇軾に罪があるのは確かだが、わたしに対してそのような意図を抱くには至っていないだろう。何故それがわかるのか」。宰相は檜《ひのき》をうたった蘇軾の詩の「根は九泉に到るも曲がる処無し、世間惟《た》だ蟄龍《ちつりゅう》の知る有り」という句をあげて言った。「陛下は天を飛ぶ龍とも言うべき存在です。蘇軾はその陛下に自分を理解してもらえないと思いこみ、あろうことか地底に潜む龍に理解者となってもらおうとしています。これが謀反でなくて何だというのでしょうか」。神宗は言った。「詩人の書いた言葉をそのように捉えてはいけない。この句は単に檜を詠じただけであって、わたしには何の関係もない」。宰相は返す言葉を失った。

宰相の王珪があげた蘇軾の詩は「王復秀才の居る所の双檜」。言葉の表面を読む限りは檜《かい》（ヒノキ科の常緑樹）をうたった詩であるが、王珪は言外に「不臣（謀反）」の意を読み取り、それを蘇軾排除という政治的意図のために利用しようとしたのである。この場合、王珪の読み方に対して神宗が批判を加えたことにより、結果的にその意図は排される。烏台詩案における証拠の詩にも採られていない。

我々の眼から見ても、王珪の「双檜」詩の読み方にはかなり無理がある。ほとんど「附会《ふかい》（こじつけ）」と言っていいが、これに比べると右の「山村五絶」に批判の意図を読むことはさほど筋違いではないように見受けられる。事実、その意図があったことを蘇軾自身が認めているのだ。とはいえ「山村五絶」はあくまでも表面上は山村の農民の暮らしぶりを軽い筆致でうたった作であり、肩怒らせて政治批判を前面に掲げる作ではない。それに対して先にあげた「呉中田婦歎」の場合はどうか。政治批判を前面に掲げた作であり「官は今　銭を求めて米を求めず」というあからさまな言葉も述べられる。この一句こそ、直接的に青苗法を批判したものと言うべきだろう。にもかかわらず「山村五絶」が弾劾の対象となり、「呉中田婦歎」がそうならなかったのは何故か。きわめて興味深い現象ではないだろうか。

もっとも、その理由については次のように推測することも可能である。ただ単に当局側が「呉中田婦歎」の存在を把握していなかったから、と。そのあたりについては、当時、どの詩が当局の眼にふれるようなかたちで流通していたか、蘇軾の詩の流通状況が不明であるため、何とも言えない。だが、仮に当局が「呉中田婦歎」の存在を知っていたとしても、それを告発の材料とするのはためらったのではないだろうか。というのも「呉中田婦歎」が楽府系の諷諭詩であったからである。その種の詩における政治批判は「毛詩大序」以来の伝統として権力の側がむしろ積極的に支持してきたこと、すでに見た通りである。[73]また、ここでは楽府の特性にも眼を向ける必要があるだろう。楽府詩が非楽府詩（徒詩）と異なる最大の特性のひとつとして、作者と作品の語り手（話者）との乖離があげられる。つまり、楽府詩にあって、そこに響いているのは作者自身の肉声ではない。したがって、政治批判を繰りひろげる楽府にあっては、批判の言葉を発しているのはあくまでも作品内の語り手であって作者ではないと弁明することができるのだ。[74]ひるがえって「山村五絶」を見るならば、そこに響いているのは作者の肉声であり、したがってそこに表明されているのは作者の本心に発する政治批判ということになるだろう。事実、このように受けとめられたからこそ、この詩は弾劾の対象となった。蘇軾自身の意図をなかば越えるかたちで、読み手＝権力者にとって危険な作品となってしまったと言えるかもしれない。

「避言」と「亡命」──『論語』

「詩禍」は国家権力と知識人の言論との軋轢・衝突のひとつのあらわれである。古くは『論語』のなかにもこうした軋轢・衝突をめぐる議論が少なくない。孔子の言論が時の権力に諂《へつら》うことを拒んだからであろう。孔子というと体制の中心に鎮座する存在であるかにイメージされがちであるが、当時にあってはむしろ反逆の徒、反体制知識人であった。国を逐われてあちこちをさまよい、ときには命を狙われることすらあったのである。孔子こそは、権力と言論の軋轢・衝突の核心部を生き抜いた知識人と言うべきである。

例えば『論語』憲問には「邦《くに》に道有れば言を危《たか》くし行を危くす（厳しくする）。邦に道無ければ行を危くし言は孫《したが》う（穏やかにする）」という言葉がある。国家が「道」を有するか否かによって言論と行動のあり方は変わる、あるいは変える必要があると説いている。ここでは言論に限って見てみよう。国に「道」がそなわるとき、すなわち善政が行われているときには言論はストレートであっていい、つまり直接的な批判を行ってもいいが、逆に「道」がそなわらぬ悪政下にあっては、言葉を穏当なものにし、批判も控えるべきだと言うのである。見方次第では、体制内に自分の居場所を確保するための保身術を説いた言葉と言えるかもしれない。だが、そのように解するのは適切ではない。

おそらく孔子の関心は体制内に自分の居場所を確保できるか否かにはない。そもそも「道」のない国に居場所を確保しても仕方ないのだ。別に憲問篇に「邦に道無くして穀《こく》する（禄をはむ）は恥なり」、泰伯篇に「危邦には入らず、乱邦には居らず。天下　道有れば則ち見《あら》われ、道無ければ則ち隠《かく》る」と述べるように。彼にとって最大の関心は自らの思想・言論を守り貫くことにこそある。要するに孔子が言いたいのは、「道」を有する国のためには命がけで自らの言論を捧げるが、「道」を欠いた国のためにはそうする必要はないということだろう。つまり自らの言論を立脚点として、それを捧げるに値する国家であるか否か、批判に値する国家であるか否かを測ろうとしているの

図11　孔子の事跡を画く聖蹟図のひとつ「在陳絶糧図」

楚国の招きを受けた孔子は旅の途中、陳・蔡両国の軍隊に囲まれ、絶食を余儀なくされる。だが、そのなかにあってなお「講誦絃歌して衰えず」であったという。中央には孔子の一団、その左右には陳・蔡両国軍の兵士、左上方には孔子を救済するために駆けつけた楚の軍隊を画く。明の何珣《かしゅん》が張楷《ちょうかい》の図を増補して作った聖蹟図をもとに、薩摩藩主の島津家久が画かせたもの。加地伸行『孔子画伝』（集英社、1991年）による。

だ。言論に殉じた孔子の、思想家としての胆力が見事に表現された言葉と言うべきだろう。

では「道」の行われぬ乱れた世に直面したとき、言論の徒たる知識人はどのように行動すべきか。『論語』憲問には次のような注目すべき言葉がある。

賢者は世を避く（「避世」）。其の次は地を避く（「避地」）。其の次は色を避く（「避色」）。其の次は言を避く（「避言」）。

ひとことで言えば、「世」「地」「色」「言」という四つの側面から、知識人と国家・社会との関係性の遮断について説いたもの。「其次」という語が繰り返されているが、遮断のレベルを高から低、大から小へと段階を逐って述べたと解せる。[75]「避世」とは、世間との交流を絶つこと。「世」は、その時代の人間社会全体と解していいだろう。次の「避地」は、乱れた国の土地を避ける、居住場所を別の国に移す、平たく言うと引っ越しをすることと解していいだろう。問題は「避色」「避言」の意味するところである。右の一章はどのように解されてきたか。例えば、金谷治訳注『論語』（岩波文庫、一九七九年）は次のように訳す。

すぐれた人は〔世の乱れたときには〕世を避ける。その次ぎは土地を避ける。その次ぎは〔主君の冷たい〕顔色を見て避ける。その次ぎは〔主君の悪い〕ことばを聞いて避ける。（二〇四頁）

「避色」「避言」の「色」「言」を乱れた国の君主の顔色・言葉と解している。[76] これは古くからの伝統的な解釈に従うものであり、今日の諸家もおおむねこの方向で解釈しているように思われる。だが、果たしてそうだろうか。私見では「避色」「避言」は、君主の顔色・言葉を避けるというふうに狭く限定するのではなく、次に述べるように自分自身の言動も含めて広く社会的コミュニケーションの遮断を言うと解した方がいいと思われる。

「避色」の「色」とは人の外見・様子、ひいては行動を意味する語。「避色」で、人とのつきあいを絶つ、とりわけ悪しき人と交わらないことを言う。視点をやや変えて、人目を避け、目立たぬようにふるまうことを言うと解してもいいだろう。[77] そして、後者の「避言」とは、言葉のやりとりを絶つ、とりわけ悪しき言葉を遠ざけることを言う。同じく視点をやや変えて、口をつぐみ、言葉を発しないことを言うと解してもいいだろう。[78] 要するに、『論語』の右の一章は「世」＝世界・時代、「地」＝居住場所、「色」＝外見・行動、「言」＝言論・発言、といくつかの段階を踏むかたちで国家・社会との関係性を遮断することを説いているのではないだろうか。

平たく言うと次のようになる。順番を逆にして後ろから述べよう。国が乱れた場合、知識人はまず初めに言葉のやり取りを絶つ、とりわけ自らに害を及ぼす人物や自らを認めてくれない人物の前では口をつぐむ。あるいは、表立っての言論活動を停止する。先に引いた憲問篇の言葉を用いるならば「言は孫《したが》う」がそれに当たるだろう。次の段階では、人との交流を絶つ、とりわけ自らに害を及ぼす人物や自らを認めてくれない人物の前には姿をあらわさないようにする。次の段階では、住む場所を変える。例えば、別の国へと逃れ出る。そして究極的には、人間が作り出す社会そのものを棄て去る。つまりは一種の世捨て人となる。このように段階を逐うにしたがって、遮断のあり方はより深まり広がってゆくと考えていいだろう。

『論語』憲問に関連して注目してみたいのは『韓非子』説疑の次の一節である。『論語』の言葉が知識人の視点から語られているのに対して、これは知識人を制御する権力者・為政者の視点から語られたもの。まさに法家ならではの言葉と言える。

> 姦を禁ずるの法は、太上は其の心を禁じ（「禁心」）、其の次は其の言を禁じ（「禁言」）、其の次は其の事を禁ず（「禁事」）。

いかにして権力への反逆を禁ずるか、その方法を段階を逐って列挙する。右の文章では、より究極的なものからより初歩的なものへという順番で列挙するが、ここでは逆に後ろから見ていこう。最後にあげる「禁事」が最も初歩的な禁止＝弾圧方法である。「事」とは行動の意。つまり「禁事」とは行動の禁圧。その次の方法が「禁言」、すなわち言論の禁圧。そして、最も高次の禁圧が「禁心」、すなわち内心・精神の禁圧である。(79)

一般的に反権力の思想は、次のような段階を踏んで権力に向かってくる。まず最初の段階では、知識人の「心」のなかに反逆の思想が胚胎する。この段階ではそれはまだ表現されていないが、やがては「言」として表現され、さらには「事」すなわち行動となって権力に危機をもたらすに至る。「事」の段階に至ってから禁圧するのは、統治者の採る策としては下策である。「事」に到る前の「言」の段階で禁圧するのが望ましいが、何と言っても最上の策は「心」の段階での禁圧である。反逆を元から絶つことになるからである。しかし、裏を返して言えば「心」を禁圧するのは最も難しい。なぜならばそれは眼に見えないから。その困難を克服して成し遂げるからこそ「禁心」は最上と位置づけられるのだ。

この『韓非子』の言葉は『論語』憲問の一章と背中合わせの関係にあるのではないか。『韓非子』を踏まえて孔子の言葉を読むならば、次のようになるだろう。国家が「道」を失って乱れた場合、知識人はそれを批判する反権力の思想を「心」のなかに抱く。だが、「心」はそう簡単には見破られないから、「心」のなかに批判を秘めている限りは比較的安全である。『論語』には「心」に関する記述はないが、先に引いた一節の後につづけて「其の次は心を避く」という文言が加わっていても何らおかしくはない。乱れた国にあっては、まずは「心」を他人（とりわけ悪人）には見せずに秘めておく、と。だが、国の乱れが増せば社会的関係性の遮断のレベルを引き上げる必要がある。いくら「心」を隠しても、それだけでは十分ではない。他人と言葉を交わしているうちに「心」を見破られてしまう恐れがある。そこで次には「言」すなわち言葉のやり取りをやめる。しかし、黙っていても人前に姿を見せていると危険視される恐れがある。そこで次には「色」すなわち人との交わりを絶つ。次には「地」を離れ、そして最終的には「世」を棄て去る。

先に述べたように、孔子は権力との軋轢のなかを生きた不遇の知識人である。したがって「心を避け」、「言を避け」ることもあっただろうが、結果としてそれにはとどまらず、ついには「地を避け」た。つまり国を去った。すなわち「亡命」。孔子こそは中国にあって最初の亡命知識人であった。では、孔子は「世を避ける」、すなわち世捨て人となることがあっただろうか。世捨て人の典型がいわゆる隠者であるが、『論語』においてそれは否定的にとらえられている。例えば『論語』微子《びし》に見える隠者の長沮《ちょうそ》・桀溺《けつでき》とのやり取り。ここで桀溺は自らを「世を辟《さ》（避）く」

るの士」、孔子を「人を辟《さ》（避）くるの士」と規定したうえで、自らの生き方は孔子のそれよりもすぐれているとする。一方、それに対して孔子は、あくまでも「世」＝人間社会のなかに自らの生きる場所を見出す立場の大切さを説こうとするのである。社会への積極的な参画を旨とする儒家としては、譲れぬ一線であったと言うべきだろう[80]。

「遺民」の文学

「亡命」とは居住地を離れ、他所へと逃れること。「命」とは「名」。つまり亡命とは名籍（戸籍）を離脱することである。国家の統治権力は民を統制下に置こうとする。戸籍とは、そのために設けられた制度にほかならない。権力は「名」の下に民を縛りつけようとするが、亡命者はそれを振り切って外へ出てゆこうとする。したがって亡命とは「名」をめぐる攻防であると言ってもいい。それは亡命者がしばしば姓名を変えていること（「変姓名」）に端的にあらわれている。

　例えば、春秋時代・越王勾践《こうせん》に仕えた名臣范蠡《はんれい》は、勾践が呉王夫差《ふさ》に対して復讐を遂げるのを助けたが「狡兎死して走狗烹《に》られ、高鳥尽きて良弓蔵さる」――いずれは勾践から厄介者扱いされるであろうことを見越して、越を脱出し斉に逃れた。一種の亡命者と言っていいが、そのことを『史記』越王勾践世家は「范蠡　海に浮かびて斉に出《い》で、姓名を変え、自ら鴟夷子《しいし》と謂《い》う」と述べる。また、戦国時代・魏の范雎《はんしょ》は宰相の怒りを買って国を去り亡命したが、そのことを『史記』范雎伝は「范雎　亡《に》げて伏し匿《かく》れ、名姓を更《あら》めて張禄《ちょうろく》と曰《い》う」と述べる。ほかに『史記』刺客列伝に登場する刺客たちをここに加えてもいいだろう。彼らは暗殺のため地下に潜り、あえて卑賤の身に自らを堕としたが、その際に多くの者が姓名を変えている。亡命とは「変姓名」でもあり、亡命者たちは姓名を変えることで権力の統制をかいくぐろうとしたのだ。

　孔子をはじめ、中国の歴史には多くの亡命者が登場するが、しかし秦・漢の帝国成立以後、文人＝知識人の亡命者はさほど多くはない[81]。春秋・戦国時代のように諸侯国に分かれていた時代とは異なり、中国全土が皇帝権力の統治する均質な空間となったためであろう。だが、王朝の交代期、特に異民族の王朝が漢民族の王朝に取って代わった宋末元初や明末清初期には文人＝知識人にも少なからぬ亡命者が出現する。近代以降は、欧米や日本などへ亡命するケースも少なくない。

かかる亡命文人の代表として、南宋末の文天祥《ぶんてんしょう》[82]（一二三六－八二）を取りあげてみよう。咸淳十年（一二七四）、伯顔《バヤン》の率いるモンゴル軍が南宋の都（正式には行在所）臨安（浙江省杭州）に迫ると、文天祥は家産を抛《なげう》ち義勇軍を組織して駆けつける。徳祐二年（一二七六）、宰相に任ぜられ、臨安の北郊に布陣する伯顔と交渉するも、囚われて軟禁される。宮城は陥落し、恭宗皇帝は太皇太后・皇太后らとともにモンゴルに拉致される。同年五月、広王が即位（端宗）、景炎と改元。文天祥は、敵軍を脱出し、必死の逃避行の果てに福州（福建省福州）に置かれていた行宮に至る。その後、贛《かん》州、梅州、潮州など南方各地を転戦。景炎三年（一二七八）、端宗は崩御、衛王が即位し祥興と改元。文天祥はついに潮州にて敵軍に囚われる。祥興二年（一二七九）、厓山《がいざん》（広東省）の戦いに宋軍は敗れ、宰相の陸秀夫《りくしゅうふ》は幼い衛王を背負って入水する。『平家物語』壇ノ浦の合戦さながらの滅亡劇であった。その後、文天祥は大都（北京）に拉致、投獄される。元に仕えることを要求されるも拒絶。元・世祖（フビライ）の至元十九年（一二八二）十二月、処刑される。処刑に際しては、南を遥拝して宋王朝への忠節を示したという。

図12　文天祥像

中国歴史博物館蔵。修暁波『文天祥評伝』（南京大学出版社、2002年）による。

ひとことで言えば、文天祥は宋王朝への忠節を貫いた憂国のヒーロー。宋は建国当初から北方の異民族の圧迫下にあった。そのため、宋代には中国＝漢民族ナショナリズムとも呼ぶべきメンタリティーが醸成されてゆく(83)。それを純化したかたちで体現した官僚＝文人が、すなわち文天祥であった。代表作の「正気の歌」は歴代の愛国の義士たちをあげてその忠節を称え、自らをその後を継ぐ者と位置づける(84)。すでに中国を統治下に置いていた元王朝の権力圏を逃れ出た者という意味では、一種の亡命者でもあるだろう。滅びゆく、あるいは滅び去った宋王朝へと、あたかも時間軸を遡上するようにしてなされた亡命。文天祥にあって亡命は殉国（殉死）と重なり合っていたと言えるかもしれない。

文天祥と同時代には、彼と同じく宋王朝に殉じ元王朝への出仕を拒んだ知識人・官僚が少なからず存在した。彼らを「遺民」と呼ぶ。「遺民」とは見棄てられた民、忘れられた民の意。それまで仕えていた王朝が滅んだことにより、結果として見棄てられることになった臣下。彼らは新たな王朝に仕えることを潔しとせず、かつて自らが仕えた王朝への忠義を貫いた高潔の士として後世の高い評価を得る(85)。主な文人には、汪元量《おうげんりょう》(86)（？－？）、謝枋得《しゃほうとく》(87)（一二二六－八九）、鄭思肖《ていししょう》(88)（一二四一－一三一八）、林景煕《りんけいき》(89)（一二四二－一三一〇）、謝翺《しゃこう》(90)（一二四九－九五）など。いずれも文天祥と同じく、一種の亡命者でもあった。

彼ら遺民にとって、文天祥は尊崇の対象であった。文天祥と面識のあった者も少なくない。そのひとり汪元量には「文山（文天祥）丞相　丙子《へいし》に京口自《よ》り脱し去り、姓名を変えて清江の劉洙《りゅうしゅ》と作《な》す。今日　相い対し得たるは夢に非ずや」と題する詩があり、次のようにうたう。汪元量は、恭宗・太皇太后・皇太后に随って大都（北京）に赴いているが、そのとき獄に繋がれている文天祥と面会する機会を得た。本詩はそのときの作。

昔年変姓走淮浜　　昔年　姓を変えて淮浜《わいひん》を走る
虎豹従横独愴神　　虎豹　従横にして独り愴神たり

青海茫茫迷故国
黄塵黯黯泣孤臣
魏睢張禄夢中夢

青海　茫茫として故国迷い
黄塵　黯黯として孤臣泣く
魏睢《ぎしょ》　張禄《ちょうろく》　夢中の夢

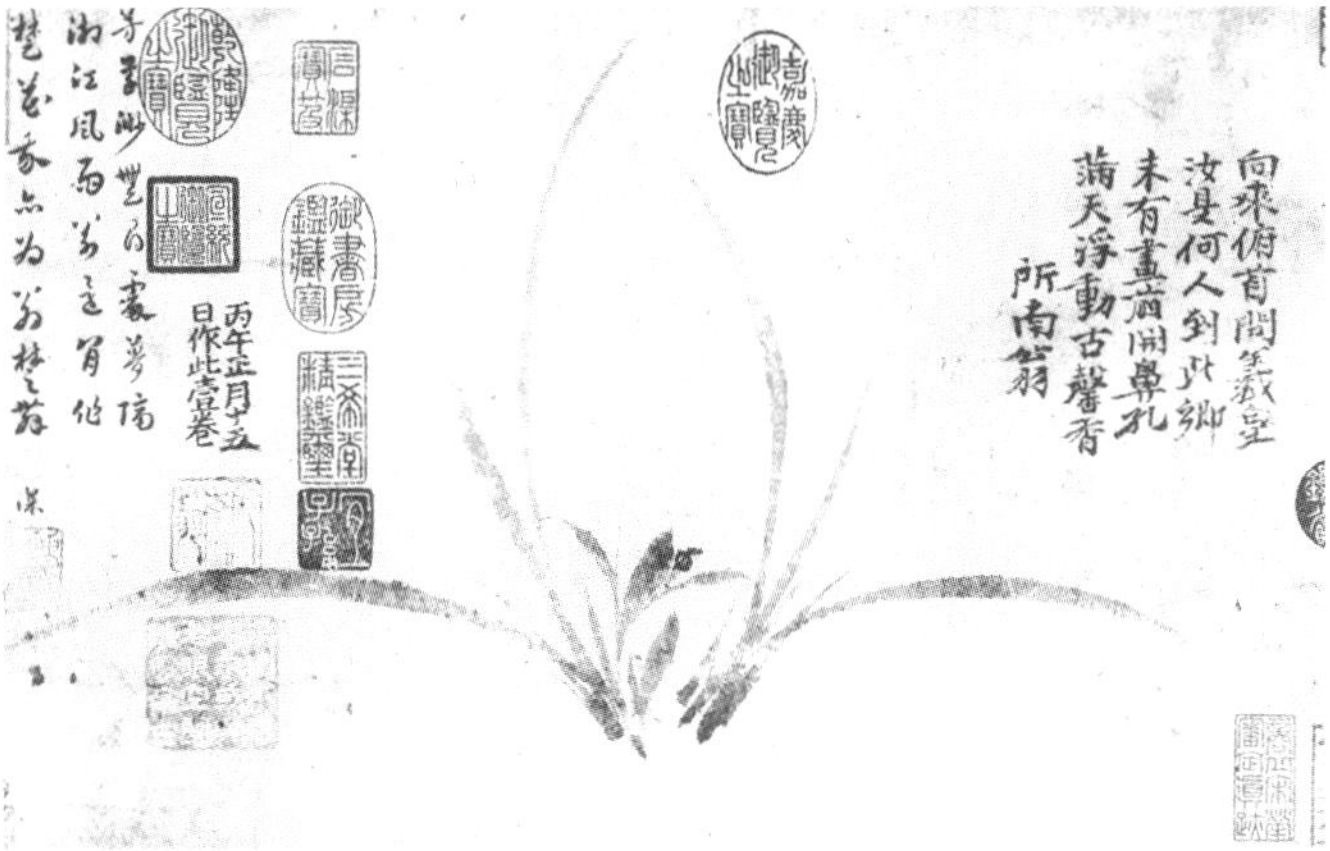

図13　南宋・鄭思肖「墨蘭図」

鄭思肖は蘭の水墨画を善くした。それには蘭の花だけが画かれ地面は画かれなかった。その理由を問われると、中国の領土が夷狄＝モンゴル族に奪われてしまったからだと答えたという。大阪市立美術館蔵。徐邦達編『中国絵画史図録』（上海人民美術出版社、1989年）による。

越蠡陶朱身後身
今日相看論往事
劉洙元是姓文人

越蠡《えつれい》　陶朱《とうしゅ》　身後の身
今日　相い看て往事を論ずれば
劉洙《りゅうしゅ》　元より是れ文を姓とする人

（そのかみ、姓名を変えて淮河のほとりを逃げまったとき、虎や豹のごとき敵軍が跋扈するなかひとり心破れた。茫漠たる青海原に故国を見失い、暗澹たる黄塵のなか孤独の臣下は涙を流した。張禄と名を変えた魏の范睢《はんしょ》のように功遂げるなど夢のまた夢、陶朱公となった越の范蠡《はんれい》のように富を築くなど後生《ごしょう》はともかく今生《こんじょう》にあってはかなわぬ話。今日、対面して往時を語りあえば、何と劉洙なる御方はもと文を姓とする丞相殿であった。）

詩題に述べるように、かつてモンゴル軍に捕らえられていた文天祥は脱出を果たし、逃亡する際に姓名を変え

「清江の劉洙」と名のった。モンゴルの統制を逃れ出るために、古来の亡命者たちと同じく「変姓名」という手段を採ったことがわかる。それを踏まえて本詩は、春秋時代の范蠡や范睢など、姓名を変えた歴史上の亡命者たちをあげ、もはや彼らのような成功は望めないという悲しみをうたう。

ほかにも宋末元初の遺民には、謝枋得をはじめ姓名を変えたと伝えられる者が少なくない。例えば、謝翺には「文山の巻後に書す」と題して文天祥の文集もしくは草稿に書きつけた詩があるが、ここにも文天祥にならって自分もまた姓名を変えようと亡命の決意を表明する言葉が見える。

魂飛万里程、天地隔幽明　　魂は飛ぶ　万里の程、天地　幽明を隔つ
死不従公死、生亦無此生　　死せども公に従いて死せず、生くれども亦た此の生無し
丹心渾未化、碧血已先成　　丹心　渾《すべ》て未だ化せず、碧血　已《すで》に先に成る
無処堪揮泪、吾今変姓名　　処《ところ》として泪を揮《ふる》うに堪《た》うる無く、吾　今　姓名を変う

（魂は万里彼方へと飛び去り、天と地と幽明境を異にする。文山先生に従って死ぬことかなわず、我が生は生ともいえぬ。誠の心はなお滅することなく、我が血はすでに碧玉となる。何処に行けども涙をぬぐうことかなわぬ今こそ、我が姓名を変えよう。）

「碧血」とは、節操の高さを象徴する。周の忠臣萇弘《ちょうこう》が君主を諫めて自殺するとその血は碧玉となったという故事に基づく。

最後に、文天祥の作を読んでおこう。次にあげるのは、宋王朝にとっての壇ノ浦の合戦とも言うべき厓山の戦いに際して作られた「零丁洋《れいていよう》を過ぐ」。このとき文天祥は敵に捕らわれの身であった。抵抗を続ける宋軍に向けて投降

を呼びかける文書を書くよう命じられるが、彼はそれを拒む。その代わりに敵将に差し出したのが本詩であったと伝えられる。

辛苦遭逢起一経　　辛苦なる遭逢は一経より起き
干戈落落四周星　　干戈　落落として四周星
山河破砕風抛絮　　山河　破砕して　風は絮《わた》を抛《な》げ
身世飄揺雨打萍　　身世　飄揺して　雨は萍《うきくさ》を打つ
惶恐灘頭説惶恐　　惶恐灘《こうきょうたん》頭　惶恐を説き
零丁洋裏歎零丁　　零丁洋裏　零丁を歎く
人生自古誰無死　　人生　古自《よ》り誰か死無からんや
留取丹心照汗青　　丹心を留取して汗青を照らさん

（我が苦しき人生の巡り合わせは経書を学んだがため、戦乱のなか慌ただしく方々をさまよいながら四年の歳月を経た。山河は打ち砕かれて風のなか飛び散る柳の綿のごとく、我が身はあてどなく漂い雨に打たれる浮き草のごとく。惶恐灘のほとりにて惶恐〔恐れおののく〕たる思いを吐き、零丁洋にて零丁〔寂しい〕たる身を嘆く。人たる者、古《いにしえ》より死なぬ者とてない。誠の心を貫いて史書に輝かしき名をのこそう。）

「零丁洋」は厓山附近の海域の名。「惶恐灘」は故郷江西を流れる贛《かん》水上流にある急流の難所。文天祥はかつてこの地で軍を率いて闘った。いずれも地名に自らの心情を重ねる。末聯には、死をも辞さず宋王朝への忠誠を貫こうと高らかに訴える。

遺民とは、現王朝への出仕を拒んだ人々。別の言い方をするならば、遺民という立場を選ぶことによって、現王朝の権力への抵抗を試みた人々である。現王朝の権力から遠ざかれば遠ざかるほど、彼らはかつて仕えた王朝の権力へとより深く取り込まれていった。現実にはもはや存在しない幻の権力へと。彼らの言葉がロマンティシズムの響きを帯びるのは、自己を幻影へと捧げた者の発する言葉であるが故か。そのロマンティシズムには一種の息苦しさが避けがたくつきまとっているように感じられる。おそらくそれは、彼らが自己を捧げた対象が王朝＝国家という統治権力の影であったからであろう。

おわりに――権力の外部へ

近代以降、文学は統治権力との間に距離を置くべきであるとする考え方が広まってゆく。このような近代的な文学観に立つならば、前近代中国の文学は否定すべきものとなってしまうだろう。そのほとんどが権力の内部、すなわち皇帝を頂点とする権力システムのなかで書かれ、そして読まれていたように見えるからである。しかし前近代の中国にも、その成否はともかくとして、権力の外部へと脱出しようとする試みがまったく存在しなかったわけではない。そうした試みのいくつかについては、第二章「〈私〉の文学」や第二部においてやや重点的に述べる。ここでは「民間」もしくはそこでの「俗文学」のなかに外部への脱出路を見出そうとする試みについてごく簡単にふれておきたい。

「真詩は民間に在り」――これをスローガンとして掲げた文学論が明代には盛んに行われていた。例えば、李夢《りぼう》陽《よう》(91)（一四七二―一五二九）は自らの詩集『弘徳集』に附した序に次のように述べる。

夫《そ》れ詩なる者は天地自然の音なり。今　途《みち》に咢《う》ち（鼓を打ち）巷《ちまた》に謳《うた》い、神を労して康吟し（高らかにうたい）、一唱して群和するは其の真なり。斯《こ》れ之を風と謂うなり。孔子曰く、礼失われて之を野に求む、と。今　真詩は乃ち民間に在り。

「民間」とは、官僚＝文人のそれとは異なる庶民の社会。明代の文人たちが「民間」にこそあるとする「真詩」とは、いわゆる「民謡」であった。李夢陽は「雑調曲注」にも「今　其の民謡一篇を録して、人をして真詩果たして民間に在るを知らしめん」と述べている。以後、例えば李開先《りかいせん》(92)（一五〇二―一五六八）は「市井」＝「民間」の艶情をうたった歌を集めた歌集に附した「市井の艶詞の序」に「風は謡口（民謡）に出《い》で、真詩は只だ民間に在り」と述べる。馮夢龍《ふうぼうりゅう》(93)（一五七四―一六四六）もまた「山歌」と呼ばれる民歌の採集につとめていたが、それを支えていたのも「民間」にこそ「真詩」が存在するという考え方であっただろう。

こうした議論は、旧来の文学伝統の枠組みを打破し、新たな表現領域を切り拓こうとする動きのあらわれであり、権力の外部を模索する試みとしてとらえることもできる。だが、ここで注意すべきは、彼らが「真詩」の「真」たる所以を説明するに当たって、結局は儒家の経典たる『詩経』とその文学理念を持ち出して来ざるを得なかったことである。右にあげた李夢陽や李開先の言葉には「風」という語が見えるが、これは『詩経』の「風」＝民謡にほかならない。彼らにとっては『詩経』の歌こそが理想の「真詩」であったのだ。彼らの思い描く「民間」は知らず知らずのうちに経典の権威＝権力の内部へと取り込まれてしまっている。本来ならば、かかる権威＝権力の外部にこそ「民間」は求められるべきであったはずなのに。前近代の文学論の限界があらわれていると言うべきだろうか。

近代に至って、中国文学の研究者たちは権力の外部に位置する文学として、いわゆる「俗文学」を発見し称揚する。(94)「俗文学」とは、ひとことで言えば「民間」にあって朝廷には呼び集められなかった文学、朝廷の書庫には収められなかった作品である。『三国演義』『水滸伝』『西遊記』『金瓶梅』『紅楼夢』などの「白話（口語に基づく文体）」

図14　『水滸伝』の挿絵

『水滸伝』は梁山泊《りょうざんぱく》に集う悪漢たちが躍動する長篇の物語。宋代以降、都市で演じられてきた講談などを踏まえて、明代に今の形にまとめられた。本図は万暦刊本『水滸伝』第十六回「呉用智取生辰綱（呉用生辰綱《せいしんこう》を智取す）」の挿絵。宰相蔡京《さいけい》の誕生日のお祝いの品が運ばれるのを聞きつけた呉用ら梁山泊の悪漢たちは商人に変装して待ち伏せし、運搬の兵士らにしびれ薬の入った酒を飲ませて財宝を奪い取る。中国の版画の傑作とされるもののひとつ。鄭振鐸《ていしんたく》編『中国古代版画叢刊２』（上海古籍出版社、1988年）による。

で書かれたフィクションはその代表。なかには敦煌文献のように洞窟のなかに放置されるなどして、たまたまのこった作品も少なくない。そこに権力の影はほとんど及んでおらず、真の意味での「民間」の文学が実現されているかに見える。だが、完全に権力の外部に位置しているのかと言えば、なお躊躇せざるを得ないのではないだろうか。確かに、それらはもとは外部に位置していたのかもしれない。だが、いったん文字テクストとして書き記された時点で、すでに外部の存在であることをやめて、内部へと取り込まれてしまっているとも見なせるからである。

振り返れば、本章の冒頭に引いたロラン・バルト『文学の記号学』には「たとえ権力の外にある場所から語ったとしても、およそ言説には、権力（支配欲）がひそんでいる」という指摘がなされていた。同書の別の箇所には「言語のうちにあっては、隷属性と権力とが避けがたく混じりあっているのである。したがって、単に権力からのがれる力だけでなく、またとりわけ、誰をも服従させない力のことを自由と呼ぶなら、自由は言語の外にしかありえない。が、不幸なことに、人間の言語活動に外部はないのだ。それは出口なしである」（一六－一七頁）という指摘もなされる。これによれば、人は言語使用者である限り、権力の外部に抜け出すことはできないのだ。外部へと抜け出すためには、言語を棄て去るしかないのかもしれない。しかし、言語が廃棄された世界など、何処にも存在しないユートピアに過ぎないのではないか……。

このように考えるときに思い起こされるのは、道家（老荘）思想における言語否定論である。『老子』二十三章に「希言は自然なり」――言葉を少なくすることこそ自然なことだとあるように、また『荘子』外物に「言なる者は意を在《とら》うる所以《ゆえん》なり。意を得て言を忘る。吾　安《いず》くにか夫《か》の言を忘るる人を得て、之《これ》と与《とも》に言わんかな」――言葉とは意味を捕らえるためのもの、何とかして言葉を忘れられる人とともに語りあいたいものだとあるように、老子や荘子は言語というものの価値を否定的にとらえていた。これは権力側のイデオロギーである儒家思想とは異質な言語観に立つものである。現世逃避＝脱権力を唱える老荘思想が、こうして言語否定論を含んでいたことは、言語と権力とが表裏一体の関係にあったことを如実に示していよう。言語なるものが権力と不可分であるからこそ、老荘思想家たちは言語を否定＝忘却しようとしたのである。

もし漢代に儒家思想がヘゲモニーを握らず、儒家の書物が経典とならなかったならば、中国における文学と権力の関係性はどのようなものとなっただろうか。文学は権力の外部へと逃れ出て「自由」を獲得していただろうか。きわめて興味深い歴史のifである。

（注）

（1）『春秋』は孔子が編纂したと伝えられる魯国の年代記。五経のひとつ。『春秋左氏伝』は左丘明《さきゅうめい》の著と伝えられるその注釈書。

（2）甲骨文・金文などの古代文字については、小南一郎『古代中国──天命と青銅器』（京都大学学術出版会、二〇〇六年）、大西克也・宮本徹『アジアと漢字文化』（日本放送出版協会、二〇〇九年）などを参照。

（3）古くは単に「詩」と呼ばれた。「詩経」という名称が用いられるようになるのは後の宋代である。

（4）初期の書物は竹簡・木簡や絹帛《けんぱく》に書かれたものを巻物にして保管した。紙を綴じた冊子体の書物が普及するのは宋代になってからである。

（5）『詩経』には詩の本文に作者自身の名が書き入れられたと推定される作が数篇含まれる。例えば小雅の「節南山《せつなんざん》」には大夫の家父《かほ》、「巷伯《こうはく》」には寺人《じじん》（侍者）の孟子、大雅の「崧高《すうこう》」、「烝民《じょうみん》」には吉甫《きっぽ》（尹吉甫）の名が本文の末尾にあらわれる。ただし、これらの固有名は本文の一部となっている点で、いわゆる作者の署名とは性格を異にしていよう。

（6）『詩経』の詩には後世の詩に見られるような題はなかった。「維天之命」は『詩経』の編者が本文中の字句を切り取って便宜的に題としたもの。

（7）『尚書』『春秋』については、清水茂『書経　春秋』（筑摩書房、一九七五年）などを参照。

（8）王は天命を授けられた存在であるがゆえに、失政を行った場合には自然災害など天が降す罰を引き受けなければならなかった。いわゆる「天譴《てんけん》」思想である。天罰を受けるのは基本的に王や皇帝であって、民はそれに関係しない。

（9）「封建制」は諸侯に領地を与えて治めさせる古代の制度。「郡県制」は全国を三十六の郡に、さらに郡をいくつかの県に区分し、中央から官を派遣して統治する制度。「封建」と「郡県」は統治システムの二大理念型として、政治思想上の重要課題となってゆく。

（10）「文字の統一」と言っても、すべての書写物が「篆書《てんしょ》（小篆）」で書かれるようになったわけではない。冨谷至『木簡・竹簡の語る中国古代』（岩波書店、二〇〇三年）によると「文書行政における使用すべき書体の統一であり、いくつかの種類に分かれて段階づけられている公文書に使う書体を規定すること」（一一四頁）であり、文書によっては「隷書」も併せ用いられていた。

(11)『漢書』は後漢・班固《はんこ》が編纂した前漢王朝の正史。紀伝体によって書かれている。藝文志は『漢書』にある十志のひとつであり、現存する最も古い図書目録解題。

(12)六部分類から四部分類へと移行する過程で生じた最も重要な現象は、「史」部の独立である。『漢書』藝文志の段階では「六藝略」の春秋類に属するに過ぎなかった『史記』などの歴史書の学術全体に占める位置が高まっていったことを反映する。なお、四部分類の確立を告げる最初期の図書目録が『隋書』経籍志。興膳宏・川合康三『隋書経籍志詳攷』（汲古書院、一九九五年）を参照。また、かかる伝統的な図書目録の集大成とも言うべきものが、清の乾隆帝の命により編まれた『四庫全書総目』。

(13)中国の目録学および書物文化の歴史については、井波陵一『知の座標——中国目録学』（白帝社、二〇〇三年）、井上進『中国出版文化史——書物世界と知の風景』（名古屋大学出版会、二〇〇二年）などを参照。

(14)『文選』は以後の文人にとって文学的な規範を示す総集として重要視された。その影響は遠く我が国にも及んでいたこと、『枕草子』第一九七段が「文《ふみ》は文集（白居易の『白氏文集』）文選」、『徒然草』第一三段が「文は文選のあはれなる巻々」などと称える言葉からもうかがえる。

(15)字は孟堅《もうけん》。扶風《ふふう》安陵県（陝西省咸陽《かんよう》）の人。父班彪《はんぴゅう》の遺志を継ぎ、二十年あまりの歳月をかけて『漢書』を編むも未完成のまま獄死、妹の班昭《はんしょう》が補う。

(16)字は子桓《しかん》。魏王朝の基礎を作りあげた曹操《そうそう》の長子。曹植《そうしょく》の兄。三曹いずれも詩文にすぐれ、その周囲に集った孔融《こうゆう》・陳琳《ちんりん》・王粲《おうさん》・徐幹《じょかん》・阮瑀《げんう》・応瑒《おうとう》・劉楨《りゅうてい》ら「建安の七子」とともに、文学史に画期的な転換をもたらす。かかる魏の時代を指して、後に魯迅《ろじん》は「文学的自覚時代」と呼んだ（「魏晋風度及文章与薬及酒之関係」）。ここに引いた『典論』の言葉は、その「自覚」の端的なあらわれでもある。

（17）字は長卿《ちょうけい》。蜀郡成都（四川省成都）の人。司馬相如は多面的な人物であり、数多くの逸話が語られていた。よく知られるのは故郷蜀の富豪の娘卓文君《たくぶんくん》との駆け落ち。故郷でくすぶっていた司馬相如は卓文君と恋に落ちるが結婚は許されず、やむなく駆け落ちする。貧しい二人は居酒屋を開き、卓文君はホステスとして接客し司馬相如はふんどし一丁で皿洗いをしたと伝えられる（『史記』司馬相如伝）。こうした司馬相如の人物像は、中国の士人層にあってはきわめて型破りである。

（18）同じ偏や旁《つくり》の文字を連ねることを「聯辺《れんぺん》」と言う（『文心雕龍《ぶんしんちょうりゅう》』練字）。前漢末の揚雄《ようゆう》（前五三－後一八）は賦にすぐれたが、後に作賦の営みは「童子の雕虫篆刻《ちょうちゅうてんこく》（虫書や篆書といった複雑で技巧的な書体）」のようなものに過ぎないとして筆を折るに至る（『法言』吾子）。「雕虫篆刻」とは、賦にそなわる言語遊戯的な要素を指して言ったものだろう。

（19）字は延年《えんねん》。琅邪《ろうや》郡臨沂《りんき》（山東省費県）の人。謝霊運《しゃれいうん》とともに「顔謝」と並び称され宮廷文壇に重きをなした。典故を多用するなど修辞を凝らした華麗な作風で知られ、その表現は時として晦渋に傾く。『顔光禄集』。

（20）曲水宴は、もとは三月の上巳《じょうし》（上旬の巳《み》の日）に行われた禊《みそ》ぎの風習に由来する。東晋・王羲之《おうぎし》が会稽《かいけい》（浙江省紹興）の蘭亭で開いた宴はよく知られる。

（21）唐王朝については、明代以降、初唐・盛唐・中唐・晩唐の四つの時期に区分することが広く行われている。ちなみに盛唐の末期には安史（安禄山《あんろくさん》・史思明《ししめい》）の乱（七五五年）が起こり、唐王朝の歴史は大きく転換する。これを踏まえて、初唐・盛唐と中唐・晩唐との二つの時期に区分してとらえるのも有効であろう。

（22）清の康熙帝の命により編纂された唐・五代の詩を網羅する総集。全九百巻、およそ四万九千首を収める。

（23）字は摩詰《まきつ》。太原（山西省太原）の人。玄宗に仕えた後、安史の乱で捕らえられるが、乱が平定されると粛宗に仕えて尚書右丞となる。絵画にもすぐれ、宋の蘇軾《そしょく》によって「詩中に画有り」「画中に詩有り」と評される。『王右丞集』。

（24）明の李攀龍《りはんりょう》編とされる唐詩の選集。江戸時代の日本に将来されて大いに流行し、日本における唐詩イメージを決定づける。唐詩には多様な側面があり、本書が取りこぼしている作品も少なくない点には注意する必要がある。

(25) 字は太白《たいはく》。号は青蓮《せいれん》居士。杜甫を「詩聖」と呼ぶのに対し、「詩仙」と称された。『李太白集』。

(26) 唐詩の背景をなす種々の物語や関連するエピソードを書き記した書物。「本事」とは、詩の背景をなす出来事の記録の意。唐代にはこれに類した書物が少なからず編まれ、後の宋代にはこの流れを汲んで多くの「詩話」が作られてゆく。

(27) 曹植は、七歩あゆむ間に詩を書きあげ、創作の速さを称えられた。『世説新語』文学などに見える故事。

(28) 「僧□月下門」句の第二字に「推」「敲」のどちらを用いるべきかをめぐって苦吟する賈島は、韓愈から「推《お》す」よりも「敲《たた》く」が良いと教えられた。『鑑誡録』などに見える故事。

(29) ここで言う「平民」は近代民主主義社会のそれとは必ずしも重ならない。平民の上には別格の存在として皇帝が君臨していたし、平民のなかにも階層格差が厳然として存在したことは言うまでもない。「唐宋変革」説については、内藤湖南「概括的唐宋時代観」（『内藤湖南全集』第八巻、筑摩書房、一九六九年）、宮崎市定『東洋的近世』（中公文庫、一九九九年）などを参照。

(30) 「賞花釣魚詩」については、陳元鋒『北宋館閣翰苑与詩壇研究』（中華書局、二〇〇五年）、諸葛憶兵「北宋宮廷〝賞花釣魚之会〟与賦詩活動」（『文学遺産』二〇〇六年第一期）などを参照。

(31) 南宋の李燾《りとう》編。司馬光『資治通鑑』の後を受けて、宋代の歴史を編年体で記録する。全五百二十巻。「長編」とは、不要な記録を整理するに至っていない、史書編纂のための史料集成の意。

(32) 宋代初期の三館は、唐代のそれを受け継いだ昭文館（もとの弘文館）・史館・集賢院。後にこれらを統合して崇文院（後に秘書省）と改称し、秘閣を増設。以後多少の転変はあったが宋代を通じて継承される。文筆能力にすぐれた若手官僚が任じられる機関という性格も帯びていた。

(33) 字は永叔《えいしゅく》、号は酔翁《すいおう》、六一《ろくいつ》居士。吉州廬陵《ろりょう》（江西省吉安）の人。古文にすぐれ、唐宋八大家のひとり。『新唐書』『新五代史』の編纂にも関わる。『欧陽文忠公集』。

(34) 宋代の詩の特質については、吉川幸次郎『宋詩概説』（岩波文庫、二〇〇六年）を参照。吉川氏は唐詩と比較するかたちで「叙述性」「生活への密着」「連帯感」「哲学性・論理性」「悲哀の止揚」といった性質を指摘する。

（35）科挙制度については、宮崎市定『九品官人法の研究——科挙前史』（中公文庫、一九九七年）、宮崎市定『科挙——中国の試験地獄』（中公文庫、二〇〇三年）、村上哲見『科挙の話——試験制度と文人官僚』（講談社現代新書、一九八〇年）、平田茂樹『科挙と官僚制』（山川出版社、一九九七年）などを参照。

（36）直接に民と向き合う地方官は「牧人」「牧民官」とも呼ばれた。民の統治を家畜の飼育になぞらえた語（民を家畜になぞらえることに眉をしかめる向きもあるかもしれないが、西洋でも「牧師（shepherd）」という語があるように、民は自らを導き駆り立ててくれる指導者＝牧羊犬を必要とする「迷える小羊」であった）。皇帝を中心とする権力システムにおける「官」と「民」の関係性を象徴的にあらわす語と言えよう。

（37）唐代の官制については礪波護『唐の行政機構と官僚』（中公文庫、一九九八年）、宋代の官制については平田茂樹『科挙と官僚制』（注35参照）などを参照。

（38）翰林学士とその宮廷文学活動については、傅璇琮《ふせんそう》『唐翰林学士伝論』（遼海出版社、二〇〇五年）、陳元鋒『北宋館閣翰苑与詩壇研究』（注30参照）などを参照。

（39）玄宗の時代には従来の官制にはなかった新たな官職、いわゆる令外《りょうげ》の官が少なからず設けられた。玄宗統治時期は安史の乱が起こるなど歴史の転換点であったが、それは官制の歴史についても言える。

（40）宋人の文集の編纂にもこの区別は反映されており、例えば欧陽脩や蘇軾には『外制集』『内制集』と呼ばれる集がある。ちなみに、この種の文書が別集に区別して収められる最初期の代表例が白居易の『白氏文集』。別集編纂の歴史における白居易の先駆性を見て取れる。

（41）字は文潜《ぶんせん》、号は柯山《かざん》。楚州淮陰《わいいん》県（江蘇省淮安）の人。蘇軾の門人であり「蘇門四弟子」のひとり。『張右丞文集』。

（42）李徳裕・陸贄は中唐の政治家・文人。二人とも詔勅や奏議など政策論を述べた文章を数多くのこす。なお、張耒は李白を翰林学士と見なしているが、厳密に言うと李白は翰林学士のポストには就いていない。李白が就いたのは、先に述べたように翰林供奉である。

（43）字は元之《げんし》。済州鉅野《きょや》県（山東省巨野県）の人。楊億《ようおく》らによる修辞主義的な作風、いわゆる西崑《せいこん》体が風靡する北宋初期にあって、宋詩の新たな作風を他に先駆けて切り開く。西崑体の詩人たちが晩唐の李商隠を模倣したのに対し、杜甫や白居易を継承する詩を書いた。『小畜集』。

(44) 教坊を設置したのは玄宗であるが、古くから朝廷には同様の目的を持つ機関が設置されてきた。朝廷が統御する文化には「楽」もまた重要なものとして含まれていたのである。

(45) 詩文の各種ジャンルについて、その沿革を整理し解説した書。なお、中国語で「文体」とはジャンルの意。

(46) 字は子瞻《しせん》、号は東坡《とうば》。眉州眉山県（四川省眉山）の人。王安石らの新法改革に反対したため、しばしば排斥された。詩のみならず古文にもすぐれ、唐宋八大家のひとり。書画にも通じた多才の文人。『東坡全集』。

(47) 蘇軾の「致語」「口号」には、ここにあげた作品のほかに、より私的な要素の強い宴席で歌われた作として「斎日口号并致語」「黄楼口号并致語」「趙母生日口号并致語」「王氏生日口号并致語」「寒食宴提刑口号并致語」などが伝わる。これらは教坊の優人・楽人らがいない席での作と考えられ、したがって「勾……」「放……」などの作は含まない。また、これらは『東坡内制集』楽語類には収めない。翰林学士としての作ではなかったからである。

(48) 高宗の皇后。高宗が虚弱であったため摂政として政治の実権を握り、ついには自ら帝位に就き、国号を周とする。中国史上、唯一の女帝。しかし、後に退位、国号も唐に復すると、皇后の位のみが認められた。科挙出身官僚を重用し、また科挙に詩賦の試験を導入するなど、時代を画する政治を行った。

(49) 字は雲卿《うんけい》。相州内黄県（河南省内黄県）の人。宋之問《そうしもん》とともに「沈宋」と並び称され、近体（今体）詩の韻律の完成に大きく寄与した。

(50) 賈誼は、左遷先の長沙で書いた「鵩鳥《ふくちょう》の賦」（『文選』巻一三）をはじめ、賦の作家として知られる。なお、すぐれた才徳を有しながらも、それを認めてくれる君主に遭遇できぬことを「不遇」という。中国にあって不遇の文人の典型的な存在が戦国末期・楚の屈原《くつげん》。讒言にあって国を逐われるも、なお国を憂え、ついには絶望の果てに汨羅《べきら》江に身を投げて死ぬ。『史記』はその屈原と賈誼を並べるかたちで列伝を構成する。

(51) 字は子美《しび》、号は少陵《しょうりょう》。祖籍は襄陽《じょうよう》（湖北省襄樊）、出身地は河南府鞏《きょう》県（河南省鞏義）。その官歴によって杜拾遺、杜工部とも称される。儒家的な倫理観を前面に打ち出し、社会の不正を告発する詩を多く書く。同時代の現実をリアルに写し取る作風は「詩史（詩による史）」と評された。『杜工部集』。

(52) 英国十九世紀、エドワード・ブルワー＝リットンの戯曲『リシュリュー』に出る言葉。

(53) 字は彦和《げんか》、法名は慧地《えち》。祖籍は東莞《とうかん》郡莒《きょ》県（山東省莒県）。建康（南京）の定林寺にて仏教の研鑽にはげむ。のち梁王朝に仕え、『文選』の編者蕭統《しょうとう》とも交遊。

(54) 同時代の文学論の重要な書物に鍾嶸《しょうこう》『詩品』がある。歴代の五言詩を上中下の三品に区分し、批評を加えたもの。この『詩品』と較べても『文心雕龍』の総合的・体系的な性格は際立つ。

(55) 原文は「性霊鎔匠、文章奥府。淵哉鑠乎、群言之祖」。『文心雕龍』の文章は対句を重ねる修辞的なスタイルで書かれている。この種の文章を「駢《べん》文」「駢儷《べんれい》文」「四六文」などと呼ぶ。「駢」は二頭立ての馬車、「儷」はつれあいの意。対句を多用することを踏まえた呼称。「四六」は四字句と六字句を基本とすることを踏まえた呼称。この種の文体が魏晋南北朝期から唐代にかけて盛行する。中唐の韓愈・柳宗元に至って、この種の型にはまった文体を否定し、古の散文体すなわち「古文」に復するべきだとする動きがあらわれ、宋の欧陽脩・曾鞏《そうきょう》・王安石・蘇洵《そじゅん》・蘇軾・蘇《そ》轍《てつ》によって発展的に継承されてゆく。彼らは後に「唐宋八大家」と称される。

(56) 鄭玄は「鄭箋」と呼ばれる注釈のほかに『詩譜』を編んでいる。『詩経』の各篇がどの王の時代に、どこの国で書かれたかを整理して図表化した書物である。譜図の部分は亡んだが、序や説が伝わる。譜図については北宋の欧陽脩以降、復元が試みられてきた。

(57) 儒学史は漢から唐までと宋代以降とで大きく異なる。例えば、前者は「章句の学」と呼ばれ、経典の精緻な読解作業に重点を置き、後者は「義理の学」と呼ばれ、形而上の主題に関する思弁に重点を置くなど。

(58) ここにあらわれているのは一種の歴史主義的文学観と言っていい。『毛詩』解釈における歴史主義は、各篇に附された序（小序）にも発揮されており、そこでは詩の作者、作詩の背景などを基点とするかたちで詩の表現意図が説かれる。

(59) ただし「上林の賦」の文学作品としての主眼は、あくまでも言語の蕩尽とも言うべき修辞主義の徹底にこそあるのであって、「風諫」は儒家の立場に配慮した理念を建前として掲げるに過ぎないと考えるのが適当であろう。

(60) 宋の郭茂倩《かくもせん》は『楽府詩集』百巻を編み、唐代までの楽府作品を十二類に分けて整理する。唐代までの楽府を読むうえでの基礎文献となっている。

(61) 字は楽天、号は香山居士。祖籍は太原（山西省太原）、後に下邽《かけい》（陝西省渭南）に遷る。出生地は鄭州新鄭県（河南省新鄭県）。平明な詩風によって、朝鮮や日本にも広く受け入れられた。『白氏文集』。

(62) 白居易は自らの作品を文集に編み、後世に伝えることに自覚的に取り組んだ。詩については、まず古体と近体（今体）に分け、古体についてはさらに主題によって「諷諭」「閑適」「感傷」に分けた。このうち白居易自身が最も重視したのが「諷諭」と「閑適」。前者が社会を対象としてうたった公的な主題を扱うのに対し、後者は個人の日常を題材とする私的な主題を扱う。

(63) 盛唐末の元結《げんけつ》の系楽府に「隴上歎《ろうじょうたん》」「古遺歎《こいたん》」、晩唐の皮日休《ひじつきゅう》の正楽府に「橡媼歎《しょうおうたん》」などがある。

(64) 特に宋の場合、太祖趙匡胤《ちょうきょういん》が石に刻させたと伝えられる遺訓のなかに「士大夫及び書を上《たてまつ》りて事を言う人を殺すを得ず（士大夫や政策の提言を行う者を殺すべからず）」という一条が見える（『宋稗類鈔《そうはいるいしょう》』巻一）。これについてはその実在を疑問視する意見もあるが、真偽はともかく宋は他に比べて知識人の言論を尊重しようとした王朝であったと言えよう。

(65) 字は子幼《しよう》。京兆尹華陰県（陝西省華陰）の人。司馬遷の外孫。清廉を称えられる一方で、他人の悪事を暴くなどしたために恨みを買うことも多く、浮沈の激しい生涯を送った。

(66) 字は夢得《ぼうとく》。祖籍は中山（河北省定州）もしくは彭城（江蘇省徐州）、出身地は河南府洛陽県（河南省洛陽）。白居易・柳宗元らと交遊。『劉夢得文集』『劉賓客集』。

(67) 合わせて八人の同志が南方の僻地の司馬に左遷されたことから「八司馬事件」などと呼ばれる。中唐以降、唐代の政治情勢は安定せず、少なからぬ文人が政治闘争に巻き込まれて左遷された。

(68) その後、大和二年（八二八）に長安に帰った劉禹錫はふたたび玄都観で桃花を詠じて問題視される（このときは宰相裴度《はいど》の助力で左遷は免れる）。劉禹錫の筆禍については『旧唐書』および『新唐書』劉禹錫伝、『本事詩』事感などに記される。

(69) 字は持正《じせい》。晋江（福建省泉州）の人。新法派の官僚である蔡確は元豊年間に宰相をつとめるが、神宗の死後、旧法派が実権を握ると失脚し左遷される。左遷先で作った「夏日　車蓋亭に登る十絶」詩が、哲宗の摂政をつとめる宣仁太皇太后の高氏を誹謗するとして告発され、さらに僻遠の地へと流された。

(70) 字は潜夫《せんぼ》、号は後村《こうそん》。莆田《ほでん》（福建省莆田）の人。南宋末には江湖派と呼ばれる民間の非官僚層を中心とする詩人群が出現する。劉克荘は官僚として高位に登るなど、純粋な意味では江湖詩人とは呼べないが、いわゆる江湖派に名を列せられる重要な詩人のひとり。『後村先生大全集』。劉克荘の詩は、当時、政治の実権を握る宰相史彌遠《しびえん》を誹謗したとして発禁処分となる。劉克荘以外にも敖陶孫《とうごうそん》・曾極《そうきょく》・陳起《ちんき》らの詩が統制の対象となった。

(71) 「烏台詩案」の詳細については、内山精也『蘇軾詩研究』（研文出版、二〇一一年）第五・六・七章を参照。

(72) 憲宗の仏教擁護政策を批判した上奏文。憲宗の怒りを買った韓愈は、潮州（広東省潮州）の知事に左遷された。

(73) 例えば、蘇軾の友人張方平《ちょうほうへい》は「烏台詩案」に際して蘇軾を弁護する文章「蘇内翰を論ず」を書いているが、そこでは「毛詩大序」の「之を言う者は罪無く、之を聞く者は以て戒《いまし》むるに足る」を引いて論の根拠とする。蘇軾の詩は諷諭の伝統を正しく継承するものであるがゆえに罪を免ぜられると主張したのである。

(74) 松浦友久『中国詩歌原論』（大修館書店、一九八六年）は、楽府詩の特性を（一）楽曲への連想、（二）視点の三人称化・場面の客体化、（三）表現意図の未完結化の三点にまとめている。ここでの議論に関連するのは（二）と（三）。楽府詩にあっては（二）の特性によって作者と作品とが切り離され、また（三）によって作品のメッセージが婉曲なものとなる。（二）と（三）は、詩人（諷諫者）と為政者（被諷諫者）との衝突を回避するための一種の安全弁となっていたのである。

(75) 最高の賢者、第二等の賢者、第三等の賢者というふうに人物の優劣を言うとする説もあるが採らない。賢者が乱れた国に対処する仕方を段階別に分けて述べたと解したい。

（76）ただし、金谷氏がこの章に附した注釈は「この章には避退を善しとする道家思想の趣があり、それから考えると、『避色』『避言』は『美人から離れ』『ことばをやめる』ことかとも思える」と、別解の可能性にも言及する。「避色」の解釈には賛同しがたいが、「避言」の解釈については賛同したい。以下に述べる筆者の解釈は金谷氏の別解と一部重なる。

（77）『呂氏春秋（呂覧）』先識覧・先識には「凡《およ》そ国の亡《ほろ》ぶや、道有る者必ず先に去る」とあって、有徳の士が徳の衰えた国を去ることについて述べた一節があり、『論語』憲問とも重なる主張が見える。ここに後漢・高誘《こうゆう》が附した注には『論語』憲問の件の章が引かれているが、そこでは「避色」を「避人」に作る。また、晋・程本《ていほん》の著と伝えられる『子華子』神気には「太上は世を違《さ》り、其の次は地を違り、其の次は人を違る」とあって、『論語』と内容のみならず叙述の仕方も類似した言葉が見える。「違」は「避」とほぼ同義の語。つまり『子華子』は「違世」「違地」「違人」という層叙法によって社会的関係性の遮断を説いているのだ。これなども「避色」とは「避人」であるとする解釈を支持する例と言えよう。ちなみに、後掲のように『論語』微子にも「辟（避）人」という語が見える。

（78）烏台詩案により黄州に流罪中の蘇軾は、自らに連座してやはり南方に流罪となった友人王鞏《おうきょう》に唱和した「次韻して王鞏に和す六首」其の五に「巧語　屡《しばし》ば曾て薏苡《よくい》に遭《あ》い、廋詞《そうし》　聊《いささ》か復《ま》た芎藭《きゅうきゅう》に託す」――工夫を凝らした表現を下心ありと疑われたので、言葉を秘めやかにして真意を隠そうと述べる。ここに見える「廋詞」すなわち「詞を廋《かく》す」は「言を避ける」と同義。言論弾圧を被った蘇軾は「避言」につとめていたのである。

（79）近代以降の法が制御の対象とするのは「事」や「言」までであって、「心」には立ち入らない。「内心の自由」という原則が守られていて、「心」のなかで何を考えようとまったく自由であり、それが違法として処罰されることはない。ところが『韓非子』の法は「心」を最終的な制御対象としており、その前近代性を如実に示す。

（80）ただし『論語』のなかには隠逸に対する好意的な評価や自らの隠逸への志向を語ったと見なせる発言も散見される。例えば、季氏篇に「隠居して以て其の志を求む」、公冶長篇に「道　行われざれば桴《いかだ》に乗りて海に浮かばん」。

（81）伝記に亡命者であることが明確に記される文人としては、初唐の駱賓王《らくひんのう》（六四〇？―六八四？）があげられる。『新唐書』文藝伝上・駱賓王伝には、則天武后に抵抗する徐敬業《じょけいぎょう》の反乱に加わるも、それが失敗すると「亡命」して行方知れずとなった、とある。

(82) 字は履善《りぜん》また宋瑞《そうずい》、号は文山。吉州盧陵《ろりょう》（江西省吉安）の人。宋末元初の戦乱のなかで書かれたその詩の多くは作詩の背景などを詳細に記した序を伴うなど、歴史資料としての価値も有する。『文山先生全集』（『指南録』『指南後録』『吟嘯集』『集杜詩』『文山先生紀年録』などを含む）。文天祥の伝記については、梅原郁『文天祥』（人物往来社、一九六六年）を参照。

(83) 葛兆光『中国再考』（岩波書店、二〇一四年）第二章「国境」などを参照。

(84) 忠義の士としての文天祥の影響は遠く日本にも及んだ。江戸中期、山崎闇斎《やまざきあんさい》学派の浅見絅斎《あさみけいさい》『靖献遺言《せいけんいげん》』には、中国歴代の忠臣義士として戦国・屈原《くつげん》をはじめとする八名をあげるが、文天祥もそこに列せられる。この書によって文天祥の名は広まり、幕末期の尊皇攘夷イデオロギーと結びついて少なからぬ知識人に尊崇された。例えば、水戸の藤田東湖《ふじたとうこ》や長州の吉田松陰《よしだしょういん》などは「文天祥の正気の歌に和す」詩を書いている。

(85) 「遺民」に対して、新たに成立した王朝に仕えた臣下は「貳臣《じしん》」と呼ばれ、後には侮蔑の対象ともなった。なお、宋末元初と並んで多くの遺民が生みだされた時代が明末清初、やはり漢民族の王朝が異民族（清の場合は満洲族）の王朝に取って代わられた時代である。例えば、朱子学者の朱舜水《しゅしゅんすい》（一六〇〇－八二）は明の再興を図るも失敗、日本に亡命して水戸藩に仕えた。

(86) 字は大有《たいゆう》、号は水雲《すいうん》。琴師として宋の宮廷に仕える。臨安陥落後、恭宗らに随行して元の大都に赴くが、後に帰国して道士となる。その詩は宋の滅亡を記録する「詩史」と評された。『湖山類稿』『水雲集』。

(87) 字は君直《くんちょく》、号は畳山《じょうざん》。弋陽《よくよう》（江西省弋陽県）の人。宝祐四年（一二五六）の進士（文天祥と同年）。亡国の後、叛乱を企てるも失敗、卜易を生業とする。元に拉致され出仕を迫られるも、絶食して没する。『謝畳山文集』。唐宋古文の選集『文章規範』を編む。

(88) 字は所南《しょなん》、号は憶《おく》（億）翁《おう》。連江（福建省連江県）の人。宋末の太学生。元に仕えず宋への忠誠を尽くす。『所南先生文集』。

(89) 字は徳陽《とくよう》(暘)、号は霽山《せいざん》。温州(浙江省温州)の人。宋滅亡後は故郷に隠棲。『霽山先生集』『白石樵唱』。

(90) 字は皐羽《こうう》、号は晞髪子《きはつし》。長渓(福建省霞浦県)の人。文天祥の義勇軍に参加。文天祥の死を悼む「西台に登りて慟哭する記」で知られる。『晞髪集』。

(91) 字は献吉《けんきつ》、号は空同子《くうどうし》。慶陽(甘粛省慶陽)の人。「前七子」の一人。「文は秦漢、詩は盛唐」を標榜した復古主義者として知られる。『空同集』。

(92) 字は伯華《はくか》、号は中麓《ちゅうろく》。章丘(山東省済南)の人。『宝剣記』などで知られる文人・劇作家。

(93) 字は猶龍《ゆうりゅう》または子猶《しゆう》、号は墨憨斎《ぼくかんさい》。呉県(江蘇省蘇州)の人。通俗白話小説集「三言」(『喩世明言《ゆせいめいげん》』『警世通言《けいせいつうげん》』『醒《せい》世恒言《せいこうげん》』)などの編纂で知られる。明代の白話小説史において重要な役割を果たした。馮夢龍と「山歌」については、大木康『馮夢龍『山歌』の研究――中国明代の通俗歌謡』(勁草書房、二〇〇三年)を参照。

(94) 「俗文学」の発見・称揚の動きをリードした中心的な存在が胡適《こせき》(一八九一－一九六二)。一九一七年、胡適は『新青年』に「文学改良芻議《すうぎ》」を発表、白話による文学の重要性を唱えた。他に『白話文学史』(一九二八年)も著わす。一九一八年、同じく『新青年』に発表された魯迅《ろじん》(一八八一－一九三六)の小説『狂人日記』は、その実作面での最初期の代表的な成果。

(浅見洋二)

第二章　〈私〉の文学

はじめに

我々は世界をさまざまな二項対立の図式によって分割してとらえている。そのひとつに〈公〉と〈私〉がある。[1]〈外〉と〈内〉と言い換えてもいい。すなわち個人の外に広がるパブリックな世界と、個人の内なるプライベートな世界。中国文学をめぐる諸問題を仮に公と私の二つの領域に分けるとすれば、第一章「言語と権力」で取りあげた問題の多くは前者の公に対応していよう。本章で考えてみたいのは、後者の私なる領域についてである。では私とは何か。これを積極的に定義づけることはむずかしい。ここではひとまず、公から除外された部分、公ならざる部分が私であると考えるにとどめておこう。

中国前近代の文学の主要な担い手であった士大夫（官僚＝文人）にとっての公とは、ひとことで言えば皇帝を頂点とする権力システムが作動する領域であった。したがって私とは、それが作動していない領域、もしくは微弱化した領域と見なすことができる。中国の文学作品において、その私的領域はどのように表現されたか、公との間にどのような緊張関係を生んだか、いくつかの問題を取りあげながら検討してみたい。

ちなみに、中国の士大夫たちの処世をめぐる議論にあっては「出仕」と「隠逸」のどちらを選ぶかという問題が大きな位置を占めていた。ここで取りあげる公と私は、そのままこの出仕と隠逸の関係のうえに重ね合わせることができる。魏・曹植《そうしょく》「臨観の賦」には「進むに路の以て公を効《いた》す無く、退くに隠の以て私を営む無し」とあって、まさに「進」＝出仕と「退」＝隠逸との関係性が「公」と「私」の関係性としてとらえられている。隠逸は中国文学における私の問題を考えるうえできわめて重要である。これについては第二部第五章で取りあげるが、本章で取りあげる問題の多くもまた根本的なところでは隠逸の問題にもつながってゆくと考えられる。

第一節　家族の表象

まずは「家」すなわち家族（宗族）をめぐる問題を取りあげてみよう。家族は〈公〉か〈私〉か。このように問われたとき、我々の多くは私と答えるだろう。だが、おそらくこれは近代的な考え方であるに過ぎない。儒家的な理念が支配的であった前近代の中国にあっては、答えはそれほど簡単には出せなかったと思われる。そもそも「家」の概念が今日のそれとは大きく異なっていたのだ。

例えば、朱子学に言う八条目《はちじょうもく》、南宋の朱熹《しゅき》が重視した四書のひとつ『大学』に説かれる八つの徳目「致知・格物・正心・誠意・修身・斉家・治国・平天下」を見てみよう。前半の四条目は自らの精神の働きを深め高めること、いわば自己修養を説いたもの。問題は、後半の四条目である。ここでは「身」「家」「国」「天下」と、自己を取り巻く外部世界に向けて同心円状に徳を広めてゆくプロセスが示されている。「身」は私の領域に、「国」「天下」は公の領域にそれぞれ属すると見なせるだろう。「家」すなわち家族はそれらの間に挟まれるかたちで位置している。このような理念のもとにあっては、家族は私であるとは必ずしも言い切れないのではないか。「家」とは、私であると同時に公でもあるような、いわば公と私の境界面《インターフェイス》を形作る両義的な存在であったと考えるべきだろう。

父祖の系譜

家族のなかで最も根幹に位置するのは父祖（すでに亡き祖先も含む）である。その父祖はまた、きわめて公的な性格の強い存在であった。文学作品においても父祖が表現される場合は、公の側面が強調される傾向にある。例えば、漢・韋孟《いもう》(2)（前二二八？－一五六？）の「諷諫」詩を見てみよう。『文選』巻一九「勧励」の部に収めるこの詩は、王の補導役をつとめる韋孟が享楽にふけって不品行を重ねる戊《ぼ》王を諫めた作。朝廷における職務の一環として発せられた言葉であるという点では、もともと公的な性格の強い作である。詩の形式は四言詩、すなわち『詩経』を受け継ぐ正統的で荘厳な形式であり、本詩の公的な性格をより強めている。

詩の全体は、前半部に太古からの中国の歴史とそれを受け継ぐ漢王朝の正統性《レジティマシー》を述べ、それを踏まえて後半部に戊王への批判を述べるという構成になっている。太古からの歴史に位置づけるかたちで現今の王朝の正統性を祝福するという構成は、宮廷文学に広く見られるもの。注目されるのは、かかる構成からなる詩の冒頭が、次のように「我祖」への言及から始められていることである。第一章の十句をあげよう。

肅肅我祖、国自豕韋　　肅肅たる我が祖、国すること豕韋《しい》自《よ》りす
黼衣朱黻、四牡龍旂　　黼衣《ほい》　朱黻《しゅふつ》、四牡《しぼ》　龍旂《りゅうき》
彤弓斯征、撫寧遐荒　　彤弓《とうきゅう》もて斯《ここ》に征《ゆ》き、遐荒《かこう》を撫寧す
揔斉群邦、以翼大商　　群邦を揔《す》べ斉《ととの》え、以て大商を翼《たす》く

迭彼大彭、勲績惟光　　彼の大彭《たいほう》と迭《たが》いにし、勲績　惟《こ》れ光《かがや》く

（厳かなる我が祖、諸侯として国を建てること殷の豕韋氏に始まる。斧を縫い取った上衣に赤い膝掛け、四頭の牡馬に龍の旗を立てる。朱塗りの弓を賜《たまわ》り出征し、遠く未開の地を安んずる。あまたの邦々を統《す》べ、商〔殷〕の王室を支える。かの大彭氏と交互に仕え、勲功は輝かしいものだった。）

殷の豕韋氏に淵源し、周王朝にあって中枢を担った韋氏一族の栄光の歴史を述べる。つづく第二章にも一族の歴史はうたわれていて、周王室の衰亡とともに彭城へと移り住んだことが述べられてゆく。このように本詩には、中国の歴史が韋氏一族の歴史と交叉し絡み合うようなかたちでうたわれている。韋孟にとって中国の歴史は、自らの父祖の歴史と表裏一体で不可分の関係にあったのだ。『文選』では右の詩に先だって「述徳」の部が設けられ、南朝宋の謝霊運《しゃれいうん》(3)（三八五－四三三）「祖徳を述ぶ」詩二首を収める。祖父の謝玄《しゃげん》の徳を称えた作品であるが、やはり中国の歴史とともに祖父の事跡を述べる構成となっている。

さらに東晋・陶淵明《とうえんめい》(4)（三六五－四二七）の「子に命《なづ》く」詩を読んでみよう。本詩は長男が生まれ、名づけを行ったときの作。韋孟「諷諫」と同じく四言の詩。一章八句、全十章（章ごとに換韻）からなり、前半六章に父祖の歴史を述べ、後半四章に我が子の誕生とそれに伴う感慨を述べる。韋孟の詩のように公的な場ではなく、家庭内で作られた詩であり、全体としては私的な性格の強い作品。注目されるのは前半六章に述べられる次のような内容である。

悠悠我祖、爰自陶唐　　悠悠たる我が祖、爰《ここ》に陶唐自《よ》りす
邈為虞賓、歴世重光　　邈《ばく》として虞《ぐ》の賓と為り、歴世　光を重ぬ
御龍勤夏、豕韋翼商　　御龍《ぎょりゅう》　夏に勤め、豕韋《しい》　商を翼《たす》く

図15　明・陳洪綬《ちんこうじゅ》「陶淵明故事図巻」

酒好きの陶淵明は、彭沢《ほうたく》県令をつとめていたとき、すべての田に酒造りに適した秫《もちごめ》を植えようとしたが、妻に反対されてやむなく一部の田に普通のうるち米を植えた。画面右側には、その「種秫《しゅじゅつ》」の故事、妻と言い争う場面を画く。画面左側には「帰去」の故事、官を辞して故郷へと帰り去る場面を画く。ホノルル美術館蔵。翁万戈編『陳洪綬』（上海人民美術出版社、1997年）による。

穆穆司徒、厥族以昌　　穆穆《ぼくぼく》たる司徒、厥《そ》の族　以て昌《さか》んなり

（遙かなる我が祖、陶唐氏たる堯帝に始まる。その御子は舜の賓客、歴代、栄光を重ねた。御龍は夏に仕え、豕韋は殷を輔《たす》けた。恭しき司徒たる陶叔《とうしゅく》より、わが一族は栄えた。）

紛紛戦国、漠漠衰周　　紛紛たる戦国、漠漠たる衰周

鳳隠於林、幽人在丘　　鳳は林に隠れ、幽人は丘に在り

逸虬遶雲、奔鯨駭流　　逸虬《いっきゅう》　雲を遶《めぐ》り、奔鯨《ほんげい》　流れを駭《おどろ》かす

天集有漢、眷予愍侯　　天　有漢に集まり、予《よ》が愍侯《びんこう》を眷《かえり》みる

（乱れ果てた戦国の世、国の姿も定かならぬ周の末世。鳳凰は林に隠れ、隠者は丘に潜んだ。天翔る虬《みずち》は雲をめぐり、波を走る鯨はしぶきをあげる。天命は漢王朝に降り、わが愍侯陶舎《とうしゃ》が御恩を得た。）

於赫愍侯、運当攀龍　　於《ああ》　赫《かく》たる愍侯、運は攀龍《はんりゅう》に当たり
撫剣夙邁、顕茲武功　　剣を撫《ぶ》して夙《つと》に邁《ゆ》き、茲《こ》の武功を顕《あら》わす
書誓山河、啓土開封　　書して山河に誓い、土を啓《ひら》き封を開く
亹亹丞相、允迪前蹤　　亹亹《びび》たる丞相、允《まこと》に前蹤《ぜんしょう》を迪《ふ》めり
（ああ、輝かしき愍侯、天高く登る龍に乗る定め。剣をなでさすり若くして出征、かの武功をあらわす。漢王は泰山・黄河に誓い、領土を新たに拓《ひら》き封地として賜った。勤め励む丞相の陶青《とうせい》、まことに祖先の後を継ぐ。）

渾渾長源、蔚蔚洪柯　　渾渾たる長源、蔚蔚《うつうつ》たる洪柯《こうか》
群川載導、衆条載羅　　群川　載《すなわ》ち導き、衆条　載ち羅《つら》ぬ
時有語黙、運因隆窊　　時に語黙有り、運は隆窊《りゅうわ》に因る
在我中晋、業融長沙　　我が中晋に在りて、業は長沙に融《とお》る
（蕩蕩たる流れの遥かなる源、生い茂る大樹。多くの川はそこより流れ、無数の枝はそこより分かれ伸びる。時により進退はさまざま、運は善し悪しによる。わが晋の中頃、功業を明らかにされたのは長沙公の陶侃《とうかん》。）

桓桓長沙、伊勲伊徳　　桓桓《かんかん》たる長沙、伊《こ》れ勲　伊れ徳
天子疇我、専征南国　　天子　我に疇《ちゅう》し、征を南国に専らにす
功遂辞帰、臨寵不忒　　功遂げて辞し帰り、寵に臨みて忒《たが》わず
孰謂斯心、而近可得　　孰《たれ》か謂《い》う　斯の心にして、近ごろ得べしと
（大いなる長沙公、勲は重く徳は高く。天子の指名を我が身に受け、南国への出征をまかされた。功成るや故

郷に帰り、恩寵に惑わず。この心持ち、近頃に得がたいと言うべきではあるまいか。）

粛矣我祖、慎終如始　粛たり我が祖、終わりを慎むこと始めの如し
直方二台、恵和千里　直《ちょく》は二台に方《なら》び、恵は千里を和す
於皇仁考、淡焉虚止　於《ああ》　皇《おお》いなる仁考、淡焉《たんえん》として虚《むな》し
寄跡風雲、寘茲慍喜　跡を風雲に寄せ、茲《こ》の慍喜《おんき》を寘《お》く

（恭しきわが祖父ぎみ、終始初心を守る。正しきこと祖先の二宰相に並び、徳政を千里四方に及ぼす。ああ、偉大なるわが父ぎみ、淡として私心無く。身を風雲にあずけ、怒り喜びには左右されぬ。）

韋孟や謝霊運の詩と同じく、堯舜時代の始祖から始まり、夏の御龍、殷の豕韋、周の陶叔、漢の陶舍、陶青、陶侃、そして祖父陶茂《とうぼう》、父（事跡未詳）と受け継がれてきた陶氏一族の系譜が、中国の王朝の歴史とともに回顧されている。実際の陶氏は、「寒門」と称されるように貧しく名もなき一族であり、史書には父の名さえ記されない。かろうじて史書には曾祖父として陶侃の名が記されるが、この陶侃も有り体に言えば成りあがり者であり、素性ははっきりしない。したがって、ここにあるのはあくまでも詩の言葉として作りあげられた父祖の系譜であるに過ぎない。少なからぬ誇張や虚飾を含んでいること、おそらくは陶淵明自身も自覚していただろう。

虚構であることを完全には免れないにせよ、こうして陶淵明が父祖の歴史を振り返るのは、子（男子）の誕生という出来事あってのことではないか。近代以前にあって人は個人としてこの世界に立つのではない。連綿と連なる血脈が形作る家族（宗族）の一員として存在しているのだ。子をなすとき、人はこのことを深く思い知らされる。かくして陶淵明は自らの一族の歴史に思いを馳せたのだろう。

図16　横山大観「屈原図」

高潔の象徴たる秋蘭を手に彷徨する屈原の姿を画く。厳島神社蔵。高階秀爾ほか『日本美術全集　第22巻　洋画と日本画』（講談社、1992年）による。

以上のような六章からなる前半部を受けて、「子に命《なづ》く」詩の後半部には通常ならば自分自身を誇る言葉がつづくかと予想される。例えば、戦国時代、楚の屈原《くつげん》(5)（前三四三？－二七七？）が「離騒」の冒頭に述べる次のような言葉が。そこで屈原は

帝高陽之苗裔兮　帝なる高陽の苗裔《びょうえい》（末裔）にして
朕皇考曰伯庸　朕《わ》が皇考（大いなる父君）は伯庸《はくよう》と曰《い》う

と、父祖の系譜からうたい起こした後、父が自らに「平」という諱《いみな》、「原」という字《あざな》を与えてくれたことを述べたうえで

紛吾既有此内美兮　紛として吾は既に此の内美を有し
又重之以脩能　又た之《これ》に重ぬるに脩能《しゅうたい》（すぐれた才能）を以てす

と自らの美徳を誇る。ところが「子に命《なづ》く」詩の場合はやや意外な展開を見せる。つづく第七章には

嗟余寡陋、瞻望弗及　嗟《ああ》　余は寡陋《かろう》、瞻望《せんぼう》するも及ばず

顧慚華鬢、負影隻立　顧《かえり》みて華鬢に慚《は》じ、影を負いて隻立《せきりつ》す
（ああ　わたしはつまらぬ男、父祖たちを仰いでも及びもつかぬ。わが身を顧みて白髪を恥じ、影だけを伴って独り立ち尽くす。）

と、父祖には及びもつかぬ我が身のふがいなさを嘆いている。こうした自嘲的・自虐的な自己認識、自画像の提示の仕方は、ほとんど空前のものと言っていいのではないか。この後、本詩は生まれた子に「儼《げん》」という諱、「求思」という字を付けたことやそれに伴う感慨をうたう。そして、締めくくりは

夙興夜寐、願爾斯才　夙《つと》に興《お》き夜に寐《い》ね、爾の斯の才を願う
爾之不才、亦已焉哉　爾の不才なる、亦た已《や》んぬるかな
（朝早く起き夜おそく寝て努めよ、おまえに才あることをわたしは願う。おまえに才がないとなれば、それもまた仕方ないこと。）

とうたうが、ここにも自嘲・自虐の響きは含まれる。ダメな自分の子である以上、しょせん高望みはできないというあきらめを含んだ言葉。これもまた空前のものと言っていいだろう。

全体として見れば陶淵明の「子に命《なづ》く」詩は、韋孟や謝霊運のように父祖の歴史を手放しで言あげするのではない。韋孟や謝霊運にとって父祖の歴史は自らを光り輝かせてくれるものとしてうたわれていたが、陶淵明にとってのそれは自らのふがいなさを浮き彫りにするものでしかない。本詩が述べる栄光ある父祖の歴史は、中国の詩における定型的な父祖の表象を引き継ぐものとなっている。だが、それが自嘲・自虐の感慨と鋭く拮抗し合うかたちで

うたわれている点、きわめて画期的な位置を占めていよう。

妻の哀悼――悼亡詩

家族のうち父祖は公的なものとして文学作品に古くから表現されてきたが、それに対して妻や子女は私的な存在としてとらえられていたためか、あまり表現されることはなかった。『礼記』曲礼上[6]には「外言は梱《こん》（敷居）に入らず、内言は梱を出《い》でず」とある。「外」とは男性が公的な活動を行う空間、「内」とは婦女子の住まう私的な空間。「内」に属する妻や子女のことは家の敷居から「外」には出さぬ、「外」から隠しておくべきだという儒家的な縛りが強く働いていたためであろう[7]。

とはいえ、妻や子女は文学の表現対象から完全に除外されていたわけではない。では、どのような作品において表現されたのか。主なものとしては、妻・子女の死に際し彼女らを哀悼するために書かれた「哀辞」「墓誌銘」などがあげられる。ここでは、詩のかたちで書かれた哀悼の文学として、西晋・潘岳《はんがく》[8]（二四七―三〇〇）の「悼亡詩三首」其の一（『文選』巻二三）を読んでみよう。妻楊氏[9]の喪が明けたときの作であり、亡き妻へと寄せる思いをうたう。

荏苒冬春謝、寒暑忽流易
之子帰窮泉、重壌永幽隔
私懐誰克従、淹留亦何益
僶俛恭朝命、廻心反初役
望廬思其人、入室想所歴
帷屏無髣髴、翰墨有余跡

荏苒《じんぜん》として冬春謝《さ》り、寒暑　忽ち流易す
之《こ》の子　窮泉に帰し、重壌《ちょうじょう》　永《とこしえ》に幽隔す
私懐　誰か克《よ》く従わん、淹留《えんりゅう》　亦た何の益かあらん
僶俛《びんべん》として朝命を恭《つつし》み、心を廻《めぐ》らして初役に反《かえ》らん
廬《ろ》を望みて其の人を思い、室に入りて歴《ふ》る所を想う
帷屏《いへい》　髣髴たる無く、翰墨に余跡有り

流芳未及歇、遺挂猶在壁
悵怳如或存、周遑忡驚惕
如彼翰林鳥、双栖一朝隻
如彼遊川魚、比目中路析
春風縁隙来、晨霤承檐滴
寝息何時忘、沈憂日盈積
庶幾有時衰、荘缶猶可撃

流芳　未だ歇《や》むに及ばず、遺挂《いけい》　猶お壁に在り
悵怳《ちょうこう》として或いは存するが如く、周遑《しゅうこう》として忡《うれ》え驚惕す
彼の林に翰《と》ぶ鳥の、双栖《そうせい》　一朝にして隻《せき》なるが如く
彼の川に遊ぶ魚の、比目《ひもく》　中路にして析《さ》かるるが如し
春風　隙《すきま》に縁《よ》りて来たり、晨霤《しんりゅう》　檐《のき》を承けて滴《したた》る
寝息　何れの時にか忘れん、沈憂　日《ひ》びに盈積す
庶幾《ねが》わくは時に衰うる有りて、荘缶《そうふ》　猶お撃つべきを

（時は絶え間なく冬から春へと移りゆき、寒暑はたちまちのうちに入れ替わる。あの人は黄泉《よみ》に帰り、幾重もの土が永遠《とわ》に幽境を隔てる。ひそやかな思いにひたっておれようか、ぐずぐずしていて何になろう。努めて朝廷の命を奉じ、気持ちを改めてもとの職務にもどろう。家を眺めればあの人のことが思われ、部屋に入ると往時の事々が思い浮かぶ。帳《とばり》や屏風のあたりに面影は見えないが、筆墨の跡はくっきりとのこっている。今も香りは消えることなく、のこされた衣は壁に掛かったまま。夢うつつにまだ生きているような気がしたが、はっとして我に返りおろおろと驚き憂える。あの林を飛ぶ鳥の、つがいがある日とつぜん一羽になったかのよう。あの川を泳ぐ魚の、比目が途中で切り離されたかのよう。春の風は隙間から吹き入り、朝の雨が軒端からしたたり落ちる。寝れど休めど忘れる時はなく、深い愁いが日に日につもり重なる。いつの日にか悲しみが薄らぎ、荘子のようにほとぎを打てればよいのだが。）

「比目」とは、目がひとつしかなく、二匹並んで寄り添わないと泳げない魚。末句は『荘子』至楽にもとづく。荘子は妻が死んだとき、悲嘆もせずに甕《かめ》を叩いて歌をうたった。不謹慎だとなじられると、人にとって死は避けられ

ぬ定めだと答えたという。

中国にあって詩を書くことは基本的には公的な営みである。そして儒家的な倫理観・文学観のもとでは、男女の情は公的な器たる詩に盛るには相応しくないものと考えられていた。だが潘岳以後、妻の死を契機に妻への思いを表現する「悼亡」の詩はひとつの伝統を形作るに至る。そのことについて川合康三『中国の恋のうた』（岩波書店、二〇一一年）は「『悼亡詩』が、男女の情であっても士大夫に許されていたのは、夫婦間の愛情は、儒家の立場でも世界の秩序の基本となる大切な情愛と見なされていたから」（一〇五頁）と説明するが、もうひとつ別の理由をあげるとすれば、これが死者を悼むという文脈のなかで発せられる言葉であったからであろう。人間社会において葬送儀礼の持つ重要性はあらためて言うまでもない。中国にあっても儒家の経典『儀礼』に葬礼に関する篇が設けられているように、社会の根幹を支える儀礼としてきわめて重く位置づけられていた。こうして死者を悼むという行為に本来的にそなわる公的な性格が、妻という私的存在の主題化を許したと言えるかもしれない（先に妻子を哀悼する文学としてあげた「哀辞」「墓誌銘」なども、それ自体が葬礼の一環をなすものであり、公的な性格の強い作品である）。さしずめ、夫がおおやけの場で妻への思いを憚りなく語れるのは妻の葬儀での喪主挨拶、といったところだろうか。

潘岳の「悼亡詩」の基調をなしているのは亡き妻への切々たる思いである。その真率さに偽りはないだろう。我々はそれに胸を打たれる。だが、その一方で微かにではあるがある種の違和感を抱くのではないか。例えば「私懐誰か克《よ》く従わん、淹留《えんりゅう》亦た何の益かあらん。僶俛《びんべん》として朝命を恭《つつし》み、心を迴《めぐ》らして初役に反《かえ》らん」という詩句。詩人は妻への思いを断ち切って「朝命」に殉じようとする。「朝命」という公を前にするとき、妻への思いは私に過ぎず、それには何の「益」もない、と潘岳は言っている。「滅私奉公（私を滅して公に奉ず）」をこそ目指すべきだと。「悼亡詩」の其の三にも「改服従朝政、哀心寄私制（服を改めて朝政に従うも、哀心 私制に寄す）」、「投心遵朝命、揮涕強就車（心を投じて朝命に遵《したが》い、涕《なみだ》を揮《ふる》いて強いて車に就《つ》く）」とあって、やはり同様の詩句が繰り返されている。妻の死を悼むのであれば、自分と妻との関係性だけをうたえばよさそうなものだが、潘岳はそこに朝廷＝皇帝という第三項を導き入れるのである。

これらの詩句に端的にあらわれているように、「悼亡詩」にあって私がうたわれるといっても、それは公との拮抗する関係性のもとでうたわれているのだ。潘岳「悼亡詩」は、妻という私的存在を正面から表現するという点では確かに画期的な詩である。だが、それは公の桎梏から完全に自由ではなかった。圧倒的な公の力のもとにあった中国文学の姿をここには見て取れるだろう。

転換点としての杜甫

私としての家族の姿が公の桎梏から解き放たれ、自然なかたちで表現されるようになるのはいつのことだろうか。家族像の表現の歴史において重要な画期をなすのは、おそらく盛唐の杜甫（七一二－七七〇）の詩である。杜甫ほど熱心に繰り返し妻や子のことをうたった詩人は他に例を見出しがたい。杜甫は、あらゆる面で中国の文学史に画期をもたらしたが、そのことは家族をうたう詩からも確かめられる。次にあげるのは、安禄山《あんろくさん》の乱後、鄜州《ふ》（陝西省富県）にいる家族のもとを訪ねたときの作「北征《ほくせい》」の一節、久しぶりに再会した妻子の姿をうたった箇所である。至徳二年（七五七）の作。

経年至茅屋、妻子衣百結
慟哭松声迴、悲泉共幽咽
平生所嬌児、顔色白勝雪
見耶背面啼、垢膩脚不韈

年を経て茅屋に至れば、妻子　衣は百結《ひゃくけつ》
慟哭　松声迴《めぐ》り、悲泉　共に幽咽《ゆうえつ》す
平生　嬌とする所の児《こ》、顔色　白きこと雪に勝る
耶《ちち》を見て面を背《そむ》けて啼き、垢膩《こうじ》　脚に韈《たび》はかず

床前両小女、補綻纔過膝　　床前の両小女、補綻して纔《わず》かに膝を過ぐ
海図坼波濤、旧繍移曲折　　海図　波濤を坼《さ》き、旧繍　曲折を移す
天呉及紫鳳、顛倒在裋褐　　天呉《てんご》　及び紫鳳、顛倒して裋褐《じゅかつ》に在り
老夫情懐悪、嘔泄臥数日　　老夫　情懐悪《あ》しく、嘔泄《おうせつ》して臥すこと数日
那無嚢中帛、救汝寒凛慄　　那《なん》ぞ嚢中の帛《きぬ》無からんや、汝の寒くして凛慄《りんりつ》たるを救わん
粉黛亦解苞、衾裯稍羅列　　粉黛　亦た苞《つつ》みを解き、衾裯《きんちゅう》　稍《ようや》く羅列す
痩妻面復光、痴女頭自櫛　　痩妻　面復《ま》た光《かがや》き、痴女　頭自《みずか》ら櫛けずる
学母無不為、暁妝随手抹　　母を学びて為さざる無く、暁妝　手に随いて抹す
移時施朱鉛、狼藉画眉闊　　時を移して朱鉛を施し、狼藉《ろうぜき》として眉を画くこと闊《ひろ》し
生還対童稚、似欲忘飢渇　　生還して童稚に対すれば、飢渇を忘れんと欲するに似る
問事競挽鬚、誰能即嗔喝　　事を問いて競いて鬚《ひげ》を挽《ひ》くも、誰か能く即ち嗔喝《しんかつ》せん
翻思在賊愁、甘受雑乱聒　　翻《かえ》って賊に在りしときの愁いを思い、甘んじて雑乱の聒《かまびす》しきを受く

（一年ぶりに粗末な我が家にたどりつけば、妻や子はつぎあてだらけのぼろをまとっている。慟哭の声は松風に乗ってあたりをめぐり、泉の水も悲しみむせび泣く。日頃かわいがっていた息子は、もとは雪のように色白だった。それが父を見ると顔を背《そむ》けて泣いている。垢まみれで足には靴下も履《は》かないで。ベッドの傍にいる二人の娘は、膝がやっと隠れるようなつぎはぎのつんつるてんを着ている。せっかくの海の図柄も波が裂かれ、古い刺繍も模様がめちゃくちゃ。天呉〔水の神〕や紫の鳳凰《ほうおう》の模様は、ぼろぼろの裾にひっくり返っている。わたしは気分もすぐれず、数日間、寝こんで吐いたり下したりした。荷物の袋には反物《たんもの》があり、おまえたちをふるえる寒さから救ってやれる。包みをほどき白粉《おしろい》や眉墨も取り出して、おもむろに布団のうえに並べて見せる。

やつれた妻の顔は輝きを取りもどし、年端の行かぬ娘も自分で髪を梳《と》かしたりする。すっかり母親のまねをして、朝のお化粧をしようと手当たり次第になでつける。しばらくのあいだ紅《べに》や白粉をつけていたが、出来あがったのは幅広のでたらめな眉。無事に帰り着いて幼な子と向き合えば、餓えや渇きを忘れそうになる。子供たちはいろいろなことを訊こうとわたしの髭を引っ張るが、それを怒鳴りつけたりはできない。賊軍に捕られていたときを思い起こせば、このやかましさなど何でもない。）

久しぶりに会った妻や子の惨めな姿。ぼろやつぎあてだらけの衣、垢じみた足。娘たちは初めは父に怯えて泣くが、みやげものの包みを解くと喜びをあらわす。母をまねて化粧する娘の描写（後述の西晋・左思《さし》「嬌女詩」を踏まえる）をはじめ、我が子のふるまいが生き生きとうたわれ、そこに公の立場を離れた父親としての情愛が率直に表現されている。戦乱のなかで味わった辛苦を打ち払うようにして、杜甫は家族との再会に心慰められる幸せを噛みしめている。

安禄山の乱後、杜甫の後半生は放浪の連続であった。都を離れた杜甫は、秦州（甘粛省天水）を経て、山を越え蜀（四川省）の成都へと入る。成都では、放浪のなか一時的ではあるが比較的平穏な暮らしがかなった。上元二年（七六一）、成都での作「艇を進む」にも妻子の姿はうたわれている。

南京久客耕南畝　　南京の久客　南畝《なんぽ》に耕し
北望傷神坐北窓　　北望　傷神　北窓に坐す
昼引老妻乗小艇　　昼には老妻を引きて小艇に乗り
晴看稚子浴清江　　晴れては稚子《ちし》の清江に浴するを看る

倶飛蛺蝶元相逐　倶《とも》に飛ぶ蛺蝶《きょうちょう》は元《もと》より相い逐《お》い
並蔕芙蓉本自双　蔕《うてな》を並ぶる芙蓉は本《もと》より自ずから双《なら》ぶ
茗飲蔗漿携所有　茗飲《めいいん》　蔗漿《しょしょう》　有る所を携え
瓷罌無謝玉為缸　瓷罌《しおう》も玉を缸《かめ》と為すに謝する無し

（南の都に久しく留まる旅人のわたしは南の畑を耕し、北の彼方を望んでは心破れて窓辺に坐っている。昼には老妻と連れだって小舟に乗り、晴れた日には幼な子が清らかな川で水浴びするのを眺める。ともに飛ぶ蝶は本性のままに互いに追いかけあい、並んで咲く蓮《はす》は自然のこととして一対をなす。ありあわせのお茶やサトウキビのジュースを携えてゆくが、それを入れた土瓶《どびん》は玉でできた瓶にも劣りはしない。）

冒頭の一聯は放浪の身を嘆く。第二句にうたわれるのは北方の地を眺めて悲しむ詩人の思い。ここでの「北」は故郷というよりもむしろ出仕の場である都長安を指していよう。その意味ではある種の公的な意識のあらわれとも言えるが、杜甫の筆はそれを振り切るようにして、妻子との束の間の穏やかな暮らしをうたう。家族とのボート遊び、そのささやかな幸福。これにつづけて詩は眼に映る自然の景物を細やかにうたう。つがいの蝶、並び咲く花。自然は欠損のない充足した相のもとに描き出されている。そして末聯、ささやかな幸福への充足感をうたって詩は締めくくられる。

右にあげた杜甫の詩を読むと、潘岳が私を振り切って公へと向かおうとしたのとは対照的に、公を振り切って私へと向かおうとするかのようだ（実際には振り切ろうとしても振り切れず、またそうであるがゆえに詩は複雑に屈折した表情を見せるのであるが）。かかる公と私との関係性の転換に、杜甫の詩における家族表象の新しさは認められるように思われる。

悼亡詩の変容

ターニングポイントとしての杜甫について見てきたが、杜甫以後の家族の表象がいかに公の桎梏から解き放たれているか、その一例として次に中唐の元稹《げんしん》[10]（七七九－八三一）の悼亡詩「三たび悲懐を遣《や》る」について見てみよう。亡妻韋叢《いそう》の死を悼む三首の連作。其の三に「潘岳悼亡猶費詞（潘岳　悼亡　猶お詞《ことば》を費やす）」と、自らを潘岳になぞらえた句があるように、潘岳の「悼亡詩」を意識して作られた詩。三首の連作という点でも両者は共通する。其の一をあげる。

謝公最小偏憐女　　謝公が最小にして偏憐の女《むすめ》
自嫁黔婁百事乖　　黔婁《けんろう》に嫁して自《よ》り百事乖《もと》る
顧我無衣捜藎篋　　我に衣無きを顧みて藎篋《じんきょう》を捜し
泥他沽酒抜金釵　　他《かれ》に酒を沽《か》うを泥《ねだ》れば金釵《きんさい》を抜く
野蔬充膳甘長藿　　野蔬　膳に充てて長藿《ちょうかく》に甘んじ
落葉添薪仰古槐　　落葉　薪に添えんとして古槐《こかい》を仰ぐ
今日俸銭過十万　　今日　俸銭　十万を過ぐ
与君営奠復営斎　　君の与《ため》に奠《でん》を営み復《ま》た斎を営まん

（謝公が溺愛した末の娘御、黔婁に嫁いでからは何もかもうまくゆかぬ。わたしに着物がないのを見ては行李のなかを探し、酒を買ってこいと無理を言えば金の釵《かんざし》を抜いた。野草を食膳に載せ豆の葉をがまんし、落ち葉を薪に加えようと槐《えんじゅ》の古木を見あげる。今では俸給も十万を越えた。せめて慰霊のための供養をしよう。）

首聯は、亡き妻を六朝の貴族謝安《しゃあん》の姪謝道蘊《しゃどううん》に、自分自身を古の貧乏な隠者黔婁《けんろう》になぞらえる。そのうえで、貧しかった二人の暮らしぶり、そのなかにあっても自分に寄り添い尽くしてくれた妻への感謝の念を述べる。

この詩からは潘岳の詩に見られたような公の意識はほとんど払拭されている。潘岳の詩が自分と妻と皇帝（朝廷）という三項からなる関係性のもとでうたわれた作品であったのに対し、もっぱら自分と妻との二人の関係に即してうたわれている。また、潘岳の詩は妻の残り香や形見の衣服などをうたうだけで、そこに生前の妻の姿はぼんやりとしか浮かんでこない。ところが、本詩は生前の妻の姿やふるまいをうたっており、その点でも潘岳の詩と異なる。こうして等身大の妻の姿がうたわれたところに、杜甫以後に書かれた悼亡詩という本詩の文学史上のポジションがよくあらわれている。

もう一例、杜甫以後の悼亡詩を読んでみよう。唐の後の宋代には、全体的に詩のテーマ・モティーフは私的な領域へと傾いてゆく。北宋の梅堯臣《ばいぎょうしん》[11]（一〇〇二―一〇六〇）はそのような動きの先駆けとなった詩人のひとりであり、妻を亡くした悲しみを繰り返し詩にうたっている。そこからは妻の死に打ちひしがれる寂しい男やもめの姿が浮かびあがる。例えば「正月十五夜、出《い》でて廻《かえ》る」と題する詩。

不出只愁感、出遊将自寛　　出《い》でざれば只《た》だ愁え感ず、出遊して将《まさ》に自ら寛《ゆる》くせんとす
貴賤依儔匹、心復殊不歓　　貴賤　儔匹《ちゅうひつ》に依り、心復《ま》た殊《こと》に歓ばず
漸老情易厭、欲之意先闌　　漸く老いて情は厭き易く、之《ゆ》かんと欲して意先ず闌《おとろ》う
却還見児女、不語鼻辛酸　　却還《きゃくかん》して児女を見れば、語らずして鼻は辛酸《しんさん》たり
去年与母出、学母施朱丹　　去年は母と出《い》で、母を学びて朱丹を施す
今母帰下泉、垢面衣少完　　今　母は下泉に帰し、垢面　衣に完《まった》きもの少なし

念爾各尚幼、蔵涙不忍看
推灯向壁臥、肺腑百憂攢
爾《なんじ》の各《おのお》の尚お幼きを念《おも》い、涙を蔵《かく》して看るに忍びず
灯を推し壁に向かいて臥せば、肺腑に百憂攢《あつ》まる

（引きこもっているとただ悲しくなるだけ、外へ出て気を晴らすことにした。しかし周りは金持ちも貧乏人もみな連れだって歩いている、それを見ると心はもう楽しくなくなる。年を取ってくると気持ちも厭きっぽく、行きたいと思う先から萎《な》えてしまう。家へ引き返して子供らを見ると、何も言わぬうちに鼻の奥がつーんとなる。去年は母といっしょに出かけたのに。母のまねして口紅を引いたりして。今や母は黄泉《よみ》の国へと帰り、子供らの顔は垢だらけで着物も満足なものはない。おまえたちが幼いのを思うにつけ、涙を見せまいと目を伏せる。灯火を押しやり壁を向いて寝ようとしたが、数知れぬ憂いがこの胸底深く押し寄せてくる。）

図17　元宵節の灯籠を眺める人々
明化成本説唱詞話『劉都賽上元十五夜看灯伝』の挿絵。

妻を失った梅堯臣は正月十五日、すなわち元宵節(12)の晩に街《まち》へと繰り出すが、周囲のにぎやかさに違和感を覚えて家に帰ってくる。家に帰ると、遺《のこ》された幼子たち。そのいじらしい姿に胸を衝かれる。この詩の幼子の描写、女の子が母をまねて化粧する様子はおそらく杜甫（そして後述の左思）の詩が踏まえられていよう。

元稹の悼亡詩には夫と妻という二項からなる関係性のもとに妻の死がうたわれていたが、本詩には遺された子供という第三項が加わる。そ

れによって妻は、単に妻であるだけでなく、遺された子にとっての母という属性をも帯びる。妻であると同時に、我が子の母でもあるような存在としての妻。これもまた杜甫がはじめて明確に言語化した家族の表象であり、梅堯臣はそれを確《しか》と受け継いでいる。妻を亡くした悲しみは、我が子らにとっては母を亡くした悲しみ。そして、父としては我が子を悲しませるのはとても悲しくつらいこと。こうして悲しみは重層的なものとなり、より深く我々の胸を打つ。我々は感じるのではないか。ここにはまぎれもない生《なま》の、等身大の家族の姿が表現されている、と。このように感じられるのは、それが夫婦と子供を中心に構成される近代的な家族（小家族）の姿に思いのほか近しいからでもあるだろう。やはり宋という時代は、我々と地続きの「近代（近世）」なのかもしれない。

第二節　幼少年期とその追憶

仮に人の一生をライフステージによって〈公〉と〈私〉とに分かつとすれば、公に相当するのは成人して出仕している時期、あるいは『論語』に言う「志学」の年齢に達して以降の時期であろう。では、私に相当するのはどのような時期か。基本的には、出仕あるいは志学するに至っていない幼少年期＝子供期と、すでに引退した老年期であると言っていいだろう。つまり〈外〉に出て自立した生活を送る前と後、〈内〉に身を置く時期としての幼少年期と老年期。ここではそのうち幼少年期について見てみよう（老年期については第三節に取りあげる）。

「幼」——子供期

幼少年期とは、人が生まれて乳児期を脱した子供期を言う。それが何歳頃から始まるのか必ずしも明確ではないが、数え年で三歳頃と考えていいだろう。そして、その子供期にあって最も重要な鍵となっていたのは八歳もしくは十歳前後の時期であった。『礼記』曲礼上は、人の一生をいくつかの段階に分けて「人生じて十年を幼と曰《い》う、学ぶ（学問を始める）。二十を弱と曰う、冠す（元服する）。三十を壮と曰う、室有り（妻を娶る）。四十を強と曰う、仕う（出仕する）。……七十を老と曰う、伝う（家督を子孫に委ねる）」と述べる。これによれば人は十歳で学問を始め、その年齢が「幼」と呼ばれた。また『大戴礼記《だたいらいき》』保傅《ほふ》には[13]「古は八歳にして出でて外舎（学校）に就《つ》き、小藝を学び、小節を履《ふ》む。束髪（十五歳）にして太学に就き、大藝を学び、大節を履《ふ》む」とあって、学問を始める年齢は八歳とされている[14]。

では何歳頃までが子供期なのか。『礼記』曲礼によると、「幼」の次は「弱冠」つまり二十歳となるが、さすがに十代後半の若者を子供とは見なしにくい。『大戴礼記』保傅では、八歳で「小学」に入った次の節目として設定されているのは「大学」に入る十五歳である。十五歳は『論語』為政で「志学」の年とされる年齢。『儀礼』喪服伝の「夭死し、妻稺《わか》く、子幼し」に関する鄭玄の注にも「子幼しとは、年十五已下《いか》を謂《い》うなり」とあって、やはり十五歳が「幼」の上限とされている。

以上を要するに、数え年で八歳前後の時期を中心として、三歳頃から十五歳頃までの期間が幼少年期＝子供期と見なされていたと考えれば、今日の我々の感覚とそう大きくずれるわけではない。

老成した子供

前近代の中国にあって子供はどのように表現されただろうか。子供が子供としての自分自身を表現することはない。それは本質的に不可能であろう。子供はつねに子供ならざる大人の眼差しによってとらえられ表現される。ここではまず、大人の眼差しに子供はどのように映っていたか、中国文学における子供像のあり方を見てみたい[15]。

子供像を表現したテクストの一例として、北宋の程頤《ていい》[16]（一〇三三－一一〇七）が兄程顥《ていこう》（明道先生）の伝記を記した「明道先生行状」の冒頭部分を読んでみよう。

　先生は生まれつき心根がすがすがしく秀でており、普通の子供とは異なっていた。まだ言葉も話せなかった時のこと、叔祖母の任《じん》氏が先生を抱いて外出し、知らぬ間に簪《かんざし》を落としたことがあった。数日後、それを捜した際に、先生は手振りで落とした場所を示した。それに従って捜したところ果たして簪が見つかったので、みな驚いた。

まだ言葉も話せなかった頃、叔祖母が落とした簪の在処《ありか》を大人に教えたという程顥の早熟な神童ぶりを示すエピソードが記される。これには、さらに次のような記述がつづく。

　先生は数歳にして『詩経』や『尚書』などの書物を朗誦し、人並み外れた記憶力の良さを誇った。十歳にして詩や賦が書け、十二三歳のとき、学校の生徒たちのなかに抜きんでる、老成の人のようなその姿を見て、誉めぬ者とてなかった。

程顥が子供の頃から衆多に抜きんでる「老成」の人であったことが述べられる。その早熟ぶりが「数歳にして詩書を誦す」「十歳にして能く詩賦を為す」という表現で強調されているが、これは史書の伝記のなかにしばしば見える表現。その意味で、右の行状は中国の史伝において定型化された子供の成長をめぐる物語図式に則っている。その図式をなぞるかたちで程顥の成長過程が記されてゆくのだ。それは言い換えれば、儒家の理念に則った規範的な人間像が形成されてゆくプロセスでもある。

儒家的規範にかなう理想の大人へと向かって成長する途上にある存在としての子供――ここにあるのは、一種の目的論（teleology）に基づく図式と言ってもいい。その図式のもとで焦点が当てられるのは、学問や徳行、その早熟であり老成である。もう一例、早熟で老成した子供の姿を記す伝記記述を読んでみよう。『世説新語』(17)言語に見える、後漢末の孔融《こうゆう》の子供時代のエピソードである。

孔融は十歳のとき父に随って洛陽に来た。当時、李膺《りよう》は名声高く、司隷校尉をつとめていた。その家を訪ねるのはみな秀才の誉れある者か親族であり、彼らだけが門を通された。孔融は門に至ると部下の役人に告げた。「わたしは李長官殿の親族です」。門を通り抜けると李膺の前に進み出て坐った。李膺は訊ねた。「おまえとわたしとはどんな親戚関係なのか」。孔融は答えた。「昔、わたしの祖先の仲尼《ちゅうじ》（孔子）は、あなたの祖先の李伯陽《りはくよう》（老子）を師と仰いで教えを受けました。だから、わたしとあなたとは昔からのなじみの間柄ということになります」。李膺やその門客たちは、みな大したものだと驚嘆した。そこへ太中大夫の陳韙《ちんい》が遅れてやってきた。周りがこのことを話して聞かせると陳韙は言った。「子供のときに立派でも、大人になってからもそうとは限らない」。すると孔融は言った。「おじさんもきっと子供のときは立派だったのでしょうね」。陳韙はたじたじとなった。

後に「孔融捷弁《しょうべん》」という故事成語を生んだ、大人たちを手玉にとるかのような孔融の機知が記されている。

以上に見てきたような子供のとらえ方は、フィリップ・アリエス『子供の誕生――アンシャン・レジーム期の子供と家族生活』（杉山光信・杉山恵美子訳、みすず書房、一九八〇年）が明らかにしたヨーロッパ前近代における子供のとらえ方と重なる部分も多い。近代にあって子供は、大人とは異質な世界に住む住人、大人を基準に測ることができない存在として位置づけられており（例えば、法律の世界でも子供は大人たちの法体系の外部に位置する、いわば「法外」の存在として扱われる）、それにあわせてイノセントな子供、無邪気で頑是ない子供といった子供像も流布している。しかるに近代以前にあっては、子供は大人と同じ世界に属する「小さな大人」としてとらえられていたのだという。これは中国の伝記記述にもある程度当てはまる。そこで子供たちは大人と同じ世界に属する存在として、大人と同じ基準によって測られており、そのため「老成した子供」が理想として重んじられ、逆に「子供らしい子供」は否定され排除される傾向にあった。子供の「子供らしさ」は、あまり語られることがなかったのである。

子供らしい子供

もちろん「子供らしさ」がまったく排除されていたわけではない。右にあげた孔融の神童ぶりを示すエピソードにしても、子供らしさの要素を多分に含んでいよう。孔融の言動は子供のそれであるからこそ許され、また精彩を放つ。数は決して多くはないが、子供らしい子供の姿が記されることもあったのだ。その先駆的な例のひとつとして、東晋・陶淵明《とうえんめい》の「子を責む」詩を読んでみよう。

白髪被両鬢、肌膚不復実　　白髪　両鬢に被《こうむ》り、肌膚《きふ》　復《ま》た実《じつ》ならず
雖有五男児、総不好紙筆　　五男児有りと雖《いえど》も、総《す》べて紙筆を好まず
阿舒已二八、懶惰故無匹　　阿舒《あじょ》は已に二八なるも、懶惰　故《もと》より匹《たぐい》無し
阿宣行志学、而不愛文術　　阿宣《あせん》は行くゆく志学なるに、而《しか》も文術を愛さず
雍端年十三、不識六与七　　雍《よう》と端《たん》とは年十三なるも、六と七とを識《し》らず
通子垂九齢、但覓梨与栗　　通《つう》子は九齢に垂《な》んなんとするも、但《た》だ梨と栗とを覓《もと》む

天運苟如此、且進杯中物　天運　苟《いやし》くも此くの如くんば、且《しば》らく杯中の物を進めん

（左右の鬢は白髪となり、肌の艶も失せた。五人の息子がいるが、どれもみな紙と筆を好まない。舒《じょ》は十六歳になるのに、無類の怠け者。宣《せん》は十五歳になろうというのに、学問が嫌い。雍《よう》と端《たん》は十三歳だが、六と七の違いも分からぬ。通《つう》はもうすぐ九歳だが、梨や栗をねだるばかり。これが天の定めというものか、まずは酒でも呷《あお》るとしよう。）

ここに記されているのは、理想の大人へと至る途からドロップアウトした存在としての子供である。学問の象徴たる「紙筆」を好まないとあるのは、その端的なあらわれ。父親の陶淵明はそのような彼らを苦々しい思いで見つめている。先にあげた語を用いて言えば、目的論的《テレオロジカル》な図式に立って子供たちを見ている。だが、それによって子供たちを否定するのではない。むしろ彼らへの愛情をうたう。通常の規範を前提にしながらも、それを相対化するかたちで子供らしい子供の姿をうたっているのだ。前節にあげた「子に命《なづ》く」において陶淵明は、自らのダメさを自嘲し、かかるダメな父親の息子である以上、我が子も結局はダメになるかもしれないと述べていたが、本詩にうたわれる世界はそれとも通じ合う。ユーモアとペーソスを漂わせつつ、観念的な子供像ではなく、生き生きとした子供像を表現する、まさに陶淵明ならではの作と言えよう。

もうひとつ先駆的な例をあげよう。陶淵明よりも早く、西晋・左思《さし》(18)（二五〇？－三〇五？）の「嬌女詩《きょうじょし》」（『玉台新詠』(19)巻二）は、二人の娘の姿を次のように生き生きとうたっている。長篇であるため節録する。

吾家有嬌女、皎皎頗白皙　吾が家に嬌女有り、皎皎《きょうきょう》として頗《すこぶ》る白皙

小字為紈素、口歯自清歴　小字　紈素《がんそ》と為す、口歯　自ずから清歴

鬢髪覆広額、双耳似連璧　　鬢髪　広額を覆い、双耳　連璧に似る
明朝弄梳台、黛眉類埽跡　　明朝　梳台を弄《もてあそ》び、黛眉　埽跡に類す
濃朱衍丹唇、黄吻爛漫赤　　濃朱　丹唇に衍《し》き、黄吻《こうふん》　爛漫として赤し

（我が家にはお転婆の娘がいる。透き通る肌は色白のほう。幼名を紈素《がんそ》といい、口元にのぞく歯はきらりと光る。前髪が広い額をおおい、ふたつの耳はまるで一対の玉。朝には鏡台を掻き回して、眉墨を箒《ほうき》で払ったみたいに塗りたくる。真っ赤な口紅を唇になすりつけ、幼い口元は赤くめちゃくちゃに染まる。）

右は冒頭、妹をうたった部分。化粧台をひっくり返し、滅茶苦茶な化粧をする様子を描く。子供は大人のすることをまねたがるもの。ここでは母親をまねて化粧をする。前節にあげた杜甫や梅堯臣の詩にうたわれていた女児のふるまいの原型となった表現と見なせる。詩はこれにつづけて姉についてうたった後、姉妹のやんちゃぶりを次のようにうたう。

馳騖翔園林、果下皆生摘　　馳騖《ちぶ》して園林を翔《かけ》り、果下　皆な生摘す
紅葩掇紫蔕、萍実驟抵擲　　紅葩《こうは》　紫蔕《したい》より掇《と》り、萍実《ひょうじつ》　驟《にわか》に抵擲《ていてき》す
貪華風雨中、倏眒数百適　　華を貪《むさぼ》る　風雨の中、倏眒《しゅくしん》　数百も適《ゆ》く
務躡霜雪戯、重綦常累積　　務めて霜雪を躡《ふ》みて戯れ、重綦《ちょうき》　常に累積す
并心注肴饌、端坐理盤槅　　并心《へいしん》　肴饌《こうせん》に注ぎ、端坐して盤槅《ばんかく》を理《おさ》む
翰墨戢函按、相与数離逖　　翰墨　函《はこ》に戢《おさ》めて按じ、相い与《とも》に数《しばし》ば離逖《りてき》す

……（中略）……

任其孺子意、羞受長者責　其の孺子《じゅし》の意に任《まか》すも、受くるを羞ず　長者の責
瞥聞当与杖、掩涙倶向壁　当《まさ》に杖を与うべしと瞥聞《べつぶん》すれば、涙を掩いて倶《とも》に壁に向かう

（鳥のように園林のなかを駆け回り、果物は熟さぬうちにもいでしまう。赤い花びらを紫の蔕《へた》からむしり取り、リンゴの実をぶつけ合う。風雨のなかでも花を摘みたがり、すばしこく何百回も飛び出してゆく。霜や雪を踏んで遊びまわり、靴の跡があちこちに重なる。食事の献立ばかり気にかけ、きちんと坐って皿に果物を並べる。筆と墨は箱に押しこみ、姉妹そろっていつも逃げ出す。……（中略）……子供っぽさに任せて勝手し放題だが、大人に叱られるのはきまりが悪いのだろう。お仕置きに杖で叩くと聞きつけると、壁に向かってこぼれる涙を手で蔽うのだ。）

最後の部分に「孺子の意」という語が見える。儒家的な目的論に立つならばそれは否定されるべきものであるが、ここではむしろそれを肯定する。結果として、陶淵明の詩以上に子供らしい子供の姿を表現することに成功している。それが可能となったのは、陶淵明の詩とは異なり、女児をうたった作であるからだろう。女児の場合、男児に比べて儒家的な規範の枠組みが弱まる。そのため自ずと目的論的な図式の束縛も緩むと考えられる。

失われた時への郷愁

以上に見てきたのは大人たちの眼に映った子供の姿の記録であるが、つづいて見たいのは大人たちが自分自身の子供時代をどのように回顧し表現したかである。

儒家的な規範のもと、理想的な大人へと向かって成長する途上にある存在として子供をとらえる目的論的《テレオロジカル》な見方、それは自らの子供時代を振り返る際にも働いていた。そのことを示す一例として、後漢・王充《おうじゅう》(20)（二七－九七？）『論衡《ろんこう》』

自紀の記述を見てみよう。自らの人生を振り返って述べた自伝的な記述の一節である(21)。

建武三年（二七）、わたし充は生まれた。子供の頃は、仲間たちと遊んでもやんちゃなことは好まなかった。仲間たちは雀取り、蟬採り、コイン投げ、木登りなどを好んだが、わたしはそれをしなかった。父の誦《しょう》はわたしに見所があるとした。六歳で学問を始めたが、素直でおとなしく、礼儀をわきまえていた。落ちついたふるまいと口数の少なさは、大人の素質を見せた。父は鞭で打ちすえることなく、母は叱ることなく、近所の人々も非難することはなかった。八歳にして学校に出た。学校の仲間は百人を超えたが、皆な悪さをして肌脱ぎになって叱られたり、汚い字を書いたために鞭を受けたりした。しかし、わたしは日ごと手習いに進歩を見せ、また悪さをすることもなかった。

図18 清・金廷標《きんていひょう》「戯嬰図」

小学校の子供たちが先生の言うことを聴かず、竹馬に騎ったり喇叭を吹いたり、大騒ぎするさまを画く。故宮博物院（台北）蔵。熊秉真『童年憶往』（麦田出版、2000年）による。

冒頭近くに、遊びにふける周りの子供たちの姿が述べられる。陶淵明の詩がうたっていたのと同じ、ドロップアウトした子供たちの姿である。そうしたダメな子供と自分とがいかに異なった存在であるか、以下に王充自身の成長の過程が記されてゆく。「六歳、書を教え……八歳、書館に出で……」という記述は、理想の大人へと向かって成長する典型的な目的論の図式を踏まえたものとなっている。

では、左思「嬌女詩」や陶淵明「子を責む」が記すような「子供らしい子供」として自分自身の幼少年期を振り返る例はないのだろうか。結論から言うと、古く唐代以前にはそうした作品はほとんど見られない。おそらく、この方面でも唐の杜甫は画期的な位置を占める詩人である。例えば、次にあげる「百憂集行《ひゃくゆうしゅうこう》（押し寄せる憂いの歌）」を読んでみよう。上元二年（七六一）、成都にあっての作。

憶年十五心尚孩
健如黄犢走復来
庭前八月梨棗熟
一日上樹能千迴
即今倏忽已五十
坐臥只多少行立
強将笑語供主人
悲見生涯百憂集
入門依旧四壁空
老妻睹我顔色同
痴児未知父子礼
叫怒索飯啼門東

憶《おも》う年十五にして心尚お孩《がい》なり
健なること黄犢《こうとく》の如く走りて復《ま》た来たる
庭前　八月　梨棗《りそう》熟し
一日　樹に上ること能く千迴す
即今　倏忽《しゅくこつ》として已に五十
坐臥すること只だ多く行立すること少なし
強いて笑語を将《もっ》て主人に供し
悲しみ見る　生涯　百憂の集まるを
門に入れば旧に依りて四壁空し
老妻　我を睹《み》て顔色同じ
痴児《ちじ》　未だ知らず　父子の礼
叫怒して飯を索《もと》め門東に啼く

（思えば昔、十五歳のころ心はまだ子供、身体は丈夫で仔牛のようにあちこち走り回っていた。八月、庭の梨や棗《なつめ》が熟すると、日に千回も木に登って実を採ったもの。今や、あっという間に五十歳、臥せったり坐ったりするだけで立ち歩くことはほとんどない。無理してご主人さまに笑顔で語りかけるが、振り返れば悲しくも我が人生は押し寄せる憂いばかり。家の門をくぐれば相変わらずがらんとして何もなく、老いた妻はわたしを見て顔色も変えない。幼な子は父子の礼などわきまえず、東の門口でご飯が食べたいと泣きわめいている。）

全体は四句ずつ三段に分かれる。中段は、五十歳という人生の節目（『論語』に言う「知命」）を迎えて、老いとともに押し寄せる人生の悲しみをうたう。それを受ける後段は、自らの貧しい家庭の姿をうたう。暮らしに疲れてやつれ果てた老妻、腹が減ったと泣きわめく子供――杜甫ならではの家族の表象である。こうした内容に先立って前段には、自らの過去が回顧される。十五歳すなわち「志学」の年になってもまだ子供らしさが抜けず、疲れも知らずに走りまわり、木に登っては梨や棗の実を貪ったと述べる。この部分は、子供らしい子供としての自己の幼少年期を振り返る、きわめて先駆的な表現として注目される。

右の詩からも「志学」の年が人の成長過程にあって子供と大人とを分かつ分岐点であったことがうかがわれる。通常ならば、子供期を脱して青年期へと向かう十五歳であるにもかかわらず子供らしさが抜けない。儒家的な成長の図式に立つならば、否定されるべき子供像である。王充が記す近所のやんちゃ坊主たちのように。だが、杜甫の場合はそれを否定的にとらえてはいない。むしろ、それを人生の苦難にうちひしがれる前の無垢な子供像として、なつかしくも心惹かれる対象としてとらえているのだ。

右の詩が書かれてから数年後、大暦元年（七六六）から三年の間、杜甫は長江沿いの夔州《きしゅう》（重慶市奉節県）にて過ごす。そのときに作られた自らの人生を振り返る自伝的な詩「壮遊」には、次のような言葉が見える。長篇であるため、冒頭と末尾のみをあげる。

往者十四五、出遊翰墨場
斯文崔魏徒、以我似班揚
七齢思即壮、開口詠鳳皇
九齢書大字、有作成一嚢
性豪業嗜酒、嫉悪懐剛腸
脱略小時輩、結交皆老蒼
飲酣視八極、俗物多茫茫
……（中略）……
小臣議論絶、老病客殊方
鬱鬱苦不展、羽翮困低昂
秋風動哀壑、碧蕙捐微芳
之推避賞従、漁父濯滄浪
栄華敵勲業、歳暮有厳霜
吾観鴟夷子、才格出尋常
群兇逆未定、側佇英俊翔

往者《むかし》　十四五、出遊す　翰墨の場
斯文《しぶん》　崔魏の徒、我を以て班揚に似たりとす
七齢にして思いは即ち壮、口を開けば鳳凰を詠ず
九齢にして大字を書し、作の一嚢《いちのう》を成す有り
性は豪にして業《すで》に酒を嗜《たしな》み、悪を嫉《にく》みて剛腸を懐く
脱略《だつりゃく》す　小時の輩、交を結ぶは皆な老蒼
飲　酣《たけなわ》にして八極を視《み》れば、俗物　多くして茫茫たり
小臣　議論絶え、老病　殊方に客たり
鬱鬱として展《の》びざるに苦しみ、羽翮《うかく》　低昂に困《くる》しむ
秋風　哀壑に動き、碧蕙《へきけい》　微芳を捐《す》つ
之推《しすい》　賞従を避け、漁父　滄浪に濯《あら》う
栄華　勲業に敵《かな》うも、歳暮　厳霜有り
吾　鴟夷子《しいし》を観るに、才格　尋常を出《い》ず
群兇　逆《そむ》きて未だ定まらず、側佇《そくちょ》す　英俊の翔《か》けるを

（そのかみ十四五歳のころ、文壇に出入りした。当時の優れた文人、崔尚《さいしょう》や魏啓心《ぎけいしん》といった方々は、わたしを漢の班固《はんこ》や揚雄《ようゆう》にも並ぶと褒めてくださった。思えば、わたしは七歳のとき、すでに壮大な思念を抱き、口を

開けば鳳凰の歌を詠じたものだった。九歳のときには大字を書して、嚢《ふくろ》いっぱいの作が出来あがった。性格は豪放で酒を好み、悪を憎み剛直な心根を抱いていた。小人どもは眼中に置かず、交わったのはみな年を重ねた人たち。酔いが十分にまわり八方を眺め渡せば、俗物ばかりウヨウヨと溢れるかに思えた。……（中略）……今やしがない臣下たるわたしは朝廷のため意見を具申するでもなく、老いて病んだ身を他郷に置く。鬱々と思いの晴れぬのに苦しみ、羽ばたいても低く飛ぶことしかできないのが悩ましい。秋風が悲しみの谷を吹き抜け、碧蕙〔香草〕は残りわずかな香りを失う。わたしは春秋・晋の介之推《かいしすい》のごとく褒賞を辞し、戦国・楚の屈原《くつげん》が出会った漁師のごとく滄浪の波に足を洗う。盛んなる華は功績にふさわしいとしても、年の暮れには厳しい霜のなか枯れてゆくもの。鴟夷子を名のって世間を去った春秋・越の范蠡《はんれい》を見るに、その才能や人格は尋常を抜きんでる。群れなす賊の反逆はいまだに平定されぬが、わたしはただ鴟夷子のごとき俊英が朝廷にはばたくのを謹んで待ち望むばかり。）

冒頭部分は、自分がいかに早熟で意気盛んであったかを述べる。一見すると旧来の枠組みのなか、目的論的図式に則って自分の幼少年期を振り返るものであるかに見えるかもしれない。だが、これは通常の目的論とは大きく異なっている。なぜならば本詩は、末尾の一節に見られるように、年老いて落ちぶれ果てた自分の姿を最終的な到達点として設定し、そこから幼少年期を振り返ったものだからである。通常の場合、到達点として設定されるのは成功者である。平たく言えば「勝ち組」の成長過程として物語が記されるのであるが、本詩が記すのはそれとはまったく異質な、苦く屈折した自己認識を基調とする物語である。朝廷を遠く離れ、病み衰えた身体を引きずって放浪をつづける現在の自分、その眼に映る自らの幼少年期の何とまぶしく光輝いていることか。意気盛んで希望や活力に満ちていた子供時代と惨めでぶざまな現在との落差を示し、それによって我が身を自嘲的に対象化するのだ。[22]そして、ここにもやはり「百憂集行」に見られたのと同様の感情を見て取れるのではないか。すなわち、もはや取りもどすことのかなわぬ幼少年期に対して向けられる、ある種のなつかしさの感情を。

杜甫の「百憂集行」や「壮遊」は、失われた時としての幼少年期を愛惜するノスタルジーを初めて明確に表現した文学作品と見なしていいだろう。杜甫以後、中国の文学にこの種のテーマは継承されてゆくが、なかでも清・沈《しん》復《ふく》[23]（一七六三－？）の『浮生六記』閑情記趣（松枝茂夫訳、岩波文庫、一九八一年）に見える次の記述は特筆に値する。ここに書き記される子供時代の追憶は、我々にとって何の違和感も感じないほどに自然で近しいものとなっている。

> 憶えば子供の頃、私は太陽に向かって眼を大きく見張っていることが出来た。また非常に細かいものを見分けることが得意で、そんなのを見つけると、必ずその形や模様を微細に観察して、俗世から脱け出したような気持になるのであった。
>
> 夏になると蚊が雷のようにさかんに鳴きまわる。それを私は鶴の群れが大空を飛び舞っているところだと見立てた。してそういう気でながめていると、それはたしかに何百羽、何千羽とも知れぬ鶴に見えてくる。いつも仰向《あおむ》けになって観察したため、とうとう首の骨が強くなった。また蚊を白い蚊帳《かや》のなかに入れて、おもむろに煙をふきこみ、蚊が煙のなかに巻きこまれてぶんぶん飛び鳴いているのを、青雲白鶴の図のつもりで眺めた。すると、ほんとうに鶴が雲のなかで鳴いているような気がしてきて、思わず愉快愉快といって嬉しがったものだ。
>
> 土塀の凸凹《でこぼこ》しているところや、雑草の生い繁った花壇などによくしゃがみこみ、身体を花壇と同じくらいの高さにして、じっと息をこらして観察し、草叢《くさむら》が深林で、虫や蟻《あり》が獣《けもの》で、土や小石の高くなったところが丘で、凹んだところが谷で、などと見立て、うっとりとその中に魂を遊ばせていい気持になっていた。ある日、二つ

の虫が草の間で格闘しているのを見つけ、熱心に見物していると、突然、おそろしくでっかい奴が、山をくつがえし樹をおし倒して現われた。それがなんと蝦蟇《がま》で、そいつがぺろりと舌を出したかと思うと、二つの虫は忽ちひと呑みに呑まれてしまった。まだ幼かった私がうつつを抜かして見入っている最中の出来事であったので、恐ろしさと驚きとで思わずあっと声をあげた。やがて気持がおちついてから、その蝦蟇をひっとらえて、これを鞭うつこと数十、別の庭へ追放したのである。今にして思えば、あの二つの虫が格闘していると見たのは、実は交尾しようとしたのを一方がいうことを聞かなかったものらしい。古語に「姦は殺に近し」というが、虫もやはり同じことなのであろうか。

こんな仕事にあまり熱中したため、「卵」を蚯蚓《みみず》に食われ（蘇州では俗にちんぽこのことを卵という）、腫れて小便ができなかった。それで家鴨《あひる》をつかまえてきて、その口をこじあけ、卵を押しこもうとしているとき、老婢がうっかり手を放したため、家鴨がガクンと頸《くび》をうなだれ、いまにも噛《か》みつきそうな恰好《かっこう》をしたので、私はびっくりして、わあわあと泣き出した。(24)このことはいつまでも一つばなしとして冷かされたものである。これらはみな幼い頃の閑情《かんじょう》であった。（七五－七六頁）

幼き日々の思い出を書き記した近代日本の小説作品に中勘助《なかかんすけ》『銀の匙』（岩波文庫、一九八五年）がある。これについて同書に附す和辻哲郎《わつじてつろう》の解説が述べる言葉――「『銀の匙』には不思議なほどあざやかに子供の世界が描かれている。しかもそれは大人《おとな》の見た子供の世界でもなければ、また大人の体験の内に回想せられた子供時代の記憶というごときものでもない。それはまさしく子供の体験した子供の世界である」（一九三頁）は、そのまま沈復の作品にもあてはまるだろう。

宋詩における幼少年期

唐の杜甫から清の沈復に至るまで、千年ほどの時が経過している。その間、幼少年期の追憶を主題化した文学作品はどのような展開を見せたのだろうか。管見の限り、唐代にはあまり明確な表現は見られない。中唐の白居易（七七二－八四六）の「滎陽《けいよう》に宿す」詩に、生まれてから十一二歳の頃までを過ごした滎陽すなわち鄭州新鄭県（河南省新鄭県）の地を四十数年ぶりに再訪したときの感慨をうたって「追思児戯時、宛然如在目（児戯の時を追思すれば、宛然《えんぜん》として〔さながら〕目に在るが如し）」と述べる例を見出しうるが、しかしここでも追憶の具体的な中身についてはほとんどふれられていない。

数は決して多くはなく、また記述の中身も断片的なものにとどまるが、その種の表現が詩に散見されるようになるのは宋代であろう。その一例として、まずは北宋の蘇軾「子由の蚕市に和す」に見える次の一節を読んでみよう。

憶昔与子皆童丱　憶う昔　子《きみ》と皆な童丱《どうかん》なりしとき
年年廃書走市観　年年　書を廃して市《いち》に走りて観る
市人争誇闘巧智　市人　争い誇りて巧智を闘わし
野人喑啞遭欺謾　野人　喑啞《いんあ》として欺謾《ぎまん》に遭《あ》う

（思えば昔、おまえと総角《あげまき》〔髪を頭の両側に角《つの》のように結《ゆ》う子供の髪型〕を結っていたときのこと、毎年、勉強をさぼって市の見物に出かけた。商人たちは知恵を競って言葉巧みに品物を売りつけようとし、農民たちは口べたなものだから容易くだまされたものだった。）

これは弟の蘇轍《そてつ》[25]（一〇三九－一一一二）が蚕市についての詩を贈ってきたのに答えたもの。蘇軾兄弟の出身地は蜀の眉州（四川省眉山）。養蚕の盛んな土地であり、毎年蚕の季節には市《フェア》が催されたのであろう。市が開かれると、蘇軾兄弟は勉強をサボってひやかしに出かけた。商人たちが言葉巧みに商品を売りつけ、農民たちがそれにうまく乗せられてつい財布の紐を緩めてしまう、そんな縁日《えんにち》の賑わいが述べられる。子供にとって縁日ほど蠱惑的なものはないが、その一齣が子供の眼差しで写しとられている。ここに述べられる子供像もやはり、勉学に熱心に取り組むような老成した理想の子供像ではない。遊び好きの子供らしい子供、等身大の子供の姿である。

かかる幼少年期の追憶が、右の詩では兄弟間の詩のやりとりのなかで述べられている点を見落とすべきではない。兄弟こそは出仕の前、家庭内の生活を共に過ごした、幼少年期の記憶を共有する存在。そして、出仕の後に知り合った友との間には共有不可能な記憶、それが兄弟間で共有される幼少年期の記憶である。蘇軾の弟子にも数えられる黄庭堅《こうていけん》(26)（一〇四五―一一〇五）の「夏日　伯兄を夢みて江南に寄す」には、故郷に暮らす長兄黄大臨《こうたいりん》を夢に見た感慨をうたうなか、次のように述べる。

詩酒一年談笑隔　　詩酒　一年　談笑隔たり
江山千里夢魂通　　江山　千里　夢魂通ず
河天月暈魚分子　　河天　月暈《かす》みて　魚　子を分かち
槲葉風微鹿養茸　　槲葉《こくよう》　風微かにして　鹿　茸《じょう》を養う

（詩を作り酒を酌み交わして談笑する機会が得られぬまま一年が過ぎたが、千里の山や河を越えて夢のなか二人の魂は通い合う。天上に霞む月を映す河に魚の卵が孵《かえ》り、微風に揺れる槲《かしわ》の葉陰に鹿の柔らかな角が生える。）

注目されるのは、後の叙景の二句。月明かりのもと魚が卵を産みつけ、かしわの若葉が風にそよぐなか鹿の柔らかな角が生える。現時点での故郷の光景を想像してうたったとも解せるが、むしろ子供の頃、兄と一緒に見た思い出のなかの光景と解すべきであろう。水中の魚や樹間の鹿を、胸をどきどきさせながら瞬《まじろ》ぎもせずにじっと見つめる眼差し、それは子供の眼差しそのものではないだろうか。

次に、蘇軾の友人劉攽《りゅうはん》(27)（一〇二三－八九）の「熱きに苦しむ」を読んでみよう。年老いて夏の暑さに耐えられなくなった我が身を嘆く作。そのなかで暑さを恐れなかった子供時代のことを振り返って次のように述べる。

憶我童稚歳、烈日猶奔馳
闘草出百品、承蜩睨喬枝
頳顔不待濯、流汗始為嬉
自憐筋力便、豈謂天序移

憶《おも》う我　童稚《どうち》の歳、烈日　猶お奔馳《ほんち》す
草を闘わせて百品を出《い》だし、蜩《せみ》を承《と》らんとして喬枝を睨《にら》む
頳顔《ていがん》　濯《あら》うを待たず、流汗　始めて嬉《よろこび》と為す
自ら筋力の便なるを憐れみ、豈に謂《おも》わんや　天序移ると

（思えばわたしは子供の頃、暑熱厳しき日も外を走り回った。草相撲ではいろいろな技を繰り出し、蟬をつかまえようと高い枝をじっと見つめた。真っ赤な顔は洗うまでもなく、流れる汗が心地よかった。自分の身体の健やかなるを喜び、天の時がめぐり年衰えることなど考えもしなかった。）

炎天下、汗の流れるのも厭わず、草相撲や蟬採りに熱中する子供。王充の自伝で否定的に述べられていたような子供らしい遊びに熱中するさまをうたう。もちろん、ここではそれをダメな子供として否定するのではない。懐かしさと愛《いと》おしさをこめて振り返っているのだ。本詩には杜甫「百憂集行」に見られたような人生哀歌の要素は稀薄だが、老いの嘆きとともに幼少年期の無邪気な自分を回顧するという全体の構成は同じである。

もう一首、南宋の例をあげておこう。劉克荘《りゅうこくそう》(28)（一一八七－一二六九）の「烏石《うせき》山」は、故郷の山を訪れた際に人生

の無常を感じて次のようにうたう。

児時逃学頻来此　児時　学を逃れて頻りに此に来たる
一一重尋尽有蹤　一一　重尋すれば尽く蹤《あと》有り
因漉戯魚群下水　戯魚を漉《さら》うに因りて群れて水に下り
縁敲響石闘登峰　響石を敲《たた》くに縁りて闘いて峰に登る
熟知旧事惟隣叟　旧事を熟知するは惟《た》だ隣叟
催去韶華是暮鐘　韶華《しょうか》を催去するは是れ暮鐘
畢竟世間何物寿　畢竟　世間　何物か寿ならんや
寺前雷仆百年松　寺前　雷は仆《たお》す　百年の松

（子供の頃、勉強をサボってよくここに来た。ふたたび尋ねてみれば、あちこちに思い出の場所が見つかる。あの頃は、泳ぎ戯れる魚をすくい取ろうと仲間とともに川に入り、岩壁を打ち鳴らしながら競って峰に登った。当時のことを憶えているのは近隣の老人だけ、うるわしき少年時代を急き立てるかのように暮れ方の鐘が鳴り響く。結局、世の中に永遠の命などありはしない。寺の門前、雷に打たれて百年の松も倒れてしまった。）

今日、我々の「故郷」の表象にはしばしば幼少年期の追憶が伴う。唱歌「故郷」（高野《たかの》辰之《たつゆき》作詞）に「兔追いしかの山、小鮒釣りしかの川」などとあるように。中国において「なつかしき故郷」のイメージを初めて本格的に詩のなかに表現したのは次節に述べるように陶淵明であるが、しかし彼の詩に自らの幼少年期を振り返って述べる言葉は見られない。故郷のイメージが幼少年期の追憶を伴ってうたわれるのは、宋代になってからのことではないだろうか。

先にあげた蘇軾、黄庭堅の詩句に見られたのはまさにその種の表現であるが、右の詩にも同じことが言える。友とともに魚採りや山登りをして遊んだ故郷。まさしく「兎追いしかの山、小鮒釣りしかの川」の光景がうたわれている。

右の詩の冒頭には「逃学」とある。劉克荘が仲間とともに烏石山で遊んだのは、学校をさぼってのことだったのだ。先の蘇軾の詩にも「廃書」とあるように、弟とともに蚕市に出かけたのは、やはり勉強をさぼってのこと。どちらも子供時代を振り返るなか、なつかしさを込めて「勉学を怠る子供」の姿をうたっている。中国の知識人家庭に生まれ育った子供にとって「勉学に勤しむべし」とする大人たちの要求はきわめて強いものであった。だが、遊ぶこともまた子供の本分、時には勉強をさぼって束の間の解放感に浸ったに違いない。大人になって子供時代を振り返ったとき、そうした体験が何よりも愛《いと》おしくかけがえのないものと感じられたのだろう。

子供観の転換

なぜ宋代に至って幼少年期を追憶する言葉が散見されるようになるのか。唐から宋へと至る過程で子供観の転換が起きていたのではないだろうか。この点について以下、南宋の楊万里《ようばんり》(29)（一一二七－一二〇六）の詩を読みながら考えてみたい。

楊万里は子供が遊ぶ情景を好んでうたった。例えば「閑居初夏　午睡より起く二絶句」其の一。

梅子留酸軟歯牙　　梅子　酸を留めて歯牙軟らかく
芭蕉分緑与窓紗　　芭蕉　緑を分かちて窓紗に与《あた》う
日長睡起無情思　　日長く睡りより起きて情思無く
閑看児童捉柳花　　閑《しず》かに看る　児童の柳花を捉《とら》うるを

（梅の実はまだ酸っぱくて歯がたたない。芭蕉の葉が窓の紗《あやぎぬ》を緑に染める。日は永く眠りから覚めてしばし茫然としたまま、柳絮《りゅうじょ》をつかもうとする子供たちの様子を静かに眺めている。）

「柳花」は柳絮。柳の種に生じる綿毛。子供たちがふわふわと漂い舞う柳絮をつかまえようと追いかける。詩人は、眼を細めてその姿を眺めている。

中国には陶淵明や杜甫をはじめ、子供のいる情景をうたった詩人は少なくないが、そのなかにあっても楊万里は際立った独自性を示しているように思われる。例えば、中唐の白居易もまた「笑いて児童の竹馬に騎《の》るを看る」（「楚州の郭使君に贈る」）、「嬉戯 児童に任す」（「閑坐」）といった詩句に見られるように、子供が遊ぶ情景を繰り返し詩にうたった詩人のひとりである。だが、彼の「前《さき》に別楊柳枝絶句有り。夢得《ぼうとく》（劉禹錫《りゅううしゃく》）継ぎて和して『春尽き絮飛びて留め得ず、風に随いて好し去れ 誰が家にか落つる』と云う、又復《ま》た戯れに答う」詩が次のようにうたうのを、楊万里の右の詩と比べてみたらどうか。

図19 楊万里像

『洴塘忠節楊氏総譜』所載。辛更儒『楊万里集箋校』（中華書局、2007年）による。

柳老春深日又斜
任他飛向別人家
誰能更学孩童戯
尋逐春風捉柳花

柳老い春深く日又た斜めなり
飛びて別人の家に向かうに任他《まか》す
誰か能く更に孩童《がいどう》の戯るるを学びて
春風を尋ね逐いて柳花を捉えんや

（柳も年老いて春深まり夕日が傾くなか、柳絮は風にまかせてよその家へと飛んでゆく。いったい誰が遊び戯れる子らをまね、春風を追いかけ柳絮をつかまえようというのか。）

楊万里と同じく柳絮と戯れる子供にふれているが、白居易の場合は子供のように柳絮を追いかけることはできないと言っている。つまり、白居易がここで強調して述べるのは、大人たる自分と子供との違いである。同様のことは白居易「游魚を観る」詩が次のようにうたうのにもあてはまるだろう。

繞池閑歩看魚遊　池を繞《めぐ》りて閑《しず》かに歩み魚の遊ぶを看れば
正値児童弄釣舟　正に児童の釣舟を弄《もてあそ》ぶに値《あ》う
一種愛魚心各異　一種に魚を愛するも心は各《おのお》の異なり
我来施食爾垂鉤　我は来たりて食を施し爾は鉤《はり》を垂る

（池の周りをゆっくりと歩きながら泳ぐ魚を眺めていると、子供らが釣り舟を浮かべているのを見かけた。わたしと同じく魚が好きなのだろうが、その心根は違う。わたしは魚に餌をやろうとするのだが、彼らときたら釣り針を垂れて引っかけようとしているのだから。）

楊万里の詩には、白居易のように自分と子供との違いを述べた言葉は見られない。彼の詩にうたわれるのは、むしろ子供と同化し一体化しようとする姿勢である。例えば「鴉《からす》」には、子供と一緒に鴉を見て笑う自分の姿が次のようにうたわれる。

稚子相看只笑渠　稚子《ちし》　相い看て只だ渠《かれ》を笑う
老夫亦復小胡盧　老夫も亦《ま》復た小《すこ》しく胡盧《ころ》たり
一鴉飛立鉤欄角　一鴉　飛びて立つ　鉤欄の角

子細看来還有鬚　　子細《しさい》に看来たれば還《ま》た鬚《ひげ》有り

（子供が鴉を見て笑っている。わたしもまたクスッと笑う。一羽の鴉が飛んできて欄干の角にとまった。よく見るとその鴉にはひげが生えているのだ。）

もう一例、同様の姿勢がよくあらわれた作品として「幼圃《ようほ》」と題する詩を読んでみよう。詩の序文には「蒲橋《ほきょう》（杭州の地名）の住まいの庭には、中をくりぬいて土を盛った四角い石がある。幼い孫がそれに花や草を植えた。戯れにそれを幼圃（幼子《おさなご》の庭）と名づけた」とあって、孫が作った一種の箱庭をうたう作品である。

寓舎中庭劣半弓　　寓舎の中庭　劣《わず》かに半弓
燕泥為圃石為墉　　燕泥　圃《はたけ》を為し　石　墉《かき》を為す
瑞香萱草一両本　　瑞香　萱《けん》草　一両本
葱葉蔊苗三四叢　　葱葉　蔊苗　三四叢
稚子落成小金谷　　稚子　落成す　小金谷
蝸牛卜築別珠宮　　蝸牛　卜築す　別珠宮
也思日渉随児戯　　也《ま》た思う　日び児童に随いて戯るるに渉《あずか》り
一径惟看蟻得通　　一径　惟《た》だ蟻の通うを得るを看んと

（我が寓居の中庭はほんのわずかな広さ。燕の運ぶ泥が畑の土となり周りを石が囲む。沈丁花《じんちょうげ》や忘れ草がぽつぽつと生え、葱《ねぎ》やイヌガラシがあちこちに群がる。子供が小さな金谷《きんこく》〔貴人の荘園〕を作りあげ、そこには蝸牛《かたつむり》が新たに珠の御殿を建てる。わたしもまた子供と一緒に日々ここで遊び、ただ小径《こみち》を辿る蟻の様子を眺めていたいと思う。）

子供と同じ目線で一心不乱に箱庭を見つめる楊万里自身の姿がうたわれている。子供にとって箱庭は、いわば蝸牛や蟻が暮らすおとぎの国《フェアリー・ランド》。そのなかに楊万里は積極的に身を委ねようとするのである。

楊万里の子供を詠じた一群の作品から浮かびあがってくるのは、子供らしさに対する共感とも言うべきメンタリティーである。この種のメンタリティーは宋代の詩全体を通して見て取れるように思われる。そして、それは詩だけに限られなかったであろう。例えば、絵画においては、宋代に至って「戯嬰」もしくは「嬰戯」と呼ばれる画題が確立する。子供の遊び戯れる姿を画くもの。【図20】にあげたのは、北宋末の宮廷画家蘇漢臣《そかんしん》[30]（？—？）の「秋庭戯嬰図」。幼い姉弟が「推棗磨《たいそうま》」（棗《なつめ》の実で作ったやじろべえ）で遊ぶ情景を画いている。そのほほえましい姿を人々が暖かく共感をもって見つめていたことが、画面からもよく伝わってくるのではないだろうか。

図20　宋・蘇寒臣「秋庭戯嬰図」

故宮博物院（台北）蔵。熊秉真『童年憶往』（麦田出版、2000年）による。

第三節　故郷・田園と老いの日常

人の一生において、幼少年期・子供期と並んで私性が前面に出るのが老年期である。いったい何歳頃が老年期としてとらえられていたか。前節に引いた『礼記』曲礼上に「七十を老と曰《い》う、伝う（家督を子孫に委ねる）」とあったように、七十歳が老年期のひとつの目安となっていたと考えていいだろう。『礼記』には、この後につづけて「大夫は七十にして事を致す」とある。「事を致す」とは君主から与えられていた官職を返還して引退すること。「致仕」とも言う。七十歳が社会活動の第一線を退く節目の年齢と見なされていたことがわかる。

年老いて社会活動から退いた者、特に官を辞した者が向かう場所はどこか。ほとんどの場合、それは妻や子や孫をはじめとして一族の者が暮らす「家」であろう。では、その家はどこにあるのか。多くの場合、それは青雲の志を抱いて後にした故郷であった[31]。本節では以下、官職を退いて故郷の農村・田園に帰った文人の生活、そのなかで表現された老いの日常に焦点を当ててみたい。

陶淵明

官を辞して故郷に帰ること、すなわち「帰隠」を文学的な主題として表現した最初期の文人が「古今隠逸詩人の宗（元祖）」（『詩品』中品）とも称された東晋の陶淵明（三六五―四二七）である。義熙元年（四〇五）、四十一歳の陶淵明は官を辞し故郷へと帰る。その際の作としてよく知られるのが「帰りなんいざ、田園将《まさ》に蕪《あ》れんとす　胡《なん》ぞ帰らざる」という書き出しを持つ「帰《き》去来《きょらい》の辞」[32]（『文選』巻四五）であるが、このほかにも「園田の居に帰る　五首」詩がある。本詩の其の一は次のようにうたう。

少無適俗韻、性本愛邱山　　少《わか》きより適俗の韻無く、性　本《も》と邱山を愛す
誤落塵網中、一去三十年　　誤ちて塵網の中に落ち、一たび去りて三十年[33]
羈鳥恋旧林、池魚思故淵　　羈鳥《きちょう》　旧林を恋い、池魚　故淵を思う

開荒南野際、守拙帰園田　　荒を南野の際に開かんと、拙を守りて園田に帰る
方宅十余畝、草屋八九間　　方宅　十余畝《ほ》、草屋　八九間《けん》
楡柳蔭後園、桃李羅堂前　　楡柳《ゆりゅう》　後園を蔭《おお》い、桃李　堂前に羅《つら》なる
曖曖遠人村、依依墟里煙　　曖曖たり遠人の村、依依たり墟里の煙
狗吠深巷中、鶏鳴桑樹巓　　狗《いぬ》は吠ゆ　深巷の中、鶏は鳴く　桑樹の巓《いただき》
戸庭無塵雑、虚室有余間　　戸庭　塵雑無く、虚室　余間有り
久在樊籠裏、復得返自然　　久しく樊籠《はんろう》の裏《うち》に在るも、復《ま》た自然に返るを得たり

（若き頃より世間とは調子が合わず、生来、丘や山を好んだ。間違って世のしがらみに落ち、たちまちのうちに三十年が過ぎた。旅の鳥はもとの林を恋い慕い、池の魚は昔の淵をなつかしむ。南の原に荒れ地を拓こうと、世渡り下手を守って田園へと帰った。宅地は十畝《せ》あまり、草葺きの屋根に八九間の家。楡《にれ》や柳が裏庭を蔽い、桃と李が前庭につらなる。ぼんやりとかすむ遠くの村々、かすかにたなびく里の煙。犬は路地の奥に吠え、鶏が桑の梢で鳴く。庭先に塵ひとつなく、人気ない部屋はゆったりと広い。長いこと鳥籠のなかにいたが、こうしてふたたび自然なる世界に帰ることができた。）

官僚として暮らした「俗」の世界は、「塵網」「樊籠」に喩えられている。網にせよ籠にせよ、人の自由を束縛するもの。それに対して故郷の「園田」「邱山」は人に「自然」をもたらしてくれる、魂の揺りかごとも言うべき世界。「自然」とは naturalness の意。そこは「性」すなわちあるがままの自分が許容され、「拙を守る」ことすら可能な世界である。この「拙を守る」という言い方には陶淵明の処世観の独自性・画期性がよくあらわれている。通常、「拙」とは棄て去るべきネガティブなものであり、守るべきものでは決してないが、彼は敢えてそれをポジティブな

ものとしてとらえ、積極的に守ろうとするのである。

陶淵明に「自然」をもたらしてくれる「園田」とはどのような姿を呈していたのか。第十句以降、田園の風景がうたわれる。質素だがこざっぱりとしたたたずまいの家、庭には樹木が植えられ、周囲には犬が吠え鶏が鳴く平和な村里がひろがる。この種の農村＝田園イメージは、中国にあって陶淵明が初めて明確に言語化したものであり、陶淵明以前には存在しなかったと言っても過言ではない。これを読む我々は、なつかしい既視感にとらわれることだろう。どこかで見たことがあるような風景、かつて自分もそこに暮らしたことがあるような風景だと。このように感じるのは、陶淵明以後、今日に至るまで文学や絵画などを通して、これと同様の農村＝田園イメージが繰り返し表現され、知らず知らずのうちにそれをすり込まれてきたからであろう。

陶淵明は、元嘉四年（四二七）、六十三歳で没するまでの二十年あまりを故郷で過ごす。この間、作詩や読書、そして飲酒を楽しむとともに、農作業にも従事したこと、彼自身の詩からうかがうことができる。中国にあって「官」とは「農」を棄てて出仕した者の謂《いい》でもあった。仕官することを「代耕」と言う（『礼記』王制や『孟子』万章下に出る語）。田畑を耕す代わりに官僚となって俸禄を得る、の意。この「代耕」の語に、そのことはよくあらわれている。陶淵明もまた、いったんは農を棄てて出仕した者であるが、結局は官途に順応できず農への回帰を決意するに至ったのである。「代耕」とは結局のところ「代」に過ぎない。つまり「自然」のあり方ではない。「耕」こそ「自然」のあり方である。このことを陶淵明自身、「代耕（仕官）は本より望みに非ず、業とする所は田桑（畑仕事）に在り」（「雑詩十二首」其の八）と言っている。かくして帰郷後の陶淵明は、自らを農夫と見なすに至る。例えば「園田の居に帰る　五首」其の三は次のようにうたう。

種豆南山下、草盛豆苗稀　　豆を種《う》う　南山の下《もと》、草盛んにして豆苗稀なり

晨興理荒穢、帯月荷鋤帰　　晨《あした》に興《お》きて荒穢《こうあい》を理《おさ》め、月を帯び鋤《すき》を荷ないて帰る
道狭草木長、夕露霑我衣　　道狭くして草木長じ、夕露　我が衣を霑《うるお》す
衣霑不足惜、但使願無違　　衣の霑うは惜しむに足らず、但《た》だ願いをして違うこと無からしめよ

（豆を南山のふもとに植えたが、はびこる草に埋もれてしまった。朝早く起きて荒れ草を払い、月の出るころ鋤を担《かつ》いで家路に就く。道は狭く草木が茂り、夕べの露に着物も濡れる。着物が濡れるのはかまわない、わが豊作の願いがかなえばそれでいい。）

詩の言葉を素直に受け取るならば、露に濡れるのも厭わず鋤を担いで田畑のなかを行くのは陶淵明自身である。もちろん、陶淵明がほかの農夫たちと同じ労働に携わったかどうかはわからない。実際は使用人が働くのを傍で見ていただけのことかもしれない。疑えばきりがないが、しかしここで確認すべきは「百姓仕事に勤しむ文人」というかたちで自己のイメージを詩に言語化したことである。そして、この種の農夫＝文人イメージもまた、陶淵明によって初めて明確な形を与えられたものであった。

農夫であることを自覚する陶淵明は、周囲の農民とも分け隔てなく交わる。帰郷後の詩にはそうした農民との交流が少なからずうたわれる。例えば「園田の居に帰る　五首」其の二に見える次のような一節。

時復墟曲中、披草共来往　　時に復《ま》た墟曲の中、草を披《ひら》きて共に来往す
相見無雑言、但道桑麻長　　相い見て雑言無く、但だ道《い》う　桑麻長ずと

（時には村里のなか、草かき分けて往き来する。お互い出会っても無駄口はきかず、ただ「桑も麻もよく育った」などと言い交わす。）

このような農民との交流をうたった文人は、陶淵明以前には存在しなかった。その画期性はいくら強調しても強調し過ぎることにはならないだろう。

杜甫と白居易

陶淵明は以上に見たような作品によって田園詩の典型を作りあげたのであるが、しかし六朝期（南北朝期）にあってはそれを受け継ぐ作品は生み出されなかった。宮廷文学華やかなりし貴族の時代に、この種の作風はあまり高く評価されなかったのである。[34]陶淵明が本格的に評価されるのは唐代、特に杜甫や白居易に至ってからのことであった。

杜甫は、官を去って放浪の暮らしに入った後半生の詩に陶淵明への関心を示すようになる。例えば、乾元二年（七五九）、秦州での作「興を遣《や》る　五首」其の三は、陶淵明のダメさに自らのダメさを重ねてうたった作であり、陶淵明に対する深い共感を読み取ることができる。では、その共感は杜甫に陶淵明のような田園詩を書かせただろうか。杜甫の後半生は放浪の連続であったが、成都や夔州《きしゅう》にはそれぞれ数年間滞在し、比較的落ち着いた生活を送っている。その間、杜甫は自ら農耕に従事し、近隣の農民たちとも親しく交わったようだ。また、それを少なからず詩にうたっている。[35]この点において杜甫は、陶淵明の後継者と呼ばれる資格を有していよう。しかしながら、陶淵明との間に決定的な違いを見せることもまた確かである。例えば、杜甫の詩にはつねに苦渋や悲哀がつきまとっており、陶淵明の詩に見られるような幸福感（満ち足りた達成感と言ってもいいかもしれない）は稀薄である。故郷に帰ることはかなわず、ついには旅の途中に没する杜甫には、そもそも陶淵明のような田園詩が生み出される条件はそなわっていなかったと言うべきなのかもしれない。

白居易は、陶淵明をきわめて高く評価し、その後継者たらんとした。その「陶潜の体に効《なら》う詩　十六首」其の十二に「我　老大たりて従《よ》り来《このかた》、窃《ひそ》かに其の人と為《な》りを慕う」と述べているように。この詩が書かれたのは、元和八年（八一三）、母の喪に服するため、都長安の近郊に位置する故郷の下邽《かけい》（陝西省渭南）に退居していたときのこと。官の世界に一歩距離を置いて暮らすなか、陶淵明的な生き方への共感が深まったのだろう。

白居易は後に「孟夏　渭村（下邽）の旧居を思いて舎弟に寄す」詩で、この下邽退居時代のことを振り返って次のようにうたう。長篇の作であるため前半部のみをあげる。元和十二年（八一七）、江州（江西省九江）に左遷されていたときの作。

嘖嘖雀引雛、稍稍笋成竹
時物感人情、思我故郷曲
故園渭水上、十載事樵牧
手種楡柳成、陰陰覆牆屋
兎隠豆苗肥、鳥鳴桑椹熟
前年当此時、与爾同遊矚
詩書課弟姪、農圃資童僕
日暮麦登場、天晴蚕拆簇
弄泉南澗坐、待月東亭宿
興発飲数杯、悶来棋一局

嘖嘖《さくさく》として雀は雛《ひな》を引き、稍稍《しょうしょう》として笋は竹を成す
時物　人情を感ぜしめ、我が故郷の曲《くま》を思わしむ
故園　渭水の上《ほとり》、十載　樵牧を事《こと》とす[36]
手ずから種えし楡柳《ゆりゅう》は成り、陰陰として牆屋を覆う
兎は豆苗の肥ゆるに隠れ、鳥は桑椹《そうしん》の熟するに鳴く
前年　此の時に当たり、爾《なんじ》と同《とも》に遊矚《ゆうしょく》す
詩書　弟姪《ていてつ》に課し、農圃　童僕に資《たの》む
日暮れて麦は場《じょう》に登じ、天晴れて蚕は簇《ぞく》を拆《ひら》く
泉を弄びて南澗に坐し、月を待ちて東亭に宿す
興発すれば数杯を飲み、悶来たれば一局を棋す

（雀はチュンチュンと鳴く雛をつれ、筍《たけのこ》はニョキニョキと生えて竹林をなす。季節の風物に心動かされては、わが故郷の村を思い出す。故郷は渭水のほとり、そこで十年を樵《きこり》や牧童として暮らした。わが手で植えた楡《にれ》や

柳は育ち、いまや鬱蒼と茂り屋敷を蔽う。兎は稔った豆の畑に隠れ、鳥は桑の茂みに鳴く。かつて今頃の季節、君といっしょにそこに遊んだ。弟や甥たちに『詩経』や『尚書』を教え、童僕たちに畑を耕してもらった。夕暮れには刈りとった麦を庭に運び、晴れれば蚕のまぶしを開いて干した。南の川で水と戯れては岸にすわって涼み、東の亭で月の出を待って夜を過ごした。興趣が湧けば数杯の酒を飲み、退屈すると一局碁を囲んだ。）

質素ながらも穏やかで満ち足りた村里の暮らし。陶淵明的な故郷の農村＝田園イメージがはっきりと刻印されている。使用語彙の面でもそれは明確である。ただ、白居易はここで農作業のことをうたうが、陶淵明のように文人＝農夫としての自己イメージを提示することはしていない。百姓仕事は「童僕（使用人）」にまかせ、自分は「遊矚（遊覧）」するだけ、もっぱら「詩書」や酒・囲碁に親しむ日々を送っていたのである。この点で白居易は陶淵明と決定的に異なっていたと言わなければならない。

ここで白居易が「故郷」としてうたう下邽は、今日的な意味では必ずしも故郷とは言えないかもしれない。白居易が生まれ、十年あまりを過ごしたのは、前節に述べたように鄭州新鄭県である。人が生まれ育った地を故郷と呼ぶとすれば、新鄭県こそが故郷と呼ぶにふさわしい。ただ、白居易一族の墓は下邽にあり、自分も死後はそこに葬られるものと考えていたようだ。人が最終的に帰り着くべき場所を故郷と呼ぶとすれば、下邽もまた故郷と呼ぶことができよう。結果的に白居易が終の棲家として選んだのは洛陽城内の履道里《りどうり》であり、下邽に帰ることはなかったのであるが(37)。

いま述べたように、白居易は生まれ育った新鄭県や一族の墓がある下邽には帰らず、洛陽で晩年を過ごした。白居易に限らず、唐代の官僚＝文人たちを見渡してみるとき、官界を隠退した後、故郷に帰った者は意外にも少ない。晩年を故郷で過ごすというライフスタイルは必ずしも一般的ではなかったのである。きちんと調査したわけではないが、次の宋代にも、北宋の段階では事情はそう大きくは変わらないのではないか。著名な官僚＝文人、例えば蘇軾、黄庭堅など、いずれも晩年は故郷には帰ることなく「官遊（官途の旅）」のさなかに生涯を終えている。ところが宋代の後半、南宋になると事情がやや異なってくる。

陸游

米国の宋代史研究の分野では、南宋期における官僚士大夫層の「地方化・土着化（localization）」ということが論じられてきた[38]。これに対しては反対の意見も少なくないが、南宋を代表する官僚＝文人である陸游《りくゆう》や楊万里などの生涯を見ると、地方化・土着化の傾向ははっきりしつつあるかに見える。彼らは、仕官した後も頻繁に故郷に帰っているし（陸游は合わせて六度、楊万里は九度）、また官界を引退した後は故郷で比較的長い晩年を過ごした。後に「郷紳[39]」と呼ばれるようなローカル・エリートの相貌を部分的にではあるが確実にそなえているのである。

例えば、陸游[40]（一一二五－一二〇九）について見てみよう。彼の生きた南宋期の中国は、領土の北半分（淮河以北）を女真族の金《きん》王朝に支配されていた。いわゆる「半壁の天下」。当時、政権の中枢はおおむね金との講和策を採っていたが、末端の官僚には強硬な主戦論を唱える者が少なくなかった。陸游はその代表的な存在。ゆえにしばしば弾劾されるなどして失脚し、郷里で過ごすことが多かった。

陸游は、科挙（礼部試・進士科）に応じたが合格できなかった[42]（後に進士出身の資格を与えられる）。地方官から官僚生活を始め、中央政府の各種書記官を経て、鎮江府（江蘇省鎮江）や隆興府（江西省南昌）の通判をつとめるが、乾道二年（一一六六）弾劾されて免職となり帰郷。乾道五年（一一六九）、ふたたび召し出されて夔州《きしゅう》（四川省奉節県）通判などをつとめるも、淳熙八年（一一八一）弾劾されて帰郷。淳熙一三年（一一八六）権知厳州（浙江省建徳）事。淳熙一五年（一一八八）任満ちて帰郷。同年十月、軍器少監に任ぜられ、ついで淳熙十六年（一一八九）礼部郎中に転ずるも、十一月、弾劾されて帰郷。以後、一時的に臨安（杭州）に出仕することはあったが、嘉定二年（一二〇九）、八十五歳で没するまでの約二十年間、故郷で隠退生活を送る。

右に見たように陸游は頻繁に故郷に帰っていたのだが、そうした時期に書いた詩には陶淵明的な田園生活がしばしばうたわれる。例えば、淳熙八年（一一八一）、弾劾されて帰郷したときの作「小園四首」其の一。

小園煙草接隣家　　小園　煙草　隣家に接し
桑柘陰陰一径斜　　桑柘《そうしゃ》　陰陰として一径斜めなり
臥読陶詩未終巻　　臥して陶詩を読み未だ巻を終わらざるに
又乗微雨去鋤瓜　　又た微雨に乗じて去《ゆ》きて瓜を鋤《す》く

（小さな畑の草は靄《もや》に包まれ隣家の方にまで続き、鬱蒼と茂る桑のなかを一筋の小径が斜めにのびる。寝転んで陶淵明の詩を読んでいたが、まだ読み終わらぬうちに、雨が小降りになったのを幸いに瓜の畑を耕しに出かける。）

図21　陸游像

上海図書館蔵本『山陰陸氏族譜』所載。銭仲聯『剣南詩稿校注』（上海古籍出版社、1985年）による。

まさしく「晴耕雨読」の暮らしぶりが歌われている。第三句からは、かかる田園生活を実践した文人＝農夫のモデルとして陶淵明が意識されていたことが見て取れる。

先に述べたように、官僚とは農を棄てて出仕した者の謂でもある。陸游の一族は、まさしくそうした履歴を持つ一族であった。近隣の篤農家陳氏の伝記を記した「陳氏老伝」

のなかで陸游は次のように述べている。

わが祖先は魯墟《ろきょ》（紹興にある村の名）の農家だった。大中祥符《だいちゅうしょうふ》年間（北宋初一〇〇八－一六）、ここを離れ出仕して以来、すでに二百年を経た。この間、役人として出世したか否かにかかわらず、一族には故郷に帰って農業を営む者は一人もなかった。家屋敷や桑麻果樹の畑は、すっかり草に埋もれ、親族は皆な散り散りとなり、ゆくえ知れぬ者もいる。魯墟に立ち寄れば、ため息とともに思いがこみあげて涙がこぼれる。

農を棄て官の途を歩んできた自身の生き方を省みて、陸游は後悔の念にとらわれている。ここには耕す者なく荒れ果てて草に蔽われた田畑を前にしての悲嘆が述べられているが、陶淵明「帰去来の辞《ききょらいのじ》」の冒頭に発せられる「帰りなんいざ、田園将《まさ》に蕪《あ》れんとす　胡《なん》ぞ帰らざる」と同様の悲嘆と言えよう。

陶淵明の田園詩は「自然」が回復されたことによる喜びをその基底に持つ。陸游の詩がうたう故郷の農村での暮らしもまた総じて幸福感に満ちている。例えば、次にあげる「江村初夏」。紹熙二年（一一九一）、すでに実質的には官界を退いており、晩年の作と言っていい。

紫葚狼籍桑林下
石榴一枝紅可把
江村夏浅暑猶薄
農事方興人満野
連雲麦熟新食麺

紫葚《ししん》　狼籍たり　桑林の下
石榴の一枝　紅は把《と》るべし
江村　夏浅くして暑は猶お薄く
農事　方《まさ》に興りて人は野に満つ
連雲　麦熟して新たに麺を食し

小裏荷香初売鮓
蘋洲蓬艇疾如鳥
沙路芒鞋健如馬
君看早朝塵撲面
豈勝春耕泥没踝
為農世世楽有余
寄語児曹勿軽捨

小裏《しょうか》　荷《はす》香りて初めて鮓《さ》を売る
蘋洲《ひんしゅう》の蓬艇　疾《はや》きこと鳥の如く
沙路の芒鞋《ぼうあい》　健やかなること馬の如し
君看よ　早朝　塵の面《かお》を撲《う》つは
豈《あ》に春耕　泥の踝《くるぶし》を没するに勝らんや
農と為らば　世世　楽に余り有らん
児曹に寄語す　軽《かるが》るしく捨つる勿かれと

（桑畑には紫の実がいちめんに散り敷き、石榴《ざくろ》は紅の実もたわわで手に取れるほど低く枝垂れる。水辺の村は夏浅く暑さもさほどではないが、百姓仕事は今が盛りで田畑には人の姿があふれる。熟した麦の穂が雲湧く彼方まで連なれば今年初めての麺を味わい、香しい蓮の葉に小分けして包んだナレ鮨が売られ始める。水草群がる中洲の周りを苫葺《とまぶ》きの小舟が鳥のようにすばやく行き交い、岸辺の道を草鞋《わらじ》の男たちが馬のように力強く歩く。どうだろう、朝早く都の塵を顔に浴びながら登庁するのは、春の田んぼでくるぶしまで泥につかるよりもいいのだろうか。農夫となれば、代々楽しく暮らしてゆける。子供たちよ、軽々しくそれを捨ててはならぬ。）

前半の八句は、初夏、農作業に勤しむ村人たちの姿をうたう。それを受けて末尾の四句に、農村に暮らす喜びを噛みしめつつ、官僚としての人生は農民としてのそれに及ばない、と我が子に向けて呼びかける。

故郷での暮らしをうたう陸游の詩には、陶淵明の詩と同様、農民たちとともに農事に勤しむ自身の姿をうたった作が多い。次にあげる「晩秋農家」にも、そのことは明確に見て取れる。同じく紹熙二年（一一九一）の作。

我年近七十、与世長相忘
筋力幸可勉、扶衰業耕桑
身雑老農間、何能避風霜
夜半起飯牛、北斗垂大荒

我　年は七十に近く、世と長く相い忘る
筋力　幸いに勉むべく、衰を扶《たす》けて耕桑を業とす
身は老農の間に雑《まじわ》り、何ぞ能《よ》く風霜を避けんや
夜半　起きて牛に飯《はん》すれば、北斗　大荒に垂る

（わが齢《よわい》七十に近く、久しく世間とは互いを忘れ合っている。幸いにも体力だけは無理がきくので、老体を押して畑仕事に勤しむ。老いた農夫に立ち混じり、風や霜を避けようともしない。夜半に起き出して牛に餌をやれば、地の果てまで広がる天に北斗星が懸かる。）

第二句の「世（世間）」は官界を指す。陸游のような官僚＝文人にとって「世」とは、同じ官僚＝文人によって構成される世界にほかならなかった。しかし陸游はここで、「世」のことは忘れてしまったし、「世」もまた自分のことを忘れてしまったと言う。陶淵明「帰去来の辞」にも「世と我とは相い違う」という同じ趣旨の言葉が見える。こうして官界とのつながりを断った陸游が生きる場所として見出すのは、農民たちの世界である。「身は老農の間に雑り、何ぞ能く風霜を避けんや」という詩句は、それを端的に語ってくれている。(43)

歴代の中国詩人のなかでも陸游ほど数多く熱心に農民との交流をうたった詩人は、他に例を見出しがたいのではないか。その濃密さにおいて陶淵明を遥かに凌駕している。例えば「山村を経《へ》行き、因《よ》りて薬を施す　五首」其の四は、近隣の村人たちに薬を与え、治療してまわったときのことを次のようにうたう。開禧元年（一二〇五）、八十一歳のときの作。当時、文人たちは薬学の知識を有し、医師の役割も果たしていた。特に陸游の一族は、祖父陸佃《りくでん》、父陸宰《りくさい》ともに博物学（自然学）に通じており、薬学はいわば家学であった。

驢肩毎帯薬嚢行　　驢肩　毎《つね》に薬嚢を帯びて行き
村巷歓欣夾道迎　　村巷　歓欣して道を夾《はさ》みて迎う
共説向来曾活我　　共に説く　向来　曾て我を活《い》かせり
生児多以陸為名　　児を生みて多く陸を以て名と為すと

（驢馬の肩口にはいつも薬の袋をつけてゆく。村里に入ると皆な大喜びで道の両側に出て迎えてくれる。そして口々に言う。「以前、先生にはわたしどもを助けていただきました。だから、生まれた子には陸の字を名前にいただいた者が大勢おります」。）

図22　耕織図

農事暦に沿って稲作と養蚕の農作業を画く。南宋の楼《ろう》璹《じゅ》は耕織図四十五幅を画くとともに、各図についてその内容をうたった五言八句の詩を作った。ここにあげたのは、清の康熙帝の命を受けて宮廷画家の焦秉貞《しょうへいてい》が新たに画き直したもの。籾《もみ》播《ま》きの作業を画く。あぜ道には籾を運ぶ子供とその後を追う犬の姿も画かれる。左上の余白には楼璹の詩が記されている。『耕織図詩（杭州史料別集叢書）』（当代中国出版社、2014年）による。

陸游が地域社会のなかで敬愛をあつめ、親しみをもって受入れられていたことがよくうかがわれる。もちろん、これらはあくまでも陸游自身の言葉にすぎず、実際に農民たちが陸游をどのように見ていたかはわからないのだが、その点を割り引いてみても、ここにうたわれる農民との交流には誰もが心温まるものを感じるに違いない。そして思うのではないか、ここには幸福の確かな形がある、と。実際に、このなかに身を置いて暮らしたいと望むかどうかはともかくとして。

楊万里

もうひとり、陸游と同時代、陸游の友人でもある文人楊万里（一一二七―一二〇六）について見ておこう。楊万里の場合、陸游以上に頻繁に帰郷を繰り返している。紹興二四年（一一五四）に進士に及第して以降、紹熙三年（一一九二）に六十六歳で引退して帰郷するまで、長短さまざまであるが九度の帰郷を数える。理由は、父母の喪に服するためであったり、転勤に伴う一時的な立ち寄りであったりとさまざまである(44)。

楊万里は、紹熙三年に官界を退いてから開禧二年（一二〇六）に八十歳で没するまでの十四年あまりを、郷里にあって一族の者とともに過ごした。紹熙四年の作、「三三径」詩の序には「東園に新たに九径を開く、江梅・海棠・桃・李・橘・杏・紅梅・碧桃・芙蓉　九種の花木、各《おのおの》の一径に植え、命じて三三径と云う」と、屋敷の東の庭に三掛ける三、合わせて九本の小径を造り、それぞれに花木を植え散策の場としたことを述べる。隠居所をしかるべく整えたということだろう。詩には次のようにうたう。

三径初開自蒋卿　　三径　初めて開くは蒋卿自《よ》りし
再開三径是淵明　　再び三径を開くは是れ淵明
誠斎奄有三三径　　誠斎　奄《たちま》ち三三径有り
一径花開一径行　　一径　花開けば一径を行く

（三径を初めて開いたのは漢の蒋詡《しょうく》、ふたたびそれを開いたのは晋の陶淵明。そして今、わたくし誠斎は三三径を開き、一つの花が咲くごとにその道を歩く。）

前二句は「三径」なる庭を作った先人の事跡を述べる。漢の蒋詡、そして陶淵明、彼らは松・竹・菊を三本の小道に分けて植え、隠居の散策の道とした。彼らの跡を受け継ぐべく、楊万里は九径の庭を造ったのだという。やはりここでも田園で隠逸生活を送った文人のモデルとして陶淵明がとらえられている。

この東園での作に「新たに晴れ、東園にて晩に歩む」詩がある。慶元元年（一一九五）の作。

一日秋陰一日晴　　一日は秋陰　一日は晴る
山禽相賀太丁寧　　山禽　相い賀すること太《はなは》だ丁寧なり
不愁白髪千茎雪　　愁えず　白髪　千茎の雪
随喜黄庭一巻経　　喜ぶに随う　黄庭一巻の経
晩霧薄情憎遠嶺　　晩霧　薄情にして遠嶺を憎み
夕陽死命恋危亭　　夕陽　死命にして危亭を恋う
孤吟莫道無人覚　　孤吟　道《い》う莫かれ　人の覚《さと》る無しと
松竹喧伝菊細聴　　松竹　喧伝し　菊　細《つぶさ》に聴く

（秋の空は曇ったかと思うとまた晴れる。山鳥たちは秋晴れを言祝ぐかのように盛んに鳴き交わす。白髪が増えたことを恨んでも仕方ない。『黄庭経』〔養生術の書〕を読む毎日を楽しんでいる。夕方の霧は薄情にも遠くに見える山並みを嫌うかのように隠してしまった。夕日は丘の上の亭をいとおしむかのように懸命に光を注いでいる。ひとり詩をくちずさんでいるが、仲間がいないわけではない。松や竹がわたしの詩を吟じ、菊がそれをじっと聞いてくれている。）

隠居所としての東園、そこでの散策のなか湧き起こる感慨をうたう。草木を友とする静かな隠棲の日々、本詩に限らず基本的に楊万里の老年期の日常はそのようなものとして表現されている。なお、頸聯には霧や夕日を擬人化した表現が見えるが、この種の擬人表現を多用するのが、楊万里の詩の特徴である。

このように隠棲の暮らしは孤独なものである（右の詩は松竹菊が寄り添ってくれるから孤独ではないと言うのだが、これは言葉の綾《あや》と言うべきだろう）。官僚＝文人との付き合いも、ごく限られたものとなる。だが、地元に帰ったことで、土地の人々との交流はより密接なものとなってゆく。陶淵明の詩にうたわれたような農民との交流、それがより濃密なかたちでうたわれるに至る。例えば、慶元元年（一一九五）、「中途《ちゅうと》（中途）にて小《しば》し歇《いこ》う」と題して近隣の村を散策した際の作。

山僮問游何許村　　山僮　何許《いずこ》の村にか游ぶと問う
莫問何許但出門　　何許なるかと問う莫かれ　但《た》だ門を出《い》ずるのみ
脚根倦時且小歇　　脚根　倦む時は且《しばら》く小歇し
山色佳処須細看　　山色の佳《よ》き処は須《すべから》く細《つぶさ》に看るべし
道逢田父遮儂住　　道に田父に逢えば儂《われ》を遮《さえぎ》りて住《とど》めしむ
説与前頭看山去　　説与す　前頭　山を看んとして去《ゆ》くと
寄下君家老瓦盆　　君家に老瓦盆を寄下す
他日重游却来取　　他日　重ねて游ぶに却《かえ》って来たり取らん

（村の子がわたしに訊ねる。「おじいさん、どこの村に行くの」。どこに行くかなんて訊ねないでほしい。ただ、散歩しに出かけただけなのだから。脚が疲れればしばし休み、景色の佳いところではじっくりとそれを眺める。道で農夫に引き留められたので、「向こうの山を見に行く」と答えたが、ふと思いついて言った。「お宅にこの古いとっくりを預けさせてもらえないだろうか。また今度出かけるときに取りに来るから」。）

農民たちとの飾らない付き合いが述べられている。郷村社会の親密な人間関係を垣間見ることもできよう。楊万里の場合、自ら農作業に勤しむ姿をうたった作品はほとんど見られない。その点では陸游と異なっているが、故郷の地域社会の一員として自らを位置づけていた点では大きな違いはないと言える。

老人と子供

陸游や楊万里は官界を退いた後、多年に渉る晩年を故郷の農村で過ごし、そこでの日常生活を数多くの詩にうたっていった。彼らはともに数多くの詩を後世に伝えるが（陸游は約一万首、楊万里は約四千二百首）[45]、なかでも多くを占めるのが晩年（ここでは陸游については淳熙十六年〔一一八九〕、六十五歳以降を、楊万里については紹熙三年〔一一九二〕、六十六歳以降を指す）の作である。詩集の巻数で言うと、陸游の場合は全八十五巻のうち六十四巻あまり、楊万里は全四十二巻のうち十二巻が晩年の作に充てられる。それらの詩は基本的に彼ら自身の手で、制作年代順に整理・編纂されており、あたかも彼らの老いの日常を記録した日記のような様相を呈している。人類の精神史にあって、かくも詳細な老年期の記録は稀有であり、きわめて貴重な価値を有するのではないか。陸游と楊万里の晩年の詩に記録された老いの日常はどのようなものだったのか、さらに別の角度から見てゆきたい。

故郷の田園・農村、それは老人と子供の住む世界であると言えるかもしれない。青年は故郷を去って仕官のため都へと向い、壮年は官界にあって職務のため各地を旅する。故郷の農村にのこされるのは、家を守る女たちのほかには出仕する年齢に達していない子供とすでに出仕を辞めて退いた老人。実際、古くから文学や絵画では、老人と子供は田園・農村に不可欠の構成要素として表象されてきた。例えば、西晋・張協《ちょうきょう》(46)（二五五？―三一〇？）の「七命」（『文選』巻三五）には晋の治世を称えるなか「玄齠《げんちょう》は巷歌《こうか》し、黄髪は撃壌《げきじょう》す（黒髪の子供は路地に歌い、黄ばんだ髪の老人は地を打って喜ぶ）」と、また陶淵明「桃花源記」にも「黄髪と垂髫《すいちょう》（前髪を垂らした子供）と、並びに怡然《いぜん》として自ら楽しむ」とあって、老人と子供がともに歓び暮らす豊かな村里の情景が描かれている。陶淵明は「郭主簿に和す二首」其の一にも

弱子戯我側、学語未成音　　弱子（幼子）我が側《かたわら》に戯れ、語を学びて未だ音を成さず
此事真復楽、聊用忘華簪　　此の事　真に復《ま》た楽し、聊か用《もっ》て華簪《かしん》（冠用の簪、官の象徴）を忘る

と、幼子と暮らす喜びをうたっている。

陸游や楊万里が故郷での田園生活をうたった作品のなかにも、そうした老人と子供の姿は多くうたわれる。そこでの老人は作者自身でもある。彼らもまた老人のひとりとして、子供たちに寄り添い、ともに戯れる。「霞立つながき春日に子供らと手鞠《てまり》つきつつこの日暮らしつ」とうたった江戸後期の良寛《りょうかん》のように。まずは陸游の詩から、その種の情景をうたった作を読んでみよう。「興を遣《や》る」、慶元五年（一一九九）、七十五歳のときの作。

掃尽衣塵喜不勝　　衣塵を掃《はら》い尽くして喜びに勝《た》えず
村居終日酔騰騰　　村居　終日　酔いて騰騰たり
閑投隣父祈神社　　閑かに隣父の祈神の社に投じ
戯入群児闘草朋　　戯れに群児の闘草の朋に入る

幽径有風偏愛竹
虚堂無暑不憎蝿
悠然又見江天晩
隔浦人家已上灯

幽径　風有りて偏《ひとえ》に竹を愛し
虚堂　暑無くして蝿を憎まず
悠然として又た江天の晩《く》るるを見る
浦を隔てて人家已に灯を上《あ》ぐ

（衣につもった浮世の塵をすっかり払い落とせたこと嬉しくてたまらず、村里でひねもすふらふらと酔っぱらっている。のんびりと近所の老人たちの神事の集いに加わり、戯れに子供らの草相撲に仲間入り。奥まった小道を吹く風に揺れる竹をこよなく愛し、人気ない屋敷に暑気は薄らぎ蝿に煩わされることもない。今日もまた暮れゆく川辺をのんびりと眺めやれば、向こう岸の人家に早くも灯《ひ》がともる。）

次の「定命」は、老いた自分の姿をユーモラスにうたう。嘉泰二年（一二〇二）、七十八歳のときの作。

定命元知不可移
更兼狂疾固難治
履穿衣弊窮居日
歯豁頭童大耋時
耕釣詩多悲境熟
功名夢少感年哀
今朝雨歇春泥散
剰伴児童闘草嬉

定命　元より知る　移すべからずと
更に狂疾を兼ねて固《もと》より治し難し
履《くつ》穿《うが》ち衣弊《やぶ》る　窮居の日
歯豁《か》け頭童《どう》なり　大耋《だいてつ》の時
耕釣の詩多くして境の熟するを悲しみ
功名の夢少なくして年の衰うるに感ず
今朝　雨歇《や》みて春泥散ず
剰《さら》に児童に伴いて草を闘わせて嬉《たの》しまん

（もとより運命は変えられぬと知っているが、物狂いが加わってはもはや処置なしだ。靴に穴あき衣も破れた貧乏暮らし、歯が欠け頭も禿げた耄碌《もうろく》の年。畑仕事と魚取りの暮らしをうたう詩ばかり積み重なって老いゆくのを悲しみ、功名の夢は失せて老いの衰えを嘆く。今日は雨もあがり春のぬかるみも消えた。子供たちと草相撲を楽しむこととしよう。）

引退した知識人として、陸游が農民の子供たちのために塾を開いていたこと、関連して注目される。「秋日郊居」に次のようにうたう。紹熙三年（一一九二）の作。

児童冬学閙比隣　　児童の冬学　比隣を閙《さわ》がす
拠案愚儒却自珍　　案に拠る愚儒　却《かえ》って自ら珍とす
授罷村書閉門睡　　村書を授け罷《おわ》りて門を閉じて睡る
終年不著面看人　　終年　面を著《もっ》て人を看《み》ず

（子供らの冬の学校が始まってあたりはにぎやか、愚図の学者先生として机にしがみついていられるのはありがたいこと。寺子屋の授業が終われば門を閉ざして眠るだけ。終年、人と顔を合わせることもない。）

本詩には自注が附され「農家は十月に乃《すなわ》ち子をして学に入らしむ、之を冬学と謂《い》う。読む所は『雑字』『百家姓』の類にして、之を村書と謂う」とある。当時、すでに江南の農村には裕福な農民向けの寺子屋が開かれていたことがわかる。ごく一部であるにせよ、日本の江戸後期を先取りするような現象が出現していたことには少なからず驚かされる。

楊万里にも、子供との交流をうたった詩は多い。親族らと連れだってピクニックを楽しんだときの作「伯勤・子文・幼楚と同《とも》に南渓の奇観に登り、道旁の群児に戯る」(47)には、子供たちと鬼ごっこをして興じる自分自身の姿を次のようにうたう。慶元元年（一一九五）、六十九歳の作。

蒙鬆睡眼熨難開　　蒙鬆《もうしょう》たる睡眼　熨《の》すがごとく開き難し
曳杖縁渓啄紫苔　　杖を曳《ひ》き渓に縁り紫苔を啄《たた》く
偶見群児聊与戯　　偶《たま》ま群児に見《あ》えば聊か与《とも》に戯れ
布衫青底捉将来　　布衫の青底なるに捉《とら》え将《も》ち来たる

（ぼんやりとした寝ぼけ眼《まなこ》は、まるで瞼《まぶた》がくっついたように開かない。川に沿って紫に苔むす路を杖つきながら歩く。途中、子供たちに出会うと、しばし鬼ごっこ。青地《あおじ》の衣の裾につかまえた子を包み込む。(48)）

ここには陸游の詩と同様の、老人と子供とが暮らす穏やかな農村の光景が浮かびあがる。

孤独と衰弱

以上に見てきたのは、幸福感に満ちた老後の田園生活であるが、しかし引退後の暮らしは楽しいことばかりではない。友たちは年々減ってゆき、寂しさはつのる。そして何よりも心身は衰え、病が襲い来る。以下、陸游と楊万里の詩から「老い」とそれに伴うネガティブな側面をうたった作を読んでみたい。

老いそのものは、きわめて古くから文学に表現されてきた。中国文学においては、特に老いの嘆きというかたちで盛んに表現されてきた。中国の文人は、自らを年老いた人物として表現する傾向にある。それはほとんど文学のステレオタイプとなっている。また、それだけに観念的な傾向が強く、等身大の人間の肉体や生活に密着した生々しさを欠く。その点、陸游や楊万里がうたう老いには、より具体的な実感に即した生々しい表現がなされる。老いを外側からではなく内側から表現する、と言ってもいいだろう。

陸游は「老歎」と題して次のようにうたっている。慶元五年（一一九九）、七十五歳のときの作。

八十未満七十余　八十　未だ満たず　七十の余
山巓水涯一丈夫　山巓　水涯　一丈夫
長鳴未免似野鶴　長鳴　未だ免れざること野鶴に似
生意欲尽如枯株　生意　尽きんと欲すること枯株の如し
臨安宮闕経営初　臨安の宮闕　経営の初め
銀鞍日日酔西湖　銀鞍　日日　西湖に酔う
不須細数旧酒徒　細《つぶ》さに旧酒徒を数うるを須《もち》いず
当時児童今亦無　当時の児童　今亦た無し

（八十には満たぬが七十を過ぎた男、山と川のなかに暮らしている。長く哀鳴するのを免れぬこと野の鶴のごとく、生気の尽きようとすること枯れ木に似る。かつて真新しい宮殿が建てられた臨安の地、日々、銀の鞍にまたがり西湖で酒に酔ったものだった。昔の飲み仲間が何人生きているか数えたって仕方ない。当時、子供だった人さえ今はすでに亡いのだから。）

若き日の盛んなる日々と老いて後の衰え果てた日々の落差。かつての友の多くは世を去った、長生きしたがゆえの孤独。詩題通りに老いの嘆きが表現されている。

次にあげるのは楊万里「午睡より起く」、嘉泰二年（一二〇二）、七十六歳のときの作。単調でひっそりとした暮らしをうたうなか、老いの寂しさが浮かびあがる。

永昼能不倦、亭午思小睡　　永昼　能く倦まざらんや、亭午　小睡せんと思う
竹床熱如晒、展転竟無寐　　竹床　熱きこと晒《さら》さるるが如く、展転として竟《つい》に寐《い》ぬる無し
起来掻白首、百匝繞簷際　　起き来たりて白首を掻き、百匝《そう》　簷際《えんさい》を繞る
政当眊矂中、忽有一奇事　　政《まさ》に眊矂《ぼうそう》の中に当たりて、忽ち一奇事有り
一風北戸来、穿度南窓外　　一風　北戸より来、穿ちて度《わた》る　南窓の外
窓外蕙初花、披払動香気　　窓外　蕙初《けいしょ》の花、披払して香気を動かす
老夫得一涼、洒然有生意　　老夫　一涼を得、洒然《さいぜん》として生意有り
来日当此時、未知復何似　　来日　此の時に当たるも、未だ知らず復た何似《いか》なるかを

（長い昼下がりは退屈なので、真っ昼間から少し寝ることにした。ところが、竹のベッドは日に灼かれて熱く、あちこち転がっているうち、とうとう寝つけなかった。仕方ないので、起きあがって乱れた白髪頭を整えると、家の周りをぐるぐると散歩した。ぼーっとしていると、珍しいことがあるもので、北の戸口から吹き込んだ風が南窓に抜け、窓辺に咲いたばかりの花が、あおられて香りを立ちのぼらせた。この老いぼれも涼しさを感じ、しゃきっと生気を取りもどす。しかし、この先、ふたたびこんなことがあったとしても同じような思いが味わえるかどうか、わたしにはわからない。）

特別な出来事が起こるべくもない老年の日々が淡々と、まさに淡々とうたわれている。この詩にとらえられているものをひとことで言うならば、緩慢な時間の流れではないだろうか。これといった目的や義務のない、退屈かつ単調な老後の暮らしに流れる時間の、ゆっくりとした滞りがちな流れ。時の先後も定かならず、過去も未来も明確な輪郭を失って遠ざかり、ただぼんやりとした現在だけが淡々と繰り返されてゆく。老いるということは、このような時間に身を委ねることなのかもしれない。

老いに心身の衰えは避けられず、それはしばしば病を伴う。中国の詩にあって、そういった衰老の身の生々しさを具体的にとらえて言語化したのは、やはり杜甫を嚆矢《こうし》とする。杜甫の晩年、大暦四年（七六九）の作「清明」には

此身飄泊苦西東　　此の身　飄泊して西東に苦しみ
右臂偏枯半耳聾　　右臂偏枯して半耳聾《ろう》す

最晩年の大暦五年（七七〇）の作「小寒食舟中作」には

春水船如天上坐　　春水　船は天上に坐するが如く
老年花似霧中看　　老年　花は霧中に看るに似たり

とあって、右腕の麻痺、聴覚の衰え、視力の低下など、衰え病んだ自らの身体がうたわれている。

かかる衰老をうたった詩として、楊万里「五月十六夜、病中無聊にして、起き来たりて月に歩む」を読んでみたい。嘉泰四年（一二〇四）、七十八歳のときの作。

抛官放浪十三年　官を抛《なげう》ちて放浪すること十三年
底事今年病嬾残　底事《なにごと》ぞ　今年　病みて嬾残《らんざん》たり
旧健肯饒梅摘索　旧《もと》は健やかにして肯《あ》えて梅の摘索《てきさく》なるを饒《ゆる》すも
新羸翻羨竹平安　新たに羸《つか》るれば翻《かえ》って竹の平安なるを羨む
（役人をやめて気ままに暮らすこと十三年、どうしたことか今年は病気で弱ってしまった。昔、丈夫だった頃は梅の厳しさを受けいれられたが、こうして衰えると竹の安らかさへの思慕がつのる。）

春まだき、寒い時期を選んで咲く梅は、いわば自分に対する厳しさを持つ花。若く健やかな頃はそれを受けとめることができたが、しかし心身の衰えた今はむしろ竹の穏やかさこそ慕わしいと言う。気力と体力の衰えに伴う嗜好の変化がよく表現されている。さらに一首、楊万里「淋疾　復《ま》た作《おこ》り、医は文字（読み書き）の労心を忌めと云う、暁に起きて自ら警《いまし》む」を読んでみよう。「淋疾」を病み、耄碌した自分の姿をうたう。同じ嘉泰四年の作。

半似枯禅半似痴　半ば枯禅に似て半ば痴に似る
也無何慮与何思　也《ま》た何の慮《おもんばか》りと何の思いも無し
偶看清暁双双蝶　偶《たまた》ま看る　清暁　双双たる蝶
飛徧黄花一一枝　飛びて黄花一一の枝に徧《あまね》し
（座禅しているようでもあり単に惚《ほう》けているようでもあり、何も考えず何も思わず。夜明け、二匹《つがい》の蝶々が黄色い花むらのひと枝ひと枝を訪ねて、いつまでも飛びつづけるのを眺めている。）

有り体に言って、ここにうたわれているのは「惚《ぼ》け」である。惚けが惚けている当人の視点から、つまり内側からうたわれている。これまでに見られなかった新たな詩の表現領域、ほとんど空前の作と言っていいのではないだろうか。

陸游にも「耄《ぼう》を書す」と題して、老いとそれに伴う惚けを内側から写し取った作がある。「耄」とは八十歳を越えた年齢。『礼記』曲礼上に「八十　九十を耄と曰《い》う」。嘉定二年（一二〇九）、最晩年、八十五歳のときの作。前半部をあげる。

我老耄已及、終日惟冥行　我老いて耄已に及び、終日　惟《た》だ冥行す
隣里少間濶、便若昧平生　隣里　少しく間濶《かんかつ》すれば、便《すなわ》ち平生に昧《くら》きが若し
家人毎過前、亦或忘其名　家人　前を過ぐる毎に、亦た或いは其の名を忘る
昏昏等作夢、兀兀如病酲　昏昏として夢を作《な》すに等しく、兀兀《ごつごつ》として酲《てい》を病むが如し

（齢八十を過ぎたわたしは、つねに闇のなかを行くようなもの。近所の馴染みともしばらく会わないだけで顔を忘れ、まるで見ず知らずの人のよう。家人が眼の前を通り過ぎても、いつも名前が出てこない。うとうとと夢見るかのごとく、ふらふらと二日酔いに苦しむかのごとく。）

家族や隣人を見ても、それが誰であったか、ぼんやりとして定かではないと言う。老いに伴う知力・気力の衰えが表現されている。

個人の身体は、おそらく公から最も遠く、公の支配が届きにくい領域、言い換えれば私性が最も強く働く領域のひとつである。老いの衰えをうたう陸游や楊万里の晩年の詩がとらえて表現しているのは、そのような領域ではな

いだろうか。

宋代における日常性の発見

以上に見てきた陸游・楊万里の詩は、同時代の范成大《はんせいだい》(49)（一一二六－九三）の詩とともに日本の江戸後期の漢詩人たちにも好まれた。徳川三百年の太平を謳歌する時代にあって、農村での暮らしの日常を細やかに詠じた作風が一定の共感を呼んだのだろう。

宋代は、中国の文学史にあって「生活への密着(50)」や「詩の日常化(51)」が生じていた時期として注目される。詩作の場が日常化し、詩の題材が生活の細部に見出されるようになっていった時期として。それまでの文学は、言ってみれば「型」で成り立つ文学であった。宋代になると、そうした型の文学ではすくい取られることのなかった日常的な世界が表現されるようになってゆく。これもまた一種の〈私〉の文学と言えよう。南宋の葉夢得《ようぼうとく》『石林詩話』巻上に見える次の記事は、かかる文学の底流をよくあらわしている。

> 黄庭堅は「馬　枯萁《こき》（豆殻《まめがら》）を齕《かじ》り　午夢喧《かまびす》し、誤ちて驚く　風雨　浪は江を翻《ひるがえ》すかと」という詩句を得て、自分でも気に入っていた。……（中略）……しかし、風雨が江を翻すというのはどういうことなのか、わたしには理解できなかった。その後、ある日、わたしは旅籠屋に泊まった。船をひっくり返さんばかりに風浪が叩きつけるような音がすぐそばから聞こえてくる。起きあがって見てみると馬が飼葉を食んでいる。水と草が桶のなかで立てる音だったのだ。

引用の詩は、黄庭堅「六月十七日　昼に寝《い》ぬ」。馬が餌を食むさまを描写した黄庭堅の詩句の「風雨　浪は江を翻す」という表現を初めは理解できなかったが、後に実際にそれと同様の現実に接することによって理解できたと言っている。なぜ葉夢得は当初、黄庭堅がうたう詩の光景を理解できなかったのか。それが従来の文学では表現の対象とならない光景であったから。つまり、黄庭堅の詩が従来の型にはまらぬ日常世界の細部を写し取っていたからであろう。型にとらわれている限り、それを理解することはできないのだ。

黄庭堅の詩句は確かに「型破り」ではあるのかもしれないが、決して非現実の空想的な世界をうたっているわけではない。いざ蓋《ふた》を開けて見れば、何ということはない、人々が暮らしのなかでふつうに見聞きする、ありふれた世界、きわめて卑近で日常的な現実の一齣であるに過ぎない。実際、葉夢得は後に、黄庭堅がうたうのと同じ光景を自ら眼のあたりにする。従来の型の文学では表現の対象とならずに見落とされていた卑近な日常世界が詩に表現された際に生じるコミュニケーション・ギャップ、それを右のエピソードは語ってくれているように思われる。

南宋期の詩において「生活への密着」「詩の日常化」はより深く広く進行してゆく。陸游の詩にもその種の作例は多いが、ここでは楊万里の作品を読んでおこう。まずは「凍蝿」と題して、冬の陽光を浴びる蝿の生態を活写する次のような作。

隔窓偶見負暄蝿　　窓を隔てて偶《たま》ま暄《けん》を負う蝿を見る
双脚挼挲弄暁晴　　双脚　挼挲《ださ》して暁晴を弄ぶ
日影欲移先会得　　日影　移らんと欲すれば先ず会《かい》し得て
忽然飛落別窓声　　忽然として飛びて別窓に落つるの声あり

（窓越しに日なたぼっこする蝿を見つけた。二本の脚をこすり合わせて朝の陽光を楽しんでいる。日影が移動するのを蝿は前もって知っているのか、ふと飛び立つと別の窓にぶつかって音たてる。）

冬の蝿が窓（紙の窓か）にぶつかるさまをうたう。楊万里は、蝿が手脚をこすり合わせるさまに目を留める。楊万里以前には、誰も詩に表現しなかった光景。この詩から、おそらく誰もが小林一茶の俳句「やれ打つな蝿が手をすり足をする」を思い起こすことだろう。一茶が楊万里の詩を知っていたかどうかは不明だが、間接的な影響の痕跡は認められるのではないだろうか。このように楊万里の詩は俳諧的な趣に通ずるところが多い。江戸後期に日本で好まれたというのも、こうした特徴が大きく関わっていよう。

前節に楊万里が子供と同化するかのような眼差しを有していたことにふれたが、それはこの詩についても言えよう。蝿が手脚をこすり合わせるさまを見ておもしろがる感性は、大人よりもむしろ子供のそれであろう。楊万里は、小動物を数多く詩にうたった。蝿だけではなく、蜻蛉《とんぼ》、蜘蛛《くも》、蝶、蟻など。これも子供の眼差しを持つ詩人ならではのことである。もう一首、同じく蝿をうたった「秋蝿」を読んでみよう。

秋蝿知我正哦詩　　秋蝿　我の正に詩を哦《が》するを知り
得得縁眉復入髭　　得得《とくとく》として眉に縁りて復《ま》た髭《ひげ》に入る
欲打群飛還歇去　　打たんと欲すれば群飛するも還《ま》た歇《や》め去る
風光乞与幾多時　　風光　幾多の時をか乞与《きよ》する

（秋の蝿はわたしが詩を吟じているのをいいことに、トコトコと眉毛のあたりを這い、ついに鬚のなかへともぐりこんだ。蝿は叩こうとするといっせいに飛び立ったが、ふたたび羽を休める。彼らに与えられた時間はもういくらもないのだ。）

楊万里の特徴のひとつであるユーモアが遺憾なく発揮されている。近代日本の作家尾崎一雄《おざきかずお》の「虫のいろいろ」

（『暢気眼鏡　虫のいろいろ』岩波文庫、一九九八年）には、床に臥せっている作者が額のうえを這っていた蝿を、眉をしかめてできた皺に挟んでつかまえる話が出てくる（一二四頁）。本詩にうたわれているのも、それを思わせるようなユーモラスな日常生活の一齣。とぼけた感じの筆致もきわめてよく似通っている。尾崎一雄は、いわゆる私小説の作家。私小説は〈私〉の文学のひとつの極致と言えるが、楊万里の詩はその近傍に位置しているように思われる。故郷＝田園での日常生活を詠じた楊万里の詩は、さしずめ中国版「虫のいろいろ」であったと言えるかもしれない。

第四節　〈私〉の極限——文学と狂気

最後に〈私〉のより極限的なあらわれを見てみよう。私の極限とは何か。ひとつには公からは存在しないものと見なされ、公の世界から排除されたもの。例えば、狂気。それは権力＝公にとっては忌むべきものの典型であり、総じて排除・抹殺される傾向にあった。前近代中国の場合も例外ではない。本節で取りあげてみたいのは、中国の文学作品に表現された狂気である。

「佯狂《ようきょう》」

まず「佯狂」と呼ばれる知識人のふるまいについて見ておこう。「佯狂」とは狂人のふりをすること。特に方外・隠逸の士、すなわち世を避けて生きる途を主体的に選び取った者が狂人を装うことを言う。なぜ、狂人のふりをするのか。そうすることによって世間のルール、言い換えれば公の権力システムの外へと脱出できるからである。権力の外部に逃れ出て、真の自由を獲得するための手段・方法、それがすなわち「佯狂」であった。

国家権力との軋轢に直面したとき、言論の徒たる知識人はどのように行動すべきか。自らの言論を曲げて、何とか体制内で時をやり過ごすという手もあるだろう。だが、自らの言論をあくまでも守り通そうとするならば、体制の外へと逃れ出てゆく必要がある。そのためにはどうすればいいか。最も一般的な手段としては「隠逸」や「亡命」がある（前者については第二部第五章、後者については第一部第一章を参照）。「佯狂」は、それに並ぶ手段として古くから知識人の間で論じられてきた。

『論語』微子《びし》には、暴君で知られる殷の紂《ちゅう》王に仕えた三人の臣下を「仁」の人として称えた章がある。そこでは、紂王の暴政に対して彼らが採った行動について「微子《びし》之《これ》を去り、箕子《きし》之が奴と為り、比干《ひかん》は諫《いさ》めて死す」と述べる。一番目にあげられる微子が採ったのは、国を去って他所へ行くこと、すなわち亡命。三番目の比干が採ったのは、諫言《かんげん》。その結果として比干は殺害される（比干のケースは、結果として体制を逃れ出ることに失敗したケース、あるいは最初から体制を逃れ出ることを拒否したケースである）。のこる二番目の箕子が採ったのが、狂人のふりをして奴隷になること、すなわち「佯狂」である。『論語』の右の章には「佯狂」の語は用いられていないが、後に『楚辞』惜誓《せきせい》には「箕子は被髪《ひはつ》（ざんばら髪）して佯狂す」、『史記』殷本紀には「箕子は懼《おそ》れて乃ち詳（佯）狂して奴と為る」とある。『論語』微子には、ほかにも「狂」なる人物について述べた言葉がある。例えば「楚狂」すなわち楚の狂人接輿《せつよ》について次のように述べる。[52]

楚の狂接輿歌いて孔子を過ぐ。曰く「鳳《おおとり》よ鳳よ、何ぞ徳の衰えたる。往く者（過去）は諫むべからず、来たる者（未来）は猶お追うべし。已《や》みなん已みなん。今の政に従う者は殆《あやう》し」と。

接輿が孔子に向かって歌をうたって徳の衰えを嘆き、かく徳の衰えた時代にあって政治に関わることの危険性を説いたという話である。狂人とされる接輿が真の狂人であったわけではなく、むしろ深い智慧を有しており、政治の危うさを避けるために狂人を装っていたことがはっきりと読みとれる(53)。

以後、「狂」はアウトサイダー知識人の属性のひとつとなってゆき、自らを「狂」と称する文人も多くあらわれる。例えば、唐の李白は「廬山の謡《うた》、盧侍御虚舟に寄す」詩に「我本楚狂人、鳳歌笑孔丘（我は本《もと》と楚の狂人、鳳歌孔丘〔孔子〕を笑う）」と述べる。本詩は以下、「詩仙」「謫仙人」と称された李白ならではの超俗への志向をうたう。李白は、かかる超俗への志向の持ち主としての自分を、楚の狂人接輿になぞらえて表現しているのである。

杜甫もまた自らを「狂」として表現した知識人であった。これまで見てきたように杜甫は、望むような官職には就けぬままに放浪の生涯を送った。上元元年（七六〇）、蜀の成都郊外に庵を結んで暮らすなか、「狂夫」と題して次のようにうたっている。

万里橋西一草堂　　万里橋の西　一草堂
百花潭水即滄浪　　百花潭《ひゃっかたん》の水　即ち滄浪
風含翠篠娟娟浄　　風を含みて翠篠《すいしょう》は娟娟《けんけん》として浄《きよ》らかに
雨裛紅蕖冉冉香　　雨裛《うるお》して紅蕖《こうきょ》は冉冉《ぜんぜん》として香《かんば》し
厚禄故人書断絶　　厚き禄の故人　書は断絶し
恒飢稚子色凄涼　　恒《つね》に飢うる稚子　色は凄涼たり
欲填溝壑惟疎放　　溝壑《こうがく》を填めんと欲するも惟《た》だ疎放なり
自笑狂夫老更狂　　自ら笑う　狂夫　老いて更に狂なるを

（万里橋の西には一軒の草堂、百花潭の水があおあおと澄みわたる。風をはらむ緑の竹はさやさやと清らかに、雨に濡れる紅の蓮はつやつやと香しく。高禄を食《は》む友の便りは絶え、腹を空かしてばかりの幼い我が子はみじめなありさま。溝にはまって野垂れ死ぬかもしれぬというのに世を避けて気ままな暮らし。この狂人、老いてますます狂ったかと我ながら笑ってしまう。）

「溝壑を填める」とは、およそ考え得るなかでも最も忌まわしい死に方。このときの杜甫は、その恐怖に直面しているのであるが、しかしそれを悲しんだり嘆いたりはしない。恐怖に直面しながらも気ままな暮らしをする自分を笑う。まるで狂人だとして笑うのである。杜甫ならではの自嘲・自虐の精神が、いくばくかのユーモアを伴って表現されている。

「畸」——徐渭《じょい》とその狂気

李白にせよ、杜甫にせよ、彼らの狂気は装われたものである。彼らは、狂人として自らを演出したのであって、本当に狂っていたのではない。では、本当の狂気にとりつかれた文人は存在しなかったのか。自らの狂気をその内側から表現した作品は書かれなかったのだろうか。その種の作品を書いた数少ない文人のひとりとして、ここでは明の徐渭《じょい》（一五二一―一五九三）を取りあげてみたい。(54)もちろん徐渭は真の意味では狂人と呼べないのかもしれない。そもそも真の狂人であれば、文学作品を書くことなどできはしないのだから。だが、彼が狂気すれすれの発作に終生悩まされ続けた人物であることは間違いない。

徐渭は、字は文長、山陰（浙江省紹興）の人。号は、田水月、天池山人、青藤道士など。明代後期、正徳・嘉靖・隆慶・万暦年間を生き、伝統的な詩文のみならず、戯曲や書画にもすぐれた作品をのこす。多藝多才の文人であったが、同時に類い稀な「畸人《きじん》」でもあった。徐渭の「畸」は、徐渭自身も認めるところであったらしく、晩年に自身の手で書かれた年譜は「畸譜」と題されている。

徐渭の自撰年譜「畸譜」ほど「畸」なる年譜は、他に類例を見出しがたいのではないだろうか。「渭　観橋の大乗庵の東に生まる。時に正徳十六年」と書き始められるこの年譜は、その幼少年期の部分からすでに異常で奇怪な記事を含んでいる。例えば、六歳の条には「小学に入る。書　一たび数百字を授《さず》くれば、再目せずして、立《たちま》ち師の所に誦す」、また八歳の条には「稍《ようや》く経義を解す」とある。これらを見る限り、通常の自伝記述によく見られる早熟な成長ぶりについての記述である（本章第二節参照）。特に八歳の条には右の引用の後につづけて、塾の先生から「昔人十歳にして善く文を属《しょく》する（作る）を称《たた》う。子は方《まさ》に八歳にして、之に校《くら》ぶるは尤も難からざらんや（たいしたものだ）。噫《ああ》　是れ先人の慶なり。是れ徐門の光なり。所謂《いわゆ》る謝家の宝樹なる者（すぐれた子弟、『世説新語』言語に出る語）は、子に非ずや」と褒められたことを自慢そうに記しているところをみると、そのように見なされる。

ところが、この「畸譜」の場合、その前の四歳の条には次のような記事が見える。「十三嫂《そう》（十三は排行《はいこう》、一族の同一世代内での出生順を示す）の楊死す。能く弔客を迎送す」――嫂《あによめ》の葬式の際、弔問客の接待をこなすことができた、と。この記述は、文人の伝記によく見られる早熟な成長ぶりについての記述として受け取れなくもないが、死の影が色濃く投影された葬儀に関する記述である点、いささか異様なものを含むと言わざるを得ない。死の影という点では、さらに遡って徐渭が生まれた年の記述に「是の年の五月の望（十五日）、渭生じて百日にして先考（父）卒す」とあって、父徐鏓《じょそう》の死が記されている。徐渭の人生は、死の影とともに始まったのである。

「畸譜」には、徐渭の出生をめぐる複雑な事情も記されている。十歳の条には次のような記事が見える。

苗宜人《びょうぎじん》、渭の嫡《ちゃく》（嫡母）なり。渭を教え愛すること世の未だ有らざる所にして、渭　其の身を百するも報ずる莫し（百回の人生を費やしても報いることはできない）。然れども是の年　我を生みし者を奪うに似たり。乃ち記憶のみ、是の年なるや否やを知らず。

嫡母の苗氏（「宜人」は官人の妻や母に附す一種の敬称）より受けた恩愛の深さとそれに対する感謝の念を綴ったのにつづけて、「我を生みし者」すなわち徐渭の実母についての記述があるのに注意すべきだろう。徐渭の生みの母親は、実は苗氏の侍女（身分は「奴」）であった。つまり徐渭は父親が使用人に生ませた子であった。こうした事情は、当時の士人社会ではさほど特殊ではなかったとはいえ、当事者たちの心には何がしかの傷をのこさないわけにはいかなかったであろう。特に、右の記述には、嫡母が徐渭から生母を「奪った」とある。実際は他家に「奴」として売られたようだ。かかる生母への仕打ちに対して、徐渭がいくばくかのわだかまりを懐いたことが、「奪った」という言葉からは微かに浮かびあがってくる[55]。

生母とのその後の関係はどのようなものであったか。これについて年譜はあまり多くを語らないが、二十九歳の条に「始めて幸いに母を迎えて以て養う。杭（杭州）の女の胡を買いて之に奉ぜしむ」とあって、胡氏を使用人として雇い世話をさせたことがわかる。その後については、四十八歳の条に「生母卒す。出《い》でて（獄を出て）事を襄《な》す（葬儀を行う）」とあるだけである。このようにほんのわずかな記述しか見えないのであるが、そこにはかえって徐渭の生母に対する深い思いが込められているように思われる。

図23 「青藤山人小像」
徐渭の自画像。「青藤」は徐渭の号。「山人」は山中に隠れ住む隠者の意。広く文人の号などに用いる。万暦刊本『徐文長三集』巻首。

青年から壮年へ、徐渭の人生は決して順風満帆なものではなかった。むしろ不幸の連続であったと言っていい。腹違いの二人の兄（徐淮《じょわい》・徐潞《じょろ》）の早逝、科挙の落第、結婚の失敗、政治犯となった上司への連座など。以下、「畸譜」の記述を拾いながら、まずは科挙の落第について見てみよう。

二十歳の条に「渭　山陰学諸生に進み、郷科に応ずるを得」とあるのが最初の記述。秀才には合格できず、県学の生員《せいいん》（科挙の受験資格を有する学生）となり、地方試を受験するも落第。「畸譜」には落第したことにふれていないが、「自為墓誌銘」(56)には「郷に試みるも蹶《つまず》く」とある。二十三歳の条に「癸卯《きぼう》（嘉靖二十二年）に科す、北《やぶ》る」、郷試にふたたび落第。二十六歳の条に「丙午《へいご》（同二十五年）に科す、北る」、三たび落第。二十九歳の条に「己酉《きゆう》（同二十八年）の科、北る」、四たび落第。こうして合わせて八度、落第を経験する。四十一歳の条に「辛酉《しんゆう》（同四十年）の科に応ずるも、復《ま》た北る。……（中略）……科と長《とこし》えに別る」と記すように、これを最後に科挙をあきらめる。科挙に落第して役人になれなかった士人は多くの場合、地方政府の高官の幕僚（一種の書記官）や塾の教師などで生計を立てた。徐渭もそうした経歴を歩むことになる。

次に、徐渭の結婚生活について見てみよう。徐渭は生涯に三人の妻を持った。最初の妻は、潘克敬《はんこくけい》の娘。二十歳の条に、科挙の最初の受験に失敗した記述につづけて「帰りて潘の女《むすめ》を聘《めと》る（結納を交わす）」、翌年の記事に「夏六月、婚す」。入り婿であった。結婚生活は、潘克敬の任地である広東の地で送ることとなった。その後、紹興に帰り、二十五歳のとき、息子徐枚《じょばい》が生まれる。ところが、翌年、妻の潘氏が没する。「婦　潘死す、十月八日寅《いん》（早朝、寅《とら》の刻）なり」。二度目の結婚は三十九歳のとき、相手は杭州の王氏であった。今回もまた入り婿。しかし、妻との相性はきわめて悪かったようだ。たちまちのうちに離縁している。三十九歳の条に「夏、杭の王に入贅《にゅうぜい》（入り婿）す。劣なること甚だし。始めより詒《あざむ》かれて誤る。秋、之を絶つ。今に至るも恨みて已《や》まず」とあり、口を極めて別れた妻をなじっている。三度目の結婚は、翌年のこと。相手は張氏。四十歳の条に「張を聘《めと》る（結納）」、四十一歳の条に「張を取《めと》る」。だが、この結婚も幸福なものとはならず、以下に述べるように張氏との間には不幸極まりない事態が生じてしまうのである。

四十一歳、張氏を娶ったその年に、徐渭は八度目の郷試落第により、ついに科挙をあきらめたこと、先に述べたとおりである。先の引用で割愛した部分も含めて、そのことを述べた記事には次のようにある。

> 辛酉《しんゆう》の科に応ずるも、復《ま》た北《やぶ》る。此れ自《よ》り祟《すい》漸《ようや》く赫赫《かくかく》たりて、予　奔《はし》らんとするも応《まさ》に暇《いとま》あらざるべし。科と長《とこし》えに別る。

「祟」が徐々に激しくなってきたとある。以後、「畸譜」は自身の「祟」について繰り返し記すようになる。「祟」とは一種のヒステリー、狂気の発作を意味する。これはやがて自傷行為、自殺未遂を生むに至る。

四十五歳の条には、次のようにある。「易《えき》を病み、丁《くぎ》もて其の耳を剚《さ》す」と。「易」とは「瘍《えき》」のことだろう。一種の神経症である。神経症の発作が出て、釘で自分の耳を刺したのだ。徐渭は別の文章「海上生華氏の序」に次のように述べる。「華氏」は、このとき徐渭が治療を頼んだ医師。

> 予　時事に激する有りて、瘈《けい》（狂気）を病むこと甚しく、鬼神の之に憑《つ》く者有るが若し。走りて壁柱の釘の可《およ》そ三寸許《ばか》りなるを抜き、左耳の竅《あな》の中を貫き、池に顛《たお》れ、釘を撞《う》ちて耳の竅に没せしむるも、痛みを知らず。数旬を逾《こ》えて、瘡血《そうけつ》迸《ほとばし》り射ること、日に数合、三日として至らざる者無く、再月を越ゆるも（ふた月を経ても）斗を以て計る（斗の単位で計るほど多い）。人　蟣蝨《しらみ》の形を作《な》し（蝨《しらみ》のように痩せこけ）、気断えて属《つづ》かず。

これを見ると相当の傷であったと思われるが、最終的には傷は治ったというから急所をはずれていたのだろう。

このほかにも、徐渭と同郷の陶望齢《とうぼうれい》（一五六二－一六〇九）による「徐文長伝」には、自らの睾丸を打ち砕いたというようなことが伝えられている。どこまでが本当かわからないが、自傷行為が行われたことは確かなようだ。なお、なぜかかる行為に走ったのか、その理由について「畸譜」は何も語らないが、右の「海上生華氏の序」には「時事」に原因があると述べられる。陶望齢「徐文長伝」は、徐渭が幕僚として仕えていた上司胡宗憲《こそうけん》が逮捕され、自分もまたそれに連座するのではないかという恐れによると説明する。

こうして「祟」は死と隣り合わせの場所へと徐渭を運んでゆく。そして隆慶元年（一五六七）、四十六歳、徐渭の狂気は遂に他人に対しても向けられる。その年の「畸譜」は記す。「易復して、張を殺し、獄に下る」——発作がぶり返して、妻の張氏を殺害し、投獄された、と。中国の家庭にもいわゆるドメスティック・バイオレンスは存在した。ここではそれが最悪の結果を生んでしまったのである。なぜ、徐渭が妻を殺害するに至ったか、張氏の浮気などさまざまなことが伝えられているが、定かではない。いずれにせよ妻の殺害は、いくら男尊女卑の前近代中国であっても、まぎれもない犯罪である。以後、徐渭は獄中にあって数年を過ごす。「畸譜」には次のように記される。「四十七歳、獄」、「四十八歳、獄」、「四十九歳、獄」、「五十歳、獄」、「五十一歳、獄」、「五十二歳、獄」と。保釈されて牢獄を出たのは、五十三歳、万暦元年（一五七三）のことだった。その後の数年間は比較的安定していたようだが、五十八歳の条に「祟　見《あら》われ、帰りて復《ま》た易を病む」、六十一歳の条に「諸祟の兆《きざ》し復た紛たり、復た易を病み、穀食せず」とあるなど、七十三歳で没するまで、徐渭の人生は「祟」と無縁ではなかった。

「夢に女の素足《すあし》が……」

主に「畸譜」の記述を拾いながら、徐渭の「畸」なる生涯をたどってきた。そこに浮かびあがる徐渭の人間像は、端的に言って痛ましい。徐渭の「畸」には、ある種の痛ましさがつきまとっていると言わなければならない。なかでも最も痛ましいのは、妻の殺害である。徐渭が妻を殺害したこと、そしてその理由には妻の浮気が噂されていたことは先にもふれた。その伝承は、徐渭の死後間もなく物語として語られるに至る。明・馮夢龍《ふうぼうりゅう》(57)（一五七四－一六四六）が編んだ恋愛故事集『情史』巻一三には、次のような物語が記されている。

徐渭は生まれつき猜疑心が強く嫉妬深かった。最初の妻が死んだ後、再婚したが、すぐに猜疑心から妻を怪しみ離縁した。続いてまた年若い妻を娶った。その妻は美貌の持ち主であった。ある日、徐渭が外出先から家に帰ったときのこと、部屋の中から楽しそうな笑い声がする。窓からこっそり覗いてみると二十歳ばかりの若い僧が膝のうえに妻を抱いて座っていた。徐渭は怒り、刀杖を手に殴りかかろうとしたが、僧は姿を消してしまった。妻に問うと、知らないと言うばかりだった。それから十日余り後、また外出から帰ると、同じ少年僧が昼間から妻とベッドで枕を並べている。徐渭は怒りのあまり虎のような吼え声を上げ、鉄錐を取って突き刺したところ、妻の脳天に突き刺さり、そのまま妻は死んでしまった。徐渭は殺人の罪に問われ獄に繋がれた。後に手助けする者があり徐渭は釈放される。蟄居中の徐渭は、ある日、あの出来事は死んだ僧の亡霊による復讐であったことに気づき、罪のない妻を殺してしまったことを悲しんだ。そして、「述夢」詩を作った。(58)

この物語の前半部には、ここにはあげなかったが次のような話が記されている。徐渭は杭州のある寺の僧の無礼に腹を立て、その僧に無実の罪を着せる。その結果、僧は死刑に処せられる。つまり、その僧の亡霊が復讐のために徐渭の妻と密通したというわけである。もちろん、ここに記されているのは、事実から随分と遠く隔たった物語にすぎないだろう。だが、徐渭という存在には、こうした物語を呼び寄せてしまう「畸」なる要素が備わっていたこともまた確かではないだろうか。

ここで読んでみたいのは、馮夢龍の物語にも引用される徐渭の「述夢」二首、夢について記した雑言の古詩である。第一首は次のようにうたう。

伯労打始開
燕子留不住
今夕夢中来
何似当初不飛去
憐羈雄
嗤悪侶
両意茫茫墜暁煙
門外烏啼涙如雨

伯労《はくろう》　打ちて始めて開き
燕子《えんし》　留むるも住《とど》まらず
今夕　夢中に来たり
何ぞ似《し》かん　当初　飛び去らざるに
羈雄を憐れみ
悪侶を嗤《わら》う
両意　茫茫として暁煙に墜《お》つ
門外　烏《からす》啼きて　涙　雨の如し

（鵙《もず》が叩き出そうとしたばかりに、燕は留まってはくれなかった。ところが、その燕が今夜の夢にあらわれた。最初から飛び去らねばよかったものを。彼女は別れた男を憐れんでくれているのか、それとも酷《ひど》い男のことを嘲笑うのか。どちらなのかはっきりしないうちに夜明けの霧に紛れていった。門の外では烏が啼き、我が涙は雨のごとく流れる。）

「伯労」は鵙《もず》。古楽府「東飛伯労歌」に「東に飛ぶは伯労、西に飛ぶは燕」という一節がある。以後、「労燕分飛」と言えば、男女の別れを意味するようになる。この詩の冒頭二句はそれを踏まえ、鵙を男、燕を女に見立てて、その不幸な別れをうたうか（第一句は特に難解であり真意を取りがたい）(59)。ここで鵙に見立てられるのは、この詩の話者、すなわち徐渭自身と考えていいだろう。徐渭の夢のなかに、かつて徐渭が棄てた女（馮夢龍の読みに従うなら徐渭が殺害した妻ということになる）があらわれたのだ。何のためか。「羈雄」、別れた男である徐渭を恋しがってのことか、それとも「悪侶」、自分に惨い仕打ちをした徐渭の無様な姿を嘲笑うためか。それを確かめようとするが、しかし夜は明け、夢は消え去る。目覚めた後、男は頬を涙に濡らす自分の姿に気づくだけだ。つづいて第二首。

跣而濯
宛如昨
羅鞋四鉤閒不着
棠梨花下踏黄泥
行踪不到棲鴛閣

跣《はだし》にて濯《あら》うこと
宛《さなが》ら昨《きのう》の如し
羅鞋《らあい》　四鉤《しこう》　閒にして着せず
棠梨《とうり》の花下　黄泥を踏む
行踪　棲鴛の閣に到らず

（裸足で水のなかに足をひたす姿は、まるであの頃と同じ。絹の布靴はあちこち放ったらかしのまま。棠梨《からなし》の花の下、黄泉の泥濘を踏み分ける。鴛鴦《えんおう》が仲睦まじく暮らす御屋敷にはたどりつけない。）

「棲鴛閣」とは、男女が仲睦まじく暮らす場所を言う。詩の後半部には、その場所にたどり着くことができないもどかしさがうたわれている。夢の世界特有のもどかしさがよく表現された作品と言えよう。「棲鴛閣」を求めて泥濘を歩むのは、徐渭か、徐渭が棄てた女か、それとも彼ら二人なのか、詩には明らかに示されないが、おそらくは徐渭が棄てた女を指していよう。

　では、第二首の前半部は何をうたうのだろうか。布靴を脱ぎ、素足《すあし》を水にひたすのは女である。女が素足を水にひたす情景は、すでに南朝宋・謝霊運《しゃれいうん》「東陽渓中にて贈答す」が「可憐誰家婦、縁流洗素足（憐れむべし　誰が家の婦《つま》、流れに縁りて素足《そそく》を洗う）」などとうたっている。以後、例えば李白「越女詞」が「東陽　素足の女」、同じく李白「浣紗石上女」詩が「両足　白きこと霜の如し」とうたうなど、「素足（白い素足）」を水にひたす女の形象は、エロティックな形象として中国の詩に継承されてゆく。[60]越（浙江）の女をめぐって謝霊運や李白の詩がうたうのは、いわば牧歌的で健康的なエロス。越の女が素足を見せるのは、渓流で布を洗うという労働のなかにおいてであり、したがってそれは明朗な印象を与える。ところが、本詩にうたわれる女の素足には一種の痛ましさを感じざるを得ない。それはおそらく、女がいまここの現実世界には存在しない死者であることによる。第三句に女が脱いだ絹の靴がうたわれている。「四鉤」とあるのは、もとは東北・東南・西南・西北の四方の意（『淮南子』天文訓）だが、ここではあちこちの意か。あちこちに脱ぎすてられた靴は、いわば亡き女の悲しい脱殻《ぬけがら》である。次の句に見える棠梨の花は墳墓に植えられる花であることから、死の象徴。[61]したがって「黄泥」は黄泉の泥を意味する。要するに、第二首がうたうのは、黄泉の国で冷たい泥濘を踏んでゆく女の素足であり、その傷ましさである。

　そして、その痛ましい女の素足の形象は「宛《さなが》ら昨《きのう》の如し」とあるように、追憶のなかから立ちあらわれたものでもある。あの頃と変わらぬ姿で。追憶とは、過去を覆う時間の層がひとつひとつ引き剥がされてゆくこと。時間の層によって覆われていた過去が、思いがけず露出する。絹の靴によって覆われていた素足が露出するように。この二首の詩がうたうのはそうした追憶の体験であるが、それはやはり痛ましいことであると言わなければならないだろう。追憶とは、失われたものに捧げられる行為、失われたものを失われたものとして再確認させられる、言い換えれば重ねて失う行為でもあるからである。

　先に次のように述べた。徐渭の自撰年譜「畸譜」ほど、「畸」なる年譜はなかなか見出しがたいのではないか、と。自らの不幸を年を逐って記述するこの年譜を読むとき、我々が感じるのもまた、ある種の痛ましさである。その痛ましさは、もちろんそこに記されている出来事そのものが痛ましいからでもあるが、それだけではないだろう。年譜という形式によって、ひとつひとつの過去が露わになってゆく。すでに失われたものとして。その過程を見せられること自体の持つ痛ましさ。徐渭の自撰年譜「畸譜」に対して我々が感じる痛ましさには、そうした痛ましさも含まれるのではないだろうか。「畸」なるものとは、常にある種の痛ましさをその背後に負わざるを得ないものであると言うべきなのかもしれない。夢のなかにあらわれる、過去に棄てた、今は亡き女の白い素足にも似た痛ましさを。

「珠を擲《なげう》つ」

痛ましくも「畸」なる徐渭の人生について見てきた。かかる人生を徐渭は如何に締めくくったのか。陶望齢「徐文長伝」は、晩年の暮らしぶりを次のように記している。

> （徐渭は）時に大きな声で叫んだ。「わたしは人殺しだから死んだほうがいいんだ。首をはねて八つ裂きにしてくれ」。病がぶりかえして、家に帰された。家に帰ると、病は起こったり治まったりした。毎日、家にこもって仲間と飲み食いし、富貴の人を憎んだ。州の長官はじめ人々は彼に面会を求めたが、誰も会えなかった。ある人が隙を見て戸口に入ろうとしたが、徐渭は手で扉を押さえて言いつのるのだった。「わたしはここにいないんだ」。人々は怪訝に思った。……（中略）……七十三歳にして没した。

うっすらと狂気のヴェールをまとった孤独な老人の姿が浮かびあがってくる。では、晩年の徐渭はどのような作品を書いていたのか。「十月の望（十五日）より十二月の朔《さく》（一日）にいたるまで、百舌　群鳴すること日を連ね、臘朔（十二月一日）の夜　雷電　暁に徹し、大いに雨ふること両月、郷村の人　来たりて説く、虎の人を食らいて秋を経るも去らずと」という長い題を持つ次の詩を読んでみよう。万暦十八年、徐渭七十歳、死の三年前の作である。

万暦十八年
十二月之朔
百舌声声叫如昨
如朋喚友互答酬
乃是気機使然諾
百舌小鳥爾
顓頊使之敢不聴
雷電本大物
蟄蔵已久矣
何為十一月
徹夜殷殷令人驚
電入我窓両三劃
我疑是灯還未滅
起看灯火已落已乾
始知是電耳
非関灯之残
気候変遷亦常事
山林老翁閑料理
十月十一月

万暦十八年
十二月の朔
百《も》舌《ず》　声声　叫ぶこと昨《きのう》の如し
朋《とも》の如く友を喚《よ》びて互いに答酬す
乃ち是れ気機の然諾《ぜんだく》せしむるなり
百舌は小鳥なるのみ
顓頊《せんぎょく》　之《これ》を使わんとすれば敢えて聴かざらんや
雷電　本より大物なり
蟄蔵《ちつぞう》すること已に久し
何《なん》為《す》れぞ十一月
夜を徹して殷殷たりて人をして驚かしむ
電は我が窓に入ること両三劃《かく》
我は疑う　是れ灯の還《な》お未だ滅せざるかと
起きて灯火を看れば已に落ち已に乾く
始めて知る　是れ電なるのみ
灯の残するに関わるには非ずと
気候の変遷は亦た常事なり
山林の老翁　閑かに料理す
十月十一月

連月苦大水
十二月来還未止
猛虎食人如食豕
百物価高寧倍蓰
我也左聴右出耳
信知十説九是詭
不飲不啖拼已矣
賓来賓去無将迎
携榼提壺見好情
謔談不把蒼毛麈
偶語惟禁白玉京
几筵屏帳無家火
鞋韈衣衫多補丁
噫嘻吁
百舌之語誰能解
百舌鳴冬或報瑞年来
世事怪反常
常反怪
安得公冶来

連月　大水に苦しむ
十二月来　還《な》お未だ止まず
猛虎　人を食らうこと豕《ぶた》を食らうが如し
百物　価高くして寧《すなわ》ち倍蓰《ばいし》
我也《ま》た左に聴き右に耳より出《い》だす
信に知る　十説　九は是れ詭《いつわ》る
飲まず啖《くら》わず　拼《へい》するのみ
賓来たり賓去るも将迎する無し
榼《さかずき》を携え壺を提《さ》げ好情を見《あら》わす
謔談　蒼毛の麈《しゅ》を把《と》らず
偶語　惟《た》だ禁ず　白玉の京
几筵《きえん》　屏帳　家火無く
鞋韈《あいべつ》　衣衫　補丁多し
噫嘻《あ》吁《あ》
百舌の語　誰か能く解せん
百舌の冬に鳴くは瑞年の来たるを報ずる或《あ》り
世事　怪は反《かえ》って常
常は反って怪
安《いず》くんぞ公冶《こうや》の来たるを得て

為鳥訳出令人快　　鳥の為に訳出して人をして快ならしめん
我所解者提壺盧　　我の解する所は壺盧《ころ》を提《さ》げよ
枝頭勧我隣家沽　　枝頭　我に勧めて隣家に沽《か》い
提胡盧　　　　　　胡盧《ころ》を提げしむ
不知吾　　　　　　知らず　吾の
少青蚨　　　　　　青蚨《せいふ》を少《か》くを

（万暦十八年、十二月の一日、百舌があいかわらず鳴いている。友どうしで呼び交わしてでもいるかのように。天の計《はか》らいでそうさせられているのだろうか。百舌はちっぽけな鳥にすぎないから、顓頊《せんぎょく》〔伝説の皇帝〕が命じればそれに従うのではないだろうか。ところが雷のほうは手強《てごわ》い大物、久しいこと身を潜めていたのに、どうして十一月が終わる今頃になってあらわれて、夜通し殷々と鳴り響いて人を驚かせるのか。稲妻が我が家の窓を二度三度と照らした、最初は灯火の明かりが消え残っているのかと思ったが、起きあがって見てみると灯心は落ちて油もすっかり乾いている。それで、その光が雷の光で、灯火の消え残りではないとわかった。気候の異変は常のこと、山里の老人は静かな口調でこぼしていった。十月、十一月と、連日大水に苦しめられた。十二月になっても雨はまだやまず、虎が出てまるで豚を食うかのように人を食らい、物の値が上がって五倍にもなった、と。わたしはそれを左から右へと聞き流す、人の話なんて十のうち九はでたらめなもの、わたしは飲まず食わず何とか生きながらえている。客が来てもまともな接待はできないが、それでも酒だけは用意して款待の意を示す。もとより蒼毛の払子《ほっす》を手に上等な冗談を交わせる御身分ではないし、白玉の京《みやこ》〔天帝の居処〕について語り合うような畏《おそ》れ多いことはやめよう。なにしろ家のなかにはまともな肘掛《ひじかけ》や衝立《ついたて》もなく、足袋《たび》や着物はつぎあてだらけ。ああ、百舌の鳴き声を誰が理解できよう、百舌が冬に鳴くのは来年の豊作を告げるためか。とかく世の中は、変わったことが普通のことになり、普通のことが変わったことになる、そんなものだ。鳥の言葉を解するという公治長《こうやちょう》〔孔子の弟子〕に、百舌の声を訳してもらってすっきりしたいもの。わたしに理解できるのは、枝のうえで「提胡盧〔とっくり提《さ》げろ〕」と鳴いて、近所の酒屋に酒を買いに行けと勧める鳥の鳴き声くらいのもの。「とっくり提げろ」と言うけれど、わたしには一文の銭もありはしない、そのことをわかっているのだろうか。）

この詩のテーマをひとことで言うのは難しい。例えば、人食い虎について述べる場合、通常の詩であれば人民への同情か、もしくは政治の現状に対する批判を語るであろう。だが、この詩はそれをあっけなく裏切ってゆく。「わたしはそれを左から右へと聞き流す」――そのように、この詩はいわば「書き流され」てゆく。詩は、まさに筆の赴くままに書かれていて、話題は次々と転ずる。特定の焦点を結ばない、とりとめのない心境の記述。ここには詩的構成を整えようとする配慮はすっかり影を潜めている。押韻などの面でも変幻自在で、いささか乱雑な様相すら呈している。

ここにあるのは、有り体に言って投げやりな姿勢である。それは五十二歳で赦《ゆる》され出獄してから後の詩全体を通じて見て取ることができる。駱玉明・賀聖遂『徐文長評伝』〔浙江古籍出版社、一九八七年〕は、徐渭の詩において最も注目すべきものとして「頽放」なる詩風をあげている。「頽放」とは、放恣、放漫、怠惰とも言い換えられる。要するに投げやりな態度を指して言う語。これほどまでの「頽放」は中国の詩史にあって稀であり、ここにもまた徐渭の「畸」はあらわれている。もちろん、それは単純な「頽放」ではない。ある種の絶望に裏打ちされた「頽放」とでも言うべきだろうか。徐渭のそうした姿をうかがううえで、次にあげる「葡萄」は興味深い。葡萄を画いた自作の水墨画に題した七言絶句。徐渭はこの種の題画詩を多く書いているが、これはその代表作。万暦年間の作。

半生落魄已成翁
独立書斎嘯晩風
筆底明珠無処売
閒抛閒擲野藤中

半生　落魄《らくはく》して已に翁と成る
独《ひと》り書斎に立ちて晩風に嘯《うそぶ》く
筆底の明珠　処として売る無し
閒《ひそ》かに抛《なげう》ち　閒かに擲《なげう》つ　野藤の中

（人生の半ばをでたらめに過ごしたわたしはすでに老残の身、ひとり書斎に佇み夕暮れの風に吹かれて詩を口ずさむ。筆の底深く秘めたきらめく珠《たま》を誰も買ってはくれない、ならばいっそ人知れぬ野の蔓草のなかに投げすててしまおうか。）

「筆底の明珠」とは、自らの作品が内に秘める美質を喩える。『論語』子罕《しかん》に次のような問答がある。子貢が孔子

図24　徐渭「葡萄図」
左上の余白には、題画の詩が書かれている。故宮博物院（北京）蔵。徐邦達編『中国絵画史図録』（上海人民美術出版社、1989年）による。

にたずねた。「美しい玉があるとします。それを箱のなかに大切にしまっておくのでしょうか。それともいい買い手を待って、それを売るのでしょうか」と。孔子は言った。「それはもう、ぜひとも売りたいものだ。わたしは買い手があらわれるのを待ち望んでいる」と。孔子は、自らの能力を生かしてくれる為政者を「玉」の「買い手」になぞらえ、その出現を待ち望んでいる。ここに見える「玉」の比喩は、徐渭の言う「珠」とまったく同じである。こうした「珠」「玉」の比喩は、中国文人全体に共有されるものであった。

徐渭もまた孔子と同じく、ある時期までは当然「明珠」を売ろうとしていたはずである。実際、ついに合格することはなかったが、科挙にも数度応じている。ところが、ここに至って彼は「明珠」を売るのをあきらめている。そして言う。売れないのなら、いっそのこと投げすててしまえ、と。徐渭晩年の「頽放」は「明珠」を投げすてた者が自ずと見せる姿と言えるかもしれない。

おわりに――〈私〉の近代性

〈私〉に関する問題として、本章は第三節で「老い」を、第四節で「狂気」を取りあげた。ここからさらに進んで取りあげるべき問題は、おそらく「死」である。第四節で狂気について私的なるものの極限だと述べたが、同じことは死についても言える。ミシェル・フーコー『知への意志』（渡辺守章訳、新潮社、一九八六年）は、死について権力と関連づけながら次のように述べる。「今や生に対して、その展開のすべての局面に対して、権力はその掌握を確立する。死は権力の限界であり、権力の手には捉えられぬ時点である。死とはその限界（limite）であり、そこから逃れる瞬間である。死は存在のもっとも秘密の点、もっとも『私的な』点になる」（一七五頁）と。フーコーが指摘するのは、公なる権力の制御が及ばぬ「秘密の点」「私的な点」としての死。本章に取りあげた老いや狂気をめぐる文学表現が向かおうとしているのもまた、そのような「秘密の点」「私的な点」であることは間違いない。これまで権力の外部へと出る手段として、例えば「隠逸」「亡命」「佯狂」などがあることを見てきたが、フーコーの言葉を踏まえるならば、最も究極の手段となりうるのは死すなわち自殺であろう。

では、文学は死をどのように表現してきたか。それを死にゆく者の視点から、つまり死の内側から表現した作品は存在するだろうか。このように問うときに注目されるのは、晋・陸機《りくき》[62]（二六一－三〇三）の「挽歌《ばんか》詩三首」其の二（『文選』巻二八）、埋葬された死者の視点からうたわれる作品である。「挽歌」とは、葬送の車を挽く者がうたう歌、転じて死者を哀悼する歌。

重皐何崔嵬、玄廬竄其間
重皐《ちょうふ》　何ぞ崔嵬《さいかい》たる、玄《げん》廬《ろ》　その間に竄《かく》る

旁薄立四極、穹隆放蒼天
旁薄《ほうはく》として四極を立て、穹隆《きゅうりゅう》として蒼天に放《なら》う

側聴陰溝湧、臥観天井懸
側《かたわ》らに陰溝の湧くを聴き、臥して天井《てんせい》の懸かるを観る

広宵何寥廓、大暮安可晨
広宵　何ぞ寥廓《りょうかく》たる、大暮　安《いず》くんぞ晨《あした》なるべけんや

人往有反歳、我行無帰年
人は往きて反《かえ》る歳有るも、我は行きて帰る年無し

図25　北魏（6世紀前半）の石棺

棺の右壁（上図）には龍に騎る人物、左壁（下図）には虎に騎る女性などの姿を画く。墓主夫妻の昇仙を示すものと考えられている。洛陽古代藝術館蔵。曽布川寛・岡田健編『世界美術大全集・東洋編　第3巻　三国・南北朝』（小学館、2000年）による。

昔居四民宅、今託万鬼隣　昔は四民の宅に居り、今は万鬼の隣に託す
昔為七尺軀、今成灰与塵　昔は七尺の軀《からだ》為るも、今は灰塵と成る
金玉素所佩、鴻毛今不振　金玉は素《もと》より佩《お》ぶる所なるも、鴻毛《こうもう》も今は振《あ》げず
豊肌饗螻蟻、妍骸永夷泯　豊肌は螻蟻《ろうぎ》に饗せられ、妍骸《けんがい》は永《とこし》えに夷《ほろ》び泯《つ》く
壽堂延螭魅、虚無自相賓　寿堂　螭魅《ちみ》を延《まね》き、虚無　自ら相い賓す
螻蟻爾何怨、螭魅我何親　螻蟻　爾は何をか怨まん、螭魅　我は何ぞ親しまん
拊心痛荼毒、永歎莫為陳　心《むね》を拊《う》ちて荼毒《とどく》を痛み、永く歎じて為《ため》に陳《の》ぶる莫し

（重なりあった丘は何と高いことか、常闇《とこやみ》の住み処がその奥に潜む。墓室の四方は地の果てのごとく広がり、天井は球形の天空そのままに穹曲する。地下の川を湧き流れる水の音に耳を傾け、臥したまま天に懸かる日月星辰を仰ぎ見る。広漠たる夜の何と果てしないことか、大いなる闇は二度と明けることはない。人は旅に出てもいつかは家に帰るが、世を去ったわたしに帰る時はない。昔は世の民と同じ住まいに身を置き、今は数多《あまた》の霊の隣に身を寄せる。昔は七尺の体であったのに、今や灰と塵に化してしまった。かつて黄金と宝玉を帯びた身も、今や鴻《おおとり》の羽毛さえ持ちあげられない。ふくよかな肌はケラとアリのえじきとなり、麗しき姿は永遠《とわ》に滅び尽きる。安らかに霊が眠る墓所に魑魅魍魎《ちみもうりょう》が招かれ、形無きものが客人をもてなす。ケラとアリよ、おまえたちは何を怨むというのか。魑魅魍魎よ、どうして狎《な》れ親しめようか。胸を打ってこの苦しみに悶《もだ》え、長くため息をつくばかりで訴えるすべもない。）

墓中に埋葬された死者に成り代わって、地下に閉ざされたまま二度と生者の世界にもどれない苦しみをうたう。折口信夫《おりくちしのぶ》『死者の書』を思わせるようなモノローグが展開される。もちろん、死人に口無しであり、人は死を内側

図26　魯迅
1933年撮影。この頃、魯迅は上海にあって、時代の危機と向き合う捨て身の言論活動をくりひろげていた。『魯迅全集』第８巻（人民文学出版社、2005年）による。

からうたうことはできない。したがって、ここにうたわれるのは仮構された死者の視点から見られた世界であるに過ぎない。公の領域に属するコミュニケーション手段である言語にとって、死はついに表現不可能な「秘密の点」＝〈私〉の極限である。しかし、そうであるにもかかわらず、死者に代わって思いを述べること、あるいは死者の声に耳を傾けること、それが古くから文学に課せられた使命のひとつであったのではないだろうか。例えば、第一章の第一節にあげた周の文王との交信をうたう『詩経』の詩、そこにも死者の声に耳を傾けようとする姿勢が見て取れよう。右にあげた「挽歌詩」もまた、そうした文学の使命を果たす作となっているように思われる。本章第四節で取りあげた徐渭「述夢」詩についても、それが亡き妻をうたったものとすれば、やはり同様のことが言える。

さて、本章全体から浮かびあがってくるものは何だろうか。さまざまなことが指摘できるとは思うが、ここでは前近代の中国文学において私なる領域は極めて限られたかたちでの表現しかなされなかったということを確認しておこう。そして、おそらくこれは中国に限らない。私とは近代に至ってはじめて浮上する問題領域である。その意味で私とは、近代と前近代とを分かつ重要なメルクマールのひとつと言ってもいいだろう。

例えば、第四節に取りあげた狂気。本章では明の徐渭の文学を例にあげながら、自らの狂気を内側から表現する試みを抽出しようとしたが、それが本格的に実践されるのはやはり近代を待たねばならない。例えば、魯迅（一八八一－一九三六）には『狂人日記』(63)があり、「人が人を食う」という「妄想」にとりつかれた狂気の語り手の手記という設定のもと、狂人の心理が描かれている。魯迅にとって狂気はアンシャン・レジームに対抗するための拠点とも言うべきものであり、きわめて重い意味合いを帯びていただろう。このように真正面から、重い問題意識をもって狂気を主題化した作品は、前近代にはついに生み出されることはなかったのである。

私とは、すぐれて近代的な産物なのかもしれない。あるいは次のように言ってもいいだろう。近代化とは公の呪縛を解き放たれた私が多種多様なかたちで方々に析出され、確固たる領域を与えられてゆく過程である、と。

（注）

（1）中国の〈公〉〈私〉については、溝口雄三『中国の公と私』（研文出版、一九九五年）が日本におけるそれとの比較なども踏まえて論じている。それによると、国家・社会が公、個人が私であるとする社会的・政治的な関係性としての公私に、公共・公正としての公、偏邪・不正としての私という倫理的・道徳的な観念が重ねられてゆく点に中国の特色があるという。

（2）彭城《ほうじょう》（江蘇省徐州）の人。漢の高祖劉邦《りゅうほう》の弟である楚の元王とその子・孫の補導役をつとめる。元王の孫の戊《ぼ》王が朝廷に背くと、韋孟はそれを諫めたが聞きいれられず、ために職を辞する。その後は鄒《すう》（山東省鄒城）に移り住み、その地に没する。

（3）祖籍は陳郡陽夏（河南省太康県）、出身は会稽郡始寧《しねい》（浙江省上虞《じょうぐ》）。祖父の後を継いで康楽《こうらく》公となる。宋の文壇に重きをなすも、朝廷に不満を抱き、しばしば帰郷。最後は謀反の疑いで処刑された。山水を詠じた詩を数多く書く。仏教にも通じた。『謝康楽集』。

（4）名は陶潜《とうせん》。淵明は字。号は五柳《ごりゅう》先生。潯陽《じんよう》（江西省九江）の人。仕官するもなじめずに辞去、故郷の田園に帰り、隠逸生活を送る。『陶淵明集』。

（5）楚の大夫であったが、讒言《ざんげん》を受けて朝廷を逐われる。国を憂えつつ放浪し、ついには汨羅《べきら》江に身を投げる。後には憂国の士、悲劇の英雄として偶像化される。「離騒」は、屈原自身の悲劇的な境涯を天界遊行に託してうたった「辞」と呼ばれる韻文。漢代、屈原とその後継者である楚の宋玉《そうぎょく》、漢の賈誼《かぎ》らの辞は『楚辞』としてまとめられ、『詩経』と並ぶ文学の典範となる。なお、憂国の悲劇的ヒーローとしての屈原像の影響は遠く近代日本にも及んでおり、例えば二・二六事件の青年将校たちは「昭和維新の歌（青年日本の歌）」（三上卓作詞）に自らを屈原になぞらえてうたった。

（6）『礼記』は、先秦より漢に至る礼に関する言説を集成した経書。漢の戴聖《たいせい》編。「曲礼」は細かな礼式について記す篇。

（7）家族の主要な成員として他には母があげられる。母は、父祖と妻子との中間に位置する存在として重要であるが、本書には取りあげることができなかった。今後の課題としたい。

（8）字は安仁《あんじん》。滎陽《けいよう》郡中牟《ちゅうぼう》（河南省中牟県）の人。陸機《りくき》と並んで西晋、ひいては六朝期の宮廷文学を代表する文人。賦にもすぐれた。美男としても名高く、さしずめ中国版在原業平《ありわらのなりひら》。『潘黄門集』。

（9）妻の諱については不明。古くは女性の姓名、とりわけ諱はほとんどが記録にのこらない。

（10）字は微之《びし》。郡望は河南洛陽（河南省洛陽）、長安に生まれる。白居易の文学上の盟友であり、元白と並び称せられる。伝奇小説に「鶯鶯《おうおう》伝」があり、才子佳人物語の原型をなす。『元氏長慶集』。

（11）字は聖兪《せいゆ》。宣城（古名は宛陵《えんりょう》、安徽省宣州）の人。「平淡」なる作風によって宋代の新たな詩風を切り拓いた。『宛陵集』。

（12）上元（旧暦の正月十五日）の夜に灯籠を飾って祝う節日。ちなみに、こうした節日には日頃は外出しない女たちも街に繰り出す。中国の小説や戯曲には、元宵節の晩に男女が出会って恋に落ちるというストーリーが少なくない。いまの日本の風俗に当てはめればクリスマス・イブといったところか。

（13）『大戴礼記』は『礼記』と同様、礼に関する言説を集成する。漢の戴徳《たいとく》（大戴、『礼記』を編んだ戴聖《たいせい》〔小戴〕のおじ）の編著。「保傅」は王侯の教育係について記した篇。

（14）『儀礼』喪服の伝には、葬礼について述べるなか「年十九より十六に至るを長殤《しょう》と為し、十五より十二に至るを中殤と為し、十一より八歳に至るを下殤と為し、八歳に満たざる以下は、皆な無服の殤と為す」とある。「殤（未成年の死者）」は上中下に分けられるが、八歳以下はさらにその下にランクされる。「無服」とは、正式な喪服を要さない、つまり正式な葬礼の対象たりえぬことを言う。八歳未満の子供が人として数に入らぬ存在としてとらえられていたことがわかる。実際、ものごとの分別もしっかりとし、人としてある程度の自立が達成されるのが八歳前後の頃であろう。それ以前は人としての身も心も定まらぬ、言ってみれば闇のなかの存在である。

（15）中国文学に表現された子供についてはPEI-YI WU, Childhood Remembered: Parents and Children in China, 800 to 1700（Anne Behnke Kinney ed. *Chinese Views of Childhood*, University of Hawaii Press, 1995）が、唐・韓愈の墓誌や明・李贄《りし》の「童心」説を取りあげて興味深い考察を加える。中国における子供の歴史全般については熊《ゆう》秉真《へいしん》『童年憶往——中国孩子的歴史』（麦田出版社、二〇〇〇年）に詳しい。

（16）字は正叔《せいしゅく》、伊川《いせん》先生と呼ばれる。兄の程顥とともに二程子《にていし》と称される。性理の学を説き、朱子学の形成に大きな影響を与えた。

（17）南朝宋・劉義慶《りゅうぎけい》撰。後漢から東晋までの人物の逸話集。六朝貴族の生態を生き生きと伝える。当時の口語を反映する言葉が多く用いられており、中国語史の資料としても重要。

（18）字は太沖《たいちゅう》。臨淄《りんし》（山東省淄博《しはく》）の人。「三都の賦」（『文選』巻四）で知られる。執筆に十年をかけたこの名作を人々が競って書き写したため、洛陽の紙の価格が高騰したという（「洛陽の紙価」）。

（19）陳・徐陵《じょりょう》編。漢より梁に至る詩の選集。女性の容姿や「閨怨《けいえん》（孤閨を守る女の悲しみ）」をうたうなど艶麗な作風の詩を集める。

（20）字は仲任《ちゅうじん》。会稽郡上虞《じょうぐ》（浙江省上虞）の人。主著『論衡』は、当時流行していた讖緯《しんい》思想（神秘思想）を批判した点で思想史上重要な位置を占める。

（21）中国の自伝的テクストについては、川合康三『中国の自伝文学』（創文社、一九九六年）を参照。本書二四－三五頁には、ここに引いた王充の記述も取りあげて考察を加える。なお、川合氏は中国の自伝全体に通じる特質を次のように説明する。「自己を語るといっても、自分を離れた立場から見直すという視点が概して乏しい。そのために自伝の中で描き出される自分は、一貫して正しく、自分自身の変化を振り返る、かつての自分とは異なった自分がかつての自分を見るという自己省察はまず見られない」（二五頁）。王充による追憶は、子供時代から現在に至る「一貫して正しい」自分を提示するものと言える。

(22) 川合康三『中国の自伝文学』（注21参照）は、杜甫「壮遊」を自伝詩として取りあげ、「過去と現在の変化は、時代や境遇よりも、自分自身の変化、才気煥発の若者から衰老老残の身に至る一人の人間の変化として、鮮やかな対照を浮かび上がらせる。自分自身の変化を描き出している点において、これこそ自伝詩というにふさわしい」（二一六頁）と述べる。

(23) 字は三白《さんぱく》、号は梅逸《ばいいつ》。蘇州の人。高官の幕僚（下級の書記官）として各地を歴遊、いわば下層の知識人階層に属する。主著『浮生六記』は、亡き妻の思い出なども含めて自らの生涯を回顧する随想録。

(24) 家鴨について松枝氏の注は「みみずに食われて腫れたときは、あひるの唾液をつけると治ると信じられているからである」と説明する。なお、引用文中に「首の骨が強くなった」と訳されているところは「首筋がこわばってしまった」と改めるべきであろう。

(25) 字は子由《しゆう》、号は穎濵《えいひん》、欒城《らんじょう》。眉州眉山県（四川省眉山）の人。父の蘇洵《そじゅん》、兄の蘇軾とともに唐宋八大家に数えられる。蘇軾との間に交わされた数多くの唱和詩をのこす。そこに表現された兄弟愛の深さは、中国文学史にあって他に類を見ない。『欒城集』。

(26) 字は魯直《ろちょく》、号は山谷《さんこく》。洪州分寧県（江西省修水県）の人。北宋末から南宋初にかけて、黄庭堅の詩学を範として仰ぐ「江西詩派」が形作られて詩壇を席巻するに至るなど、後世に与えた影響は大きい。書にもすぐれた。『豫章《よしょう》黄先生文集』。

(27) 字は貢父《こうほ》、号は公非《こうひ》。新喩《しんゆ》（江西省新余）の人。劉敞《りゅうしょう》の弟。『彭城集』。

(28) 字は潜夫《せんほ》、号は後村《こうそん》。莆田《ほでん》（福建省莆田）の人。南宋末を代表する文人。『後村先生大全集』。

(29) 字は廷秀《ていしゅう》、号は誠斎《せいさい》。吉州吉水（江西省吉水県）の人。陸游《りくゆう》、范成大《はんせいだい》らと並んで南宋を代表する文人。俗語を多用する軽妙でユーモラスな詩風は「誠斎体」と称された。『誠斎集』。

(30) 汴《べん》（河南省開封）の人。画院待詔として徽宗・高宗・孝宗の三代に仕えた。戯嬰、美人画などにすぐれた。

(31) ただし、官僚＝文人にとって老後の生活を故郷で過ごすという生き方は必ずしも一般的ではなく、故郷を離れた地に家産を購入して暮らす者も少なくなかった。なかには杜甫や蘇軾のように、平穏な隠退生活にたどりつく前に旅の途中、異土に没するケースもあった。

(32) 「辞」とは『楚辞』の流れを汲む韻文の一種。なお、江戸の文人与謝蕪村《よさぶそん》の号は、ここに引いた「帰去来の辞」冒頭の言葉に由来する。文人とは故郷の村に「蕪《あ》れた田」を持つ存在であるという陶淵明が作りあげた文人像を引き継ごうとしたものだろう。

(33) 「三十年」は「十三年」の誤りとする説がある。初めて出仕してから、このときまでの期間を言うと解するものだが、私見では「三十年」のままとし、『礼記』曲礼上に言う「幼」の年、すなわち学問を始めてからおよそ三十年と解することもできると考える。

(34) 六朝期における陶淵明評価は『文選』所収の作品数にも反映されていよう。陶淵明の詩の場合、七題八篇（ほかに「帰去来の辞」が一篇）収められるが、陸機《りくき》の十九題五十二篇、謝霊運《しゃれいうん》の三十二題四十篇などと比べるとやはり評価は低い。

(35) 杜甫の農耕生活とそれをうたった詩については、古川末喜『杜甫農業詩研究』（知泉書館、二〇〇八年）に詳しい。

(36) 白居易は貞元二十年（八〇四）、下邽に家を移す。「十載」とは、このときから江州に左遷されるまでの期間を言う。

(37) 白居易にとっての「故郷」については、澤崎久和『白居易詩研究』（研文出版、二〇一三年）第八章「白居易の詩における〈故郷〉」を参照。ちなみに白居易の本籍地は太原（山西省太原）。ただし、あくまでも父祖の地であって白居易自身が身を置いたことはない。

（38）Robert Hymes, *Statesmen and Gentlemen: The Elite of Fu-chou*（撫州）, *Chiang-hsi*（江西）, *in Northern and Southern Sung*, Cambridge University Press, 1986およびPeter K. Bol, *This Cluture of Ours: Intellectual Transition in T' ang and SungChina*, Stanford University Press, 1992（『斯文：唐宋思想的転型』劉寧訳、江蘇人民出版社、二〇〇一年）などを参照。これに対する反論としては、包偉民「精英們〝地方化〟了嗎——試論韓明士〈政治家与紳士〉与〝地方史〟研究方法」（『唐研究』第一一巻、北京大学出版社、二〇〇五年）などを参照。

（39）明・清期には、地域の名士として地方自治を担うような階層が広く見られた。それを「郷紳」と呼ぶ。いわば官と民との中間に位置し、両者の関係を取り持つ階層。

（40）字は務観《むかん》、号は放翁《ほうおう》。山陰（浙江省紹興《しょうこう》）の人。『剣南詩稿』『渭南文集』。陸游については、小川環樹『陸游』（筑摩書房、一九七四年）、村上哲見『陸游』（集英社、一九八三年）などを参照。

（41）宋は金との間には屈辱的な不平等条約を結ぶことを余儀なくされていた。この政策を進めた宰相秦檜《しんかい》は、売国奴として悪名高い。一方、徹底抗戦を唱えて金と戦い、多くの軍功をあげるも秦檜に謀殺された悲劇の英雄が岳飛《がくひ》。南宋の行在所が置かれた杭州にある岳飛の廟には、秦檜夫婦が跪いた姿をかたどる銅像が置かれ、そこを訪れる人は唾を吐きかけるという風習が今も行われている。

（42）陸游の科挙不合格には秦檜が関わっている。省試（礼部試）の前段階の解試（鎖庁試）に陸游は首席で及第するが、同じ試験で秦檜の孫が次席となったために秦檜の怨みを買う。これが陸游の落第の直接的な原因になったこと、陸游自身が後に書き記している。

（43）興味深いことに、陶淵明や陸游にとって農民たちと交わる郷村社会は「世」の範疇に入っていない。しかし「世」ではないとすれば、いったいそれは何なのか。「世」ならぬ農村にあって、いったい誰と、どのように交わるというのか。「世」をめぐるこれらの言葉は、彼らの社会観が士大夫の前近代的な枠組みのなかにあったことを示していよう。

（44）南宋期の官僚の帰郷頻度の高さについては「待闕《たいけつ》」すなわちポストの空席待ちを考慮する必要があろう。南宋は「半壁の天下」なのだから官僚の数は少なくてすむはずであるが、実際はむしろ増加する傾向にあった。必然的に人員過剰となり、それを解消するために任期を終えた官僚が故郷に帰るなどして次のポストを待つことが多くなる。一種のワークシェアリングでもあったと考えられる。

(45) 陸游と楊万里いずれも若き日の詩稿は焚《や》き棄てたというから、生前に書いた作品数はもっと多くなる。唐代で最も多く作品を伝えるのは白居易だが、それでも約二千八百首。杜甫は約千四百五十首、李白は約千首である。宋代における文献の残り方、伝わり方はそれ以前とは比較にならぬほど分厚く確かなものとなるが、そのなかにあってなお突出して多い。

(46) 字は景陽《けいよう》。安平武邑《ぶゆう》（河北省武邑県）の人。「七命」は「七」と呼ばれる文体の作。『文選』には他に漢・枚乗《ばいじょう》「七発」、魏・曹植《そうしょく》「七啓」などを収める。

(47) 郷里での暮らしは交友関係も限られ、文人仲間との交流はほとんど見られなくなる。代わって目立つのが、本詩に述べられるような親族との交流。陶淵明「雑詩十二首」其の四にも「親戚は共に一処、子孫　還《ま》た相い保つ」と親族・家族が集う暮らしの喜びをうたう。

(48) 末句については「布衫の青底なるを捉《と》え将《も》ち来たる」と訓《よ》んで、青い服を着た子供をつかまえることを言うと解せるかもしれない。

(49) 字は致能《ちのう》、号は石湖《せきこ》居士。呉県（江蘇省蘇州）の人。陸游・楊万里・尤袤《ゆうぼう》らとともに「南宋四大家」と称された。「四時田園雑興」などの田園詩で知られる。『石湖詩集』。

(50) 吉川幸次郎『宋詩概説』（岩波文庫、二〇〇六年）二九―三八頁を参照。

(51) 山本和義『詩人と造物――蘇軾詩論考』（研文出版、二〇〇二年）三一四―三二九頁を参照。

(52) 『論語』のなかでも微子篇は特に隠逸思想に関わる章が多く、道家思想の要素が入り込んでいるとも見なされる。ここで「佯狂」は隠逸に類した処世の手段として取りあげられている。ちなみに、狂人接輿をめぐる『論語』と同様の話は『荘子』人間世にも見える。

(53)「佯狂」に類するふるまいとして「佯愚」があげられる。『論語』公冶長《こうやちょう》には「甯武子《ねいぶし》は邦《くに》に道有れば則ち知、邦に道無ければ則ち愚。其の知は及ぶべきも、其の愚は及ぶべからざるなり」とあって、乱れた世に対処するための方法として「愚」が取りあげられる。衛の大夫甯武子の「愚」は装われた「愚」であり、だからこそ孔子はそれを普通の者にはなかなかできぬことだと称えるのである。

(54)徐渭については、内山知也『明代文人論』（目耳社、一九八六年）第六章「徐渭の狂気について」、内山知也監修・明清文人研究会編『徐文長』（白帝社、二〇〇九年）などを参照。

(55)ちなみに徐渭は十四歳のときに嫡母を病で亡くしている。当該の年の記載に「苗宜人卒す。病　漸く劇する時、渭私《ひそ》かに磕頭《こうとう》し（額を地面に打ちつけ）、血いずるも知らず、身を以て代わらんことを請う。医の路（人名）を請う、卜人（占い師）語るに讖語《しんご》（予言）の悪《あ》しきを以てすれば、三日食らわず。嫂　渭を憐れみ、好《ねんごろ》に之に語れば、稍《ようや》く粥《かゆ》す」とある。我が身を削って母への孝を尽くすさまが述べられている。近代人の感覚からすれば、いささか常軌を逸した行為と映るかもしれない。近代になって、例えば魯迅はかかる「孝」の弊害を告発する作品を書いた。『狂人日記』（注63参照）には、病気の父母のために自分の肉を食わせる孝行息子のグロテスクさが批判される。

(56)徐渭が自殺未遂をした四十五歳のときに書いた自撰の墓誌銘。自らの死を覚悟し、一種の遺書として書きのこしたと考えられる。徐渭以前にも、陶淵明、王績《おうせき》、杜牧《とぼく》など自撰墓誌銘の類を書いた文人は少なくない。

(57)字は猶龍《ゆうりゅう》または子猶《しゆう》。呉県（江蘇省蘇州）の人。「三言」（『喩世明言』『警世通言』『醒世恒言』）を著わすなど、明代の白話小説史において重要な役割を果たす。

(58)馮夢龍によれば、「述夢」の詩は殺害した三人目の妻が夢にあらわれたのをうたったものということになるが、もちろんそれには確たる根拠があるわけではない。駱玉明・賀聖遂『徐文長評伝』（浙江古籍出版社、一九八七年）は、三番目の妻ではなく最初の妻潘氏をうたった詩だとしている（三八頁）。

(59)仲睦まじい男女を無理やり引き裂くことを「棒打鴛鴦」と言う。ここでは、男が女を暴力によって追い払うことを「打開」と言ったものと解する。

（60）中国にあって女性の足は最もエロティックな形象であった。春画のなかで女性は裸体で描かれる時にも足だけは常に靴もしくは靴下に覆い隠されている。

（61）白居易「寒食野望吟」に春の墓参をうたって「丘墟　郭門の外、寒食　誰家《たれ》か哭する。風は曠野に吹きて紙銭飛び、古墓　累累として春草緑なり。棠梨《とうり》　花は映ず　白楊の樹、尽く是れ死生離別の処なり。冥漠たる重泉　哭すれども聞こえず、蕭蕭たる暮雨　人は帰り去る」。ちなみに、裸足で靴を履いていないのも死者＝亡霊の印である。

（62）字は士衡《しこう》。呉郡呉県（江蘇省蘇州）の人。呉の名族。呉を滅ぼした晋に仕え、潘岳《はんがく》と並び宮廷文壇に重きをなすも処刑される。

（63）初出は『新青年』第四巻第五号、一九一八年。後に『吶喊《とっかん》』（新潮社、一九二三年、改版は北新書局、一九二六年）所収。日本語訳は『阿Q正伝・狂人日記』（竹内好訳、岩波文庫）など。なお、狂人の手記という着想はゴーゴリ『狂人日記』による。

（浅見洋二）

第二部　事実と空想

第三章　史書と小説

第一節　「史」とはなにか

『史記』が記述する晋の建国神話は次のように始まる。

晋の唐叔虞《とうしゅくぐ》とは、周の武王の子であり、成王の弟であった。はじめ、武王が叔虞の母親と会った時、天を夢に見て、「お前に虞という名の子を授ける。私はその子に唐の地を与えよう」というお告げを得た。子供が生まれると、手に虞という字形の模様があったので、虞と名付けた。武王は死に成王が立った。唐が乱れたので、周公が討伐し唐を滅ぼした。成王は叔虞と遊んでいた。桐葉を削って珪《けい》（天子が諸侯を封じる時に授ける玉）をつくり、それを叔虞に与えて、「これを授け、お前を諸侯としよう」と述べた。太史の尹佚《いんいつ》はそこで日択びをして、叔虞を諸侯に立てることを願い出た。成王は「わたしは戯れただけだ」と述べた。太史の尹佚は「天子に戯言はありません。言はすなわち史がこれを書き、儀式とともにそれを実施に移し、楽（音楽）とともにその文言を歌うのです」と述べた。そこで、叔虞を唐に封建した。唐とは黄河と汾水の東にあり、方百里の土地である。故に唐叔虞というのである。

ここに記述される周の武王とは、いわゆる「武王伐紂《ばっちゅう》」の武王、すなわち、太公望を軍師として殷を滅ぼした周の建国者、「酒池肉林」の楽しみに耽っていた「無道の君主」紂王を美女妲己《だっき》もろともに殺した周の武王である。上記がもし史実だとしたら、およそ前一一〇〇年頃、いまから三一〇〇年くらい昔の事跡ということになる。殷は滅び、その武王も死んで、幼い長子・成王が立った。成王は弟の虞（叔は弟の意）と遊んでいて、「お前を諸侯に封じよう」と述べた。その言を史官が記述し、「天子に戯言なし」の原則にしたがって発言を実行せしめ、弟の虞を唐の国に封じた、唐叔虞という名はこうして生まれたのであり、かくして晋の国は誕生した、というのである。

今日の我々は漢字二字からなる〈歴史〉というタームを特に疑問もたず日常的に用いている。だが、もしこの言葉を定義するとすれば、一体どのような意味になるのだろう。〈歴史〉とは実は和製漢語であり、history の翻訳語として明治期の日本人が考案したものであった。今日の中国語においても、〈歴史〉は日本語から逆輸入されてごく当り前に用いられているが、元来が history の翻訳語なのだから中国の古典典籍にこの語がないのは言うまでもない。「中国は歴史の国だ」とよく言われる。だが、古典的な中国世界には〈歴史〉という語はなかった。したがって、〈歴史〉という概念もなかったといえよう。

中国の古典典籍における「史」とは何だったのだろう。

後漢の許愼という人が著した字書『説文解字』は「史」を、「事を書き記すことである。『史』という文字は右手に『中』を持っている様をあらわし、『中（あたる）』とは『正す』ことである」と説明する。すなわち、正しいこととして記録することだというのである。また、甲骨文字では「史」「吏」「使」「事」はすべて同源の漢字で、元来は

「史」は「文書を伝える使者」の意味でしか用いなかった。後代に意味が分化して「吏（文書を扱うもの）」「史（文書）」「使（文書を伝えるもの）」と別々の漢字になったが、基幹は「吏」であり、これは「右手」と「文箱」の会意文字。(1) つまり、「文字によって記録されたもの」を「史」といい、「記録を扱うもの」を「吏」、「記録をもたらすこと」を「使（つかい）」、「記録を両手で捧げること」を「事（つかえる）」(2) といった。また、六朝・梁の劉勰《りゅうきょう》は、その文学理論書『文心雕龍《ぶんしんちょうりゅう》』第十六「史伝」のなかで、「史とは使なり。筆を左右に執り、之をして記さしむるなり。古は、左史（左にいる書記官）は事を記し、右史（右にいる書記官）は言を記す。言の経は則ち尚書なり、事の経は則ち春秋なり」と述べた。「王の左右に書記官がいて、左にいる書記官は王の行動を書き、右にいる書記官は王の言を記した。王の言葉が『書経』となり、行動が『春秋経』になった」というのであるが、この説明の中に、中国の古典典籍にとって「史」が何であったか、実は最も的確に要約されている。「史」とは要するに「王の言動を書いたもの」の謂であり、時間系列にしたがってファイルされれば「史書」になったし、役人を介して人びとに示されれば「王命＝法」にもなったのである。

『史記』巻八一「廉頗《れんぱ》藺相如《りんしょうじょ》列伝」には、「澠池《べんち》の会」として知られる次のような場面がある。

> その後、秦は趙を討伐して、石城を攻め落とした。次の歳にはふたたび趙を攻撃し、二万人を殺した。秦王は使者をたてて趙王に告げ、友好関係を結ぶべく、黄河の西方にある澠池で会議を開こうとした。秦を畏れた趙王は、行かずにおこうと考えた。廉頗と藺相如は相談して趙王に述べた、「王が行かなければ、趙が弱く臆病であることを示すことになります」と。趙王は行くことにし、藺相如が随行することになった。廉頗は国境まで見送り、別れ際に「王の旅程を測るに、会見の儀礼が済んで戻るまで三十日でしょう。三十日たって戻らなければ、太子を立てて王となし、秦の望みを絶ちましょう」と述べた。王は許諾した。かくて、秦王と澠池に

会面した。

さて、秦王は酒を飲み、会議もお開きに近づいた頃に述べた、「私が聞くには、趙王は〈音〉を好むとか。お願いだ、瑟を奏してくれ」と。趙王は瑟を演奏した。すると秦の書記官（原文は「御史」）が進み出て、「某年某月某日、秦王は趙王と会飲し、趙王に瑟を演奏させた」と書き記した。藺相如が進み出て述べた、「趙の王が聞くには、秦王は秦の〈声〉が得意とか。お願いです、盆缻《ぼんぷ》（はちとかめ）を楽器として捧げますので一緒に楽しみましょう」と。秦王は怒り、それを受け取らない。そこで藺相如はさらに進み出て盆缻を前に出し、跪いてお願いした。秦王は盆缻を叩こうとはしない。藺相如が述べた、「秦王と私とは五歩も離れていない、その中で私がお願いしているのです。もし私がここで首を切って自害しようものなら、私の血は王にかかるでしょう」と。秦王の伴は藺相如に斬りかかろうとした。相如は目をカッと見開き、叱責した。秦王の伴はたじろいだ。秦王はやむなく、不愉快ではあったが、盆缻を一度叩いた。すると、藺相如は振り返って趙国の書記官を呼び、「某年某月某日、秦王は趙王のために盆缻を叩いた」と書かせた。

秦の臣下たちは述べた、「趙の十五の城市を割譲し、秦王のための長寿祈願とせよ」と。藺相如も述べた、「咸《かん》陽《よう》を割譲して趙王のための長寿祈願とせよ」と。秦王は酒宴が終わるまで、結局、趙に勝つことが出来なかった。趙の側も兵器をならべて秦に対応したので、秦は動くことが出来なかった。

秦王や藺相如がいう〈音〉と〈声〉とはともに音楽を指す。だが、すでに示した周の太史・尹佚の言に「（王の言は）〈楽〉とともにこれを歌うのです」とあったように、〈楽〉〈音〉〈声〉は指示される音楽の種類がそれぞれ異なり、〈楽〉が、〈礼・楽〉と一括されるように、フォーマルな場で演奏される儀礼用の格式をもった音楽、〈音〉が「瑟（女性が演奏する楽器）」に象徴されるプライベートな音楽、〈声〉が〈秦声（秦の国の歌）〉のようなお国訛りをともなった民謡類を指した。したがって、「私が聞くには、趙王は〈音〉を好むとか。お願いだ、瑟を奏してくれ」とは、私宴に侍る音楽師として趙王を扱ったもの。これに対して藺相如が述べた「秦王は秦の〈声〉が得意とか。お願いです、盆缻を楽器として捧げますので一緒に楽しみましょう」とは、秦王を田舎ものとして遇したものである。また、秦の臣下が「趙の十五の城市を割譲し、秦王のための長寿祈願とせよ」と述べたのに対し「咸陽を割譲して趙王のための長寿祈願とせよ」と応じたのは、表面上は「趙の十五城と秦の一城とを交換してもいい」の意。だが、咸陽は秦の国都だったから、趙の〈譲歩案〉は当然ながら秦国がこれを拒否するほかない。かくして秦国は、趙に対し一度として〈盟主の名分〉を勝ち取ることが出来なかった、というのが上記「澠池の会」の記述である。

そしてここで重要なのは、秦国が〈盟主の名分〉を我がものにしようとする際に、武力によってそれを示すのではなく、「書記官による記録」によってそれを示すという実に迂遠な方法がとられていた点であろう。書記による記録は「王命」として全国に発布され、また、ファイルされて後世に残されることを前提としたのである。無論、上記の記述が史実か否かは判らないが、ただ、『史記』が編纂された漢代には「王の言動は記録され、その記録がファイルされ史書となって残されていく」という通念があったことは明らかであろう。しかも、上記「澠池の会」を今日に伝えた『史記』という書物は、原題を『太史公書』と言ったという。「太史公」とは書記官の意であり、周の成王の言を記述したのも「太史・尹佚」、秦王や趙王の言を記録したのも両国の「御史」であった。我々が「中国の歴史書」と考えている「史伝」(3)とは、帝王の〈言〉と〈動〉を記録して整理したファイルに、臣下等の事跡を「帝王の解説」として加えたものであった。高校の「世界史」で中国史を学ぶ時、皇帝の名前ばかりを覚えなければならないのは他でもない、要するに「中国の歴史書」が「皇帝を中心にファイルされたドキュメント」に過ぎなかったからである。しかも、ここで真に驚くべきは、中国文明はその黎明期から上記「太史」「御史」「太史公」に当たる書記官を、『史記』が描く職務とほぼ同様の〈書契者〉として王の側近に置いていたと思われる点である。

【図27】を見てみよう。これは京都大学人文科学研究所が所蔵する甲骨文字の実例で、すでに藤枝晃『文字の文化史』（岩波書店、一九七一年）が釈読しているように、右から縦に次のように読む（左から右行して読む、と解することも可能である）。

癸丑卜永貞旬亡禍
癸巳卜永貞旬亡禍王占日牛……
癸卯卜永貞旬亡禍
癸亥卜永貞旬亡禍
癸酉卜永貞旬亡禍王……
癸巳卜永貞旬亡禍……

殷代の王は自身の祖先を神霊として祀り、その誕生日ごとに[4]（すなわち十日に一度）、〈貞人〉と呼ばれる占いの専門職に占卜を行わせることを原則とした。第一行「癸丑卜永貞旬亡禍」は、したがって、「癸丑《きちゅう》の日に卜《うらな》う、永が貞《と》う、旬《とおか》のあいだに禍は亡《な》いか」と読み、各行の頭に「癸」が置かれるのは祖先の誕生日が「癸」の太陽の日であったから、また、「永」とは〈貞人〉の名だったと推測される（「癸丑」が第一行目だとすれば「癸巳」は四十日後、「癸卯」から「癸亥」は二十日、「癸酉」から「癸巳」も二十日離れていることになる。これについて藤枝晃は、「問いかけを休む日もあったのか、別の〈貞人〉が卜《うらな》ったのか、どちらかである」と述べる）。この「〈十干十二支《じっかんじゅうにし》による日付〉＋〈卜〉＋〈□〉＋〈貞〉＋〈旬亡禍〉」は卜辞の基本文型であり、〈□〉の部分に〈貞人〉の名が来ることを突き止めたのは董作賓『甲骨文断代研究例』（一九三二年）であったが、董作賓は、特定の〈貞人〉の名は特定の王の特定卜辞の中にのみ出現するという事実をつきとめ、それを基に各甲骨文の時代同定と殷王の系譜研究の基礎を築いた。さらにまた我が国の松丸道雄は、同一の〈貞人〉の名が書かれる卜辞《ぼくじ》であっても字形の結構と風格が同じでないこと、また、〈貞人〉の名が異なっていながら字形の結構と風格が同じ場合もあることに着目して、王の左右にいる〈貞人〉グループとは別個に、契刻のみを担当する〈書契者〉グループがあったことを明らかにしたのである（『甲骨文字』一九五九年）。松丸道雄はまた、「卜辞に登場する〈貞人〉の名は百を優に超えるのに対し、その書体は十数種に過ぎず、この数は、すなわち、殷代二百数十年間における王朝卜辞の〈書契者〉の数でもあろう」とした。〈書契者〉は原則として「一時に一人」だったのである[5]。とすればどうだろう、甲骨に文字を刻んだのは〈貞人〉ではなく、今日残されている卜辞の多くも占卜の際に契刻されたものではなかったことになるのである。また、【図27】には最小でも都合九十日間も離れた複数の占卜が同一の甲骨に刻されているのだが、こうした〈複数の占卜の奇妙な併記〉は実は卜辞の常態であって、【図27】だけの例外ではなかった。これらのことを総合して考えるなら、【図27】の卜辞は〈貞人〉「永」が一回ごとの占卜に際して書いたものではなく、〈貞人〉とは別個にいた「一時代に一人」の〈書契者〉が占卜の後に恐らくまとめて書いたもの、ということになるだろう。今日残されている甲骨の多くは占卜に用いられた〈現物〉ではなく、おそらく、数回分の占卜結果をまとめて〈清書〉したものだったのである。甲骨文の発掘報告等によれば、【図27】のよ

図27　卜辞の一例
藤枝晃『文字の文化史』による。

うな甲骨は何百枚、何千枚もの束になって、何か所かに積み重ねられて出土するというから、つまり、王の左右には〈貞人〉グループと〈書契者〉とが別々にいて、〈貞人〉グループが行った占卜の結果を〈書契者〉が〈清書〉し、それを、どこかしかるべき保管場所に収めてファイルしていたのである。ここにいう〈書契者〉が書記官として、後の「太史」「御史」「太史公」と同様の職務を担っていたことは明らかだろう。卜辞とは、占卜に用いられた一回ごとの甲骨がゴミ棄て場から出土したものではなかったといえよう。

中国文明が形成したこの「史＝王の記録」という観念を、たとえば、西欧文明における歴史家の始祖・ヘロドトスの歴史観念と比べてみよう。ヘロドトスの『ヒストリエー』は次のような有名な一節から始まるという。(6)

これは、ハリカナッソスの人ヘロドトスの調査・探求（ヒストリエー）であって、人間の諸々の功業が時とともに忘れ去られ、ギリシア人や異邦人（バルバロイ）が示した偉大で驚嘆すべき事柄の数々が、とくに彼らがいかなる原因から戦い合うことになったのかが、やがて世の人に語られなくなるのを恐れて、書き述べたものである。

ヘロドトス『ヒストリエー』の冒頭部分を以上のように翻訳した桜井万里子は、これに続けて次のように解説する。

作品冒頭で、ヘロドトスは自分の名を名乗るとともに、著述の方法として「調査・探求」という意味のヒストリエーという語を用いている。これは歴史を意味する英語のヒストリーの語源となったギリシア語「ヒストリエー」の、わかっているかぎり最初の用例である。それは「調査・探求」という意味で用いられているので、現在の私たちが使う〈歴史〉という語がもつ意味内容とぴたりと一致する意味をまだ獲得していなかった。

「現在の私たちが使う〈歴史〉という語がもつ意味内容」が具体的にどのような内容か筆者は残念ながら詳らかにしないが、ただ、ヘロドトスがいう「ヒストリエー」と、司馬遷がいう「史」の間に〈意味内容〉の大きな懸隔があることは誰の目にも明らかだろう。中国における「史」が「帝王の言動のファイル」の意だったとすれば、「ヒストリエー」は「調査・探求」の意であり、しかも、「誰についての調査・探求であったか」よりも「誰が行った調査・探求であったか」の方に重きが置かれた。中国の書記官の多くは〈匿名〉のまま、〈現在の王の言動〉を未来に向けて記録しファイルし続けたのであり、それが〈史〉ないし〈史官〉の内実だった。それに対しヘロドトスは、その眼差しは常に過去に注がれており、〈かつての功業〉を探求することを「ヒストリエー」とした。ヘロドトスの身辺には〈英雄叙事詩〉として語られるトロイア戦争・ペルシア戦争等のさまざまな〈伝承〉があった。その〈伝承〉〈英雄叙事詩〉（端的にいえば〈神話〉と要約できるだろう）の真実が何だったのか、その調査・探求の旅がヘロドトスにとっての「ヒストリエー」だったのである。中国とギリシアの〈歴史認識〉の間には、〈現在から未来へ〉と〈現在から過去へ〉というベクトルの相違のみならず、〈支配の実証〉と〈神話の検証〉という、一言でいえば〈史書の目的〉の相違すら横たわっていた。二つの文明圏で始められた「歴史学」はこのように、同種の学問とは言えないほどに実は隔たっていたのである。

第二節　歴史の文体

中国の「史伝（歴史書）」が何をどのような手順で書いていくのか、その「文体上の特徴」をもう少し詳しく見てみよう。以下に示すのは『史記』巻五五「留侯世家《りゅうこうせいか》」、すなわち漢の高祖・劉邦に仕えて陳平とともに天寿を保った「明哲保身」の人、張良の「伝」である。

劉邦は皇太子（劉邦の第二子・盈《えい》。後の恵帝。呂太后の子）を廃して、戚《せき》夫人の子の如意を立てようとした。名望を負った多くの臣下が諫争《かんそう》したが、太子の地位を固めることができなかった。呂后は恐れ、為すすべを知らなかった。呂后に「留侯（張良）は謀略の士で、主上も彼を信用している」と言う者がいた。呂后はそこで建成侯呂沢《りょたく》（呂太后の兄）に留侯を脅迫させた、「あなたは主上の謀臣である。今、お上は皇太子を変えようとしている。あなたも枕を高くして寝ていられるものか」と。留侯は言った、「主上はたびたび困苦危急の中にあって、幸いにも私の策を用いた。が、天下はいま安定している。愛情によって太子を変えようとするのは身内の問題であり、私たちが口を出しても無意味であろう」と。呂沢は強いて「私のために策を立てよ」と述べた。留侯は言った、「このことは口舌で争うのはむずかしい。お上が招き寄せることのできない者が天下には四人いた。四人は年老いている。みな、主上が人をあなどると見て山中に隠れ、漢の臣にはならぬと誓った。しかし、お上はこの四人を立派だとお思いである。今、あなたが金玉璧帛を惜しまず、太子に手紙を書かせ、謙虚な言葉を記して車を準備し、雄弁の士をつかわして懇請すれば、きっと招きに応じよう。彼らが来れば客人としていつも入朝させる。主上がご覧になれば必ず不審に思って問うであろう。問われれば、主上はこの四人が賢者だと知るゆえ、一つの助けになるであろう」。そこで呂太后は、呂沢を差し向け太子に手紙を書かせ、謙虚な言葉で贈り物を多くして四人を迎えさせた。四人はやって来て呂沢の屋敷にすんだ。

漢の一一年（前一九六）、黥布《げいふ》がそむき、主上は病気だったので、太子を大将にして討伐に行かせようとした。四人は「われらが来たのは太子を守るためである。太子が出陣すれば事は成就しないだろう」と相談し、呂沢に次のように述べた、「太子が軍を率いて功績をあげても、いま以上に位が上がるわけではないが、功績をあげることができなければ必ずや禍となるであろう。しかも、太子が率いる将軍たちは皆、かつて主上と天下を平定した猛将たちであり、それらの将軍たちを太子が率いても羊が狼を連れるようなもの。将軍たちは誰も死力を尽くしはしないし、功績も立てられまい。私が聞くに『母が愛されれば子は抱かれる』という。いま戚夫人は日夜主上に侍り、趙王如意は常にお上の前にいて、陛下は『不肖の子を愛子の上に据えられようか』とおっしゃったとか。趙王が太子の位に代わることは明白である。あなたは取り急ぎ呂后に請うて、帝のお手すきを伺い、泣いて主上にこう言上させるべきではないでしょうか。『黥布は天下の猛将であり、用兵の達人です。いまわが諸将はみな陛下のもとの同輩ですから、もしも太子をこの人たちの統将とすれば、お役に立とうとするものは誰もありますまいし、それにまた黥布がこのことを聞いたら、彼は太鼓を打って西進してくるだけのことです。主上にはご病気中とはいえ、強いて輜車《ししゃ》にお乗りなされ、臥したままで諸将を監督なされるなら、諸将とて力を尽くさずにはおられないでしょう。主上にはお苦しいことでしょうが、どうかおんみずから妻子のためにつとめていただきとうございます』」。

呂沢はその夜、呂后に拝謁した。呂后はお手すきを伺って、主上に泣いてかの四人の意のとおりを述べた。主上は言った、「わしも、あの小僧ではもとより遣わし甲斐がないと思っている。わし自身で行くよりほかあるまい」と。そこで主上みずから将として東行し、留守居の群臣はいずれも覇上まで見送った。張良は病臥していたが、強いて起き上がって曲郵にゆき、主上に拝謁して言った、「わたくしも従い参るべきですが、病がひどうございます。楚人は剽悍敏捷です。願わくばお上は慎んで楚人と鋒を争われませぬように」と。そこで、また述べた、「太子を将軍とし、関中の軍を統轄せしめますように」と。主上は「お前は病気ではあるが、無理にでも太子の守役を務めよ」と述べた。この時、叔孫通が太傅だったので、張良は少傅《しょうふ》となった。

漢の一二年（前一九五）、劉邦は黥布を撃破して帰った。主上の病はつのり、ますます太子を替えたいと願った。張良は諫めたが聞き入れられず、病気と称して政務を執らなかった。太傅の叔孫通が古今の例を引いて述べ、死をかけて太子の位を争った。主上は叔孫通の言を聞き入れたように装ったが、なお太子を替えるつもりであった。酒宴が開かれ、太子がその席に侍った。かの四人も太子に従って同席した。みな年齢は八十余りで、鬚や眉は白く衣冠は威厳があった。お上はいぶかって問うた、「あれはどういうものか」と。四人は答え、名乗って「東園公」「角里先生」「綺里季」「夏黄公」と述べた。高祖は非常に驚き、「私は公らを数年間も求めたのに、公らはわしを避けた。いま公らはどうして我が子につくのか」と問うた。「陛下は士を軽んじ、よく人を罵られますが、わたくしどもは節義としてそうした恥辱を受けられませぬ。それゆえ恐れて隠れていたのです。いま聞く所によれば、太子は仁孝であられ、また恭敬でもあられる、士を愛し、天下には、首を延べて彼方より太子のために死ぬことを願わないものがないとか。それゆえ臣らはまかり出たのです」。そこで主上は「公らを煩わすが、どうか太子をよろしく頼む」と述べた。四人は聖寿をことほぎ、終わると退席した。主上はこれを目で送り、すぐさま戚夫人を呼んで四人の後姿を指差しながら述べ、諭した、「趙王如意を皇太子にするつもりだったが、あの四人が太子を補佐している。羽翼はすでに完成してしまった。お前は呂后を主人とするほかあるまい」と。戚夫人は泣いた。高祖は「お前は楚舞せよ。わしは楚歌しよう」と述べ、次のように歌った。

鴻鴈　高く飛び　一挙にして千里　羽翮《うかく》　已に就き　四海を横絶す　四海を横絶するを　当に
奈何《いか》がす可し　矰《いぐるみ》と繳《いと》と有りと雖も　尚お安《いず》くんぞ施す所ぞ(7)

戚夫人はすすり泣いた。劉邦は歌い終わると退出し、酒宴はお開きになった。

中国の「史伝」の文体上の特徴は次の三点にある。

(1)「いつ」「どこで」「だれが」「何を言い」「何を行ったか」が、時系列にしたがって順番に記述される。中国の古典においては、時間は逆流しない。

(2)「伝記」「史伝」といいながら、ある人物の生涯や人生が幼年期から死に至るまで順番に描かれるのではなく、むしろ、特定の事件にからむ言動や役割が事件の経緯とともに提示される。「幼年期」は普通記述されず、個人の人生が「成長」や「変化」の観点から捉えられることはあまりない。

(3)発話、対話、直接話法を頻用し、個人の心理や事件の背景にある事情もおおむね直接話法で示される。記述者の補足や論評は「伝記」が終わった後に（まれに「伝記」の前に）「論賛」として注記される。

この三点にしたがって上記「留侯世家」を見ておくならば、上記は張良の「伝」でありながら必ずしも彼の「人生」を記述したものでないことは明らかだろう。上記の中心テーマは「劉邦はなぜ太子を廃嫡できなかったか」にあり、その経緯を「張良の知略」という観点から記述しているに他ならない。また、その記述の仕方も、「張良の謀略」が先ず「直接話法」によって提示され、後文はその「謀略」が順番に実現していく過程なのである。中国の「史伝」は「時系列にしたがって順番に記述される」ことを原則とするが、ここではその原則が意識的に運用され、予言が完遂されていく一種のスリルを構成しているのである。しかも、予言が完遂されていく一つ一つの過程もすべて「直接話法」で示され、戚夫人によって舞われる歌謡まで、まるで現場からのレポートのように点描される。

『史記』の「文体」を、たとえば『水滸伝』のような明代の白話小説のそれと比較してみていただきたい。両者は驚くほどよく似ているのである。中国の「史書」はこのように、「調査・探求」であるよりも「ドラマ」や「物語」だったのである。

第三節　「小説」の誕生

〈歴史〉という単語がいわゆる「和製漢語」の一つであることはすでに述べた。今日われわれが日常的に使う「小説」というタームも実は同様に「和製漢語」といってよいのだが、ただ「小説」の場合が厄介なのは、中国の古典典籍中に元来「小説」なるタームがあって、これがノベルやストーリーと近似した意味であるために(「小説」という「和製漢語」が翻訳語として使用された理由もここにある)、翻訳語として成立した「小説」が元からある「小説」と概念の上で干渉を起こしてしまう点だろう。古典典籍中の「小説」をわれわれはしばしば「フィクション」と同義だと考えてしまうのである。

たとえば『漢書』巻三〇「藝文志」「諸子略」は「小説」を次のように説明する。

右に列したのは「小説」とされる十五家、都合、千三百八十篇である。「小説」と呼ばれる流派は「稗官《はいかん》」と呼ばれる文書官に起源があり、大通りや裏通りなど、道ばたで話され伝聞されたものを記述したものである。孔子は「取るに足らぬわざにも必ず見るべきものがある。ただ、深遠を致す場合にそれらに拘泥すべきでない。だから君子はそれを学ばないのだ」と言われた。

ここでは「小説」を「街談巷語《がいだんこうご》」「道聴塗説《どうちょうとせつ》」、すなわち「大通りや裏通りなど、道ばたで話され伝聞されるもの」と説明する。この「街談巷語」「道聴塗説」という点を捉えて、特に我が国においては、「小説」を「民間」や「大衆」「庶民」といった概念と結びつけ、「民話」「伝説」「説話」と同様のものだと考えがちである。だが、ここでもうひとつ確認しておかなければならないのは、『漢書』「藝文志」が「小説家の流れは稗官《はいかん》たちから出ている」とも述べている点であろう。「稗官」とは「稗史」とも呼ばれる「書記官」、すなわち「吏」の類である。『漢書』「藝文志」とは元来、皇帝の図書館に収められた書籍を整理・分類したものであった（第一章第二節参照）。つまり「小説」とは、その出所は「大通りや裏通りなど、道ばたで話され伝聞されたもの」だったかもしれないが、それを「記録」したのは官方であり、「記録」した目的も皇帝の治世の参考資料にするためだったのである。「小説」は、官方で作成された一種の「報告書」「異聞」なのであり、「民話」「伝説」「説話」ではなかったし、「フィクション」でもなかった。

たとえば、今日一般には「古小説の集積」と認識されている二十巻本の『捜神記《そうじんき》』(8)に、「李寄」とか「東越閩中《とうえつびんちゅう》蛇怪」（巻一九）と題される次のような物語がある。

東越の国、閩中《びんちゅう》（福建）に高さ数百丈もある庸嶺《ようれい》という山がある。その西北の洞穴に長さが七・八丈、胴体が一抱えもある大蛇が住みついており、土地の住民は絶えず恐れていた。東冶《とうや》の都尉《とい》や所属の役人たちは、大蛇による死者があまりに多いので、牛や羊を犠牲として大蛇を祭ったが、よい結果は得られなかった。大蛇は人の夢に入ったり巫女にのりうつって十二三歳の童女を求めた。都尉や県の長官たちは苦慮したが被害はおさまらない。人家の婢女《はしため》の子や罪人の娘が生んだ子供を育て、八月の朝に祭祀を行い蛇穴の入り口に置いておくと、蛇は夜に出てきてこれを食べてしまう。かくして数年が過ぎ、すでに九人の童女が犠牲となった。この時、童女を探していたが見つからない。将楽県の李誕の家に六人のむすめがおり、息子はいなかった。末のむすめは名を寄《き》といった。名乗り出て蛇穴に行くという。父母は許可しなかった。寄は「父母には運がなく、むすめばかりが六人でき、男子は一人もいない。子供はいても、いないのと同然です。私は、緹縈《ていえい》(9)のように父母を救うことが出来ないばかりか、養育して孝行することもならず、挙句に衣食の出費を強いる始末。早く死んだほうがましなくらいです。私の身体を早めに売って、わずかでもお金を得て父母にご恩返しをいたしたく思います」と述べたが、父母は子供を可愛がっていたので許さなかった。寄はひとりこっそり出かけ、足止めされないようにした。

寄は名乗り出て、好い剣と咬《か》む犬を求め、八月の朝に大蛇を祭る廟中に座った。剣を抱き犬を率い、まず数石の蒸し米に蜜を混ぜてこね、蛇穴の入り口に置いた。蛇は夜出てきた。頭は倉より大きく、目は二尺の鏡のようであった。蒸し米の匂いをかぎつけ、まずこれを食べた。寄は犬を放った。犬はただちに咬んだ。寄が斬りつけると、蛇は痛みに穴から出てきて、のたうちまわって死んだ。寄が穴に入って見てみれば、中に九人のむすめたちの髑髏があった。それをすべて持ち出すと、叱責して「あなたたちは臆病だから蛇に食べられたのだ。本当に可哀そう」と述べた。そこで、寄はゆっくりと歩いて帰った。越王はこの話を聞き、寄を娶って后とし、寄の父を将楽の知事とし、姉たちに恩賞を与えた。これより東冶では二度と妖怪は出なかった。このことを歌った歌謡がいまも残っている。

上記は、一人の孝女が大蛇を退治する顛末を描いた、わが国でいうなら「八岐の大蛇《やまたおろち》」にも類する一種の英雄伝説である。この物語は、荒ぶる乱神と生贄の少女、英雄の手助けをする宝剣や犬神、穀神の象徴たる団子や餅、穀神の助けによって后の座を勝ち取る少女、といった、国造りや王権に関わるさまざまな神話モチーフを内包し、またその神話モチーフが、舟を浮かべれば潮の流れによって自然と日本に流れ着く閩中（今の福建省）を舞台に語られている点で、特に日本の研究者にとっては興味深い説話となっている。だがこの文章を記録者の記述意図や叙述方法といった面から見るなら、上記物語は典型的な「報告」なのであって伝説そのものではなかった。この物語の記述者は、喩えていうなら「現地」に採訪するレポーターであり、彼には彼の、レポーターとしての「文体」があった。その「文体」とは、「いつ」「どこで」「誰が」「何を言い」「何を行ったか」を時系列にしたがって整然と配列する史書のそれであり、「現地で語られている物語をその口吻通りに写すもの」ではなかった。上記物語は、その篇末に「このことを歌った歌謡が今も残っている」と述べ、この伝説が「歌謡」という韻文体によって語られていたことを明言する。だが、漢語原文を提示すれば明らかなのだが、上記は素朴な散文体で記述されており、押韻もなければ歌謡特有の「語り口」もない。このレポーターは恐らく、物語をダイジェストして、その内容を直接話法をも交えた簡潔な散文体で示した。彼がそうしたのは臨場感を演出するためではなく、「言動」を直写するのが「史伝」「報告書」の常套だったからだ。彼は末尾に、自身が虚偽の報告をしているのではないことを示すために但し書きを加え、この物語が確たる情報源をもった真正の「街談巷語」であることを証したのである。記録者に「フィクション」を書こうとする意識がなかったのは明白といえるだろう。

誤解を恐れずにいうなら、中国の古典的な小説は、唐代の伝奇小説や「四大奇書」等の白話小説をも含め、結局「史伝」や「報告書」の「文体」を越えることはなかった。物語としての新たな「文体」を創造することはなかったと言ってよいだろう。というよりむしろ、小説は常に「史伝」や「報告書」を模範として書かれたし、「作者」の側も、自身の作品が「史実」や「事実の報告」として読まれることを望んだ。彼等にとって、ある物語が報告される価値をもつのはそれが「事実」だからなのであり、「おもしろいから」ではなかった。上記の大蛇退治の物語にしても、記述者が恐れているのはその内容が非現実的なものになることではない、自身が物語作家に堕してしまうことなのである。「内容の現実味よりも伝聞の確かさを確保しなければならない」、これが、中国の「小説」の底流にある記述者の意識であろう。だからこそ彼等は「このことを歌った歌謡が今も残っている」という一言を足して、自身が「創作者」でないことを示したのである。したがって、中国の物語世界に真の才能が誕生し、その創意・工夫を作中に込めようとする時、彼らは空想力を競う方向には必ずしも向わず、むしろ、「街談巷語」のリアリティーを偽装して、「小説」に別の寓意を潜ませる方向に向かったのである。

たとえば、陶淵明の「桃花源の記」という作品を次に見てみよう。

晋の太元中（三七六－三九六）、武陵（湖南省常徳一帯）の人に魚を捕えることを業とするものがいた。谷川沿いに遡っていき、どれほど進んだか解らなくなった。桃花の林に突然出会い、両岸の数百歩の間に他の樹木はなく、かぐわしい花が色あざやかに咲き満ちて、花びらがはらはらと散っていく。漁師は不思議に思ってなおも進み、林の果てまで行こうとした。林は水源の辺りで終わり、そこに山があった。

山には小さな入り口があり、かすかな光があった。漁師は船を捨て、入り口から入ってゆくと、はじめは穴が小さく、やっと人が通れるほどだったが、さらに数十歩進むと、突然あたりはからりと開けた。土地は平らかで広く、家々は外界と同様に並び、田畑は肥え池は水を湛えて、桑畑、竹林があった。道路は整然と交わり、鶏や犬の鳴き声が聞こえた。そこを行き交い農作業をする男女の衣服はすべて外界の人たちと同じである。年寄りから子供まで、みな一様に楽しげであった。

漁師を見て人々は非常に驚き、どこから来たかと尋ねた。詳しく話すと、すぐに家に連れ帰り、酒をしつらえ鶏をつぶしてご馳走してくれた。「こんな人がいる」と聞くと、村中の人がやってきて質問をした。彼らは「祖先たちは秦の時の乱を避けて、妻子や村人を引き連れ、この人里はなれた土地にやって来て以来、一度も出たことがなく、外界と隔絶されてしまったのです」という。それから「いまは何という時代か」と訊く。なんと漢を知らず、魏や晋はいうまでもない。この人がひとつひとつすべて、自分の知っていることを話すと、みな溜息をついて驚いた。他の人々もそれぞれの家に彼を招いて、どこでも酒食をふるまった。数日とどまって辞去することになった。この世界の人は「外の世界の人たちに話す値打ちもありません」と述べた。

外に出ると漁師は船を見つけ、もと来た道をたどりながら、あちこちに目印をつけた。町に着くと太守を訪ね、「かくかくしかじか」と有体に話した。太守はさっそく人を遣って漁師の後につき従わせ、先につけた目印通りにたどっていった。が、迷って、結局たどりつけなかった。

南陽の劉子驥《りゅうしき》は高潔の士であった。この話を聞くと、喜びいさんで行ってみようとしたが、ことを果たさぬまま、間もなく病で死んだ。それ以後、その船着場を探すものはいなくなった。

陶淵明は、『晋書』「隠逸伝」の記述によれば名を潜といい、淵明は字だという。四二七年におよそ六〇歳で没した人である。中国文学を代表する大詩人であり、わが国でも「帰去来の辞」や「飲酒」詩の作者として知られる。上記「桃花源の記」も、彼の文学の特徴が集約的に示された傑作として古来有名である。[10]「桃花源の記」については、近年、興膳宏が『中国名文選』（岩波新書、二〇〇八年）第五章「陶淵明『桃花源の記』」の中でうまく問題を整理され、小川環樹の研究も引きつつ含蓄ある議論を展開されたので、これを次に適宜引用してみよう。

陶淵明の文学は、一見したところ平淡に見えながら、その実複雑で多彩である。……「桃花源の記」も、また彼のそうした一面がよく発揮された作品である。これは太古の純朴な世へのあこがれを描いたメルヘンだが、その裏には、戦乱に明け暮れる現実社会への幻滅や反発もあろう。同時代の説話には、理想化された不老長生の仙人譚もあるが、陶淵明が夢想するのは、もっと身近で現実的な理想社会である。そこでは、彼の住む農村と同じように、人々は耕作にいそしみ、のどかに鶏や犬の鳴き声が聞こえてくる。実際の社会と異なるのは、この平和な日常が戦乱によって損なわれることのない点である。

「桃花源の記」の「記」とは、文体の一種で、事実をありのままに書くことを持ち前とする。しかし、唐以前では、この作品以外にほとんど例がない。しかも、作者が直接見聞したわけでない架空の物語に「記」を用いたのは、少し皮肉な感じもする。……

小川環樹氏は、「神話より小説へ――中国の楽園表象」と題する論文で、魏・晋時代以後の仙郷に遊んだ説話五十一篇を分析して、それらに共通する八つの要点を挙げている。「桃花源の記」の説話としての性格を知るためには、小川氏の分析が有用なので、いまその概要をかいつまんで示しておく。

(1)　仙郷は山中または海中にある。
(2)　仙郷に至る途中に洞穴を通りぬける。
(3)　仙郷に至った人物が仙薬を与えられるが、それ以外の食物を食べる。
(4)　美女に出会い、婚姻を結ぶ。
(5)　何らかの道術か贈り物を授けられる。
(6)　郷里を恋しく懐い、帰還する。
(7)　仙郷における時間の経過は、現実の世界よりもずっと遅い。
(8)　仙郷への再訪は不成功に終わることが多い。

「桃花源の記」は、これらのうち、(1)(2)(6)(8)の条件は満たしているが、(3)(4)(5)(7)の条件には適わない。後者の条件に共通するのは、いずれも不老長生のモチーフがかかわっている点である。いわゆる仙郷譚には不可欠の要因ともいえる。たとえば『幽冥録』という説話集に載る、劉晨《りゅうしん》・阮肇《げんちょう》が天台山の秘境を訪れる物語では、これらのほとんどを備えている。それに対して陶淵明は、仙郷譚の枠組みを用いて「記」を構成しながら、そこから不老長生にかかわるモチーフをすっぽりと抜いてしまったことになる。そして、そこにこそこの「記」の個性がある。

「桃花源の記」を読む上で私が最も重要だと思う点は、この物語が「晋の太元中、武陵の人に魚を捕うるを業と為すものあり」と書き始められるように、「いつ」「どこで」「誰が」「何を言い」「何を行ったか」が時系列にしたがって整然と配列される、典型的な「報告書」である点である。その点を捉えて興膳宏は『桃花源の記』の『記』とは、文体の一種で、事実をありのままに書くことを持ち前とする」と述べた。この文章は、その文体や語り口が特殊なのではない、興膳宏も指摘するように、小川氏が分析された(1)(2)(8)は共通するものの[11]、中間の(3)(4)(5)(6)(7)が一般の「仙郷譚」と合致しない点にその特徴がある。つまり、物語の「入り口」と「出口」は「仙郷譚」と一致しながら、「中身」がまるで別物に変えられているといえよう。そうした表現手法を我々は普通パロディーと呼ぶ。

「桃花源の記」は「異界に行って帰ってきた男の記録」という体裁で書かれている。そうした「異界譚」にあっては、小川環樹が述べるように、「山中または海中に、仙女たちの住む世界」ないし「冥界」を訪ねるのだが、この「桃花源の記」にあっては、その「異界」とは他ならぬ「人間たちの住む世界」であった。ここにまず第一の意外性が仕掛けられているだろう。また、この「漁人」はその「異界」を見聞するというよりは、むしろ自身が「異人」となり、好奇の対象となって質問を受ける。しかも彼は、歓待をうけ「桃源郷の存在」を口止めまでされながら、「異界」を出て真っ先に向った先が太守のもとだった。「桃花源に住む人たち」は秦末の動乱を避けて逃亡し、「政治」の干渉を嫌うからこそ「外人の為にいうに足らざるなり」と述べた。にもかかわらずこの漁師は、褒美でももらえると思ったのか、目印までつけて帰途を記憶し、わき目も振らず役所に駆け込んだのである。「漁師」といえばわれわれは、『楚辞《そじ》』「漁夫篇」(12)に登場する「漁夫」をまず最初に思い浮かべるかもしれない。『楚辞』の「漁父」は屈原に対して「滄浪《そうろう》の水清《す》まば以って吾が纓《えい》を濯《あら》う可《べ》し、滄浪の水濁《にご》らば吾が足を濯う可し」と歌い、世の変化に応じて生き方を変える臨機応変を説いた。「桃花源の記」に登場する「漁人」は「政治」に順応して密告まで行う、恩知らずの「俗物」だったのである。

「桃花源の記」は一種のパロディーである。そこに描かれているのは「仙郷」でもなければ「冥界」でもない、官憲を逃れて隠れ住む人たちの村と、その村を官憲に密告する漁師の愚行であった。陶淵明はその愚行を、官庁に保管される「小説」の文体を用いて記述した。いわば、漁師の「密告」を「異聞」に仕立て、さらに上級官庁に報告する体を採りつつ、「政治」を逃れてまたもや蜃気楼のように消えた「村」を記録したのである。ここに、太守や漁夫に対する鋭い皮肉があることは明らかだろう。権力の支配を逃れてさまよう村は、太守の憧憬をあくまで拒否する。陶淵明の創意・工夫はこのように、「小説」を「フィクション」へと歪めていく方向にではなく、既存の「文体」を故意に襲って、その「文体」が根底にもつ支配への志向を風刺する方向へと向かったのである。

なお、陶淵明は「志怪」や「小説」の分野ではよほど有名な人だったとみえ、「志怪」「小説」を集めた『捜神後記《そうしんこうき》』という書物の編者に後に擬せられることになる。その『捜神後記』に収められたと思しき「志怪」の典型を、参考として次に紹介しておこう。その「小説」は盧充《ろじゅう》という漢代に生きた実在の人物を主人公とするのだが、『法苑珠林《ほうおんじゅりん》』(13)はこの物語を「晋の時に盧充という范陽の人がいた」と説き起こしている。つまり、盧充を晋代の人であるかのように勘違いしているのだ。『法苑珠林』がそうした過誤を犯したのは、この書物が「盧充」という物語を『捜神後記』から引用し、その『捜神後記』が晋の陶淵明の手になるとの誤解があったからではあるまいか。また、南朝の宋・劉義慶の手になる『世説新語《せせつしんご》』にこの「盧充」と関連する話題があり、梁の劉孝標《りゅうこうひょう》がこの物語を注として引用するから、六朝時代にこの「小説」がかなり有名だったことも判る。「盧充」は、恐らく陶淵明が生まれる遙か以前に書かれ、陶淵明も熟知していた「小説」に違いない。陶淵明は、こうした「志怪」を参考にしながら「桃花源の記」を書いたのではあるまいか。

晋の時に盧充という范陽の人がいた。家の西三十里に崔少府の墳墓があった。二十歳の時、冬至の前日に、家を出て西に狩に出かけた。一匹の麞《のろ》を見つけ、これを射った。麞は倒れ、また起きあがって逃げた。充は一歩一歩追いかけ、やがて遠近を失った。見れば、北一里に門があり、瓦葺が四周を囲む官府のような屋敷があった。麞はいない。門に至ると鈴が下がっており、前に控える者がいる。もう一人の者が衣冠を捧げ、「府君はこの衣冠を用意して殿をお待ちでした」という。充はそれを着て中に入り、少府に会った。少府は充に「貴殿のご父君が我が賎屋をお厭いにならずお手紙を下さり、我がむすめを貴殿の嫁にお迎えくださる由。ゆえにお迎えいたした」と述べ、充に書簡を示した。父親が死んだとき充は幼かったが、その手迹は覚えていて、すすり泣いて何も述べなかった。崔少府は内に命じて「盧の若君が来られた。むすめに化粧をさせ、東廊に就かせよ」と叫

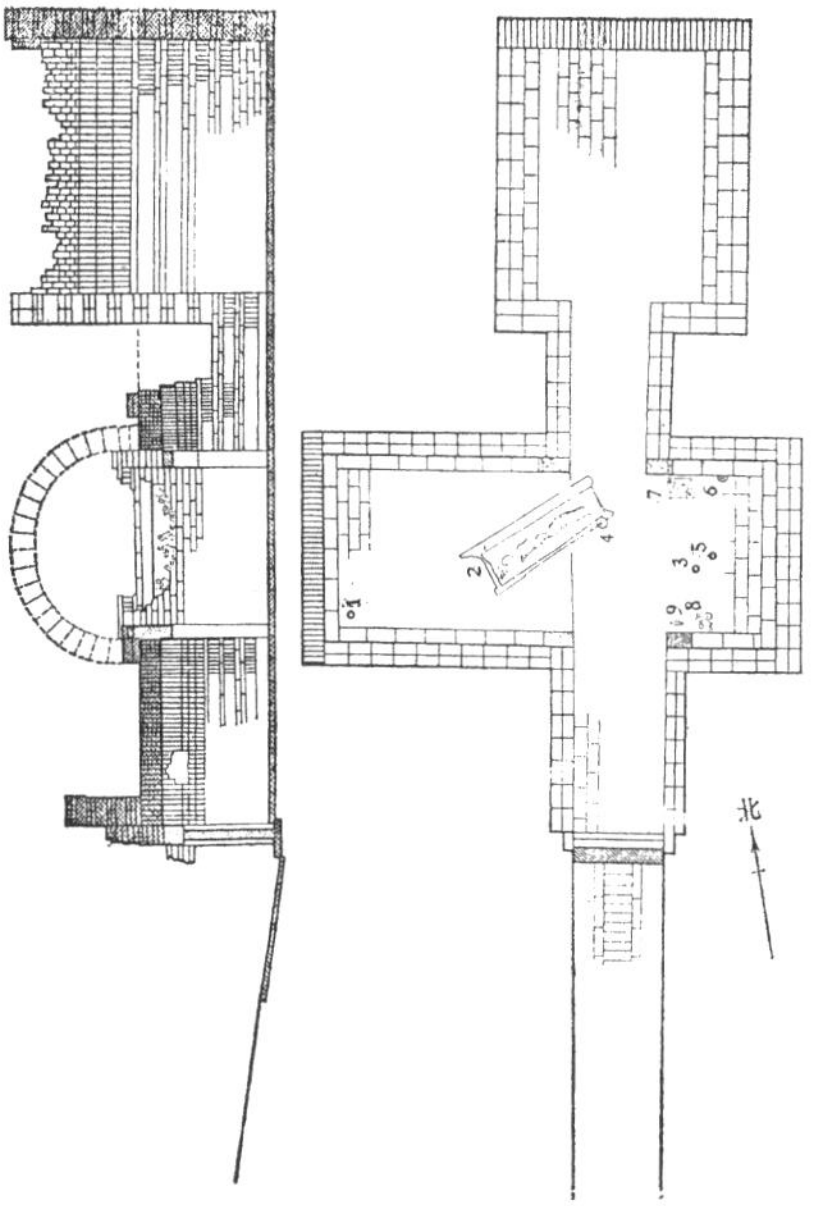

図28　洛陽で発掘された後漢期の墳墓の見取り図

中国の古墳は地下宮殿を形成し、図でいえば、左側・アーチの上半分以上が地上に出るよう建造されていたと思われる。盧充は下部の墓道を下って墓内に入った。『洛陽古代墓葬壁画』（中州古籍出版社、2010年）による。

図29　墓道を守る衛士

唐・中宗の長子・李重潤の墓内壁画。『中国唐墓壁画集』（嶺南美術出版社、1995年）による。

んだ。

夕方になると、内向きから「お化粧は整いました」と伝えてきたので、崔は充に「貴殿は東廊に行かれよ」と述べた。廊に就いてみると、妻が車より降り、席の側に立っていた。婚礼が始まり、三日のあいだ飲食の世話をした。三日が終わると充に述べた、「貴殿はお帰りあれ。もしむすめが男を産めば貴殿に差し上げようが、女を産めばこちらで育てよう」と。外に命じて数台の車で送らせるので、充は辞去し、中門まで来ると崔は手を執り涙を流した。門の外に出ると、黒牛が引く車が一台あり、ここに来た時着けていた衣や弓箭が元のまま置いてあった。言付のための下僕が一人来て、充に衣冠を与え、崔の言を「婚姻の縁はここに始まり、お別れするのは痛ましい。いま衣冠一揃いに蒲団を添えて贈る」と伝えた。充が車に乗ると、稲妻のように疾駆して家に着いた。

母がわけを訊くと、充はすべて実情を話した。その後四年がたった三月三日、充が川沿いで禊《みそぎ》をしていると、川を浮きつ沈みつしながら岸に近づいてくる車があって、皆がそれを見た。充が車の後の扉を開けると、崔氏のむすめが現れ、三歳の男子と一緒にいる。むすめは子供を抱いて充に渡すと、金の腕輪を与え、詩一首を贈った。詩にいう、

煌煌《こうこう》たる霊芝《れいし》の質、光麗、何ぞ猗猗《いい》たる。華艶、当時に顕われ、嘉会、神奇を表わす。英を含みて未だ秀《はなひ》

らくに及ばざるに、中夏に霜に罹《あ》って萎みたり。栄耀は長《とこし》えに幽滅し、世路は永《とこし》えに施す無し。陰陽の運るを悟らざりて、哲人、忽ちに儀に来たる。今時《いま》、一別せし後、何ぞ重会の時を得んや[14]。

充が子供と腕輪、詩を受け取ると、妻と車は忽然と消えてしまった。充は後に車に乗って、市場に腕輪を売りに出かけた。手掛かりを求めたのである。ある婢女が腕輪を見知り、主人宅に報告した、「市場で、崔のむすめの棺に入れた腕輪を売っている者がおります」と。主人宅とはむすめの実の姉妹にあたる人であった。その主人が息子を調べにやらせると、婢女の言うとおりである。充の車に乗り込んで来て息子は姓名を名乗り、語るには「むかし私の母の姉・崔少府のむすめは嫁入り前に死に、家族はそれを悲しんで金の腕輪を棺の中に入れた。あなたのその腕輪の顛末を教えよ」ということであった。充が事実を話すと、その息子は悲しみ、腕輪を持ち帰って母親に報告した。母親はただちに充と子供を迎え、親戚一同を集めた。子供は崔氏にも似、充にも似て、息子による腕輪の報告と符合するのであった。その叔母は述べた、「これは、我が異姓の子であり、字は温休という。温休という名は、まこと、幽婚ではないか[15]」と。その子は成長して郡守となった。子孫は高官の家系となって今日に至っている。子孫の盧植、字・子幹は天下に名を知られる人である[16]。

第四節　『南柯太守伝』――唐代伝奇小説の展開（一）

中国文学には「夢の世界」を描いた印象深い小説がいくつかあり、中でも有名なのは、「邯鄲《かんたん》の夢」で知られる『枕中記』と、「南柯《なんか》の夢」で知られる『南柯太守伝』だろう。この二作品は、「『枕中記』の影響のもとに『南柯太守伝』が書かれた」としばしば論じられるように、相前後して生み出され、常に対照して並列的に扱われてきた。

確かに、二作はともに「仮眠の夢に生涯を経験する物語」であり、いくつかの共通点をもつ。だが、『枕中記』は『文苑英華』巻八三三「寓言」中の一篇として残され、『南柯太守伝』は『太平広記』巻四七五「昆虫・三」中の一篇として残されるように、二作はその創作意図を異にし、夢に託した世界観も異にする。この二作を見ることによって、唐代における小説の展開を概観してみよう。

では、『南柯太守伝』からまず紹介する。

東平（山東省）の淳于棼《じゅんうふん》は、呉・楚の地では名のきこえた俠客であった。酒を好み、酔って遣りたい放題をする所があり、細かいことは気にせず、巨万の富をもち、食客を多くかかえていた。武芸を認められて淮南《わいなん》軍の副将に任命されたこともあったが、酒が原因で総大将に盾をつき、免職となって庶民に落とされ、放埒に生き、酒に明け暮れる毎日だった。家は広陵郡から東へ十里のところにあった。屋敷の南には槐《えんじゅ》の老木が一本あって、枝が伸び茂り、数十坪にわたって清らかな陰を作っている。彼は毎日、食客たちとその木陰で痛飲していた。

貞元七年（七九一）九月のある日、彼は飲みすぎて気分が悪くなった。ちょうど二人の友人が席にいあわせたので、彼をかついで家に帰り、座敷の東側の縁先に寝かせ、「君は眠るがいい、私は馬にかいばをやり、足を洗って、君が落ち着いたのを見届けて帰るから」と述べた。彼は頭巾をぬいで頭を枕にのせたが、そのまま意識が朦朧とする中、紫の着物をまとった使者が二人現われ、彼に向かってひざまづいて、「槐安《かいあん》国の国王がわれらをお迎えに差し向けました」という。彼は、その声を聞くとふらふらと寝台から下り、身づくろいをして、二人の使者のあとについて門口まで出た。そこには青塗りの車が四頭立ての牡馬とともにあり、従者が七、八人いた。彼をささえて車に乗せると、大門を出て、槐の古木の洞をめがけて進んで行った。使者は真っ直ぐ馬を乗り入れた。おかしいと思ったが尋ねるわけにもいかない。見れば、あたりの気配や草木、道路はすべて人間界と変わらない。数里ほど進むと城郭が見え、道には車や人が行き来している。護衛の従者たちが先ぶれに大声を出せば、道を行く人々はわれがちにわきへよけるのだった。

さらに進むと、大きな城へと入った。朱塗りの楼門がそびえ、楼の上には金泥で「大槐安国」の額がかかっている。門番たちがばらばらと出てきて拝礼をするうち、一人の騎馬武者が現れて命令を伝えた、「駙馬《ふば》どのには遠くよりのお越し、しばらく東華館にてご休息あれ、との国王の仰せです」。そう述べると行列を先導して進んで行った。ほどなく大門が開かれ、彼は車を降りて中へ入った。彩色をほどこした欄干を通り、彫刻のある柱を過ぎて、庭には美しい花や珍しい果樹が植えられ、その奥には机としとね、帳や食器が用意されていた。彼はうれしくなった。そこへまた叫ぶ声がして、「右大臣どののお越し」という。

彼が階下に降りて控えていると、紫の装束をつけ象牙の笏《しゃく》をもった人が進み出て、丁重に挨拶を述べ、「わが国は辺鄙な遠国ではござるが、貴君をお迎えしてご婚儀を整えたく存ずる」と言う。彼は「私は賤しい身、さような大望を懐きましょうや」

図30　明・湯顕祖作『南柯記』の挿絵

『南柯記』は『南柯太守伝』に取材した戯曲。図は、中央に座すのが槐安国の王で、その正面に立つ二人目が淳于棼。『湯顕祖集』（上海人民出版社、1973年）による。

と答えた。右大臣は彼に「ご同道を願いたい」と言う。百歩ほど行くと、朱塗りの門をくぐった。武器が左右に立ち並び、数百人の兵士が両わきを固めている。彼の日ごろの飲み仲間・周弁もその中にまじっていた。彼は内心うれしかったが、その方へ行って声をかけるわけにもゆかず、右大臣に連れられ、広壮な宮殿に昇っていった。護衛の人々もいかめしく、天子の御座所である。そこに背の高い、おごそかな人物がいた。上座につき、白い練り絹の服をまとい、頭には朱の花冠をつけている。彼は震えて、ふり仰ぐこともできなかった。侍従の者たちが彼に拝礼させると、王は述べた、「ご父君はこの小国をお見捨てなく、以前からのお約束下さった通り、いまわが次女の瑶芳《ようほう》をあなたに差し上げ、お仕えさせることになった」。彼はただ平伏するばかりで一言ものが言えずにいた。王は「迎賓の館にまずは行かれよ。婚儀はやがて準備も整いましょう」と述べた。その命に従い、右大臣はまた彼といっしょに元の部屋へ帰った。彼は心の中で、「父親は辺境の将軍となって虜となり、生死のほども定かではない。北蕃《ほくばん》の使節が来朝するのに託してこの件を知らせてきたのだろうか」と考えてみた。が、考えても混乱するばかりで、訳がわからなかった。

その夕べ、結納の品々が荘厳な儀仗とともに並べられ、宮廷の女楽による管弦楽の演奏、豪華な料理、明るい燈燭、車や馬、祝儀の品々など、あらゆるものが揃えられた。居並ぶ女たちは、ある者は華陽姑《かようこ》と名乗り、ある者は青渓姑《せいけいこ》、またある者は上仙子や下仙子と名乗った。そのような女たちが数人、いずれも数十人の侍女を従え、頭には翠鳳《すいほう》の冠をいただき、身には金霞のうちかけをまとい、きらびやかに化粧して、目もくらむばかりであった。女たちが笑いさざめきながら遊び戯れ、花婿を口々にからかった。その姿のなまめかしさ、文句の粋なこと、彼には返す言葉もなかった。

一人の女がこんなことを言い出した。「先年の上巳節《じょうしせつ》の日、霊芝《れいし》夫人が禅智寺にいらっしゃるお供をして、わたしは天竺院で石延が婆羅門《ばらもん》の舞を舞うのを見ました。お供の女たちと北窓の下の石の床几に腰かけていた時だわ。あなたはまだ若者で、馬から下りて、やはり見物にいらっしゃっていた。わたしたちを口説こうとお思いになって、あれこれ声をかけ、私たちをおからかいになった。わたしは窮英さんと赤いショールを結んで竹の枝にかけたのだけれど、あなたは覚えていらっしゃらないでしょうね。それから、七月の十六日には、上真子さまのお供をして、契玄《けいげん》法師がなさる観音経のお説経を孝感寺で聞きました。その席でわたしは、金鳳のかんざしを二本法師さまに寄進し、上真子さまは水犀の角の小箱を一つ喜捨なさいました。その時もあなたはその場に居合わせ、法師さまの手から小箱とかんざしとを取り上げ、しばらくながめながら、何度も感心して、溜息をついていらっしゃった。わたしたちの方を見て、それから『人も物も、この世のものとは思えない』とおっしゃって、わたしたちの名前を訊いたり、住居を尋ねたりなさった。わたしは返事もしませんでしたが、するとあなたは、名残惜しそうにして、いつまでもこちらをご覧になっていた。まさか、忘れたなんて言わせませんよ」。

「心のうちにこれをたたみこんで、一日だって忘れたことはありません」と彼は答えた。「はからずも今日、あなたと親戚になるなんて」と女たちが言うと、そこへ、いかめしい装束をつけた三人の者が現れ、彼の方に進み寄って挨拶をし、「命により駙馬どのの介添えをつとめまする」と言う。中の一人は彼と昔なじみである。彼は指差しながら、「貴公は馮翊《ふうよく》（陝西省）の田子華ではないか」と訊くと、田は「はい」と答える。彼は近寄って手を執り、挨拶をしながら「貴公はどうしてここにいるのだ」と尋ねた。子華は、「私は各地を流れ歩いて当地に参り、右大臣の武成候段公のお眼鏡にかなってここに身を寄せることとなった」と言う。彼がさらに「周弁もここにいるが、知っているか」と訊くと、「周君は出世した。司隷の職にあって、たいした権勢だ。私も何度か世話になったが」と答えた。二人で楽しく話しているところへ、急に伝令があって、「駙馬どの、お入り召されい」という。

三人は剣や玉佩《ぎょくはい》・冕服《べんぷく》などをとりあげると、彼を着替えさせた。子華は言う、「はからずも今日、この盛大な婚儀を拝観することとなった。どうか今後ともお見捨てなきよう」と。そこへ数十人の美女が現れ、珍しいさまざまな音楽を奏し始めた。その響きは起伏に富んで清らかに、調べはもの悲しく、聞き慣れたものとは異なった。燈火を持って先導する者たちも数十人いた。左右には金と翡翠の衝立が色鮮やかに美しく、数里にわたって張りめぐらされていた。彼は車中に正座し、茫然として、落ち着かぬ思いだった。田子華がたびたび冗談を言って彼の緊張を和ませた。さきほどの女たちも鳳凰をかざった輿に乗り、みな行列にまじって往き来していた。門に至ると「修儀宮」と書いてある。一族の美女たちは皆こもごも傍らに来て、彼を車から降ろして拝礼をさせ、たがいにゆずりあいながら宮殿へ入っていく。その有り様はすべて人の世の作法どおりであった。さて、衝立を除き眼かくしの扉を開くと、一人のむすめが現れた。名を金枝公主といい、年のころは十四、五。仙女のように美しい。洞房の作法もまことにあざやかであった。

以来、恩愛は日々深まり、栄華は日増しに盛んになった。宮廷出入りの車服、宴遊賓御の格式は王に次ぐ待遇である。王はまた彼に命じ、百官とともに兵士をそろえ、都の西にある霊亀山で大巻狩を催させた。山は険しくそびえ立ち、川も沼地も広々と、林は豊かに生い茂り、空飛ぶ鳥も地を行く獣もことごとくここに集まっていた。全軍はおびただしい獲物をとらえ、その夜のうちに都へ帰った。

後日、彼は王に述べた、「先日の婚礼の折、大王はわが父の命に言及されました。父は辺境の将軍となり、戦いに利あらず、異民族の捕虜となって、以来十七、八年、音信がありません。大王にはわが父のありかをご存知とあらば、一度会いに行きたいと存じますが」。王はにわかに「ご父君は北方警固の職にあり、絶えず連絡はある。貴殿はただ書面で問われよ。行くには及ばぬ」と述べた。彼の妻に贈り物の用意をさせ、書信とともに送らせた。二、三日すると返事が来た。中を確認すると父の筆跡である。内容は、わが子を教えさとす心のこもったもので、すべて昔のままの父であった。親戚や郷里の消息を問い、道程が遠く隔たっていることを述べ、その表現は哀切をきわめた。さらに息子が会いに来るのを止め、「丁丑《ていちゅう》の年となればお前に会えよう」とある。彼は手紙を推し戴いて涙にくれ、ただむせび泣いた。

その後のある日、妻は彼に、「あなたは政務をとってみたいとはお思いになりませんかしら」と言う。彼は「私は放蕩者で、政治には馴染んでおらぬ」と答えた。妻は「やってごらんあそばせ。わたくしも応援いたします」といい、王にそのことを話した。王は彼に「わが国の南柯郡は政治が乱れ、太守は免職となった。御身の才能をお借りしたいと思うが、承知してくれれば、むすめも同道させよう」と述べた。彼は謹んで命を受けた。王は役人たちに命じ、太守の荷物を作らせるとて、黄金宝石、錦や絹を取り出し、長持挟み箱から下男下女、馬・車に至るまで、大通りにずらりとならべ、公主の旅立ちの餞《はなむけ》とした。彼は若くして俠客となり、出世は望みようもなかったので、こうなると嬉しくてたまらない。そこで次のような上奏文をささげた。「臣は武門の冷や飯食らい、何の学問もありませんゆえ、かような大任を仰せつかり、必ずや朝廷の法度に疵《きず》をつけるに相違ありませぬ。……司隷をつとめる穎川《えいせん》の周弁は忠義剛直の気象をもち、かたく法律を守って動かされることなく、まことの宰相の器。また無官の士、馮翊《ふうよく》の田子華は慎み深く変化を知り、臨機応変に対応する知者。この二人は臣と十年来の旧知であり、その才能器量は熟知しますゆえ、政務を任

図31　唐代の宮女たち

唐・中宗の長子・李重潤の墓内壁画。『中国唐墓壁画集』（嶺南美術出版社、1995年）による。

せるに足る人物。なにとぞ周を南柯郡司憲、田を司農にご任命ください。さすれば、臣も治績をあげ、大法を乱さずにすみましょう」。王は請願どおりに二人を任命し、南柯郡に派遣した。その夕べ、王は夫人とともに国都の南に二人を見送った。王は彼に述べた、「南柯はわが国の大郡であり、土地も豊かに、人々も富む。恵み深い政策をとらねば、治めることはできぬ。周・田二人の補佐役もおるのだから、政務に励み、わが期待にこたえよ」。夫人は公主をさとし、「淳于どのは一本気でお酒好き、それに年もお若い。妻としては、従順さが大切です。お前がよくお仕えすれば、私は何の心配もいたしません。南柯郡は遠くはないが、朝晩に顔を会わせるわけにはいかぬ。この別れに涙を抑えることはできません」と述べた。彼と妻とは頭を下げ、南へと旅立った。

途中は車に乗り、騎馬を従え、楽しく語り合いながら数日にして着いた。郡の首府では、役人、僧侶・道士、故老たちが集まり、音楽を奏し、乗物をそなえ、警備をかため、車の鈴を鳴らして、沿道に迎えた。人々はひしめきあい、鐘や太鼓の音はかまびすしく、賑々しい出迎えである。大きな城門を入ると、大きな額に金泥で「南柯郡城」と書いてある。城内に入れば朱塗りの軒、矛《ほこ》を立てた門が遥か奥の方まで立ち並ぶ。彼は下車して着任すると、民衆の気風を察し、困っている者を救い、政務は周と田の二人にまかせた。郡は非常によく治まった。

こうして太守に就任以来二十年間、教化は広くいきわたり、人々はその徳を謳歌して記念碑を立て、生きながら神として祭るほどであった。王も彼を尊重し、領地と爵位を授け、宰相の地位を与えた。周・田の二人も治績によって有名になり、昇進をかさねた。彼には五人の男子と二人の女子が生まれた。男子は親の門閥によって官職を授けられ、女子も王族から婿をとった。その栄耀栄華は一時をきわめ、その権勢は並ぶものがなかった。

この年、檀蘿《だんら》国という国があり、南柯郡を攻めた。王は「将士軍隊を訓練して敵を討て」と彼に命じた。彼は周弁に三万の兵を授け、敵の軍勢を瑶台城で防がせた。周弁は勇猛にして敵を軽んじ、全軍は総崩れとなった。弁は、単騎、武具もつけず戦場を落ちのび、夜中に郡城まで帰った。敵軍は味方の輜重、甲冑を手にいれ、引き上げた。彼は弁を逮捕し、わが身と弁の罪を請うたが、王は処罰を保留した。

この月、司憲の周弁は背中に腫瘍ができて死んだ。妻の公主も病となり、十日ほどでやはり他界した。彼は、太守を辞し遺体を守って都に帰りたい、と願い出た。王はそれを許可した。司農の田子華が南柯郡太守の事務を代行することになった。彼が霊柩を先導すると、行列の通る道では男女が泣き叫び、役人たちは供物をささげて、車の行く手をさえぎり道をふさいで別れを惜しんだ。かくて国都に着いた。王とその后は喪服をつけ、郊外まで弔いに出て霊柩の到着を待ち、公主には「順儀公主」の諡《おくりな》を与え、儀杖の兵や華蓋と楽隊とともに国都の東方十里にある盤竜岡に向かい、公主を葬った。

この月、亡くなった周司憲の子の栄信も、やはり父の遺骸を守って国都に帰った。

淳于棼は長らく地方長官を務め、中央の人々ともよしみを通じたから、名門・貴族はみな彼と親しかった。太守を辞して都へ帰り、人々との往来は自由だったので、彼の門に出入りするものは多く、名望は日ましに増大した。王は心中、これを疑った。ある時、国王に意見書を呈出するものがあった、「天体に妖しい前兆がある。国に大災が起こるであろう。国都は移され、国の御霊屋《みたまや》は崩壊する。災いは他族よりもたらされ、家庭内に兆すであろう」と。人々は、彼の専横を言うものと考えた。そこで、彼から宿衛の兵を奪い、交遊を禁じ、私宅に閉門を命じた。彼は、郡の太守として一度も失政がなかったことを自負していたから、恨みごとを言って鬱々として楽しまなかった。王は彼に述べた、「親族となって二十余年、不幸にしてむすめは若死にし、貴殿と添い遂げることがなかったのはまことに悲しい」。夫人は、孫を手元に置いて養育すると言い、さらに次のように述べた、「家を出てから随分になります、あなたもしばらく郷里に帰り、親族にひと目お会いになればよろしい。孫たちは、ここに置いておけば心配はいりません。三年たてば、あなたをお迎えするでしょう」。彼は「ここが私の家ではありませぬか。ほかにどこへ帰ることができましょう」と述べた。王は笑いながら、「貴殿はもともと人間界の人。家はここではない」という。その途端、彼は眠った時のように夢心地になり、しばらくは茫然としていたが、やっと昔のことを思い出して、涙を流しながら帰らせていただきたいと願い出た。王は侍従たちをふりかえり、彼を送らせた。彼は再拝して退出した。

以前見た紫衣の使者二人が供について来て、大門の外へ出ると、みすぼらしい車が置いてあった。ふだん使っている下僕たちは一人もおらず、心中ふしぎではあったが、車に乗り、二、三里も行くと、城門を出た。むかし東にやって来た時の道である。山や川、野原も以前の通りだったが、ただ二人の従者がなんとも威勢が上がらない。彼はいよいよ悲しくなった。使者に「広陵郡にはいつごろ着くのか」と尋ねると、二人は平然と歌を唱っている。大分たってから「じきに着く」と答えると、急に穴から出た。郷里の町並みが見えた。昔の姿と少しも変わらない。彼は深い悲しみに捉えられ、涙にくれた。二人の使者は彼の手を取り車からおろした。門を入り階段を上ると、自分が東の縁側に寝ているのが見えた。彼は恐れおののき、先へ進むことができなかった。二人の使者は何度か大声で彼の姓名を呼んだ。と思うと、彼は目をさまし、元に戻った。

見れば自分の家の小僧が箒を持って庭をはいている。二人の友人は縁台で足を洗っており、傾いた日はまだ西の垣根にかかり、飲み残しの樽は酒をたたえ、東の窓辺に置かれたままだった。夢は短く、一生を過ごしたようだった。彼は深い感慨に捉われ嘆息し、二人の友人を呼んでこの話を語った。二人は驚き、彼といっしょに庭へ下り、槐《えんじゅ》の下に洞穴をさがした。彼はそこを指さし、「ここが夢の中で通った場所だ」と述べた。友人たちは狐か木精の祟りと考え、下男に言いつけ斧でその木を伐らせ、幹のこぶを伐り、切り株を開いて、洞の奥をしらべようとした。一丈もわきへ掘り進むと大きな穴があった。その底はからりと開けて明るく、寝台が一つおけるくらいの広さがある。根の上には土が積み上げられ、城郭や宮殿の形に見える。無数の蟻たちが中に隠れており、中央には小さな台があって色は丹砂のように赤く、二匹の大きな蟻がそこにいる。羽根は白く頭は赤く、長さは三寸ほどもあった。そのわきには数十匹の大蟻がつきそい、ほかの蟻どもは近づこうとしない。これがその王であった。つまり、ここが槐安国の国都である。また、別の穴を探ってゆくとまっすぐ南枝に伸び……ここが彼の支配した南柯郡であった。また、もう一つの穴は西へ二丈ばかりのび……これが彼が巻狩をした霊亀山である。また、さらに別の穴があって……ここが、彼が妻を葬った盤竜岡の墓である。彼は昔を思い、心中、こみ上げてくるものがあった。穴を開き尋ねていけば、すべては夢と符合する。そこで彼は、友人がそれ以上破壊しないよう、元通り穴を塞がせておいた。その夕べ、にわかに風が吹き雨が降った。夜が明けてその穴を見れば、蟻たちの姿はなく、行方は知れなかった。以前、「国に大災が起こり、国都は移されるであろう」との予言があったが、このことを指しているのである。彼はまた檀蘿《だんら》国討伐のことを思い出し、友人二人を誘って表へ出た。屋敷から東へ少し行った所に水のかれた古池があり、そのふちに大きな栴檀《せんだん》があった。藤や蔦がからみつき、日の光もささぬほどに茂っている。その幹の横に小さな穴があって、たくさんの蟻たちが隠れていた。檀蘿国とはここではあるまいか。

ああ、蟻の世界の神秘でさえ奥深くて極めることができない。まして、山に隠れ樹木に潜む大きな動物の示す「変化」は言うまでもあるまい。この時、飲み仲間の周弁と田子華は、ともに六合県（江蘇省）にいて、十日ほど往来が絶えていた。そこで彼は下男を走らせ、大急ぎで様子を見に行かせたところ、周は急病で亡くなり、田子華も病に臥せっていた。南柯は虚無であり、人生は短い、そのことに心を動かされた彼は道教に心を寄せ、酒色を断った。それから三年ののち、丁丑の年に、彼は家で往生をとげた。年は四十七であった。約束の期日に符合していた。

『南柯太守伝』は、およそ次のような手順で物語が展開される。

①東平の淳于棼《じゅんうふん》は呉楚の地で名を知られた遊俠の士であった。②貞元七年の九月、彼は酒に酔い、紫衣の使者に迎えられて槐安国に行く。③槐安国では、彼は駙馬として迎えられる。④槐安国の国王は、淳于棼の父親との旧約に言及する。⑤槐安国の人々は淳于棼を以前から見知っている様子であり、また、彼の旧友たちもその国の住人であった。⑥淳于棼は結婚して駙馬となり、南柯郡の太守となった。やがて五男二女をもうけた。⑦南柯郡の太守となって二十年後、檀蘿国が南柯郡を攻撃し、淳于棼は友人・周弁の失策により敗北する。周弁はその直後に病没し、その年に妻の公主も病没する。⑧淳于棼は南柯郡の太守を辞任し、妻の遺骸を守って国都に帰った。国王の周囲には彼の異心を訴えるものもいた。⑨国王と王妃は淳于棼にもとの世界に帰るように勧め、彼もにわかに元来の世界の記憶を取り戻した。⑩淳于棼は、二十数年前に槐安国に来た時と同じ道を通って帰った。⑪帰ってみれば、彼はもとの部屋の軒下に眠っており、使者たちの呼ぶ声によって目を覚ました。⑫淳于棼は友人たちと家の近辺を探索し、自身が蟻の世界に行ったことを悟った。⑬淳于棼はそれから三年後の丁丑の歳に、父や国王の予言どおりに死んだ。

以上の要約で解るとおり、この物語は「夢の世界」を描いたというより、ある男が夢の中で訪れた〈異界〉を描く。また、前節ですでに紹介した『法苑珠林』所収の「盧充《ろじゅう》」と、その骨組みにおいてきわめて近似した展開を採るといってよい。「盧充」という小説は、狩に出かけて道に迷った盧充がある使者に迎えられ、崔氏の墓に入って父の遺言を聞き、崔氏のむすめと婚姻を遂げ、入ってきた時と同じ道を通って外へ出て、その後、崔氏より子供を受け取り、彼の体験の謎がすべて明かされる、という筋立てだった。それらの過程はすべて盧充の視線から、体験された時系列にしたがって順番に記述されていた。その点は『南柯太守伝』も同様であり、終始一貫して淳于棼の視線から、彼の体験が時系列にしたがって順次展開されているのである。『南柯太守伝』はその意味で、六朝の「志

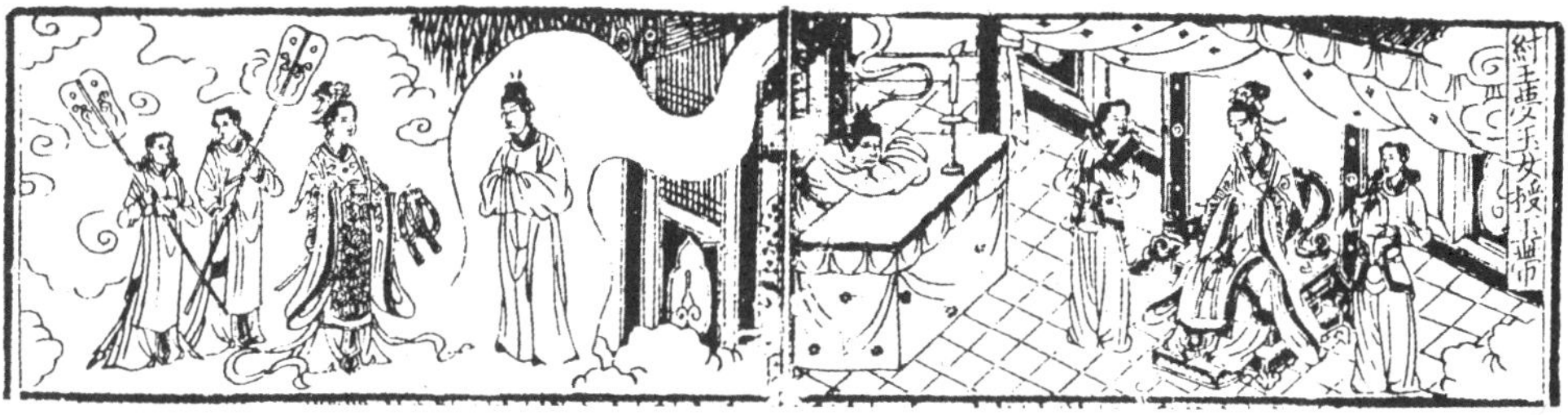

図32　元朝期の小説『武王伐紂平話』の挿絵

女神像を前に居眠りをした殷の紂王が、その女神を夢に見るシーン。当時は、夢は魂の作用と考えられ、その魂は脳天から抜け出すという通念があった。脳天から出る吹き出しは、紂王の夢を表す。国会図書館蔵『武王伐紂平話』による。

怪」と全く同様の手法で、類似した体験が描かれるといってよい。この物語が「盧充」と異なるのは、「訪ねた異界」が墓中ではなく〈夢の世界〉だった点であり、また、〈夢の世界〉と〈現実〉の間にあるズレが実に注意深く点描されている点であろう。この作品が傑作である所以もこの点にある。

〈夢の世界〉を描いた古典として本作品の背景にあるのは、いうまでもなく『荘子』「内篇」「斉物論篇」にある「胡蝶の夢」である。

むかし、荘周、夢に蝴蝶に為る。栩栩然《くくぜん》として蝴蝶なり。自ら喩《たのし》みて志に適うか、周なるを知らざるなり。俄然として覚むれば、則ち蘧蘧然《きょきょぜん》として周なり。知らず、周の夢に蝴蝶と為りしか、蝴蝶の夢に周に為りしかを。周と蝴蝶と、則ち必ずや分かつ有り。此を之れ、物化と謂う。

「荘周は夢の中で蝴蝶となった。栩栩然（喜ぶさま）として志に適い、胡蝶であることに何の疑問も感じなかった。が、夢から覚めてみれば、自分は『蘧蘧然として（つまり、実体をもって）』荘周である。夢の中の胡蝶も実体であれば荘周である自分も実体である。〈夢〉は二つの実体を結ぶトンネルのようなものであり、そのトンネルのどこかで胡蝶と荘周は入れ替わる、その変化を『物化』というのだ」。これがすなわち『荘子』の議論であろう。『荘子』は〈夢の世界〉を描くというより、二つの世界を結ぶ接点として「夢というトンネル」を設定したといえる。別の表現を使えば、胡蝶の魂魄と荘周の魂魄がある契機をもって入れ替わる、その契機こそが〈夢〉である、といえるかもしれない。「胡蝶の夢」をこのように見るなら、『南柯太守伝』に描かれる「夢」も「世界」と「世界」とを結ぶトンネルに他ならないこと、明らかだろう。『南柯太守伝』はその末尾において、「南柯の夢」を総括して次のようにいう。

ああ、蟻の世界の神秘でさえ奥深くて極めることができない。まして、山に隠れ樹木に潜む大きな動物の示す「変化」は言うまでもあるまい。(17)

ここにいう「変化」は『荘子』「斉物論篇」にいう「物化」と遠く共鳴しあっているのであり、深山幽谷に潜む無数の〈異界〉を言うに違いない。この宇宙は人間の住む〈現実〉だけで出来上がっているのではない、無数の〈異界〉が並存しているのであり、それらが〈夢〉を通じて共鳴しあい連動しあいながら全体として一つの宇宙を形成しているのである。

淳于棼は〈夢〉を見たのではない。〈夢〉というトンネルを抜けて〈異界〉の人となった。しかも作者は、この「物化」を六朝以来の伝統的な文体にしたがって記述しなければならなかった。すなわち、主人公の言動を時系列にしたがって淡々と配列する記録文の文体を用いて、複数の世界の複数の時間を、一つの定点から一連のものとして描かなければならなかったのである。たとえば主人公は、四十四歳の折に蟻の世界へ行き、そこで結婚をして二十年以上の歳月を過ごし、帰還して三年後に四十七歳で死ぬ。とすれば彼は、〈異界〉に入って若返り、そこで再度青春時代を過ごしたに違いないのだが、『南柯太守伝』の作者・李公佐は物語の中にあるこの〈若返り〉を〈時間の逆流〉として捉えることはなかった。というよりむしろ、〈異界〉には別の時間が流れている、とは考えなかったのである。作者はただ、主人公が生きる〈現実〉の時間にしたがって〈夢〉の中に入り、愚直に〈夢の人生〉を生きて〈現実〉に帰還させたのであって、中国のすべての古典小説がそうであるように、時間は常に前に向かってしか進まず、「異界での二十年」はすべて「夢の錯覚」でしかなかった。李公佐は、主人公の〈若返り〉を「物化」、すなわち「魂魄の入れ替わり」「記憶の変換」として描いた。たとえば、主人公の淳于棼が蟻の世界に行き、その世界の女たちと交わす次のような会話は、彼の「記憶の変換」を描写してはいないだろうか。

一人の女がこんなことを言い出した。「先年の上巳節の日、霊芝夫人が禅智寺にいらっしゃるお供をして、わたしは天竺院で石延が婆羅門の舞を舞うのを見ました。……わたしたちの名前を訊いたり、住居を尋ねたりなさった。わたしは返事もしませんでしたが、するとあなたは、名残惜しそうにして、いつまでもこちらをご覧になっていた。まさか、忘れたなんて言わせませんよ」。「心のうちにこれをたたみこんで、一日だって忘れたことはありません」と彼は答えた。

主人公が話している女は〈異界〉の人である。〈現実〉の世界にいた淳于棼が記憶しているはずのない事件を、彼は「一日として忘れたことがない」と答える。この一節は『南柯太守伝』を読んだ人が必ず〈違和感〉を感じる部分であろうが、恐らくは、淳于棼の「記憶」が〈人間世界〉のそれから〈異界〉のそれへ変化しつつあることを描写すると思われる。かくして主人公は次第に変化し、やがては若者へと変身する。彼が南柯郡に赴任する際の記述には「彼は歳も若く、遊俠の人でもあったので」とあり、また、その際に公主を諭した王妃の言に「淳于さんは一本気で年もお若い」ともいう。物語の中ほどにおいて主人公は二十代の若者に変化していたのである。ただしその「変化」は、夢の中の我々もしばしばそうであるように、自覚や確認がないまま、いつのまにか〈意識〉のみが入れ替わってしまう〈変化〉なのである。客観認識がないまま、状況に完全に順応している状態とでもいえようか。『南柯太守伝』は、『荘子』のいう「物化」を、時間認識のない、環境へのこのような順応として描く。

このようにして「蟻の世界」の人となった主人公は、だが、夢から覚めて、次なる「物化」を遂げる瞬間を迎える。

王は彼に述べた、「親族となって二十余年、不幸にしてむすめは若死にし、貴殿と添い遂げることがなかったのはまことに悲しい」。夫人は、孫を手元に置いて養育すると言い、さらに次のように述べた、「家を出てから随分になります、あなたもしばらく郷里に帰り、親族にひと目お会いになればよろしい。孫たちは、ここに置いておけば心配はいりません。三年たてば、あなたをお迎えするでしょう」。彼は「ここが私の家ではありませぬか。ほかにどこへ帰ることができましょう」と述べた。王は笑いながら、「貴殿はもともと人間界の人。家はここではない」という。その途端、彼は眠った時のように夢心地になり、しばらくは茫然としていたが、やっと昔のことを思い出して、涙を流しながら帰らせていただきたいと願い出た。

上記の一節は、『南柯太守伝』の中で私が最も美しく感動的だと感じるシーンである。主人公は、〈現実〉の意識を取り戻す時、なぜか泣くのである。涙の理由は書かれない。だが、理由のないその涙が、主人公の覚醒に名状しがたいリアリティーを添えていないだろうか。〈蟻の世界〉における二十数年の歳月と、かすかに残る遠い記憶。この二つの意識が彼に深い感情の起伏をもたらし、一挙に覚醒へと向かわせる。〈蟻の世界〉に入ってきたときは徐々に変化した意識が、ここでは涙とともに突然変換されるのである。この「物化」を涙によって演出し得た作者は、やはり凡手ではない。

第五節　『枕中記』――唐代伝奇小説の展開（二）

図33　北宋代の邯鄲で作製された瓷枕

邯鄲は小説『枕中記』が書かれる以前から瓷枕の作製で有名だった。図の中央上部に小さな穴があるのがお分かりだろうか。このような穴が次第に大きくなったのである。張子英編著『磁州窯瓷枕』（人民美術出版社、2000年）による。

『南柯太守伝』はこのように、〈夢の世界〉を実態として描き、〈現実〉と〈夢の世界〉の往来を〈異次元空間への闖入と帰還〉として描いた。いわば、『荘子』のいう「物化」を「史伝」の文体で記録した作品といえようか。しかるに、『南柯太守伝』としばしば比較される『枕中記《ちんちゅうき》』は、〈夢の世界〉をまさしく〈夢幻〉として描く作品といってよい。

次に、『枕中記』を引用してみよう。

開元七年、呂翁《りょおう》という道士がいた。仙人になる奥義を会得した者で、邯鄲へ向かう道中、とある宿屋に泊まり、帽子をとって衣の帯をゆるめ、荷物にもたれて休息していた。ふと若い男が見えた。盧《ろ》という書生であった。毛織の短い衣をまとい、黒い馬に乗って畑へ行く途中、宿屋に立ち寄ったものである。呂翁と同じむしろに座り、上機嫌に談笑していた。大分たってから盧は、自分の服装がいたみ、汚れているのを見て、溜息をもらした。「男子たる者がこの世に生まれ、機会に恵まれぬまま、かくも困窮している」。呂翁、「あなたのお身体を拝見するに、苦しみも病もなく、愉快に語り、『満足』(18)されているように思うが、困窮をお歎きなさるのは如何なるわけか」。盧、「私はやっと暮しているだけです。満足とはとんでもありません」。呂翁、「それが満足と申せないとするなら、なにを満足となさるのか」。盧は答えた、「士人としてこの世に生をうけたからには、科挙に及第して名をあげ、武将や文臣として位人臣をきわめ、食事には侯、卿、大夫のように鼎《かなえ》をならべる贅をつくし、お抱えの歌妓を吟味していい音楽を聴き、一族を繁栄させ、家産を裕福にさせてこそ、はじめて満足と申せましょう。私は、かつては学問に志し、さまざまな学芸を習得しました。そのころは、高位高官など地面から物を拾うようにやさしいことと自負していましたのに、いま壮年になって、相変わらず畑仕事に追われています。これが困窮でなくてなんでしょう」。そう語り終わると、目がくらみ、眠気が襲ってきた。折から、宿屋の主人が、黄粱の飯を蒸していた。呂翁は荷物の中から枕を取り出し、書生に渡した。「この枕を使えば、あなたは願いを適え、満足するでしょう」。その枕は青磁で出来ており、両端に穴があいていた。書生が枕に頭をつけると、その穴が次第に大きくなり、明るくなるのが見えた。そこで身体ごと入って、そのまま自分の家に着いた。

　数ヶ月たって、清河の崔氏の娘を娶った。妻は非常な美貌で、持参金も沢山あった。書生の盧は大変喜び、それからは服装や車馬が日ごとに華美になった。翌年、推薦を受けて進士科の考試に応じ、それに及第した。官界に入って秘校になった。制科の考試に参加して渭南の尉に栄転し、じきに監察御史に昇進し、起居舎人、知制誥に栄転した。三年後、同州刺史に転出し、陝州《せんしゅう》都督に昇進した。書生は治水工事に深い関心を寄せ、陝西から八十里にわたり黄河の河道を開さくして、水運の便をはかった。土地の人々はその恩恵に浴し、石碑を刻んで功績を記念した。汴州《べんしゅう》都督に移り、河南道採訪使を兼任して、召しだされて京兆の尹になった。この年、神武皇帝(19)は戎《じゅう》や狄《てき》など西北辺境の民族と戦争をおこして領土の拡張をはかった。おりから、吐蕃《とばん》の悉抹邏《しつまつら》と燭龍《しょくりゅう》の莽布支《もうぶし》とが瓜州《かしゅう》、沙州《さしゅう》を攻め落とし、節度使の王君㚟《おうくんちゃく》が殺された直後だったので、河湟《かこう》一帯が動揺した。皇帝は有能な将帥の抜擢を思い、盧生を御史丞、河西道節度使に任命した。盧生は戎軍を大敗させて七千人を斬首し、領土を九百里拡張し、三ヶ所に大きな城塞を築いて要衝を防衛した。辺境の住民は居延山に石碑を建立して巧勳を讃美した。

朝廷に帰還して高い爵位を賜わり、その儀式は盛大をきわめた。吏部侍郎に栄転し、戸部尚書に昇進、御史大夫を兼任した。進士科出身の文官として威望があり、多くの人々がこぞって帰依した。ところが、当時の宰相に忌まれて、流言によって中傷され、端州刺史に左遷されたのである。だが、その三年後、常侍としてお召しを受け、ほどなく同中書門下平章事となった。中令の蕭崇や侍中の裴光庭とともに十余年にわたって大政を執り、上諭や内密の御沙汰を一日のうちに三度も受け、その可否を言上して心から主上を補佐したから、賢明な宰相と褒め称えられた。だが、同僚が彼を傷つけた。彼は、辺境の将軍たちと結託して謀反を企てたという誣告を受けた。主上の命により下獄したのである。府吏が従卒を引きつれ、彼の屋敷に到着するとただちに逮捕した。彼は不測の事態に驚愕し、妻子に向かって述べた、「私は山東の出身で、五頃《ごけい》の畑をもっていた。飢えや寒さをしのぐにはそれで充分だった。禄を求めるまでもなかったのだ。こんなことになってしまって、毛織の短い衣を着て黒い馬に乗り、邯鄲へ向かう道を旅したくとも、今やできぬ相談だ」。

彼は剣を抜いて自害しようとした。妻が押し止め、生命はとりとめた。この事件に連座したものはみな死刑となったが、彼だけは宦官のとりなしで減刑され、遠く驩州《かんしゅう》に流された。数年後、皇帝は盧の無実を知った。その償いに中書令に任命し、燕国公に封じ、きわめて厚い待遇を賜わった。

息子が五人いた。倹、伝、位、倜、倚といった。どれも才能豊かな器量人であった。長男の倹は進士科に及第して考功員外郎になった。伝は侍御史、位は太常寺の丞に、倜は万年県の尉になった。末子の倚はとりわけ賢く、年二十八で左丞になった。その姻戚はみな天下の名門であり、孫が十余人いた。二度、遠隔の地に流され、二度とも宰相に返り咲いた。中央や地方の枢要の官職を歴任し、五十余年の間、地位は高く権勢も盛んであった。

彼は生来いささか奢侈で、逸楽を甚だ好み、家にかかえた歌妓や侍妾は天下の美女ぞろいであった。皇帝からしばしばゆたかな土地、邸宅、美女、名馬を下賜された。晩年、健康が次第に衰え、再三にわたって隠退を願い出たが、許可されなかった。病に臥せると、宦官や宮女の見舞いがしきりに続き、名だたる医者、最上の薬がさしむけられた。臨終のとき、つぎのように上奏した。

「臣はもと山東の儒生にして、畑を耕して平穏に暮らすことを以って楽しみといたしました。はからずも聖代にあい、身を官階に列して過分な御嘉賞を蒙り、格別の抜擢と厚恩を受けて、地方にあっては節鉞《せつえつ》、旌旗《せいき》にかこまれた長官を勤め、朝廷にあっては宰相の大任にありました。国都の内外で長年にわたりご奉公つかまつり、聖上のご恩をかたじけなくしながら、御聖徳をひろめることもなりませんでした。御聖託にそむき国難を招き、薄氷を踏む思いで日ごとに憂い、老齢のおとずれも気が付かぬ始末でございます。いま、齢は八十をこえ、位は最高位をきわめ、鐘は鳴り、漏刻はつきはて、筋骨も老いさらばえ、ながらく病み衰えて、死を待つばかり。なにひとつ成就いたさず、聖上よりの深い御恩に報じ奉ることもならず、永遠にこの聖代からお別れ致します。万感きわまって悲しゅうございます。謹みて表をささげ、お許しを懇願つかまつります」。

皇帝は次のように詔を下した。

「卿はすぐれた才幹をもって朕の宰相となり、国都を出ては国家の藩屏となり、入っては大いなる治政を翼賛して、二十有余年の太平をお助けくださった。このごろ病にかかられ、ほどなく全快すると思っておりましたが、思いがけなくも、かくも病状ははかばかしからず、まことに心配いたしております。いま、驃騎大将軍の高力士を卿の屋敷に遣わします。治療に専念して、予のため御自愛めされるよう願います。なにとぞ快癒なされますように」。

　この夕べに盧生は死んだ。……

　前掲『南柯太守伝』は『太平広記』の巻四七三「昆虫・三」という所に収められ、『枕中記』は『文苑英華』巻八三三「寓言」に収められること、すでに述べた通りである。『太平広記』と『文苑英華』はともに北宋の太平興国年間（九七六－九八四）に太宗の勅命によって編纂された資料集であったが、『太平広記』は『漢書』「芸文志」にいう「小説」を網羅的に収集して分類したものだったのに対し、『文苑英華』は、中国古典文学の精華『文選』の後を継ぐことを目的に、主に唐一代の詩文を集めたものだった。『太平広記』がノン・フィクションやレポートの集積だったのに対し、『文苑英華』は詩文の傑作選だったのである。『南柯太守伝』と『枕中記』はともに〈夢〉を描いた類作のように見えながら、二作に対する北宋初の認識には恐らく大きな懸隔があった。『南柯太守伝』は〈蟻の世界〉を描いた〈異聞〉と認識され、『枕中記』は〈夢〉に人生の真実を「寓」した〈詩文の精華〉と認識されたのである。

『枕中記』に描かれた〈夢〉が〈実態〉ではなく〈夢幻〉に他ならないことは、覚醒を描いた次のシーンに端的に見て取れる。

　この夕べに盧生は死んだ。盧生はあくびをして目を覚ました。見ると、その身体は宿屋に伏しており、傍らには呂翁が坐していた。宿の主人は依然黍《きび》を蒸している。黍はまだできていなかった。すべては前と変りなかった。生は起き上がり、「夢だったのか」と述べた。翁は生に「一生の『適（満足）』もこのようなものではあるまいか」と述べた。生はしばらく茫然としていたが、礼を述べて「『寵辱』『窮達』『得失』『生死』が何であるのか、すべてを知りました。わたくしの欲望を塞いでいただいたこと、謹んでお礼を申し上げます」と言った。生は叩頭すると、再拝して去って行った。[20]

この部分の原文は実に見事に構成されており、主人公が目を覚ましていく経過が時系列にしたがって順次示されている。盧生は夢の中で「薨《こう》じた」かと思うと、「欠伸して」「覚醒（悟）し」、目を開けて先ず「邸舎」を見る、ついで「呂翁」を、さらには「宿の主人」を見、かくして彼は五十余年間の人生がすべて「夢中の出来事」だったことを悟り、身を起こす。ここには『南柯太守伝』に見られた昂揚と涙はない。夢幻が現実ではなかったことへの静かな驚きがあるだけである。呂翁はおもむろに言う、「一生の『適（満足）』もこのようなものではあるまいか」と。ここにいう「適」は、盧生が夢におちる以前に激しく希求した「適」、すなわち「満足」であった。そこでの「適」とは、盧生がみずから述べたように（「士としてこの世にある限り、科挙に及第して名をあげ、国都を出るときには将軍、入るときには宰相となり、贅を尽くして歌姫・舞姫と食し、一族を繁栄させ巨万の富を蓄えてこそ、はじめて適と申せましょう」）、主に「士の栄誉」「社会的な成功」として発想されたものだった。その「適」を、だが呂翁は「人生の適」「真の幸福」に変えて、「また、このようなものではあるまいか」と問いかけたのである。「適」はこの作品を貫く最も重要な主題であったが、物語の出発点においては「男子の満足」であったものが末尾においては「心の平安」へと、微妙にそのニュアンスを変えたといってよい。そして、「心の平安」としての「適」を希求する点において、この『枕中記』は『荘子』「胡蝶の夢」の紛れもない末裔であった。『荘子』「胡蝶の夢」は「自らたのしみて志に適うか、周なるを知らざるなり」と述べていた。荘周は夢に胡蝶となり「心の平安」を得た。同様の平安を盧生は夢幻に求めた。『南柯太守伝』は夢を実態として描く点で『荘子』「胡蝶の夢」の子孫であったが、『枕中記』は夢に「適」を求める点で『荘子』「胡蝶の夢」の子孫だったのである。

『枕中記』には『南柯太守伝』が描いたような〈未知の世界への憧憬〉はない。この作品はいわば〈絶望〉の物語である。主人公は「適」を〈夢幻〉に求め、〈夢幻〉においてさえそれを得ることなく、「万感きわまって悲しゅうございます」と述べて死んだのである。『枕中記』は「夢に一生を見て人生の無常を悟る物語」と思われがちだが、そのような月並みな作品でないことは明らかだろう。盧生は〈夢〉と〈現実〉の両者において幻滅を体験し、しかもなお、呂翁に付き随おうとはしなかった。彼の進むべき道はもはやどこにもない。にもかかわらず彼は、物語の末尾において呂翁に礼を述べて別れる。盧生はどこへ去ったのだろう。この物語の後には漆黒の闇だけが残される。

第六節　異化と解体　――唐代伝奇小説の展開（三）

『南柯太守伝』や『枕中記』と同様に〈夢の世界〉を描いた（わが国では有名な）唐代伝奇小説を次にもうひとつ紹介してみよう。上田秋成の『雨月物語』「夢応の鯉魚」の原話として知られる『魚服記』(21)がそれである。

薛偉《せつい》は乾元《けんげん》元年、蜀州青城県の主簿に任命され、同僚には丞の鄭滂《ていほう》、尉の雷済《らいせい》、裴寮《はいりょう》がいた。その歳の秋、薛偉は病となって七日、にわかに意識を失い、呼んでも目覚めない。胸もとにわずかな温もりがあったので家人は葬るに忍びず、周りを囲んで見守った。二十日目に息を吹き返して起き上がり、家族に「人の世では何日がたったのか」と問うた。「二十日だ」というと、「わしのために、どうか同僚たちが膾《なます》を食べているか否かを見てきてくれ。『わしは生き返った、不思議なことがあるから、どうか皆さんにお聞かせしたい』と述べるのじゃ」という。下僕が出かけてみると、同役たちは本当に膾を食べようとしている。そこでわけを述べ、皆は箸を置いてやって来た。薛偉は「諸君は司戸の下男張弼《ちょうひつ》に魚を買わせたな」と訊く。「そうだ」と答えると、張弼にたずねた、「漁師の趙幹が大きい魚を隠し、小さい鯉魚をよこした。お前は葦の間に大きい方を見つけて持ち帰った。役所に帰ると、司戸の下役たちが扉の東に座り、糾曹の下役が西に座って、将棋を差していた。更に中に入ると階段がある、鄒《すう》君と雷君は博打《ばくち》の最中で、裴君は桃を食べていた、趙幹が魚を隠したことをお前が告げると、『鞭打ち五回に処せ』という。料理人の王士良に鯉魚を渡すと彼は喜び、これを殺した、どうだ、すべてその通りであったろう」。一同が確認しあうと本当にその通りである。「あなたはどうしてそれを知ったのか」と人々が訊ねると、彼は「さきほど死んだ鯉魚はわしなのじゃ」という。皆は驚き、「聞かせてくれないか」と述べた。

薛偉は語った。

「わしは病となり、身体が熱くてたまらない。苦しくなって、病気のことも忘れ熱を冷ましたいと思って、杖をついて出かけた。それが夢とは知らなかったのだ。街を出ると、籠の鳥が外へ出た時のように嬉しかった。しだいに山道となり、なおさら苦しくなる、そこでわしは坂を降り河辺に出た、水は深く澄み、秋の景色は美しく、水面は鏡のようだった。わしはふと水に入りたくなって、衣を脱いで川に飛び込んだ。子供の頃から水には慣れ親しんだが、成人してからは遊んだことがない、心中まことに満足し、宿願を果たした気分になって、『水に浮かんだとて、魚となって素早く泳ぐに及ぶまい、魚の姿を借りて自由に動けぬものか』と思った。すると側にいた魚が『今まであなたが願わなかっただけのこと。正式に水属（水中生物）を授かることさえ造作もない、姿を借りるくらい何程のこともあるまい』と言い、速やかに泳ぎ去った。と、間もなく、魚の顔をして人身数尺のものが鯢《げい》（大魚）に乗り数十の魚たちを引き連れて現れ、河伯《かはく》の詔勅を伝えて次のように述べた。

『人界と水界と道を異にするといえども、その好むにあらざれば波間に渡らんとは願わざらん。薛偉は深く広き心もて清江に遊ばんと欲し、世の虚名と喧噪を厭い、しばし鱗属《うお》となり姿を借りんと願うなり。東潭の赤鯉にかりそめに任ず。嗚呼、波を恃《たの》みて舟を傾け、罪を冥府に得ることなかれ。針と糸とを見ずして餌を貪り、その身を失うことなかれ。行いを慎まずして水属を辱めることなかれ。なんじ、これに勤めよ』

この詔勅を拝聴しながら我が身を振り返ると、わしはすでに魚の服を着ておった。そこで思いのままに身体を動かし、波間や淵を自由に泳ぎまわって、大河も湖沼も我がものとした。

東潭の管轄をまかされていたから、日暮れには毎日帰ったが、ある日、急に腹がへってきた。食い物を求めたが手にはいらない。舟についてその横を泳いでみると、見れば趙幹が釣り糸を垂らし、その餌は実に美味そうだ。食べてはならぬと知っていたが、思わず口を近付けてしまう。『わしは人じゃ、魚の服を着て餌が見つけられぬからといって、釣り針など飲めるものか』と思い、泳ぎ去ってはみたが、しばらくすると飢えに耐えられず、『わしは役人じゃ。この釣り針を飲んだとて、趙幹にわしを殺せるものか。県の役所に帰らしてくれるだろう』と思う始末、とうとうその餌を飲んでしまった。趙幹は糸を引いてわしを水中から出した。その手がわしを引き寄せようとする時、わしは連呼した。趙幹は聞こうともせず、わしのエラに紐を通し葦間に置いた。張弼が来て『裴寮の旦那が魚をお求めじゃ。大きいのがよい』という。趙幹は『大きいのはまだ釣れぬ。小さいのが十余斤ほどあるが』、張は『大きい物をとのご命令じゃ。小さい物では話にならぬ』というと、わしを葦間に見つけ、手にとった。わしは『役所

図34　瓷枕に描かれた魚

魚は中国では富、夫婦和合、書信、自由の象徴とされ、調度品の装飾のモチーフによく用いられた。『磁州窯瓷枕』（人民美術出版社、2000年）による。

の主簿の薛偉じゃ、魚に姿を変えて川に遊んでおるのじゃ、なぜわしに土下座をせぬ』と怒鳴るが張弼は聞かず、わしを引っさげて歩き出す。わしは何度も叱りつけたが、趙幹も気が付かない。

役所に入ると、下役の者が座って将棋をしている、大声を出しても誰もこたえない、笑いながら『すごい魚だな。四五斤はある』という。それから階段の所まで来ると、鄒滂と雷済とが博打をしているし裴寮は桃を食っている。魚を見て喜び、はやく台所にもっていけという。趙幹が魚を隠して小さい方を渡そうとしたことを張弼がいうと、裴寮は怒り、鞭打った。『わしは諸君の同僚だ。いま捕えられているのに、哀れだとも思わず、殺させるとは、それが仁か』とわしは怒鳴った。怒鳴って泣いたが、三人は気にも留めず料理人に手渡した。王士良は包丁をかまえ、嬉しそうにわしを台に置いた。わしはまた怒鳴った、『王士良、お前はわしがいつも使ってやっている料理人ではないか。なぜわしを殺す。わしのことを同僚たちに申し上げよ』。王士良は聞こえぬらしく、わしの首をおさえ、まな板の上で斬った。その首が向うで落ちた時、こちらでわしの目は醒め、諸君をお招きしたのじゃ」。

同僚たちはみな驚き、生類をあわれむ気持ちになった。だが、趙幹が魚をとらえ、張弼が手に引っさげ、下役たちが将棋を打ち、三人の同僚が階下にあり、王士良が殺そうとした時、魚の口が動いたのを皆見はしたが、何も聞こえなかった。そこで三人は膾《なます》を棄て、以後、一切口にしなかった。薛偉は無事平復し、華陽県の丞に転出して死んだ。

『魚服記』は、薛偉という地方役人が病気となり、人事不省に陥った後に突然目を覚まして、危篤状態にあった二十日間の夢の顛末を語る物語である。〈夢〉の体験者を中心に考えるなら、薛偉は死線をさまよって覚醒し、そこからさかのぼって鯉魚に変身した体験を語るのだから、物語を流れる時間は覚醒を境に一旦逆行するかに見える。だが、ここで注意しなければならないのは、この物語における夢の叙述が「あなたはどうしてそれを知ったのか」という問いに答えた直接話法のかたちをとる点であろう。『魚服記』は、『南柯太守伝』や『枕中記』のように「夢体験の生々しさ」を語る物語ではない。『南柯太守伝』や『枕中記』にあっては、〈夢〉への導入は故意にぼかされ、覚醒した意識のままに主人公は〈異界〉に移行していく。つまり、主人公の夢体験を読者も一緒に経験するような叙述法がとられていたのだが、それに対し『魚服記』は、「それが夢だと私には判らなかった」という但し書きとともに、一種の回顧譚として「夢体験」が語られる。『魚服記』を流れている時間の主体は主人公の奇妙な行動が先ず示され、それを説明する謎解きとして薛偉の談話はある。危篤状態から覚醒した主人公以外の語り手にあって、ある男が病んで人事不省となり、突然覚醒して不思議な体験を語りはじめる一部始終が、第三者の立場から、正に事件が生起した順番にしたがって書かれているといってよい。この物語にあっては、〈夢〉の体験者と作者とは実は丁寧に分離され、読者は作中の友人たちとともに、傍観者の立場で主人公の「解釈」を聞く。その意味で『魚服記』は、『漢書』「藝文志」がいう「小説」に回帰しようとした小説といってよい。

『漢書』「藝文志」が「小説」と分類した一類の散文は、巷の異聞や怪異を官庁に報告するレポートにその起源があった。いわゆる「小説」は、怪異・異聞の報告であるが故に二つの志向をもたざるを得なかった。その一つは、報告された怪異・異聞がフィクションでないことを証明しようとする志向、もう一つは、そうした現象が生まれる原因を探求して宇宙や世界の神秘を解明しようとする志向である。『魚服記』は、この二つの志向をある意味で典型的にもった小説である。作者は報告者としての自身の客観性を担保するために、主人公の夢を自身の体験とせず、あえて直接話法を用い、史伝風の〈事実〉を演出した。しかるに一方、彼が報告しなければならない薛偉の奇譚は、人が鯉魚に変身して水中に遊ぶという荒唐無稽で不合理なものだった。そこで彼は、河伯の勅許によって「魚服」を着るという一種の〈辻褄あわせ〉を主人公に語らせ、変身の不合理を糊塗した。ここにいう河伯とは黄河の神であり、水界の皇帝であった。つまり、神助によって主人公の変身は遂行されたのである。このことによって不合理は解消されたように見えるが、夢世界がもつ奇妙なリアリティーも消失したといってよい。人間世界の皇帝が現世のすべてを統轄しているように、河伯は水界のすべてを統轄する。人界の皇帝と水界の河伯は実は同じ原理の別々の体現者であって、「水界の河伯から勅許を得た」とは「人界の皇帝から叙任された」というに等しかった。主人公の変身は実質的には単一の世界の中を陸から水中へ、「服」をかえて移動したに他ならなかった。〈秘蹟〉の所以を説明したつもりが、〈水属の神秘〉を人界のアナロジーに変えてしまったのである。

『魚服記』は、鯉魚への変身を〈魚服を着る〉としか見ない点で〈異界〉が自立性をもたず、人界の延長に過ぎない点で）、夢を、〈現実〉でも〈夢幻〉でもない〈寓言〉に変えたといってよい。この作品の作者は、変身の原理を解説し、物語を伝聞形で記述することによって報告者としての客観性や合理性は担保したかもしれない。だがそのことによって、未知の世界に向けられた知的躍動感と文章としての生命力を失ったのである。

唐代の伝奇小説は、一部の作者たちがもった旺盛な探究心や表現意欲をしだいに失い、中国の伝統が育んだ〈現世主義〉に回帰して、やがて「志怪」としての存在意義さえ失っていくといってよい。未知の領域を探求したいという発想の根底が解体され、「小説」は単なるゴシップに堕していくのである。北宋の初期、時の皇帝・太宗の勅命によって『太平広記』という「小説」の総集が編纂されたことはすでに述べた。この『太平広記』は、全五百巻が更に「神仙」「道術」「異僧」「報応」「定数」「夢」「鬼」「妖怪」「精怪」「再生」、動物や植物等、全部で百五十以上もの細目に分類され、「怪異」の性格が各カテゴリーに整理されて二千五百以上もの物語が列せられる。だがそもそも、「神仙」や「道術」「幽鬼」によって引き起こされたことが明白な事件とは〈怪異〉なのだろうか。怪奇現象とは元来、原因がわからないから〈怪異〉であろう。それを〈分類する〉とは既知を以って〈世界〉を律することであって、未知の領域への探求心を扼殺することに等しい。「小説」はかくして〈現実〉〈現世〉によって解体され、

〈寓言〉やゴシップへと変身したのである。

唐王朝が潰え去ろうとする頃に生まれた文人・羅隠《らいん》（八三三―九〇九）によって書かれた「越婦の言」（羅隠『讒書』所収）という小説を、最後に紹介してみよう。

朱買臣（字翁子）が出世するや、妻を去らせるに忍びなかった。屋敷を建てて住まわせ、衣食を分かち生活させたのは、仁の心によるものである。ある日、離縁した妻は買臣の近侍の者に述べた。「私は長年、箒《ほうき》を手に翁子の身のまわりの世話をしてまいりました。思えば飢えや寒さに苦しんでいた時、翁子はいつも『偉くなった後は国を正し主君のために働いて、民を安んじ万物を救うのが私の夢だ』と申しておりました。私は不幸にして翁子のもとを去り、長い年月が経ち、翁子は果たして偉くなりました。天子は爵位を与え、故郷に錦を飾らせ、栄誉はここに極まりました。ですが、以前申しておりましたことを一言も申しません。まさか、四方は事もなく安寧で、そのために申す必要がなくなったのでしょうか。富貴を追い求めることに汲汲として、考える閑がなくなったのでしょうか。私からしますれば、妻に大口を叩くのは宜しゅうございますが、それ以外に何の能もない方のもとでどうしてその食を頂くことができましょう」と。そこで妻は憂悶のうちに死んでしまった。

この小説は、『漢書』巻六四上「朱買臣伝」にある次のような記述のパロディーとして発想されている。

朱買臣、字は翁子、呉の人なり。家は貧しく、読書を好み、産業を治めなかった。いつも薪樵《たきぎ》を刈り、それを売って食いつないでいた。薪を束ね担いで、歩きながら書を朗誦した。妻も薪を担いで付き従ったが、しばしば買臣が朗誦するのを咎め、止めさせた。すると買臣は、ますます早口に歌うのだった。妻がこれを羞じ、離縁を求めた。買臣は笑いながら言った、「私は五十歳できっと富貴になる。今もう四十余りだ。お前は久しく苦しんだ、私が富貴となったらお前に報いよう」と。妻は怒って述べた、「あなたのような人は、溝中で餓死するだけです、富貴になどなれるものですか」。買臣は留めることが出来ず離縁を許した。その後、買臣がひとり歩きながら道で歌って、墓場で薪を背負っていると、もとの妻が夫家とともに墓参りに訪れ、買臣の饑寒を見、呼んで飲食をさせてくれた。……

会稽郡では太守が来るのを聞き、民を発して道の掃除をさせた。県の役人たちがみな車百余乗で出迎えた。呉の界に入ると、朱買臣はもとの妻を見つけた。妻は夫とともに道の整備を行っていた。買臣は車を止め、呼びよせて二人を後の車に乗せ、太守の屋敷に同道し、園中に置いて飲食を与えた。一月して、妻は自剄《じけい》して死んだ。買臣はその夫に金を与え、葬らせた。

『漢書』「朱買臣伝」における「越婦」は恐らく「羞じて」自殺した。羅隠の描く「越婦」もその点は同様である。だが、『漢書』「朱買臣伝」の「越婦」が「みずからを羞じて」自殺したのに対し、羅隠が描く「越婦」は「妻に驕《おご》るしか能のない夫を羞じて」自殺したのである。これが、わが国でいえば芥川龍之介あたりが書きそうなパロディー小説であること、明らかだろう。羅隠は、史書に取材して「史実」を歪め、そこに「寓意」を込めた。中国古典小説のもっとも爛熟した手法がここにはあるが、羅隠の文章がどのように書かれているかといえば、最小限の説明文と「越婦」の発話のみによって構成されているのであり、要するに、『漢書』「朱買臣伝」の当該箇所に上記の文章を挿入して読めばいいように出来ている。これを逆からいえば、羅隠の小説は、「史書」からまるで切り取ってきたかのように書かれている、といえる。

中国の史書は、前掲『文心雕龍』「史伝」が「王の左右に書記官がいて、左にいる書記官はその行動を書き、右にいる書記官は言を書いた。王の言葉が『書経』となり、王の行動が『春秋経』になった」と説明したように、その出発点においてすでに発話や対話を写すものであった。史書が写す発話や対話はしばしば演劇的に構成され、「事件」の背後にある人間心理や個性を浮き彫りにした。この手法を用いて羅隠は見事な「寓言」を仕上げた。だが、そこにあるのは政権担当者に対する「皮肉」であって、新しい政治システムや人生に対する探求ではなかった。中国の古典小説はこのように、現実に密着して「史伝」の文体に範を採り、「寓意」に満ちた小品を生んで新たな活路を見いだそうとした。だが、それらの小品は結局は古典的な「伝記」を越えることなく、「寓意」も瑣末に流れて、文学史の「亜流」に堕する以外になかったのである。

（注）

（1）『説文解字』は漢字の成り立ちを「指事」「象形」「形声」「会意」「転注」「仮借」の「六書」に分類し、基幹文字を組み合わせて別の新たな意味を形成するものを「会意」とした。

（2）「事」の中には「吏」が含まれる。

（3）劉勰『文心雕龍』「史伝」の条は「本紀」について「歴代の皇帝を堯になぞらえて書名を『典』としようにも、皇帝の中には聖賢でない人もまじっており、孔子の『春秋』にならって『経』と名付けようにも、記録の書き手が聖人ではない。そこで、『呂氏春秋』から法式を得て、これらの篇を司馬遷は『紀』としたのである。『紀』は綱紀の意味をもち、包括的である。『本紀』は帝王のことを述べるのである」といい、「伝」については「『伝』とは『転』である。『経』の内容を『転』じて『伝』えるのである（「経」は「紀」と読み変えることが可能である）」という。

（4）王が祀る神の名は、たとえば卜辞や金文に「父乙」とか「祖癸」と契刻されるように、「〈父ないし祖〉＋〈十干〉」によって表示され、占卜はその神格の誕生日、すなわち「当該の〈十干〉の日」に行われた。神の誕生日は十日神話に基づき、十日ごとに訪れる、とされたのである。

（5）松丸道雄「〈甲骨文〉における〈書体〉とは何か」（『書道研究』美術新聞社、一九八八年）による。

（6）桜井万里子『ヘロドトスとトゥキュディデス』（山川出版社、二〇〇六年）による。

（7）この韻文の原文は次の通りである。「鴻鵠高飛、一挙千里。羽翮已就、横絶四海。横絶四海、当可奈何。雖有矰繳、尚安所施」。

（8）『捜神記』は晋の干宝の編とされるが、現存の二十巻本『捜神記』は明代の輯本であり、原形をどこまで残すか多くの疑問がある。「李寄」のテクストについては『法苑珠林』所収のそれに拠った。

（9）緹縈は人名。前漢の文帝の時の孝女。

（10）今日普通に読まれている「桃花源の記」には末尾に「桃花源の詩」という五言詩が付されるが、この五言詩は後人によって添加されたものだ、との説もある。ここでは割愛した。

（11）(6)は、「郷里を恋しく思う」シーンが記述されていないから、含めるべきではないだろう。

（12）『楚辞』とは、中国、戦国末に楚の地方に行われた独自の様式をもつ歌謡を集めた書物で、屈原の作とされる「離騒」「九歌」「天問」「九章」「遠游」「卜居」「漁父」「九弁」「招魂」「大招」等の諸篇からなる。「漁父」は後代の模倣作とされる。

（13）『法苑珠林』は、仏教における重要事項を百編に分類し、ひろく逸話等を集めて論証した類書。唐の道世が編纂した。

（14）この韻文の原文は次の通りである。「煌煌霊芝質、光麗何猗猗。華艶当時顕、嘉会表神奇。含英未及秀、中夏罹霜萎。栄耀長幽滅、世路永無施。不悟陰陽運、哲人忽来儀。今時一別後、何得重会時」。

（15）漢字音は「声母＋韻母」によって表され、ここでは、言葉遊びを行って「温（0＋on）」「休（k＋iu）」二字の声母と韻母を逆転させると「幽（0＋iu）」「婚（k＋on）」になることをいう。「幽魂」とは冥界での結婚をいう。

（16）『法苑珠林』巻七五「十悪篇」「感応縁」は上記「盧充」を引用した後、「右一験出『続捜神記』」と注記する。ここにいう『続捜神記』は恐らく『捜神後記』のことであろう。

（17）原文は「嗟乎、蟻之霊異、猶不可窮、况山蔵木伏之大者所変化乎」。

（18）「満足」の原文は「適」である。以下、同様。

（19）「神武皇帝」とは玄宗のこと。以下の記述は当時の政治情勢を踏まえ、史書のそれと一致する。

（20）原文は「是夕薨。盧生欠伸而悟、見其身方偃於邸舎、呂翁坐其傍、主人蒸黍未熟、触類如故。生蹶然而興、曰「豈其夢寐也」。翁謂生曰「人生之適、亦如是矣」。生憮然良久。謝曰「夫寵辱之道、窮達之運、得喪之理、死生之情、尽知之矣。此先生所以窒吾欲也。敢不受教」。稽首、再拝而去」。

（21）「夢応の鯉魚」の原話は明代の白話短編小説『醒世恒言』巻二六「薛録事魚服証仙」だとされるが、この「薛録事魚服証仙」は実は唐代の伝奇小説集『続玄怪録』「魚服記」（別名「薛偉」）を翻案したものである。また、太宰治の『魚服記』も、唐代伝奇小説「魚服記」に発想を負うものと思われる。

（高橋文治）

第四章　家族の物語

第一節 「長相思」の系譜

かつて真実《まこと》しやかに語られたテーゼに「中国文明は神話をもたない文明である」というのがあった。中国の古典は、天地創造や人類の誕生など、今日のわれわれが神話としてイメージする空想的な物語は少なく、「空想」の対蹠にあると一般には意識されている「事実の記録」が多い。中国は古くから歴史書を多く残し、儒学のような現世主義的思考も展開した。魯迅はその『中国小説史略』において、中国文明が「神話」の断片しか残さない原因を分析して、「中国は合理主義を重んじて神話を早期に歴史に転化させ、人の霊魂と神とを区別しなかった（一神教のような唯一絶対の神をもたなかった）」と述べている。中国は確かに、文字資料として残された記録をその表層で見れば、「神話の国ではなく、歴史の国」といえるだろう。だがそもそも、神話とはいったい何であり、歴史とはいったい何であろう。また、「神話が歴史に転化する」とはどういうことだろう。神話がもし、ある文明の思考や行為についてその根拠を創造し説明するものだとすれば、「神話をもたない文明」などあるはずがない。「神話がない文明」とは

「文明をもたない文明」と述べるに等しい矛盾表現である。また、神話がもし永遠に回帰し参照され続ける「思考や記憶の祖型」だとするなら、レヴィ＝ストロースも述べるように、我々が歴史に対してもっている素朴なイメージこそが神話の性質に最も近似したものといえるだろう。[1]「歴史は繰り返す」という命題があるように、現在を分析し将来を解釈する材料としてわれわれは「過去」を用い、「永遠に回帰し続ける祖型」として歴史を不断に利用し続けているからである。その意味では、神話と歴史は対蹠にあるのではない、「神話を歴史として語ること」も「歴史を神話として語ること」も可能な、ヤヌスの両面、「同一の記憶・思考」の別々の名前なのである。我々は、神話や歴史が果たす社会的機能を「事実か空想か」とは異なった深い次元で問い直し、文明にとって神話が何であり歴史が何であるのかをもう一度定義し直さなければならないだろうが、そうした試みをする時、中国文明は我々が最も注目すべき文明の一つといえるだろう。なぜならこの文明は、西欧型の文明とは様相を異にした、少し皮肉な言い方をすれば「歴史を神話として利用しつづけた文明」だったからである。この文明の中にこそ、我々が知らない「神話と歴史の関係」が示されているのである。

　では先ず、一般には「古楽府」とか「古詩」に分類される古い歌謡を見ることによって、中国の「祖型神話」がどのように形成され、どのように「継承」されたかを考えてみよう。次に示すのは、『文選』巻二七所収の「飲馬《いんば》長城窟行《ちょうじょうくつこう》」である。

青青河辺草、綿綿思遠道
遠道不可思、夙昔夢見之
夢見在我傍、忽覚在他郷
他郷各異県、展転不可見

青青たり　河辺の草、綿綿として遠道を思う
遠道　思うべからず、夙昔《しゅくせき》　夢に之を見たり
夢に見しとき我が傍《かたわら》に在り、忽ち覚むれば他郷に在り
他郷　各《おの》おの県を異にし、展転として見るべからず

枯桑知天風、海水知天寒
入門各自媚、誰肯相為言
客従遠方来、遺我双鯉魚
呼児烹鯉魚、中有尺素書
長跪読素書、書中竟何如
上有加餐食、下有長相憶

枯桑 天風を知り、海水 天の寒きを知る
門に入りて各自《おのが》じし媚《むつ》み、誰か肯えて相い言を為さんや
客 遠方従《よ》り来り、我に双鯉魚を遺《おく》る
児を呼びて鯉魚を烹《に》しむるに、中に尺素の書有り
長跪して素書を読む、書中 竟《つい》に何如《いかん》
上には餐食を加えよと有り、下には長《とこし》えに相い憶《おも》うと有り

（青々とした河辺の草。遠い旅路にある人を思い続ける。あなたの旅路は想像もできない遠い世界。でも昨夜、あなたの夢を見た。夢の中では私の横にいたのに、目が覚めてみればあなたは知らない世界。互いに違う場所にいて、いつまでも逢える日は来ない。枯れた桑の木を見て北風を知り、湖の氷を見て冬の寒さを知る。自らの家に入り家族と睦みあう。誰もあなたのことを口にしようとはしない。

遠くから来た旅人が私に二尾の鯉を届けてくれた。家の者に鯉を調理させると、中から布に書かれた手紙が出てきた。長いあいだ跪《ひざまず》いてその手紙を読んだ。何と書いてあったのか。書き出しには「食事をちゃんと摂って」とあり、後には「永遠に愛している」とあった。）

韻文で語られる神話といえば『イーリアス』や『オデュッセイア』といった英雄叙事詩を想定するかもしれない。だが、中国で語られた韻文の「祖型神話」は抒情詩であったし、個別の英雄の長大な物語が展開されるよりは、固有名詞をもたない普遍的な状況と、その状況の中に置かれた人々の張りつめた感情が、象徴性の高い簡潔な措辞によって提示されていくのである。上の「飲馬長城窟行」に示されているのは、一般的な解釈にしたがうなら生き別れになっている男女である。一句目「綿綿思遠道」で遠い旅路に思いをはせているのは妻であり、「夢の中では傍ら

にいたのに、目が覚めてみれば異郷にいる」と詠われるその人は彼女の夫であろう。二人はなぜか離れ離れであり、再会の見込みもない。詩全体は恐らく二段に分かれ、不在の人を思い続けるのが前段。後段は一転して「客従遠方来」、すなわち「遠来の旅人」が登場する。この旅人は彼女に二尾の鯉をおくり、その鯉から手紙が出てくる。手紙には「食事をちゃんと摂って」とあり、「永遠に愛している」とあった。この旅人は一体だれで、なぜ二尾の鯉を送り届けたのだろう。また、その鯉にはなぜ手紙が入っていて、その手紙は誰が誰に宛てたものだったのだろうか。不可思議で神秘的な内容ではあるまいか。

　この「旅人」は、同じく『文選』巻二九に収められる「古詩十九首」の第十七首と第十八首にも登場する。まず第十七首。

孟冬寒気至、北風何惨慄
愁多知夜長、仰観衆星列
三五明月満、四五詹兎缺
客従遠方来、遺我一書札
上言長相思、下言久離別
置書懐袖中、三歳字不滅
一心抱区区、懼君不識察

孟冬　寒気至り、北風　何ぞ惨慄たる
愁い多くして夜の長きを知り、仰ぎて衆星の列するを観る
三五　明月満ち、四五　詹兎《せんと》缺《か》く
客　遠方従《よ》り来り、我に一書札を遺《おく》る
上には長《とこし》えに相い思うと言い、下には久しく離別すと言う
書を懐袖の中に置き、三歳　字滅せず
一心　区区を抱き、君の識察せざるを懼《おそ》る

（孟冬十月には寒気が迫り、北風はなんと身を凍えさせることか。愁いの多さに夜の長さを知り、空の星々を仰ぎ見る。十五日に月は満ち、二十日には欠けてしまう。

遠くから来た旅人が私に手紙を届けてくれた。書き出しには「永遠に愛している」といい、その後に「永《なが》の

離別だ」という。その手紙を肌身離さずもち続け、三年たったが字は消えぬ。胸いっぱいのこの思い、あなたに届かぬのが口惜しい。）

また、第十八首には次のようにいう。

客従遠方来、遺我一端綺
相去万余里、故人心尚爾
文綵双鴛鴦、裁為合歓被
著以長相思、縁以結不解
以膠投漆中、誰能別離此

客　遠方従《よ》り来り、我に一端の綺を遺《おく》る
相い去ること万余里、故人　心は尚お爾《しか》り
文綵は双鴛鴦、裁《た》ちて合歓《ねむ》の被と為す
著《つめ》るに長相思《わた》を以てし、縁《ふち》どるに結不解《こいむすび》を以てす
膠《にかわ》を以て漆《うるし》中に投ず、誰か能く此を別離せしめん

（遠くから来た旅人が私に一端の綾絹を届けてくれた。一万里も離れたあの人は、今でも私を思っている。綾絹にはつがいの鴛鴦の模様。それで合歓の夜具をつくった。長相思の綿を中に詰め、結不解《こいむすび》の縁取りをかがった。私たちは膠《にかわ》を漆《うるし》に加えたみたい、だれに引き裂くことが出来ましょう。）

ここにいう「長相思」は一種の相関語で、「長」とは永遠の意だから「綿綿」という語を導き、「思」は「糸」と同音。「長相思」とはすなわち「綿糸（わた）」の意味でもある。また「結不解」とは恐らく「恋結び」をいうだろう。これら三首の古詩には共通して「客従遠方来」という情節があらわれ、また「長相思」の語が用いられる。「長相思」とは「永遠に思い続ける」という一種の「誓詞」であるが、古い歌謡の題でもあり、古歌謡を網羅的に集めてその歴史を解説した宋の郭茂倩編『楽府詩集』巻六一「雑曲歌辞」の解題、ならびに同書巻六九「雑曲歌辞」「長

相思」の解題は、この「長相思」という歌謡について次のようにいう。

歌曲は心にあるものを歌い、情感を歌う。また、宴遊歓楽の際や憂愁憤怨の折に、離別の悲傷を歌い、征戦のための行役を歌う。……このようにして生まれた歌謡が集められて「雑曲」となり、秦・漢以来数百年、その作者も一様ではなかった。戦乱の中で、音楽も歌辞も多くは失われてしまったが、古い歌謡の中に、由来は明らかでないものの、歌辞の断片が残存しているものもあって、「傷歌行」「生別離」「長相思」等がそれである。……

「長相思」は、古詩に「客従遠方来、遺我一書札。上言長相思、下言久離別」といい、李陵《りりょう》の詩に「行人難久留、各言長相思」、蘇武《そぶ》の詩に「生当復来帰、死当長相思」という。「長」とは「久遠」の意であり、行人が辺境をながく守り、手紙を送り家族に愛を伝えたのである。古詩にはまた「客従遠方来、遺我一端綺。文綵双鴛鴦、裁為合歓被。著以長相思、縁以結不解」ともいう。これは、夜具に綿を詰め、相思の糸が綿々と続くことを言うのであり、だから「長相思」という。また、別に「千里思」という歌謡もあり、「長相思」と同様である。

以上を簡単に要約するなら、「辺境を守る行人が永遠に変わらぬ愛を家族に伝える古い歌謡が昔はあって、それを『長相思』といった。古詩に『長相思』の語を用いるものが多くあるのはそのためである」というのである。「客従遠方来」に始まる古詩についてはすでに紹介したから、上記の解題が李陵や蘇武の作品としてあげる作品も念のために以下に紹介しておこう。この二首を李陵や蘇武の作品と考える人は今はだれもいない。「古詩十九首」に類する古歌謡、ないしは古歌謡から派生した無名氏の「古詩」とするのがよい。

携手上河梁、遊子暮何之　手を携えて河梁に上る、遊子 暮に何《いず》くに之《ゆ》く
徘徊蹊路側、悢悢不得辞　蹊路の側に徘徊し、悢悢《りょうりょう》として辞するを得ず
行人難久留、各言長相思　行人 久しくは留め難く、各《おの》おの長《とこし》えに相い思うと言う
安知非日月、弦望自有時　安《いず》くんぞ知らん 日月に非ざるを、弦望 自ずから時有り
努力崇明徳、皓首以為期　努力して明徳を崇《たか》くせん、皓首 以て期と為さん

（あなたと手を取りあって河の土手を行く、旅人は夕暮れにどこへ旅立つのか。道の傍らを徘徊し、悲しくて別れられない。旅人を留めることは出来ず、互いに「永遠《とわ》に思い続ける」と愛を誓いあう。東と西とに離れ離れになる太陽と月のように、わたしたちも別れなければなりません。月の満ち欠けに時期というものがあるように、わたしたちもいつかきっと再会できる。努力して志を高くもちましょう、年老いて白髪となればきっと時はくる。）

結髪為夫妻、恩愛両不疑　結髪して夫妻と為る、恩愛 両《ふたつ》ながら疑わず
歓娯在今夕、嬿婉及良時　歓娯 今夕に在り、嬿婉《えんえん》 良時に及ばん
征夫懐往路、起視夜何其　征夫 往路を懐《おも》い、起ちて夜の何其《いかん》を視《み》る
参辰皆已没、去去従此辞　参辰《しんしん》 皆已に没す、去《ゆ》き去《ゆ》きて此従《ここよ》り辞せん
行役在戦場、相見未有期　行役して戦場に在り、相見るは未だ期有らず
握手一長歎、涙為生別滋　手を握りて一たび長歎す、涙は生別の為に滋《しげ》し
努力愛春花、莫忘歓楽時　努力して春花を愛し、歓楽の時を忘るる莫《な》かれ
生当復来帰、死当長相思　生あらば当《まさ》に復《ま》た来帰すべし、死すれば当に長えに相い思うべし

（髷《まげ》を結い上げる年齢になって夫婦となった。二人の恩愛に迷いはなかった。今夕は歓楽を尽くそう、美しい時節に楽しみを尽くそう。征夫はこれから旅立つ道程を思い、起ちあがっては夜の様子を見る。参《しん》星も落ち辰《しん》星も落ちて、夜が明ければ二人は別れゆく。旅立って行くのはかの戦場、再会は何時とも知れぬ。互いに手を取り合って溜息をつく、この生き別れのために、涙がただ流れる。強いてこの青春を愛《め》でましょう、ともに過ごした歓楽の時は忘れない。生きていれば必ず帰ってくる、死ねば必ず永遠に思い続ける。）

上記の蘇武の詩は冒頭に「結髪して夫妻と為る、恩愛　両《ふたつ》ながら疑わず」というように、「飲馬長城窟行」や「古詩十九首」と同様、夫婦の別れを歌うこと、明らかである。しかもこの作品は文末に「生当復来帰、死当長相思」といい、「長相思」の語が元来いかなる場面で用いられる「誓詞」だったかを暗示する点で興味深い。「生あらば当《まさ》に復た来帰すべし、死すれば当に長えに相い思うべし」とは恐らく夫を送る妻の言葉であり、「生きていればあなたは必ず帰ってくる。あなたが死ねば私は必ず永遠にあなたを思い続ける」の意であろう。「長相思」とはすなわち、家族の死別に際し生者が死者に贈る「誓詞」だったのである。

これには次のような補足資料がある。

その第一は「相思樹」の題で知られる古小説である。この小説は、一般には『捜神記《そうじんき》』という書物に収められていたものとして知られるが、ここでは『法苑珠林《ほうおうじゅりん》』という唐代の仏教説話集に収録されているヴァージョンで紹介してみよう。

宋の時、大夫の韓馮《かんぴょう》は妻を娶り、妻は美しかった。康王はその妻を奪い取った。馮《ひょう》が恨むと、王はこれを捕え、刑として築城労働に従事させた。妻は、馮にひそかに手紙を送って、偽って次のように述べた、「雨は淫淫、河は大きく水は深い、陽《ひ》はのぼり心を照らす」。王はその手紙を手に入れ、近侍の者に見せたが誰も意味がわからない。賀という臣下が答えた。「『雨は淫淫』とは憂え且つ思うの意。『河は大きく水は深い』とは往来が出来ないの意。『陽はのぼり心を照らす』とは心に死の覚悟があるという意味です」と。憑はたちまち自殺してしまった。妻はひそかに自分の着物を腐らせ、王の供をして台に登ったときに、その上から身を投げた。近侍の者が取り押さえようとしたが、着物をつかむことができず、死んだ。帯から次のような遺書が出てきた。「王は私の生を利とするが、私は死を利とする。願わくは、わが屍骨を憑に与え、合葬せしめよ」。王は怒ってそれを許さず、村人に埋葬を命じ、二人の墓が向かいあうように埋めた。「お前たち夫婦の愛がつづき、もし塚を一つにすることができるなら、私も邪魔はしない」と述べた。一晩のうちに、梓《あずさ》の木が双方の墓の端から生え、十日たつと、ひと抱えにもあまるほどになり、幹を曲げてよりそい、下のほうでは根と根が、上のほうでは枝と枝が交錯した。さらに、雌雄一羽ずつの鴛鴦《おしどり》がいつもその木に棲み、朝も夜も枝を去ることなく、首をさし交えて悲しげに鳴いた。その声は人々を感動させた。宋の人々はこれを哀れに思い、その木に「相思樹」という名をつけた。「相思」の名はこれに由来したのである。いまの睢陽《すいよう》には韓憑城があり、二人を歌った歌謡もまだ伝えられている。

右記は『法苑珠林』の巻二七「至誠篇第十九」「感応縁」、すなわち「人の真心が天を動かした事跡」の部分に収められ、韓憑夫婦の「相思」が梓の木を生じ、墓を一つにした奇跡が語られる。この物語はまた「韓憑夫婦の死後の精霊が鴛鴦に変った物語」、すなわち鴛鴦の起源伝説としても語られており、ここにおける「相思」とは「分断を越えて一つになろうとする力」、「死を越えて結びつく親和力」であった。とすれば上記の「長相思」も、同様に愛の親和力をいう言葉でなければならない。

また第二は、漢代の墳墓から出土する銅鏡の銘文にしばしば「長相思」の語が見えることである。たとえば次の文言はどうだろう。死者の死後の生活が幸福であることを祈念した銘文といえまいか。[2]

常富貴、楽未央　　常に富貴にして、楽しみは未だ央《つ》きず
長相思、勿相忘　　長えに相い思い、相い忘るる勿《な》し
（永久に富貴で、楽しみは尽きない。とこしえに愛し続け、忘れることはない。）

図35　前漢代の鏡

河南省南陽出土。中央の方形の囲みの中に、右上から時計回りに「長相思　毋相忘　常貴富　楽未央」と銘文が刻される。『南陽出土銅鏡』（文物出版社、2010年）による。

また、次のような銘文もある。

君有行、妾有憂　　君に行有り、妾に憂い有り
行有日、返無期　　行に日有るも、返るに期無し
願君強飯多勉之　　願わくは 君 強いて飯し多く之を勉めよ
仰天大息、長相思　　天を仰ぎて大息す、長えに相い思う
（あなたは旅立ち、わたしは悲しい。出発に期日はあるが、帰還の日はない。どうかちゃんと食事を摂ってください。天を仰いで大きなため息をつ

く。永遠に思い続けます。）

上記二首の銘文は、一首目が「央」と「忘」、二首目が「期」「之」「思」で押韻し、特に二首目は「古詩十九首」等との内容上の関連も時に議論される韻文である。「古詩十九首」第一首を次に見てみよう。

行行重行行、与君生別離　　行き行きて重ねて行き行く、君と生きながら別離す
相去万余里、各在天一涯　　相い去ること万余里、各おの天の一涯に在り
道路阻且長、会面安可知　　道路　阻《けわ》しく且つ長し、会面　安《いず》くんぞ知るべけんや
胡馬依北風、越鳥巣南枝　　胡馬　北風に依り、越鳥　南枝に巣くう
相去日已遠、衣帯日已緩　　相い去ること日に已《すで》に遠く、衣帯　日に已に緩し
浮雲蔽白日、游子不顧返　　浮雲　白日を蔽《おお》い、游子　顧返せず
思君令人老、歳月忽已晩　　君を思えば人をして老いしむ、歳月　忽ち已に晩《く》る
棄捐勿復道、努力加餐飯　　棄捐して復《ま》た道《い》う勿《な》からん、努力して餐飯を加えよ

（旅をかさねにかさね、あなたと生きながらに隔たってしまった。二人の間には一万余里もの道程があり、それぞれ天の果てにいる。道路は長く険しい。逢うことなど出来はしまい。北方に生まれた馬は北風が吹いてくる方角に帰ろうとする。南に生まれた鳥は南側の枝に巣をかける。

あなたと私は日々離れてゆき、私は痩せ衰え、衣服は日々ゆるくなる。浮雲が太陽を蔽い隠してしまい、旅人は振り返りもせず進んでいく。あなたを思うと私はすっかり老けこみ、歳月はたちまちに流れて、もうすでに暮れ方。もうやめましょう、あれこれ言うのは。どうかご飯をたくさん召し上がってください。）

この詩については、「旅にある夫が家族を思う詩」とも「旅にある夫を思う妻の歌」ともいい、主体が妻と夫のどちらにあるのか未だ定説がない。だが、その古拙な措辞と感情の深さによって、古来、叙情詩の極北として愛誦されてきた作品である。「生きながらに別離す」という一句に注目するなら、同じく「古詩十九首」第十四首「去る者は日々に以って疎し」(3)の場合と同様、死別の悲しみを基調にした「離別と彷徨の歌」とすることができるだろう。その主体は夫と妻のどちらでもいいようなものだが、宋・嚴羽『滄浪詩話』「考証」は「『玉台新詠』はこの作を二首とする」と述べ（今日われわれが見る『玉台新詠』はこの作を一首としており、嚴羽が何に基づいて「『玉台新詠』は二首とする」と述べたのか明らかでない）、また、前半八句と後半八句とでは確かに韻目が変わっており、見ようによっては二首に見えなくもないため、前段と後段の主体を別々に設定し、前段は旅にある夫の言、後段は夫を思う妻の言とする解釈もある。上記の訳文は「夫婦の対話」とする説にしたがって作成したものである。初期の五言詩は古歌謡を核として生み出されたとされるが、この「古詩十九首」第一首を上記銅鏡の銘文と並べて見た場合にそこにある類似は明白だろう。銅鏡の銘文は「君有行、妾有憂」といい、「行有日、返無期」という。「妾」とは女性の一人称であり、「返無期」とは帰る日がないことをいう。「長相思」が死者に贈る「誓詞」であることは明らかである。

私の想像を述べてみよう。中国古代に「長相思」という古歌謡があった。この古歌謡は固有の物語を特に展開するわけではなく、夫との死別を「長相思」という言葉にのせて歌うものだった。だが中国文明にあっては、そうした抒情詩的な古歌謡が「祖型神話」として機能して、「死について語る」さまざまな歌謡、古詩を派生させ、やがて物語まで生むことになった。中国文明においては、叙事詩的な語り物のみが「祖型神話」になったのではなく、特別な情節を特にもたない抒情詩も時に「神話母胎」として重要な役割を果たしたに違いない。その「神話母胎」は古歌謡として伝承され、人々の観念と感情を支配し、その観念と感情の中から、「観念の起源」を語る物語がまた新たに生み出されたのである。たとえば、「古詩十九首」にある次の詩を見てみよう。

迢迢牽牛星、皎皎河漢女　迢迢《ちょうちょう》たる牽牛星、皎皎《こうこう》たる河漢の女
纖纖擢素手、札札弄機杼　纖纖《せんせん》として素手を擢《あ》げ、札札《さつさつ》として機杼《きちょ》を弄す
終日不成章、泣涕零如雨　終日　章を成さず、泣涕　零《お》つること雨の如し
河漢清且浅、相去復幾許　河漢は清く且つ浅し、相い去ること復た幾許《いくばく》ぞ
盈盈一水間、脈脈不得語　盈盈《えいえい》たる一水の間、脈脈として語るを得ず

（はるか彼方にかかる牽牛星。天の川に輝くのは織女星。細い手をあげ、サツサツと杼《ひ》をあやつって機を織る。一日中機織を続けても模様は出来ない。涙がただ雨のように流れる。天の川は清く浅い。二人の距離はいかほどもない。果てしなく流れ続ける川をはさんで、ただ見つめあい、言葉を交わすことは出来ない。）

この詩は牽牛《けんぎゅう》・織女を描いた作として古来有名であるが、思えば「牽牛織女の物語」は、前掲「相思樹」の物語に類する「引き裂かれた男女」の物語である。中国の文献が初めて牽牛織女に言及するのは、『詩経』「小雅」「谷風之什」にある「大東」という篇だとされ、(4) そこでは「天に河があり、見れば光り輝いている。織女は一日に七たび機に上るという。七たび機に上っても美しい模様のある織物はつくらない。光り輝く牽牛星は牛を引くというが、荷箱を運ぼうとはしない」といった内容が語られる。牽牛と織女が夫婦だったか否かは明示されていない。漢代までに形成された牽牛織女の物語が具体的にはいかなる内容だったのか、その詳細はもちろん不明である。だが、「河漢は清く、且つ浅し。相い去ること復た幾許ぞ。盈盈たる一水の間、脈脈として語るを得ず」という「古詩十九首」の詩句に、天の川を隔て、一つになることを禁じられた男女の悲しみが描かれているのも明らかであろう。「牽牛織女の物語」に託されているのは実は夫婦の死別ではなかったろうか。一組の男女が生と死とに隔てられ、死という禁忌によって分断されている。二人は互いに望みあうことはできるが、語りあうことはできない。再会を待ち望み

つつ、仕事の手を互いに休めて見つめ合う。ここには、「飲馬長城窟行」や銅鏡の銘文が「長相思」の語に託して展開したのと同様の世界があるだろう。

第二節　焦仲卿の妻の物語

「牽牛織女の物語」や「相思樹の物語」にも類する「愛のバラード」を次に紹介してみよう。「焦仲卿《しょうちゅうけい》の妻」とか「孔雀　東南に飛ぶ」とか題され（今日では、時に「中国のロミオとジュリエット」と呼ばれることもある）、これを収める『楽府詩集』によれば、次のような経緯から生まれた作品だという。

漢末の建安年間（一九六―二一九）、廬江府《ろこうふ》（安徽省廬江）に焦仲卿《しょうちゅうけい》という役人がいて、妻は劉氏といった。仲卿の母に追い出され、他に嫁がぬと誓ったが実家から再婚を迫られ、投水自殺を遂げた。仲卿はこれを聞き、みずから庭樹に首をかけて死んだ。当時の人たちはそれを哀れみ、このバラードを作った。

この作品が「焦仲卿の妻」と題されるのは主人公の名を取ったからであり、また、「孔雀　東南に飛ぶ」とも呼ばれるのは、古いバラードは歌い出しの文句をもってその題とする習慣があったからである。この作品は五言詩で構成され、三百五十句にも及ぶ中国詩史上最長の物語歌である。

孔雀東南飛、五里一徘徊　　孔雀　東南に飛び、五里に一たび徘徊す

十三能織素、十四学裁衣　十三にして能く素《しらぎぬ》を織り、十四にして衣を裁《た》つを学ぶ
十五弾箜篌、十六誦詩書　十五にして箜篌《くご》を弾じ、十六にして詩書を誦す
十七為君婦、心中常苦悲　十七にして君が婦と為り、心中 常に苦悲す
君既為府吏、守節情不移　君 既に府吏たれば、節を守りて情移らず
鶏鳴入機織、夜夜不得息　鶏鳴 機《はた》に入りて織り、夜夜 息《やす》むを得ず
三日断五匹、大人故嫌遅　三日に五匹を断つに、大人 故《ことさら》に遅きを嫌う
非為織作遅、君家婦難為　織作の遅きが為に非ず、君が家の婦は為《つと》め難し
妾不堪駆使、徒留無所施　妾 駆使に堪えず、徒《いたずら》に留まるも施す所無し
便可白公姥、及時相遣帰　便《すなわ》ち公姥に白《もう》すべし、時に及びて相い遣帰せよと

（孔雀は東南に飛んでゆき、五里にひとたび徘徊盤桓する。「わたしは十三で機織を覚え、十四で裁縫を学び、十五で箜篌《たてごと》を弾き、十六で『詩経』『書経』を覚えました。十七であなたの嫁になると、悲しいことばかり。あなたはお役所勤め、日ごろ真面目に働いておられます。わたしは夜明けの鶏の声とともに機につき、毎夜休む間もなく機を織る。朝早くから働いて三日で五匹を織り上げるのに、お義母さまは手が遅いとお叱りになる。お義母さまがことさらお叱りになるのは機織の手が遅いからだけではありますまい。あなたの妻はつとまりませぬ。お義母さまのお役に立たぬ以上、むだに置いておかれて如何いたしましょう。お義父さま・お義母さまにお伝えくださいい、早めに実家に返すようにと」。）

焦仲卿とその妻の「愛と死」を歌うこの作品は、上に見たように、「孔雀　東南に飛ぶ　五里に一たび徘徊す」という印象深い言葉に始まる。ここにいう「孔雀」や「東南」に具体的にはどのような観念・習俗が託されているの

かは明らかでないが、この二句が夫婦の別れを暗示することは恐らく動かない。というのは、「焦仲卿の妻」と同様に『楽府詩集』に収められる古い物語的歌謡に「艶歌何嘗行《えんかかしょうこう》」と題される作品があり、その冒頭に次のようにいうからである。

飛来双白鵠、乃従西北来
十十五五、羅列成行
妻卒被病、行不能相随
五里一反顧、六里一徘徊
……（中略）……

飛び来る双白鵠《そうはくこく》、乃ち西北従《よ》り来る
十十五五、羅列して行《れつ》を成す
妻　卒《にわ》かに病を被り、行くゆく相い随う能わず
五里に一たび反顧し、六里に一たび徘徊す

図36　機織をする女性

機織は水汲みや製麺とともに、女性が行う最も過酷な労働だった。図は宋代の寺院壁画によるものだが、機の前に座す女性は上半身裸である。夏に機を織る下層の女性を描いたものだろう。『中国美術全集』「寺観壁画」（文物出版社、1988年）による。

念与君離別、気結不能言　　君と離別するを念《おも》えば、気結ぼれて言う能わず
各各重自愛、遠道帰還難　　各各 重ねて自愛せん、遠道 帰還すること難し
妾当守空房、閉門下重関　　妾 当に空房を守り、門を閉ざして重関を下すべし
若生当相見、亡者会黄泉　　若し生あらば当に相い見るべし、亡すれば黄泉に会わん
……

（飛んでくる一羽の白鳥は西北の方角からやって来る。五羽、十羽と群れをなし、列をなして飛んでくる。妻がにわかに病となった。旅を続け、一緒に飛んでいくことが出来なくなった。五里飛んでは妻の方を振り返り、六里飛んではうろうろと徘徊盤桓する。……「あなたとお別れすることを思うと、気がふさいで何も申し上げられません。おたがいに自分の身体を大事にいたしましょう。あなたの道程は遠い、引き返すことは無理でしょう。あなたのいない閨で私は一人で暮らし、門を閉ざし閂《かんぬき》をかけておきましょう。もし生きていられればお会いできる、死ねばあの世でお会いいたしましょう」。……）

ここに歌われる白鳥は数羽ずつ列を作りながら西北の方角から飛んでくる。「焦仲卿の妻」がいう「孔雀　東南に飛ぶ」と同方向であること、明らかであろう。しかもこの「艶歌何嘗行」は、「妻はにわかに病となり、ともに飛んでゆくことができなくなった」と述べ、「白鳥が六里にひとたび徘徊する」原因が「病のために置き去りにした妻」にあることを明言する。とすれば、「焦仲卿の妻」の「孔雀」が五里にひとたび徘徊する理由も、残してきた妻にあることは明らかだろう。この作品は後文で、残される妻の言葉として「生きていればお会いすることもあるでしょう、死ねばあの世でお会いいたしましょう」とも述べる。鳥たちの別れは恐らく「夫婦の死別」を暗示した。(5)
ひとり飛び去る美しい孔雀のイメージから歌いだされたこのバラードは、「十三で機織を覚え、十四で裁縫を学

び、十五で箜篌《たてごと》を弾き、十六で『詩経』『書経』を覚えました」という民謡調の数え歌を経て、いよいよ本題に入る。焦仲卿の妻は嫁いで歳月を経ぬまま義母に嫌われ、離縁されるのである。「孔雀　東南に飛ぶ　五里に一たび徘徊す」に暗示された「夫婦の別れ」は、かくて現実となる。

府吏得聞之、堂上啓阿母　　府吏　之を聞くを得、堂上　阿母に啓《もう》す
児已薄禄相、幸復得此婦　　児《われ》　已に薄禄の相なるに、幸いに復《ま》た此の婦を得たり
結髪同枕席、黄泉共為友　　結髪して枕席を同じくし、黄泉まで共に友為《た》らんとす
共事二三年、始爾未為久　　共に事《つか》うること二三年、始め爾《しか》して未だ久しと為さず
女行無偏斜、何意致不厚　　女行として偏斜無きに、何の意か厚からざるを致す
阿母謂府吏、何乃太区区　　阿母　府吏に謂う、何ぞ乃ち太《はなは》だ区区たる
此婦無礼節、挙動自専由　　此の婦　礼節無く、挙動　自ら専由たり
吾意久懐忿、汝豈得自由　　吾が意　久しく忿《いか》りを懐《いだ》く、汝　豈に自由を得んや
東家有賢女、自名秦羅敷　　東家に賢女有り、自ら秦羅敷と名づく
可憐体無比、阿母為汝求　　可憐にして体は比《たぐ》い無し、阿母　汝の為に求めん
便可速遣之、遣去慎莫留　　便《すなわ》ち速やかに之を遣《や》るべし、遣り去りて慎みて留むる莫かれ
府吏長跪告、伏惟啓阿母　　府吏　長跪して告し、伏し惟《つつ》しみて阿母に啓《もう》す
今若遣此婦、終老不復取　　今　若し此の婦を遣らば、終老まで復た取《めと》らじ
阿母得聞之、搥床便大怒　　阿母　之を聞くを得、床を搥《たた》きて便ち大怒す
小子無所畏、何敢助婦語　　小子　畏るる所無し、何ぞ敢えて婦の語を助くるや

吾已失恩義、会不相従許　吾 已に恩義を失えり、会《かなら》ず相い従許せず

（夫はこれを聞き、堂上にて母に申します、「わたくしは福の薄い相ながら、幸いにこの妻を得て祝言を挙げ、あの世までもと共白髪を誓いました。母にお仕えして二三年、いまだいくばくも経ちませぬ。妻は陰日なたなく働きおりますに、いかなるわけでお気に召しませぬ」。母は夫に申します、「なんとつまらぬ事を申すのじゃ。この嫁はしつけがなく、手前勝手の我が侭《まま》放題、あたしゃ随分我慢をしたぞえ、お前の好きにはさせぬ。東家に良いむすめがおって、名を秦羅敷といい、たいへんな器量よし。お前のために、ひとつもろうてやろう。あの子はすぐに実家に返すのじゃ、置いてはおけぬ」。夫はひざまづいて申します、「母さま、あの嫁を実家に帰したならば、わたくしは二度と嫁をとりませぬ」。母はこれを聞き、床几を叩いて怒ります。「こせがれめ、恐れを知らぬ。嫁に味方するとは何事か。あたしゃあの子を可愛いとはとっくに思わぬ、お前の思う通りには決してさせませぬ」。）

古い中国社会には「七出」という言葉があった。これは、たとえば『孔子家語《こうしけご》』（前漢期に孔子の言葉を集めた書物とされる）という書物の巻六「本命解」という篇に次のようにいうごとく、夫家が妻を離縁してよい七つの条件をいう。

孔子はそこで言われた。「女子には「五不取（娶《めと》られずにすむ五つの理由）」というのがある。逆賊の家には嫁がない、家を乱すものには嫁がない、代々罪人を出している家には嫁がない、悪疾のあるものには嫁がない、父を失った長子には嫁がない、というのがこれである。また、妻には「七出」と「三不去」がある。「七出」とは、父母に従わないもの、子供ができないもの、淫癖のあるもの、嫉妬深いもの、悪疾のあるもの、余計なこ

とをしゃべるもの、盗癖のあるもの。「三不去（離縁しない三つの理由）」とは、帰るべき実家のないもの、夫とともに父の三年の喪に服したもの、結婚当初は貧賎であったが後に富貴となったもの、の場合である」と。

この「七出」に照らせば、焦仲卿の妻が離縁される理由はどこにあったのだろう。息子の哀願に対して母は「この婦は礼節なし、挙動はおのずから専由たり」と述べているから、強いて当てはめるとすれば「父母に従わないもの」ということになろうか。だがそれとても、妻の反抗や不始末が作品内で具体的に描かれているわけではない。家庭における母の存在は絶対であり、その母が「吾は已に恩義を失えり（嫁に愛情を感じない）」と思えば、嫁が離縁される理由としては十分だったのだろう。

ただし、「孔雀　東南に飛ぶ」で私が一番興味深く思うのは、この作品が「恋人同士」ではなく「夫婦」を描く点である。たとえば『ロミオとジュリエット』は未婚の若い男女を描き、二人がともに死ぬ物語である。彼らの最終目標はある意味で「結婚」にあり、それを求めての不慮の死であった。また『トリスタン・イズー物語』にしても、イズーはトリスタンの伯父・マルク王の妃であり、そこに彼らの「結婚」をはばむ最大の「禁忌」があった。つまり、『ロミオとジュリエット』も『トリスタン・イズー物語』も「結婚」したくとも出来ない男女の物語であった。しかるに「焦仲卿の妻」の場合は、すでに結婚している二人に「新たな禁忌」を設け、夫婦を引き裂き死に追いやる物語なのである。中国の「禁じられた愛の物語」はなぜ「未婚の男女」ではなく、「夫婦の悲劇」として語られなければならなかったのだろう。

「孔雀　東南に飛ぶ」における夫婦の対話をもう少し追ってみよう。

我自不駆卿、逼迫有阿母　　我　自ら卿《きみ》を駆《お》わず、逼迫するに阿母有り

卿但暫還家、吾今且報府　卿 但だ暫く家に還《かえ》れ、吾 今且く府に報ぜん
不久当帰還、還必相迎取　久しからずして当に帰還すべし、還らば必ず相い迎え取らん
以此下心意、慎勿違吾語　此を以て心意《こころ》を下《やす》んじ、慎みて吾が語に違う勿《な》かれ
新婦謂府吏、勿復重紛紜　新婦 府吏に謂う、復た重ねて紛紜《ふんぷん》する勿かれ
往昔初陽歳、謝家来貴門　往昔 初陽の歳、家を謝して貴門に来る
奉事循公姥、進止敢自専　奉事《つか》えて公姥に循《したが》い、進止 敢えて自ら専らにせんや
昼夜勤作息、伶俜縈苦辛　昼夜 作息《つとめ》に勤め、伶俜《れいへい》として苦辛に縈《まと》わる
謂言無罪過、供養卒大恩　謂《おも》言えらく罪過無く、供養して大恩を卒《お》えんと
仍更被駆遣、何言復来還　仍《な》お更に駆遣せらる、何ぞ復た来りて還るを言わんや
妾有繡腰襦、葳蕤自生光　妾に繡腰襦有り、葳蕤《いずい》として自ら光生ず
紅羅複斗帳、四角垂香嚢　紅羅の複斗帳、四角に香嚢垂る
箱簾六七十、緑碧青糸縄　箱簾 六七十、緑碧青の糸縄
物物各自異、種種在其中　物物 各《おのおの》自異なり、種種 其の中に在り
人賎物亦鄙、不足迎後人　人賎しければ物も亦た鄙《いや》し、後人を迎うるに足らざらん
留待作遣施、於今無会因　留待して遣施と作《な》さん、今に於いて会因無し
時時為安慰、久久莫相忘　時時 安慰を為《おも》い、久久 相い忘るる莫し

（夫はいう、「私があなたを追い出すのではない、これも母に迫られてのこと。あなたはしばらく実家にお帰りなさい。私は役所に出勤いたします。しばらくして帰宅したなら必ずお迎えに上がります。だから心を強くして、わたしとの約束を破らないでください」。妻は夫に申します、「くどくど仰るには及びません、かつて十

一月の候に実家を出てあなたのお宅に嫁いで参りました。お義父さまお義母さまにお仕えして我が侭など申したことはございません。昼夜やすみなく働き、あくせくと苦労を重ね、失礼なことは申し上げたこともなく、大恩に報いんと勤めてまいりました。それでもなお実家に帰されるのです、あなたがお迎えに来られる日などありますまい。嫁入りの際にもって来た打掛があります、その刺繍は光り輝くほど。紅の絹の蚊帳、四隅に房を垂らした香嚢、鏡箱が六七十、中の鏡には碧の紐がつけてある。どれも美しく、すばらしいものばかり。あたしが憎けりゃ物まで憎い、新しく再婚される方はご不要でしょうが、どうかとっておいて差し上げてください。もうお会いする機会もありますまい。いつもあなたのことを念じて、永遠に忘れることはありません」。)

かくして翌朝、実家に帰る妻を車に乗せ、前で車を引く馬に夫は跨り、ゴロゴロと大通りの四つ角までやって来た。

下馬入車中、低頭其耳語　　馬を下りて車中に入り、頭を低《た》れて其れ耳語す
誓不相隔卿、且暫還家去　　誓いて相い卿を隔てず、且暫《しばら》く家に還《かえ》り去れ
吾今且赴府　　吾　今且《しばら》く府に赴かん
不久当還帰、誓天不相負　　久しからずして当に還帰すべし、天に誓いて相い負かず
新婦謂府吏、感君区区懐　　新婦　府吏に謂う、君の区区たる懐に感ず
君既若見録、不久望君来　　君　既に若し録せ見《ら》るれば、久しからずして君の来るを望まん
君当作磐石、妾当作蒲葦　　君　当に磐石と作《な》るべし、妾　当に蒲葦と作るべし
蒲葦紉如糸、磐石無転移　　蒲葦　紉《つよ》きこと糸《きぬ》の如し、磐石　転移すること無し

我有親父兄、性行暴如雷　我に親父兄有り、性行 暴なること雷の如し
恐不任我意、逆以煎我懐　恐るらくは我が意に任せざらん、逆《たが》いて以て我が懐《むね》を煎《じら》さん

（夫は馬を降りて車中に入り、頭を垂れて耳元で申すよう、「決して絶縁したりはしない、しばらくは実家に帰っていなさい。私は出勤して役所へいく。しばらくしたら迎えにいくから。誓って約束は違えない」。妻は夫に申すよう、「あなたの濃やかな愛情を嬉しく思います。あなたがわたしを覚えていてくださるなら、きっと迎えに来てくださるでしょう。あなたは磐石であってください、わたしは蒲や葦になりましょう。蒲《がま》や葦《あし》は生糸のように強く、磐石はころがって場所を変えるようなことを決していたしません。わたしの実の父兄は気性が荒い、わたしの思い通りにはさせず、いじめることでしょう」。）

このようにして妻は実家に帰った。と間もなく、さる御曹司との間に縁談がもちあがり、兄、母、太守、仲人の強引さに押されて彼女は早急に式を挙げざるを得なくなる。その噂はすぐに夫に伝わり、最後の対面となる。

府吏聞此変、因求假暫帰　府吏 此の変を聞き、因りて假《いとま》を求めて暫らく帰る
未至二三里、摧蔵馬悲哀　未だ至らざること二三里にして、摧蔵《さいぞう》して馬悲哀す
新婦識馬声、躡履相逢迎　新婦 馬声を識り、履《くつ》を躡《ふ》みて相い逢迎す
悵然遥相望、知是故人来　悵然として遥かに相い望み、是れ故人の来るを知る
挙手拍馬鞍、嗟嘆使心傷　手を挙げて馬の鞍を拍《う》ち、嗟嘆して心をして傷ましむ
自君別我後、人事不可量　君の我に別れし自《よ》り後、人事 量《はか》るべからず
果不如先願、又非君所詳　果して先願の如からず、又た君の詳《つまび》らかにする所に非ず

我有親父母、逼迫兼弟兄　我に親父母有り、逼迫するに弟兄を兼ぬ
以我応他人、君還何所望　我を以て他人に応ぜしむ、君還るも何の望む所ぞ
府吏謂新婦、賀卿得高遷　府吏 新婦に謂う、卿の高遷を得るを賀す
磐石方可厚、可以卒千年　磐石 方にして厚かるべし、以て千年を卒《お》うべし
蒲葦一時紉、便作旦夕間　蒲葦 一時の紉《じん》、便《すなわ》ち旦夕の間を作《な》す
卿当日勝貴、吾独向黄泉　卿 当に日に勝貴たるべし、吾 独り黄泉に向かわん
新婦謂府吏、何意出此言　新婦 府吏に謂う、何の意か此の言を出す
同是被逼迫、君爾妾亦然　同じく是れ逼迫せらる、君爾《しか》り妾も亦た然り
黄泉不相見、勿違今日言　黄泉に相い見ざらんや、今日の言に違う勿かれ
執手分道去、各各還家門　手を執りて道を分かちて去り、各各 家門に還る
生人作死別、恨恨那可論　生人 死別を作す、恨恨 那《な》んぞ論ずべけんや
念与世間辞、千万不復全　世間と辞し、千万 復た全からざるを念《おも》う

（夫はこの変事を聞き、休みを取って帰ってきた。妻の実家まで二三里のところまで来ると、悲しみに打ちひしがれた馬がなく。その馬の声を聞き知って妻は靴をはいて出迎える。遠くから悲しく眺めやると夫がやって来た。手をあげて馬の鞍を打つ。ただため息をついて嘆くばかり。「あなたとお別れしてから、人の定めは計り知れぬもの。願いのままにはゆきませぬ、あなたの思いもよらぬこと。実の父母ばかりか兄弟にまで責立てられ、嫁がされることになりました。あなたが帰ってこられたとて、もはや望みはございません」。夫は妻に申します、「あなたが出世されるのはめでたい限り、「磐石であれ」といったあなたの言葉どおり、わたしは心を変えませなんだが、「葦や蒲のように強靭でいます」といったあなたは、たった一時強かっただけ、気が変わらな

かったのは朝から夕べまでのたった一日。これからあなたは日々えらくなりましょう、わたしは一人で死に、黄泉におりましょう」。妻が夫にいうよう、「なぜそのようなことを仰るの。ともに逼《せま》られてこうなった身。あなたもそう、わたしもそう。黄泉でお会いできないことがありましょうや。今度こそきっと約束を守りましょう」。

互いに手を執って別れると、別々に家路についた。生きているものが死の決意をしたのだ、その心残りは限りない。「この世を去って決して生きていまい」とばかり思うのだった。）

物語はいよいよ大詰めを迎える。

其日牛馬嘶、新婦入青廬　　其の日 牛馬嘶《いなな》き、新婦 青廬に入る
菴菴黄昏後、寂寂人定初　　菴菴《あんあん》たり黄昏の後、寂寂たり人定まるの初め
我命絶今日、魂去尸長留　　我が命 今日絶えん、魂は去りて尸《しかばね》は長えに留まれ
攬裙脱糸履、挙身赴清池　　裙《くん》を攬《と》りて糸履《しり》を脱ぎ、身を挙げて清池に赴く
府吏聞此事、心知長別離　　府吏 此の事を聞き、心に長えに別離するを知る
徘徊庭樹下、自掛東南枝　　庭樹の下に徘徊し、自ら東南の枝に掛かる
両家求合葬、合葬華山傍　　両家 合葬を求め、華山の傍に合葬す
東西植松栢、左右種梧桐　　東西に松栢を植え、左右に梧桐を種《う》う
枝枝相覆蓋、葉葉相交通　　枝枝 相い覆蓋し、葉葉 相い交通す
中有双飛鳥、自名為鴛鴦　　中に双飛鳥有り、自ら名づけて鴛鴦と為す

仰頭相向鳴、夜夜達五更　　頭を仰ぎて相い向いて鳴き、夜夜 五更に達す
行人駐足聴、寡婦赴傍徨　　行人 足を駐《とど》めて聴き、寡婦 赴きて傍徨す
多謝後世人、戒之慎勿忘　　多謝す 後世の人、之を戒めて慎みて忘るる勿かれ

（結婚式を迎えるその日、牛や馬はいななき、妻は婚礼の前にこもる青地の小屋に入った。暗くなったたそがれ時、人々が寝静まるころ。「我が命は今こそ絶えよ。魂は去り、肉体は永遠に留まれ」と述べると、スカートの裾をつまんで絹の靴を脱ぎ、清らかな池に身を躍らせた。夫はこのことを聞くと「永遠の別れだ」と思い、庭樹のもとを行きつ戻りつし、東南の枝に首を掛けて死んだ。

　両家は二人を合葬しようとし、華山のかたわらに葬った。墓の東西に松と柏を植え、左右に梧桐を植えると、樹々の枝枝が墓を覆い、葉と葉が交じり合った。その中に並んで飛ぶ鳥がいて、その啼き声から鴛鴦《おしどり》と呼ばれた。こうべを上げ、向いあって啼きあい、毎夜、夜明けに達した。旅人は足をとどめて聞き入り、寡婦は、それを聞くとあたりをさまよった。後世の人々よ、どうか心に留めて、この物語をお忘れなきよう。）

私の手元にあるベディエ編・佐藤輝夫訳の岩波文庫『トリスタン・イズー物語』は、その結末を次のように語っている。

　マルク王は恋人たちの死を知ると、……二つの死棺を造らせ……寺院の奥殿の右と左にしつらえた二つの墓地にそれを納めた。けれど、夜のあいだに、トリスタンの墓からは、緑色の濃い葉のあつまった一本の花香るいばらが萌えいで、寺院の上にはい上がり、イズーの墓の中に延びてゆくのであった。コルヌアイユの人々はそれをたち切った。けれど翌日ともなれば、同じ色こい花香る勢いの強い新芽が延びて、黄金の髪のイズーの

墓に這うてゆくのだった。三度人々はそれを切ったが駄目である。そこで人々は、このよしをマルク王の耳にたっした。するとマルクは、その枝を二度と断ち切ることを禁じた。

「東西に松栢を植え、左右に梧桐を種う。枝枝、相い覆蓋し、葉葉、相い交通す」と語る「焦仲卿の妻」のラストと、この『トリスタン・イズー物語』のラストは、なんとよく似ることか。墓を覆いつくして絡み合う樹木の茂みに、洋の東西を問わず人々は「愛の情念」を見たのである。『トリスタン・イズー物語』が、「禁忌」によって引き裂かれた恋人たちが死によって結ばれる物語であり、「相い覆蓋する」いばらが死後の二人の結びつきを象徴したとすれば、「焦仲卿の妻」は、別々に死んだ夫婦が死後に合葬され、「相い覆蓋する」茂みの中でその「精霊」が鴛鴦に変わる物語であった。両者はともに「愛と死」を語り、絡み合う樹木に「愛の力」を見る物語といえよう。だが、ここで吟味されなければならないのは、焦仲卿とその妻を分断していた「禁忌」が一体何だったのか、中国の「禁じられた愛の物語」がなぜ夫婦を扱わなければならなかったのか、という問題である。そして、この問題を考える上で大きなヒントを与えてくれるのが、本章第一節で紹介した『法苑珠林』所収の「相思樹」という物語だろう。

上記「孔雀　東南に飛ぶ」と「相思樹」とは、主人公たちの名前や時代は異なるが、これを「夫婦が引き裂かれて別々に死に、死後合葬され、その精霊が鴛鴦に変わる物語」と捉えれば同じ物語であることは明らかである。「相思樹」の末尾には「二人を歌った歌謡もまだ伝えられている」という一節があって、論者の中にはそれを「孔雀東南に飛ぶ」に比定する人もいるほどであるが、両者には若干の相違点もあって、その共通点と相違点が「禁じられた愛の物語」の根底にある本質を示唆してくれるように思われる。「相思樹」にあっては夫婦は合葬を願って死に、そのことを憎んだ宋の康王が故意に墓を別々に作らせる。すると梓の木が生え、「枝枝、相い覆蓋し、葉葉、相い交通する」巨木となって二つの墓を一つにしてしまったのである。「相思樹」では、夫婦は合葬されたのではなく、みずからの力によって一つになった。ここには死者の霊威が示されているといっていいだろう。しかもこの霊威は、元来夫婦だったものが再度一つになるために発揮されたのである。

たとえば「相思樹」においては、妻は「王はその生を利とし、妾はその死を利とす、願わくば屍骨を以って馮に賜い、合葬せしめよ」と述べていた。ここにいう「その生」と「その死」とは要は「生きた肉体」と「死した肉体」を指し、「屍骨」は「魄」(6)を指す。すなわち、「死した肉体＝魄」を損なうことなく韓憑に返して「死した肉体を一つにせしめよ」という。同様の観念は「焦仲卿の妻」にもあって、妻が池に身を投げる前に「我が命は今日絶たれん、魂は去り、尸《しかばね》は長えに留まれ」と述べていた。この言葉も恐らくは「わが肉体（「魄」）は保全されて永遠に焦仲卿のもとにあれ」という。すなわち「魄」の帰着先を指示しているのである。「相思樹」と「孔雀　東南に飛ぶ」はこのように、夫婦の死を単純に「肉体の消滅」としていない。「死した肉体＝魄」は、そのあるべき場所に留まらなければならなかったのである。とすれば、夫婦を合葬するのは二人の愛を悲しむからではあるまい、そうしなければ、夫婦のもつ親和力が「祟《たた》り」をなすからであろう。「枝枝、相い覆蓋する相思樹」は、二人の「愛の力」である以前に「霊威」だったのである。

また、「相思樹」や「孔雀　東南に飛ぶ」に示される「夫婦合葬」という主題がいかなる観念から発想されているかを最も端的に説明してくれるのは、陳寿の『三国志』「魏志」「武文世王公伝」に描かれる鄧哀王曹沖《とうあいおうそうちゅう》の死に関わる次の逸話であろう。

> 鄧哀王の曹沖は字を倉舒《そうじょ》という。年少ながら聡明で理解力があり、五六歳にして智慧のはたらきは成人のようなところがあった。……太祖の曹操はたびたび群臣に向って称揚し、後を継がせたいという意志を懐いていたが、十三歳のとき、建安十三年（二〇八）、病気にかかって……なくなるとひどく悲しんだ。文帝（曹丕）が太

祖をなだめると、太祖はいった。「これはわしの不幸じゃが、おまえたちにとっては幸いじゃ」。彼について語るときはいつも涙を流した。甄氏《しんし》のなくなったむすめを娶ってやり一緒に葬った。

曹操は、十三歳で死んだ自身の愛息を、同じ頃にやはり夭折した甄氏《しんし》のむすめと合葬し、あの世で夫婦にした。夭折した男女を合葬して冥界で夫婦にすることを「冥婚」「幽婚」といい、上の記述は中国史上最初に現れる「冥婚」「幽婚」の例として古くから注目されてきたものである。中国では二十世紀に至っても一部の農村で「冥婚」が行われたとの報告もあるが、見知らぬ幼い男女を合葬してまで、なぜ「冥婚」を行ったかといえば、子供たちの幸福を願ったからというより、夭折した子供の魂魄が孤魂・孤魄にならないことを願ってのことだったのは、おそらく論をまたない。孤魂・孤魄はこの世に思いを残すため癘鬼《れいき》（祟りをなす死者）となって生者に祟りを為す。夭折した幼い魂が父母を求めてこの世に帰ってくることより、曹操たちは息子が孤魂・孤魄とならず、あの世で夫婦生活を送ることを願ったのである。中国の墓制が古代から近世に至るまで「夫婦合葬墓」を基本とするのは、大家族主義を標榜する中国社会にあっても夫婦二人が家族の最小単位であり、その最小単位を保全することによって死者の安寧を担保しよう、という信仰・習慣があったからであろう。家族があれば人はその地に留まる、この世にあってもあの世にあっても、人は家族とともに暮すのであり、ともに暮す者を求める。男女が互いに求めあうのは、家族を求めるからなのである。

さて、以上のことから推測されるのは次のことではあるまいか。すなわち、「古楽府」と呼ばれる漢代のバラードやそこから派生した「五言詩」は、「死」を最大の関心事とし、孤魂・孤魄の悲哀を繰り返し描いた。孤魂・孤魄が癘鬼となることへの恐怖は家族の死別を核として描かれ、死者の悲哀は夫婦が一つになろうとする親和力として描かれた。つまり、「孔雀　東南に飛ぶ」や「相思樹」の物語が夫婦を分断する「禁忌」として描いたのは、実は生と死の懸隔に他ならなかった。この世で家族として暮らす夫婦は一方の死によってやがて分断され、生き残った一方は死者に「長相思」を誓う。このようにして「夫婦が死後合葬される物語」は生みだされ、その物語はやがて「生と死を超える愛の物語」へと展開されたのである。

本節の最後に、このようにして生まれた「焦仲卿の妻」の末裔をもう一つ紹介しておこう。その作品は「華山畿《かざんき》」と呼ばれ、およそ五世紀初頭に生まれたとされる。今日は「焦仲卿の妻」と同様、『楽府詩集』という宋代に生まれた文献に収められている。

南朝の宋の少帝の頃（四二二―四二四）、南徐のある男性が華山畿を通って雲陽に赴き、旅籠で十八九の女性を見初めた。それを伝える手立てがなく、病となった。男の母は理由を聞き、華山に女を訪ねて事情を話した。女は自分の膝覆いを与え、これを男の寝具の下にひそかに敷いておくようにといった。しばらくすると男の病は癒えたが、蒲団を片付けるときに女の膝覆いを見つけ、それを抱きかかえ、呑み込んで死んでしまった。男は息絶えようとするとき母親に、「葬儀の車は華山を通るように」言い付けた。母親はその遺志に従った。棺を載せた車が女の家の前まで来ると、車を引く牛は前に進もうとせず、鞭をあてても動かない。それを知った女は「しばらく待って」というと、化粧を整え身を清めて出てくると、次のように歌った。

華山のふもと　あなたはわたしのために死んだ　わたし一人が生きていても仕方がない　あなたが
わたしを愛してくださるのなら、どうかこの棺を開けてください[7]

すると棺は開き、女はその中に身を投じた。女の家族が棺を開けようとしたがどうすることもできず、二人を合葬した。その墓を「神仙塚」という。

「華山畿」とは「華山のふもと」の意といい、要するに二人が合葬され「神仙塚」が作られた場所の名を題としたもの。この「華山」は「孔雀　東南に飛ぶ」において焦仲卿とその妻が合葬された場所でもあり、この二つの作品の関係を暗示する。「焦仲卿の妻」が引き裂かれた夫婦を描き「華山畿」が未婚の男女を描くのは、上に示した観点から見れば、ひとつの「祖型」の歴史的展開として捉えることができるだろう。「華山畿」において棺桶が動かなくなるのは、孤魂が癘鬼となって霊威を示したことをいうに違いない。

第三節　柳毅の物語

本章が主に「夫婦」ばかりを扱ってきたのは他でもない、いわゆる「神話母胎」を形成してやがて戯曲や小説に取り上げられていく「死と再生」という主題は、少なくとも民衆文学の世界にあっては「家族」をテーマに展開され、その「家族」は、「父子」ではなく「夫婦」を中心に常に発想されてきたからである。中国の墓制が古代から近世に至るまで「夫婦合葬墓」を基本とすることはすでに述べた。中国の農村に行けば今日も墓地は珍しくないが、それらの墓地を観察し、また古墓の発掘調査記を読んで気付かされるのは、中国の父と子は墓を共有しないことである。もちろん、ある一族が広大な土地を占有して墓群を形成することはよくあり、父と子の墓が並んで造られることはしばしば見られる現象である。だが、同一の墓には夫婦が入るのであり、親子は入らない。「合葬墓」といえば日本語では誰と誰が合葬されていても構わないが、中国語の場合は夫婦の場合しか使わない。後漢の班固が著したとされる『白虎通』巻九「嫁娶」に、「妻という字は『ひとしい』という意味である。夫と身体をひとしくする、というのである。それは天子から庶民に至るまで同じである」(8)という。ここにいう「夫と身体をひとしくする」とは、「（神は）人から抜き取ったあばら骨で女を造り上げられた。……こういうわけで、男は父母を離れて女と結ばれ、二人は一体となる」と説く『旧約聖書』と、恐らく同様の男女観をいうものと思われる。人は、夫婦となってようやく完全なる一つの身体をもつ。したがって人は、この世にあれば必ず結婚しなければならなかったし、死ねば必ず「同穴」、すなわち、合葬されなければならなかったのである。

唐代に描かれた「結婚」の物語を見てみよう。次に紹介するのは『柳毅伝《りゅうきでん》』、別名『洞庭霊姻伝《どうていれいいんでん》』と題される伝奇小説である。『洞庭霊姻伝』の「姻」とは、いうまでもなく「婚姻」の意。我が国の説話の分類法にしたがえば「異類婚譚」ということになろうか。一般的な説では、南アジアに伝わる「龍女の報恩譚」が仏教を通じて中国にもたらされ、西暦でいえばおよそ八〇〇年前後に、洞庭湖の龍神をめぐる壮大なロマンとして誕生したのが『柳毅伝』である。なお、南アジアに伝わる「龍女の報恩譚」は一説では中世ヨーロッパにも渡り、「メリュジーヌの伝説」から「オンディーヌの物語」等を経て、やがてアンデルセンの『人魚姫』に姿を変えたという(9)。そのつもりで『柳毅伝』と『人魚姫』を読めば、心なしか、両者に共通のテーマがないわけではない。

儀鳳《ぎほう》年間（六七六―六七九）、柳毅という儒生が推薦を受けて入京し、科挙の試験に失敗して郷里の湖南へ帰ろうとした。同郷の人が涇陽《けいよう》に滞在していることを思い出して、立ち寄って別れを告げようとした。涇陽から六、七里のところに着くと、鳥が飛び立ったので馬が驚き、道の脇にそれて走り出し、六、七里走って、やっと止まった。道端で、女が羊を飼っているのが見えた。柳毅は不思議に思って見れば、美しい人である。だが、顔は憂いをおび、衣服も古びて色あせていた。耳をすませてたたずみ、誰かを待ち受けている様子である。

柳毅は訊ねた、「どんな辛いことがあって、そのようにみじめなご様子なのですか」と。女は悲しそうに礼をのべたが、ついには涙をおさえきれずに答えた。「わたしの不幸を今日あなたにお訊ねいただきました。深い恨みはおのずから表に現れるもの、隠すことはできません。どうかお聞きください。わたしは、洞庭湖の龍王の末娘。父と母のいいつけで涇川《けいせん》の龍王の次男に嫁ぎました。ところが夫は身持ちが悪く、下僕や腰元に惑わされて、毎日わたしにむごい仕打ちをいたします。夫の両親にそのことを訴えましても、息子を愛し、気ままにさせるばかり。あまりに何度も訴えたため、夫の両親にも憎まれ、義父、義母に命ぜられてこの有様となりました」。話し終わると、むせび泣いた。

また言うには、「洞庭湖はここからどれほど遠くにあるか存じませんが、天は果てしなく、便りを届けるすべもありません。彼方を見遥かしては、絶望に打ちひしがれております。あなたさまは呉の地にお帰りになると聞き、洞庭に近うございます、お知り合いにでも手紙をおことづけ願えればと存じますが、いかがでしょう」。柳毅は言った。「わたしは信義を重んじる者。あなたのお話を聞いて身体中の血がさわぐほど。飛んでいく翼がないのが残念です、どうしてさしつかえがございましょう。ただ、洞庭湖は水が深い。私は塵界を往来する者。ご意思をお伝えできるでしょうか。水の中の道は暗く、この世界と通じておらず、あなたの付託に背いてしまうことが心配です。私をそこへ案内してくれる、なにかいい方法があるのですか」。

女は涙ながら礼を述べ、「お引き受けいただき、何と申し上げたらよいか。返信が得られれば、命に代えてお礼を致します。お約束いただく前は申しかねておりましたが、お約束くださった上でのお訊ね、実は、洞庭湖も都と何の違いもありません」。柳毅が尋ねると、女は「洞庭湖の南に橘の大木が生えております。土地の人は橘の神木と呼んでおります。あなたはこの帯を解いて別のものを締め、その帯で木を三回ほど叩きますと返事をする者がおります。その者についておいでになれば、何の障碍もありません。手紙のことのほかにも心の底を打ち明けて申し上げましたから、どうか、その通りにお伝えてください」。柳毅、「必ずその通りに致します」。

女は上衣の下から書状を取り出し、再拝して柳毅に差し出した。東方を眺めて涙を落とし、悲しみにたえられぬ風情であった。柳毅も、その様子に深く心を動かされた。そこで書状を革袋の中に入れて、さらに質問した。「お飼いになっている羊はいったい何に使うのですか。神格も殺して食するのですか」。女、「羊ではありません、雨工です」。「雨工とは何ですか」。「雷や稲妻の類です」。柳毅が振り返って羊をよく見ると、どれも頭を高く上げて闊歩し、水を飲み、草を食べている。その様子は甚だ異様であったが、大きさや毛、角は、普通の羊と変わらなかった。

柳毅はまた述べた、「わたしは使者として行きますが、将来、洞庭にお帰りになっても、わたしをはばかって避けたりはしないで下さい」と。女は「どうして避けましょう。家族のようにおもてなし致します」と述べた。語りおわると、別れを告げて東へ出発した。数十歩も行かず振り返ってみると、女と羊はどちらも姿を消していた。

図37 「四海龍王衆」の図

山西省稷山青龍寺にある元代壁画。水神としての龍王は仏教を通じて流入した外来文化だった。ここに描かれる龍王は、人界の官僚の姿をとっている。『山西寺観壁画』（文物出版社、1997年）による。

その夕、柳毅は県城に着いて同郷の友人に別れを告げた。一ヶ月あまりたって故郷に着いた。家にもどってから洞庭湖を訪ねた。洞庭湖の南に果たして橘の神木があった。柳毅は帯を取り換えて木に向かい、その帯で三回叩いた。まもなく、波間から戦士が現れた。柳毅に向かって再拝して質問した、「貴殿はどちらからおいでか」。柳毅は詳しい事情を言わずに、「龍王に拝謁致したく参上した」とだけ答えた。戦士は水面を押し分け、道を指し示し、柳毅を案内して入っていった。そして柳毅に向かって注意した。「目を閉じていよ、じきに到着しよう」。柳毅が言われたとおりにしていると、やがて龍宮に到着した。楼台や殿閣が聳え、何千何万という門や扉が連なり、珍奇な草や木など、ありとあらゆる物があった。戦士は柳毅を制止して、大きな広間の隅で待てと言った。「お客人はここにてお待ちを」。柳毅「ここはどこか」。「霊虚殿だ」。見れば人間世界の珍宝はこの宮殿にそろっており、柱は白玉、階段は青玉、寝台は珊瑚、簾は水晶、門は翡翠の框《かまち》に瑠璃の細工、棟は虹の彩色で、琥珀の飾りが施されている。その美しさと奥深さははかり知れないほどだった。

しかるに、龍王はなかなか出てこない。柳毅は戦士に尋ねた。「洞庭王はどちらにいらっしゃるのか」。「陛下は玄珠閣においでになり、太陽道士と『火経』を討論なされている。間もなく終わるであろう」。「『火経』とは何のことか」。「陛下は龍である。龍は水によって神通力をあらわし、一滴の水をもって山も谷も覆い尽くす。太陽道士は人である。人は火を使って不思議な力を発揮する。一つのたいまつをもって阿房宮を焼き払うこともできる。だが、水と火はその作用と変化を異にする。太陽道士は人間の法則に精通しておるゆえ、陛下はお迎えになって話を聴いておられるのだ」と話し終わったその時、宮殿の門が開き、影が形に従うように供の者たちに囲まれ、紫衣をまとい青玉の圭を持った人物が現れた。戦士は跳び上がって「陛下」と叫ぶと、御前に参じて報告をした。龍王は柳毅を眺め、尋ねた、「人間界の人ではないか」と。柳毅は答えた、「そうです」と。

……

「洞庭湖の龍神のむすめは涇川の水神の第二子に嫁ぎ、婚家に冷遇される不幸を柳毅に訴える。柳毅は龍女の手紙を洞庭湖に伝え、激怒した龍神は涇川を火の海に変えてむすめを救出する。むすめは柳毅への報恩にその妻となり、柳毅のために子供を生む。柳毅は龍神となって永遠の生命を得る」。これが『柳毅伝』の概略である。上記はその発

図38　四瀆龍神衆の図

山西省渾源永安寺にある清代壁画。黄河・長江・淮河・済河の四瀆の神は、龍の姿をとっている。『山西寺観壁画』(文物出版社、1997年）による。

端部分であるが、これを読めば明らかなように、『柳毅伝』は伝奇的ロマンであると同時に、会話のひと言ひと言に深いニュアンスが託された一種の心理小説でもある。また、この物語は西欧の騎士物語にも共通する重要な特徴をもつ。それは、上記のあらすじからも推測できるように、主人公の柳毅が「幽閉された姫君を救出し、その姫君と結婚する王子」となる点である。つまり、物語全体は『眠れる森の美女』や『髪長姫』と同様の枠組みを採る。

こうした類型をもつ唐代の伝奇小説は実は意外に多く、たとえば『柳氏伝《りゅうしでん》』や『崑崙奴《こんろんど》』『無双伝《むそうでん》』、『本事詩』に描かれる数編などがその代表例といってよい。それらの小説はいずれも救出者（姫君を塔の中から実際に連れ出す人）は別に設定され、主人公はその援助によって「姫君」と結婚を遂げるのだが、唐代の伝奇小説の場合、実はもう一つ注目すべき特徴があって、それはすなわち、「救出される姫君」がいずれも貴人の妻か愛妾として「幽閉されている」点である。つまり、物語の大団円に用意された「結婚」は、女性主人公からすれば必ず二度目の結婚であった。このパターンの小説は宋代以後、「幽閉された姫君」がすべて妓女に変えられてしまい、良家の子女や公主を扱う作品はなくなってしまう。結婚にかかわる純潔の観念はマリアのいない中国にあっても確実に変革を遂げたといえるが、一方

『柳毅伝』は、龍女に対し男性主人公が独特の「禁欲」を示し、「救出した姫君」を簡単には妻としないのである。この作品は、中国の女性たちが「礼教」に押しつぶされてしまう以前の姿を描き、しかもその「結婚」は、龍女の意志によって果たされた。その意味で『柳毅伝』は、「龍女の報恩譚」である以前に「幸せな結婚を願う女性の愛の物語」でもあった。

さて『柳毅伝』は、上記の後、龍女の手紙を受け取った父・洞庭君（洞庭湖の龍王）が嘆く間もなく、血気盛んな銭塘君《せんとうくん》（洞庭君の弟で、銭塘江の龍神）が怒りにまかせて涇川に出陣し、一瞬のうちに敵を平らげ、龍女を連れて帰ってくる。龍女帰還の祝宴と柳毅への返礼を兼ねて、龍宮では数日にわたって酒宴が張られ、柳毅も丁重にもてなされる。

　翌日、柳毅をまた凝碧宮でもてなした。一族・友人が出席し、大規模な楽隊が演奏し、芳醇な酒と甘美な食物とが並べられた。……宴たけなわの頃、洞庭王は席を打って調子をとりながら歌った。
　大天は蒼蒼《そうそう》　大地は茫茫《ぼうぼう》　人にはおのおの志あり　何をか思量すべし　狐神《きつね》と鼠聖《ねずみ》は社をかりて垣根によるとも　雷霆《らいてい》一発　たれか敢て当たらんや　ありがたや　まこと人の信義は長く　骨肉をして故郷に還らしめたり　斉しくここに感じいり　何れの時にか忘れん(10)

龍王が歌い終わると、銭塘王が再拝して歌い始めた。
　上天は配合して　夫婦は生死の途《みち》を異にせり(11)　此は当に婦たるべからず　彼は当に夫たるべからず
　腹心に辛苦するは涇水の隅　風霜は鬢に満ち　雨雪は襦につらなれり　明公の素書《てがみ》を引《みちび》くに頼りて　骨肉をして家に帰すること初の如くせしめたり　永くここに珍重して　時の無きこと無きなり(12)

この歌が終わるや、龍王は銭塘王とともに立ち、杯をあげ、柳毅に向かって酒をすすめた。柳毅はどぎまぎしながら杯を受け取り、飲み干すと、二つの杯を二人の龍王にすすめて返礼とした。それから歌い始めた。

碧雲は悠悠として涇水は東流す　美人の雨と泣き花と愁えるを傷めり　尺書《てがみ》を遠く達して　以って君の憂いを解きたり　哀寃は果して雪《すす》がれ　還りてそのよろしきに住めり　和雅をかたじけなくし甘羞に感ず　山家は寂寞として久しく留まること難し　将に辞去せんと欲するも　悲しみて綢繆《ちゅうびゅう》たり(13)

柳毅が歌いおわると、人々はみな万歳を叫んだ。……

翌日、清光閣で、柳毅を囲む宴が開かれた。

銭塘は酒の酔いがまわって、うずくまったまま柳毅に話しかけた。「堅い岩石はつぶすことができても捲くことはできず、正義の士は殺すことができても辱しめることはできぬと申すではないか。この胸のうちをお話したい。ご承諾なら、一同、天上に登った心持だが、駄目だと言われるなら一同は糞土に降りたような気持ちになる。いかがお考えか」。「ひとつお聞かせください」。

「涇陽の若僧の妻は洞庭の龍王の愛娘《まなむすめ》。気立てもいいし品もよく、親戚一同は立派な女と見なしておる。不幸にもろくでなしに侮辱されたが、今では関係を絶った。高潔な義気ある人物を夫にして、代々、親戚づきあいをしたいと希望しておる。恩を受けたものは恩人に嫁ぎ、愛を懐いたものは愛するものを与えられてこそ、世の辻褄が合うというもの」。

この言葉を聴いた柳毅は、居住まいを正して立ち上がり、突然、笑いながら答えた。「まったく、銭塘の龍王がこれほどの不見識とは思いもよらぬ。私は初め、銭塘殿が九州を横断し五山を水没させてその憤怒を晴らすと聞き、今また、金の鎖を断ち切り玉の柱を牽き倒して人を危急より救うのを見た。私はあなたほど剛直果断、明敏率直な方はいないと思った。というのは、自分を犯す者に対しては死を恐れずに抵抗し、自分を感動させた者には生命を惜しまずに援助する、それが丈夫の心意気だからだ。が、いかなる事か、音楽がなごやかに流れ賓客と主人とが楽しくつどうこの時に、道理を無視し、人を脅迫するようなことをなさる。それが私のかねてからの願いだとお思いか。怒涛の中で黒い山のような波をあなたが起し、龍の鱗、龍の鬚《ひげ》をふりたて、嵐を起こして私をとりかこみ、殺すと脅迫しても、私はあなたを獣としか見ないし、後悔もしない。あなたは身には衣冠をまとい礼法を口にして、仁・義・礼・智・信の本義を熟知し、人の行いの道理を体得しておられ、人間世界の誰も及ばぬ賢人傑士ではないか。まして、江河の霊妙な種族のはず。なのに愚かしくも、大きな図体と荒い気性にものをいわせ、酒の勢を借りて人に迫ろうとするとは。わたしの身体は、あなたの一枚の鱗の隙間にさえ満たない小さなもの。だが、わたしの不服従の心は王の身勝手な怒りに勝りましょう。このことお考え召され」。

そう聞くなり、銭塘はすぐさま詫びていった。「わたしは宮殿の中で生長して、正論を聞いたことがない。さきほどは粗暴なことを申し、あなたを傷つけてしまった。ふりかえって熟考してみるに、まことに申し訳ない。このことでお見捨てなくんばありがたい」。その夕べ、また酒宴が開かれ、以前とかわらず歓をつくし、柳毅と銭塘は腹蔵なく語り合える友となった。

凝碧宮における酒宴に際し、柳毅は「将に辞去せんと欲するも　悲しみて綢繆《ちゅうびゅう》たり」と歌っていた。ここにいう「綢繆」はいわゆる畳韻《じょういん》の語（韻母を同じくする漢字二字からなる擬態語）で、その意味を辞書等では「感情がからみあって濃やかなこと」と説明する。柳毅は恐らく「龍宮を去ろうとすれば、名残はいつまでも尽きぬ」と、社交辞令を述べたのである。だが「綢繆」は、普通は男女の恋愛感情を指していう言葉であった。したがって翌日の清光閣の酒宴においては、その「綢繆」の語を受けて銭塘君は「恩を受けし者にはその帰する所を知らしめ、愛を懐く者

図39　伎楽図

舞を舞う女性が中央に二人描かれ、その左右にオーケストラが二列に描かれる。『中国美術全集』「寺観壁画」（文物出版社、1988年）による。

には付する所を知らしむるは、豈に君子始終の道たらざらんや」(14)と述べた。ここにいう「帰」は「嫁ぐ」、「付」は「与える」の意である。つまり、「恩を受けたものは恩人に嫁ぎ、愛を懐いたものは愛するものを与えられてこそ、世の辻褄が合う」という。これでは、「人妻に対するよこしまな愛」のために手紙を龍宮に届けたことになる。柳毅は「私の身体はあなたの鱗一枚の隙間もうめられません。しかし、不服従の心であなたの無道に抵抗いたします」と、その無礼をなじったのである。

かくして、柳毅と龍女は婚姻を遂げぬまま別れることとなる。

翌日、柳毅は暇乞いをして帰郷した。洞庭君の夫人は潜景殿で柳毅を送る宴を別に催し、子供や召使など、あらゆるものたちが列席した。夫人は柳毅に、涙を流しながら、「娘が深い御恩を受けました。御恩報じができないままお別れすることが口惜しゅう存じます」と述べた。かつて涇陽で逢った娘に言いつけ、その場で柳毅に謝意を述べさせると、夫人はさらに、「これでお別れすれば、またお会いする日がありましょうや」という。柳毅は、銭塘の頼みを自分が断ったにもかかわらず、この場に及んで深く後悔した。酒宴が終わって、暇乞いを述べると、宮廷はことごとく悲しみに満たされた。贈られた珍宝は、語りつくせぬほど不思議なものばかりであった。柳毅は、こうして、はじめ来た路に沿って洞庭湖を去った。供の者は十余人、行李をかついで随行し、彼の家に着くと辞去して帰った。

柳毅は広陵の宝石商に行き、贈られた品物を売った。百分の一も売らなかったが、百万が手に入った。淮西にもとから住む富豪たちはみな、柳毅にはかなわぬと思った。

柳毅は、張氏という女を妻として娶ったが、亡くなった。それから韓氏と結婚したが、数ヶ月たって韓氏も亡くなり、彼は金陵に移居した。男やもめの寂しさが続いたので、新たな配偶者をさがした。仲人が彼に言うには、「盧という女の方がおります。范陽の出身です。父君は盧浩と申されて、清流県の県令をしたことがあります。晩年、道教に懲り、おひとりで山中に修行に出かけたまま、今では行方がわかりません。母は鄭氏と申しまして、一昨年、むすめが清河の張家に嫁ぎ、不幸にして夫の張が早く亡くなりましたものですから、うら若いむすめがいとおしく、賢くて美しいのを惜しみ、立派な人物を選んで添わせたいと願っておいでです。このご縁はいかがでしょう」とのことであった。柳毅は、そこで、吉日を択んで式を挙げた。両家とも豪族であったし、婚礼の儀式や調度品はきわめて豪華であった。金陵の人々は誰しも羨ましがった。

結婚後一月あまりたった。柳毅はある日の夕暮れに奥に入って妻と会ったが、龍女によく似ていると感じた。むしろ、美貌と豊満さでは龍女にまさるようだった。柳毅は、そこで昔の事を語った。妻は「人の世にそういうことがある筈はございません」と述べただけだった。

このようにして物語はいよいよクライマックスを迎えることになる。

子供が生まれてから一月ほどして、妻は美しい衣装をまとって華やかによそおい、柳毅を部屋に呼んで笑いながら述べた。「あなたは昔の私を覚えていらっしゃるかしら」と。柳毅が「親戚同士じゃあるまいし、なにを覚えているというのだ」と言うと、妻は「わたしは洞庭君のむすめです。涇川での屈辱からあなたがお救い下さり、ご恩のありがたさに、必ずお礼がしたいと存じました。叔父の銭塘君が縁談を申し出ましたがあなたはお断りになり、以来、はなればなれとなり、お手紙も差し上げることはできませんでした。父母は錦江の若君にわたしを嫁がせようといたしましたが、わたしは部屋にこもり髪を切って、その意志のないことを示しました。あなたに打ち棄てられ、お会いする機会とてありませんでしたが、私の決意はかたく、後日、父母はわたしの心を哀れみ、あなたに申し上げようとさえ致しました。あなたはたびたび妻をお迎えになり、張氏を娶り、また韓氏を娶られました。張氏と韓氏が相次いでお亡くなりになると、あなたはこちらに移っていらっしゃり、そこでわたしの父母も、わたしがあなたにご恩返しができることを嬉しく思ったのです。いま、あなたにお仕えすることができ、このまま生涯を終えることができますれば、もはや憾《うら》みはございません」と述べ、咽《むせ》び泣いた。それから柳毅に対して言うのだった。

「今まで申し上げなかったのは、あなたが女の色香に惑わされる方でないことを知っていたから。いま申し上げるのは、あなたに私を大切に思う心があることを知ったからです。女は卑しく、人の心をしっかりと繋《つな》ぎとめていることができませんが、子供を愛するあなたの心を頼りとして、お側で生きていきたいと思っています。あなたのお考えはいかがでしょう。心の中にある恐れや心配を、どうしても晴らすことができません。書状をお取りになったあの日、あなたは笑いながらおっしゃいました。『将来、洞庭にお帰りになっても、わたしをはばかって避けたりはしないで下さい』と。まさかあの時、ひょっとして、今のようになることを考えていらっしゃったのかしら。その後、叔父が結婚のことをお願いした時、あなたは強くお断りになった。本当にいやだとお思いになったのか、それとも一時の腹立ちまぎれだったのか。どうか話してください」。

『柳毅伝』の文体は標準的な文言とは到底いえず、今日のわれわれからすれば奇妙とさえいえる措辞が少なからずある。そればかりかテクストに多少の乱れもあって、本伝は必ずしも明快な内容ではない。上の引用にしても、「感余之意」は一般的なテクストでは「愛子之意」になっていて、どちらに従うべきか判然としないし、「確厚永心」「以托相生」「愁惧兼心」(15)などもあまり用例を見ない表現だろう。上記の訳文は単なる試案に過ぎないが、それにしても、ここにある龍女の感情がいかなるものか、それを読み取ることは決して難しくはない。彼女は、柳毅を愛するが故に彼の本心が知りたい。渇望感とでもいおうか、愛の焦燥にかられた切実な問いかけなのである。柳毅の「義挙」は、彼女からすれば「私心」のゆえであってほしいのだ。

この問に対して柳毅は次のようにこたえる。

「こうなるのは運命だったのでしょう。はじめにあなたと涇河のほとりでお会いした折、あなたは鬱屈してやせ衰え、本当に怒っておいででした。ですから、わたしが心に誓ったのはあなたの憤慨を知らせることであり、他のことは考えていませんでした。『わたしをはばかって避けたりはしないで下さい』と述べたのは、たまたまであって、故意ではありません。銭塘君が結婚を迫った時、道理に合わないことだったから怒りを爆発させました。正義感から始めた行為であるにもかかわらず、婿を殺してその妻を娶ることなどあってよい筈がありません。これが結婚を承諾しなかった第一の理由です。やましい心をもたず誠実に生きることを念願としていながら、その信条にそむき、やましい心をもつことが出来ましょうか。これが結婚を承諾できなかったもう一つの理由です。

あの時は胸の内を虚心坦懐に披瀝して、酒宴の席での議論に筋を通すことばかり考え、後のことを思う余裕さえありませんでした。ですが、お別れする日、あなたがなごりおしそうな顔をしていらっしゃるのを見て、深く後悔したのです。結局、俗事に取り紛れて、あなたにご挨拶をする術さえありませんでしたが、ああ、いま、あなたは盧氏であり、しかも人の世に住んでおられる。私の始めの考えは誤りではなかったのです。これからは永久に仲睦まじく暮して、ご心配はおかけしません」。

柳毅のこのこたえは、一見、龍女の「君　豈《あ》に今日の事に意有らんや」の問いを否定しているかに見える。が、『柳毅伝』は存外奥の深い近代小説なのであって、単純に見える上の引用の中にも、きわめて微妙な柳毅の意識が隠されている。柳毅は、確かに「豈に意有らんや」と述べ、自らの行動が単なる「義挙」であり「私心」ではないことをいう。その点では、彼は龍女の願いを打ち砕いたことになるだろうが、しかしもう一方では、「君に依然の容有るを見て、心　甚だ之を恨む」と述べ、彼が早くから龍女に心寄せていたことを匂わせ、彼女を安心させもする。しかも、彼のこれらのセリフは、「命有る者の似《ごと》し」と「則ち吾が始心　未だ惑と為さず」の二句にはさまれており、「こうなるしかなかった」と単刀直入に始まった柳毅の発言は、二人の運命と現在の愛を肯定したのちに、「あなたはいま龍女ではなく盧氏なのだから、恩義を与えた人とは結婚しないと決めた私の〈心〉は〈惑〉ではなかった」と結ばれる。これはつまり、「人間であるあなたと結婚したのであって、恩義を与えた龍女と結婚したのではない」という詭弁である。彼は、「義挙」の目的が「私心」にあったのではないことを述べるが、〈心〉そのものがなかったとは言わないのである。この物語は、善意の中に潜む「私心」、「義挙」として無自覚に遂行される「私心」

というものを重要な主題の一つとしたに違いない。龍女との結婚話が最初にもち上がったとき柳毅がそれを拒否したのは、「義心」から救済したと信じた自身の内部に「私心」が潜んでいることを、みずから発見してしまったからなのである。

随分たってから龍女は柳毅に述べた。「人間でないからといって、人の感情がないと思わないでください。わたしは恩返しの術を知っております。龍の寿命は一万歳と申します。これからはあなたも同様。水中も陸上も思うがまま、自由に往来いたしましょう。いつわりはございません」と。柳毅は喜んで述べた。「絶世の美貌が私を神仙界に誘う罠だったとは、思いもよらなかった」。そこで、夫妻は連れ立って洞庭に龍王を訪ねた。到着すると、接待の豪勢さは書ききれないほどであった。その後、南海に四十年ばかり住んだ。邸宅や車馬、食事、衣服、調度は、貴族にも勝り、柳毅の一族はみなその恩恵にあずかった。柳毅は、歳月をかさねても容貌は衰えず、南海の人々は驚き、不思議に思った。開元のころ、皇帝は、道教の修行をして仙人になることに関心をもち、ひたすら道士を捜し求めた。柳毅は不安に駆られ、遂に妻と一緒に洞庭湖へ帰った。それから後、十余年ほどして柳毅の足跡は判らなくなった。……

第四節　柳毅の末裔たち

『柳毅伝』は、南アジアに伝わる「龍女の報恩譚」を起源としつつ、流離を重ねて柳毅の妻となる龍女の愛を、幸せを求める切ない女心とともに描いた傑作である。この作品は、最後に交わされる龍女と柳毅の対話に最大の山場があり、そこでの一句一句は万感を表現して屈折に富み、文学として高い完成度を誇るといってよい。だが、『柳毅伝』がもったこうした心理小説としての一面は後代の大衆文学にとって複雑に過ぎ、元来の「屈折」はそのエピゴーネンから次々に抜け落ちてゆくことになる。たとえば、この物語に関わる比較的早期の言及に属する『五燈《ごとう》会《え》元《げん》』巻一九「琅邪《ろうや》起《き》禅《ぜん》師《し》法《ほう》嗣《し》」は、次のように述べる。

兪道婆《ゆどうば》は金陵の人であった。揚げ餅を売って業《なりわい》としていたが、いつも人々と共に琅邪《ろうや》の講和を聞きに来ていた。琅邪は臨済無位真人の話をした。ある日、兪道婆は、乞食が「蓮華楽」にのせて「不因柳毅伝書信、何縁得到洞庭湖（柳毅伝書の信に因らざれば、何によりてか洞庭湖を得到《え》ん）」と歌うのを聞いて、たちまちに悟りを開き、もっていた揚げ餅の皿を地面に投げてしまった。夫は傍らからそれを睨み、「ひっくりかえしたのか」と問うた。兪道婆は平手打ちを食らわし、「あんたに分かることじゃないんだよ」と述べた。

柳毅の物語は、中国の小説が常にそうした傾斜をもつように、事実として認識され、新たな解釈、伝説、合理化を次々に加えられた。洞庭湖で合図のために叩いた橘の樹は伝説化して名所となり、やがて「柳毅井」という井戸まで捏造されたし（『呉郡志』による）、中国のあちこちに「柳毅廟」が作られ、柳毅は龍神として祭られたのである（柳毅は龍女とともに「龍寿万歳」を獲得したのだから、すなわち龍神になったと考えられた）。右の『五燈会元』にいう「不因柳毅伝書信、何縁得到洞庭湖」とは「柳毅が伝書によって真心を示さなければ、どうして洞庭湖を手に入れることが出来ただろう」、すなわち「柳毅の真心のおかげで龍女は洞庭湖に帰還し、柳毅は龍神になることができた」の意だと思われる。上記にいう「蓮華楽」が「蓮花落」の訛りであることは明らかであり、その「蓮花落」とは物乞いが角付けをしながら歌う歌謡の総称であった。柳毅の物語は、宋代には、乞食が歌う歌謡に題材を提供し、また、柳毅の行為は「信」(16)と要約され、その「信」によって龍女を郷里に帰還せしめ自身も龍王になった、と考えられていたのである。もっと簡単に要約すれば、「柳毅が手紙を届けた物語」は「誠実な男性の物語」に変貌し、柳毅は、世の女性から「理想の男性」に祭り上げられたのである。

「柳毅伝」のこの変貌を最も端的に物語っているのは、「柳毅伝書鏡」とよばれる金代の銅鏡であろう。たとえば【図40】は、上部に大きく枝葉をのばした樹木が描かれ、その左下に二人の人物が配置される。一番左の人物は頭に髻《まげ》を結い、女性であることを物語る。すなわち龍女であり、その右に「拱手《こうしゅ》」のポーズをとる柳毅がいる。画面の下部には羊（『柳毅伝』の雨工）が三匹おり、右側にはロバに草を食ませて控える従者がいる。これが柳毅と龍女の出

図40　金・柳毅伝書鏡

左端の龍女は手に手紙をもつ。李澤奉・劉如仲主編『銅鏡鑑賞与収蔵』（吉林科学技術出版社、1994年）による。

図41　金・柳毅伝書鏡

逆巻く波間に柳毅と戦士、双魚とが配された、実に雄渾な構図をとる。「河北省正定県文物保管所収蔵的一件金代銅鏡」『文物』（1995/5所収）による。

会いの場であることは明らかであろう。また【図41】は、中央の下に大きく双魚が描かれ、右には巻物をもって佇む男性、左の波間には右手に武器を持ち詰問するように左手を掲げた兵士が置かれる。すなわち、柳毅が洞庭湖に到着して武士に取次ぎを頼むシーンである。双魚は、本章の二七二ページで説明したように、元来は手紙の雅名であったが、古くから夫婦和合の象徴としても用いられた。銅鏡は、古くは結婚の際の結納の品として男性から女性に贈る習慣があったように、女性のもち物と認識された。鏡を用いるのは女性のみではもちろんなかったが、「己《おのれ》を喜ぶものの為に容《かたち》づくる」のが女性であった以上、洋の東西を問わず、鏡は常に女性の身辺にあって女性が願いを込めるものでもあった。中国の銅鏡が、菱花形、方形、柄付き団扇形、炉形など、歴代さまざまな型を生み出して変化を求めながら、結局は円形に回帰して満月のような団円形を基本としたのは、円形に「団円」の願いが込められていたからであろう。その鏡に柳毅伝書の物語が描かれたとすれば、それは、物語に女性の理想が託されていたからである。人々はこの物語に「永遠の愛」を見ていた。柳毅と龍女は一度別れたのちに団円し、子供をもうけて変わらぬ愛を誓いあい、「龍寿万歳」を獲得して永遠の生命を得た。そして、その「永遠の愛」は「柳毅の信」によって成就されたのである。

龍王となった柳毅の伝説が明清期にどのように展開され、また、「柳毅伝書」の物語が通俗文学の世界でどのように受容されたかを端的に物語る小説があるので、その梗概を念のため以下に紹介しておこう。次に示すのは、清の蒲松齢が書いた『聊斎志異』という小説集が収める「織成」という短編である。

――洞庭湖では水神がよく人間の船を借りることがあった。柳という秀才が試験に落ちての帰り道、酔って船中に寝てしまった。と、突然、笙《しょう》の音が響いたので、船頭は柳を揺り動かしたが、目を覚まさない。船頭が舳先に身を隠すと、誰かが柳をもちあげた。柳はそれでも目を覚まさないのでほっておくと、しばらくして笛や太鼓の音が鳴り渡り、蘭麝のような香気があたりをつつんだ。少し酔いの覚めた柳は怪異に気が付いたが、じっと目を閉じていると、「織成、織成」と呼ぶ声が聞こえる。侍女が歩いてきて柳の顔の横で立ち止まった。目を開けて見ると、翠《みどり》の靴下に紫の靴、ほっそりと美しい足先が見えた。柳は思わず靴下を咬《か》んだ。侍女は倒れ、上座の者がわけを尋ねた。柳はさっそく捕えられ殺されるところであったが、「洞庭湖の龍王は柳毅という柳姓の方で落第生。私も落第した柳姓」と進言すると、君王は「風鬟霧鬢《ふうかんむひん》（龍女の憔悴ぶりをいう『柳毅伝』中の一句）という題で賦を作ってみよ」という。柳が時間をかけて賦を完成させると、君王は喜び、柳を溺死者のリストからはずし、水難を避ける界方《おまもり》と黄金とを土産として与えて帰してくれた。

柳は郷里に帰り、用事で武昌に出かけた際、「水難を避ける界方とむすめとを交換する」という婆さんに出会う。むすめのあまりの美しさに、柳は界方を婆さんに渡すが、むすめは手に入らず界方だけとられ、婆さんは姿を消してしまう。意気消沈した柳が宿に戻る途中、船中にむすめを見つけ、「織成」と柳が呼びかけると、むすめはにこやかに素性を語り、妻となる。織成は柳毅の妻の侍女であったが、柳の文才を慕い、柳毅の妻の特別の許可を得て柳のもとに来たという。そののち、織成はときどき里帰りしたが、そのたびにたくさんの珍宝を携えて帰ってきたという。

なお、柳毅については次のような伝説が伝えられている、「柳毅は洞庭君の後を継いで龍王となった。彼はもともと文雅な顔立ちだったので水怪たちを威伏せしめることが出来ず、鬼の面をつけることにした。昼は面をつけ、夜はそれを取って寝たのである。だが、後に面は顔からはずれなくなり、鏡を見た柳毅はひどく恥かしく思った。湖面で手をかざす人がいれば、柳毅は自分を見ていると疑い、波風を起こし舟を転覆させた。そこで船頭は、初めて舟に乗る人にはこの話を聞かせるか、ないしは犠牲を湖に捧げて船を動かしたのである」。——

以上のように、「柳毅伝書」の物語は、神助を得て美しい配偶者を得る「幸せな結婚の物語」の代名詞になっていた。

だが、本章が取り上げなければならない『柳毅伝』の真の末裔は、上記のような都会的で洒脱な作品ではなく、中国の文化的原形質を留めた土俗的民間芸能である。次に取り上げるのは農村の祭祀演劇として今日に残存する「柳毅伝書」である。ここにいう農村の祭祀演劇とは、中国の安徽省、浙江省、江西省、広西省、貴州省、四川省等の漢族居住地や少数民族居住地に今日もなお残存する地方劇をいい、それらを時に「儺戯《なぎ》」と一括することもある。この「儺戯」は、「鬼やらい」「追《つい》儺《な》」などの宗教儀礼に起源をもち、また今日も、そうした儀礼の一環として農民によっ

図42　貴州の農村で演じられる「儺戯」の仮面

仮面は主に武戯（チャンバラ物）において用いられ、登場人物ごとに一枚ずつ作られる。写真右上は劉備、その隣が張飛、左上が関羽、また、中段の右から三人目が諸葛孔明、下段右が曹操。

て演じられ、各地みな共通して七言詩を基本とした「語り物」テクストを台本として用いる。我が国でいえば「説経」から「浄瑠璃」が派生したようなもので、唱導芸能が形成した文体を地謡いやセリフとして用いながら、地域によっては仮面をつけて、一年の重要な節目に「追儺」のアトラクションとして上演されるのである。

儺戯「柳毅伝書」は安徽省や広西省、貴州省、四川省の各地に残存するのだが、ここでは貴州省・思南県に残る儺戯「柳毅伝書」（『思南儺堂戯』貴州民族出版社、一九九三年）を紹介してみよう。この農村演劇には、柳毅、龍女（東洋龍王のむすめ）、柳娘（柳毅の母）、金華（龍女の夫。涇河小君ではなく、人間）、金公（金華の父）、金婆（金華の母）、金姑（金華の妹）、李氏（詳細は不明だが、龍女の兄嫁。金華に兄がいるという設定なのであろう）、龍王（龍女の父）、龍三（龍王の弟で、洞庭君。『柳毅伝』の銭塘君にあたる）、店主（柳毅が泊まった旅籠の主人）の十一人が登場し、およそ次のような内容である。

――まず柳毅と柳娘が登場する。柳毅は科挙の試験を受けるために母と別れて都へ旅立つ。その途次、旅籠の主人と短いやり取りを交わす。柳毅が退場した後、金公、金婆、金姑の三人が登場し、嫁の龍女が金華をないがしろにし、嫁のつとめを果たしていないことをあれこれあげつらう。三人は、金華を呼び出して彼の口から龍女の悪口を聞き、金婆が中心となって龍女を牧羊その他の苦役に追いやる。龍女が南山で牧羊し、その身の不幸を嘆いていると、やはり金家でいじめられている李氏が彼女に粗茶粗飯をこっそり送り届けに来る。二人が言葉を交わして別れると、落第して故郷に帰る柳毅がそこに通りかかり、龍女は柳毅に手紙を託す。柳毅ははじめ龍女の頼みを断るが、彼女が「あなたと結婚する」ということこれを引き受ける。東洋龍王の龍宮宝殿門に至り、金の簪《かんざし》で黄果樹を敲くと夜叉《やしゃ》があらわれ、柳毅を中に招じ入れる。手紙を見た龍王は涙し、夜叉を洞庭湖に派遣して龍三を呼び出させる。龍三は、はじめはその気がなかったが、やがて出兵を決意する。一方、南山の川辺で牧羊していた龍女は一対の竹の子を見つけ、これをもぎり取る。すると龍三がその場に出現し、二人は涙の再会を果たす。龍三は夜叉に命じて龍女を東洋龍王のもとに連れ帰らせ、金家の家屋・畑を水浸しにしてしまう。龍女は故郷に帰り着き、龍王は祝宴を張る。龍三に挨拶をすませ礼を述べた後も龍女はまだもじもじしている。龍王が理由を聞くと、龍女は恥かしそうに理由を述べる。柳毅に嫁ぎたいのである。夜叉に命じて柳毅が連れ出され、祝いの宴は結婚式へと変わる。――

儺戯「柳毅伝書」劇はこのように、一種の童話世界ともいってよい実にプリミティブな世界が展開される。「柳毅と龍女の恋の物語」というよりも、この芝居が展開するのは「嫁いびり」や「無理難題」であり、「女性の受苦」なのである。たとえば本劇は、龍女の不幸を彼女が牧羊に追いやられる以前から描くが、その不幸の実態とは次のような「いじめ」であった。

（龍女の義母が委細構わず龍女をひとしきり激しく打ち、罵っていう）お前を打って手もだるくなる、お前を罵って口もからからじゃ。うちには三百匹の羊がおるから、わしのために南山に放牧に行くがよい。羊を追う棒は天上の機織りの第一の分かれ木じゃ。この木は、一日四六時中、動いておらねば気がすまぬ、少しでも止まれば根が生えるわ。昼間は麻四両を切り、夜は麻半斤を切るのじゃ。太いものは髪の毛の太さに切り、細いのは見えないくらいに切って、乱麻は風に飛ばすでないぞ。一銭でも欠けたら、お前の皮を切って筋を引き抜いてくれるわ。

龍女は家を追い出され、重い「赶羊棒」を手に、羊を追って放浪することになる。「赶羊棒」は止まっていると根が生えるから、いつも動いていなければならず、その上、昼は麻四両を切り夜は麻半斤を切って、切った乱麻が飛ばないよう見張らなければならない。ここにあるのは、グリム童話にも類する「無理難題といじめ」の世界であろう。しかも本劇は、龍女の兄嫁・李氏を登場させることによって、「嫁いびり」が、単に龍女に対してのみ行われているのでないことを描く。本劇にあっては、嫁として他家に入ることそれ自体が、恐らく「女性の受苦」の最たるものだった。

　龍女は姉さんの話を聞き、喉もむせかえり、涙にくれる。姉妹が地面に座ってあれこれ言っても仕方がない。姉さん、早くお帰りなさい。お父様お母様に知られたら、姉妹二人は生きちゃいられない。姉さんが帰っていくのを見送れば、胸は痛み、刃物でえぐられるよう。「羊や、飛び跳ねるんじゃない」と一声かけて、あたしは河へ水を汲みに降りていく。水を汲んで顔いっぱいの涙を洗い流しましょう。河辺に座って心を落ち着かせるのです。

右は龍女が李氏にむかって歌う歌辞である。龍女と李氏とは同じ金家に嫁いだ身でありながら、「一緒にいるところを見られたら二人とも生きてはいけない」間柄なのである。

本劇における龍女の悲観は、単に現在の結婚生活に向かっているのみならず、おそらく「現世」全体にむかっていると思われる。なぜなら、柳毅にむかって自らの出自を次のように述べ、自身が「現世」にいることを一種の「懲罰」として語るからである。

　わたしは龍王の三番目のむすめ。雨簿《うぼ》（降雨の計画表）の通りに雨を降らせることができなかったがために、人間の世界に追い遣られてしまいました。金家に嫁いで苦しみを嘗めておりましたが、あなたという大恩人にお会いすることができました。

原作『柳毅伝』では親の決めた相手として描かれていた最初の結婚が、ここでは「錯行雨簿（降雨計画の失敗）」への懲罰として語られる。彼女は罰を受けるために「天国」からこの世に流されて来ているのであり、「受苦」は龍女であった時の「因縁」、すなわち一種の宿命であった。「凡間」すなわち人間世界は懲罰を受ける場所であり、この世にいる限り安らぎはない。彼女の幸福は罪をあがなって回帰する龍宮にしかないのである。本劇が原作『柳毅伝』と根本的に異なるのはまさにこの点であろう。原作にあっては、龍女は盧氏のむすめとして柳毅に嫁す。「凡間」の人として結婚し、幸福を手に入れた後に龍宮に旅立つのである。だが儺戯「柳毅伝書」にあってはそうではない。柳毅の手助けによって龍宮に帰り、天界の人となって初めて幸福が手に入るのである。

儺戯「柳毅伝書」は、農村で行われる祭祀の一環として上演されるものである。そのことは、たとえば本劇の冒頭に次のような柳毅の言葉があることによっても確認し得る。

客席に居られてご歓談の中、居並ぶ皆様、どうか私が言うのをお聞きください。主人は願ほどきの芝居を求めておいで。「花戯」を演じて楽しもうとのおつもり。雪山に羊を放牧するというこのたびのお芝居は、自由恋愛によって出来ておりまする。

ここにいう「主人」とは祭祀のために出資した主催者、「願ほどき」とは、その「主人」が神に奉げた請願、すなわち祭祀の目的をいう。また「花戯」とは「挿戯」「外戯」ともいい、儀礼性の高い「正戯」に対し、請願の内容に

図43 「安安、米を送る」の図

左端の少年が安安で、衝立の向こうから様子を伺っているのがその母。富春堂本『躍鯉記』による。

応じ適宜上演される娯楽性の高い演目をいう。「送神」「迎神」等の儀式を「正戯」というのに対し、「正戯」の間に適宜差し挟まれたり（「挿戯」「外戯」）、娯楽性が高かったりするので（「花戯」）、そう呼ぶのである。つまり、上記の柳毅のセリフは物語にはいる前の座長の口上であり、祭祀の中核ともいえる「正戯」が終わって、これから儺戯「柳毅伝書」が「花戯」として上演されることをいう。

儺戯「柳毅伝書」は、安徽省、広西省、貴州省、浙江省等においては「孟姜女《もうきょうじょ》」「安安送米（安安　米を送る）」とともにしばしば「三女戯」と一括されている。「孟姜女」は、孟姜女とその夫・范杞良《はんきりょう》の悲劇として有名な「中国四大民話」の一つで、長城建設に徴発された范杞良に孟姜女が寒衣を届けたところ、そこで夫の死を知り、長城を泣き崩すという内容[17]。一方の「安安送米」は、『二十四孝』中の「姜詩」に取材する物語で、姜詩の妻・龐氏とその子・安安の悲歓離合を描く。龐氏は義母にいびり出されて一人暮らしをしているが、母を心配した子供の安安がそこに米を送り届けにやってくる。泣きじゃくる安安を龐氏は気丈にも追い返し、安安が渡った橋の板を涙ながらに取り去って、二度と母を訪ねてはならないことを諭すという内容。この「安安送米」は別名「龐氏女」ともいい、「柳毅伝書」が「龍王女」とも呼ばれるから、「孟姜女」と合わせて「三女戯」ともいうのである。この「三女戯」は、「迎神」と「送神」の間で上演される「花戯」であり、多くの場合仮面を用いずに上演されるという。また、祭祀演劇全般を指して、「儺戯」という代わりに「三女戯」という呼称が使われる地域もあるという。宗教儀礼から派生した祭祀演劇の中核に儺戯「柳毅伝書」があると認識されたのである。

また、ここで注目すべきは「三女戯」の上演のされ方であろう。たとえば、四川省に残存する「端公戯」と呼ばれる儺戯はもっぱら怨魂・孤魂の鎮撫を目的として上演されるというが、子供の葬儀・法事の際には必ず「安安送米」が用いられるという。この「安安送米」は、母恋しさにたずねてくる安安を龐氏が涙ながらに追い返すシーンをもつが、そこに、生者と死者の再会、ならびに怨魂・孤魂の鎮撫という脈絡が隠されているのはいうまでもあるまい。橋の板を抜き取る筋立てとは、「現世」に二度と帰って来てはならないことを死者に教えるものといえるだろう。また、「孟姜女」については安徽省の貴池や青陽に残る「儺堂戯」を参考としてあげることができる。それらの地域では、上元節に数日にわたって行われた祭祀の仕上げとして、最終日に必ず「孟姜女」が上演されるという。「孟姜女」がなぜ最終日に演じられるかといえば、儀礼の中で示された請願の成就を、天上界における孟姜女と范杞良の団円に託すためだという。儺戯「孟姜女」では、孟姜女が長城を泣き崩した後、神のはからいによって夫婦は天上界に再会を果たす。すなわち、この世に災厄をもたらす孤魂・怨魂はすべて天上界に昇天して、そこで家族との団円を果たす。ここに悪霊・悪疫の鎮撫が託されていることは明らかだといえるだろう。

「迎神」の儀礼として上演される「正戯」には、次のような歌辞がしばしば見られる。

請得君王登宝殿、開山打馬入儺堂。要得来呀不得来、要等柳毅伝書来。

（神よ、どうか宝殿にのぼられよ。山を開き馬を駆って儺堂に入られよ。入りたいが入れない、柳毅によって手紙が届けられるまでは。）

前半にいう「神よ、どうか宝殿にのぼられよ。山を開き馬を駆って儺堂に入られよ」が、シャーマンによる「迎神」の言葉であること、論を待たない。とすれば後段の「要得来呀不得来、要等柳毅伝書来（中に入りたいが入れない、柳毅伝書を待とうではないか）」は、それに対する神の応答である。神の憑依を待ち望むシャーマンに対し、「柳毅の伝書がなければ入れない」と、神の躊躇が示されるのである。そして、ここにいう「柳毅伝書」が何を意味するかといえば、「書（手紙）」とは「信（手紙）」であり、「伝書」とは「伝信」、すなわち「真心を示すこと」だったに違いない。つまり、神を迎えるものたちが「人としての信義」を示してこそ、神はその霊験を明らかにする、というのである。「柳毅」とは「彼岸」と「此岸」の橋渡しをするものであり、橋渡しの際に示されるのは「人としての信義」だったのである。このことからいえば、儺戯「柳毅伝書」も当然のことながら「彼岸」と「此岸」の交流を描く物語でなければならない。龍女は天界で罪を犯して流謫の身となり、この世で苦難を受けて故郷には帰れない。それを異界に橋渡ししてやるのが「柳毅伝書」であり、「柳毅の信」でもあったのだ。

唐代の伝奇小説『柳毅伝』が描いたのは、「幽閉された姫君を救出してみずからの妻とする」青年貴公子の物語であった。『柳毅伝』は、幸せな結婚を希求する女性の感情にも焦点をあてた、美しくも含蓄に富んだ壮大なロマンであったが、この物語が中国近世社会に咀嚼されて「祖型神話」として消化されてしまうと、より「原型」に近い「孤魂・怨魂を鎮撫する物語」に変えられたといってよい。儺戯「柳毅伝書」は、女性の怨魂・孤魂を鎮撫する目的で恐らく物語全体が構想されている。この世で辛酸を嘗めつくした女性を天界に橋渡しし、天界において柳毅と団円させることによってこの世への帰路を奪う。現世に龍女が永遠に戻って来ないことを願ってこの芝居は上演されるのである。「柳毅伝書」は柳毅と龍女の結婚を語る物語である。だがその結婚は、死者が「禁忌」を犯して現世に回帰しないための「冥婚」として発想されているのであって、その意味において「柳毅伝書」は、「長相思」や「牽牛織女」「焦仲卿の妻」等の紛れもない子孫だったのである。

（注）

（1）レヴィ＝ストロース『神話と意味』（大橋保夫訳、みすず書房、一九九六年）。

（2）清・銭坫『浣花拝石軒鏡銘集録』参照。

（3）「去者日以疎、生者日以親。出郭門直視、但見丘与墳。古墓犁為田、松柏摧為薪。白楊多悲風、蕭蕭愁殺人。思還故里閭、欲帰道無因。」（第十四首）この作品の解釈について、「忠臣が国を去り、その君を思う」とか「乱世を悲しみ、帰郷を思う」とか、諸説はあるものの、死についての省察を背景にもつ望郷の作である点は、どの論者も共通して認めることであろう。第一句「去る者は日々に以って疎し」にいう「去る者」とは恐らく死者をいう。「死者は日々忘れ去られ、その墓は次々に遺棄されてゆく。故郷へ帰りたいと思うが、帰る道がないのだ」。ここにあるのは、死して忘れ去られ、家に帰る道を失った孤魂の悲しみであろう。

（4）『詩経』「小雅」「谷風之什」は、周王朝の苛斂誅求に苦しむ東方の人々の歌だとされる。

（5）西北という方角については、『楚辞』巻三「天問」に「西北の辟啓《へきけい》（ひらく）さるれば何の気ぞここを通れる。日はいずくんぞ到らざる、燭龍は何をか照らさん」という記述があり、その旧注は「天の西北に幽冥無日の国あり、龍、燭をふくみてこれを照らすなり」という。この旧注は『山海経』巻八を引くものであり、原文は「鍾山の神は名を燭陰と曰う。視すれば（目を開けば）昼となり、瞑すれば（目を閉じれば）夜となる。吹けば冬となり呼《す》えば夏となる。飲まず、食わず、息せず。息すれば風となる。身長は千里。無𦡶《むけい》（国名）の東に在り。その物たるや、人面にして蛇身。赤色。鍾山の下に居る」という。「天の西北には混沌未分、幽冥無日の世界があり、そこを人面蛇身の龍神が支配する」の意。西北から飛んでくる白鳥が死別を暗示するのは、こうした記述に示される古代人の一部の観念が背景にあるのかもしれない。

（6）『春秋左氏伝』「昭公七年」は「人は生まれて形をとり、陰の気たる魄が先ず生まれる。その魄が陽の気の魂を生む。気の働きが盛んなものを摂取すれば魂魄も強力となる。したがって、気のエッセンスは神明となるに至る」という。また、『大戴礼記』は「陽のエッセンスを神（魂）といい、陰のエッセンスを霊（魄）という。神霊とは物を物として成り立たせる本原である」という。「魄」とは、肉体を肉体たらしめる形而下の要素を言ったのである。

（7）韻文部分の原文は「華山畿。君既為儂死。独活為誰施。歓若見憐時。棺木為儂開」。

（8）原文は「妻者、斉也。与夫斉体、自天子下庶人、其義一也」という。「妻」と「斉」とは同音。

（9）ジャック・ル・ゴフ『絵解き　ヨーロッパ中世の夢』（原書房、二〇〇七年）参照。

（10）この歌唱部分の原文は次の通りである。「大天蒼蒼兮、大地茫茫。人各有志兮、何可思量。狐神鼠聖兮、薄社依墻。雷霆一発兮、其孰敢当。荷真人兮、信義長。令骨肉兮、還故郷」。

（11）「生死の途を異にせり」とは「死して同穴とはならなかった」、すなわち「離縁した」の意。

（12）この歌唱部分の原文は次の通りである。「上天配合兮、生死有途。此不当婦兮、彼不当夫。腹心辛苦兮、涇水之隅。風霜満鬢兮、雨雪羅襦。頼明公兮、引素書。令骨肉兮、家如初。永言珍重兮、無時無」。

（13）この歌唱部分の原文は次の通りである。「碧雲悠悠兮、涇水東流。傷美人兮、雨泣花愁。尺書遠達兮、以解君憂。哀冤果雪兮、還処其休。荷和雅兮、感甘羞。山家寂寞兮、難久留。欲将辞去兮、悲綢繆」。

（14）原文は「恩者知其所帰、懐愛者知其所付、豈不為君子始終之道者」。

（15）周紹良『唐伝奇箋証』「洞庭霊姻伝箋証」（人民文学出版社、二〇〇〇年）は「以托相生句不可解」という。

（16）「痴心女子負心漢」という成語があり、これは「恋愛においては、女性は盲目となり、男性は裏切るのが常」の意。柳毅の物語は、「痴心女子」と「有信漢」の物語と考えられたのである。

（17）本章第一節で紹介した「飲馬長城窟行」は「長城」から手紙がもたらされ、また「相思樹」の物語も築城労働に言及する。

（高橋文治）

第五章　人為と自然

第一節　隠者の世界――アンチテーゼとしての生

漱石『草枕』の冒頭部分に次のような一節がある。田舎の温泉地を旅する画工が、自らの理想とする文学について語る場面である。

苦しんだり、怒つたり、騒いだり、泣いたりは人の世につきものだ。余も三十年の間それを仕通して、飽き飽きした。飽き飽きした上に芝居や小説で同じ刺激を繰り返しては大変だ。余が欲する詩はそんな世間的の人情を鼓舞するようなものではない。俗念を放棄して、しばらくでも塵界《じんかい》を離れた心持ちになれる詩である。いくら傑作でも人情を離れた芝居はない、理非を絶した小説は少かろう。どこ迄も世間を出る事が出来ぬのが彼等の特色である。ことに西洋の詩になると、人事が根本になるから所謂詩歌の純粋なるものも此境《このきょう》を解脱する事を知らぬ。どこ迄も同情だとか、愛だとか、正義だとか、自由だとか浮世の勧工場《かんこうば》にあるものだけで用を弁じて居る。いくら詩的になつても地面の上を馳《か》けあるいて、銭の勘定を忘れるひまがない。シエレーが雲雀を聞いて嘆息したのも無理もない。

うれしい事に東洋の詩歌はそこを解脱したのがある。採菊東籬下、悠然見南山。只それぎりの裏《うち》に暑苦しい世の中を丸で忘れた光景が出てくる。垣の向ふに隣りの娘が覗《のぞ》いてる訳でもなければ、南山に親友が奉職して居る次第でもない。超然と出世間的に利害損得の汗を流し去つた心持ちになれる。独坐幽篁裏、弾琴復長嘯、深林人不知、明月来相照。只二十字のうちに優に別乾坤《べつけんこん》を建立して居る。(1)


画工が欲する詩とは、「世間的の人情を鼓舞するようなもの」ではなく、「俗念を放棄して、しばらくでも塵界を離れた心持ちになれる詩」であった。それ故に、西洋の詩を「地面の上を馳けあるいて、銭の勘定を忘れるひまがない」として軽んじ、東洋の詩を「超然と出世間的に利害損得の汗を流し去つた心持ち」になれるものとして讃美するのである。ここでは、「世間的」であるか、「出世間的」であるかが価値基準となっており、「世間」(「塵界」「人事」)と「出世間」(「別乾坤」)の二項対立によって詩歌の善し悪しが論じられているのだ。

しかし、そもそも「出世間」とは何であろうか。それは具体的にどういう世界をいうのであろうか。逆説的な言い方をすれば、「世間」と全く無関係な「出世間」などありえない。確固たる「世間」の存在を前提とし、それを否定することによって初めて「出世間」が成り立つのであり、「出世間」はそれだけで自立するような世界では決してない。その意味においては、「世間」と「出世間」は、常に密接な関係にあると言わねばならないだろう。画工自身が「苦しんだり、怒つたり、騒いだり、泣いたりは人の世につきものだ。余も三十年の間それを仕通して、飽き飽きした」と述べているように、既存の「世間」への深い失望があるからこそ、それを超越した「出世間」が希求されることとなるのである。

「世間」と「出世間」。本章が中国文学の文脈において問いなおしてみたいのは、まさにこの両者の関係性である。右の引用で挙げられている東洋の詩とは、陶淵明（三六五－四二七）の「飲酒」（「菊を採る東籬《とうり》の下《もと》、悠然として南山を見る」）と王維（七〇一－七六一）の「竹里館《ちくりかん》」（「独り坐す幽篁《ゆうこう》の裏《うち》、琴を弾じて復《ま》た長嘯《ちょうしょう》す、深林 人知らず、明月 来りて相い照らす」）であり、画工がいう「出世間」的な詩歌とは、他でもない中国の古典詩のことを念頭に置いている。この「出世間」的、即ち「世間」を前提としながらそこからの逸脱を志向したという見方は、実は古典詩に限らず、中国文学全体の重要な一面を捉えている。中国文学はときには現実的・現世的と言われ、ときには脱俗的・超越的とも言われる。それは、「世間」と「出世間」の複雑な緊張関係に起因し、両者が表と裏を入れ替えながら文学史が形成されていったことを意味している。

中国の文学者たちにとって、「世間」を出るということは、どのような意味を持っていたのだろうか。何故そのような行為が求められなければならなかったのだろうか。また「世間」を出た先に如何なる世界が見いだされ、どのようにしてそれが文学に昇華されていったのだろうか。その「出世間」的な世界は、時代とともに如何なる変容を遂げていったのであろうか。以下、このような問題を、文学の担い手たちの生の営みの軌跡に即しつつ、考えていきたい。

「世間」と「出世間」は、朝廷と山野、人為と自然、現実世界と仮想世界（異界、理想郷など）、公と私などさまざまな対立軸に置き換えることができるだろうが、ここでは先ず、中国の文学者にとって最も切実な問題であったと思われる、出仕と隠逸の関係について考えてみよう。中国において文学の担い手であり続けたのは、儒教的教養を備えた知識人であり、彼らにとっての「世間」とは、皇帝を上に戴き、民の統治と社会の安寧を責務とする役人たちの世界を基盤とする。隠逸とは、その役人の世界、皇帝を中心とする政治機構から逃れ出ることにほかならない。

隠逸という行為が、元来有していた意味合いについて、嵇康《けいこう》（二二三－二六二）の「山巨源《さんきょげん》に与うる絶交の書」（『文選』巻四三）を手がかりに検討してみよう。嵆康は魏晋の交替期に活躍した、隠者の代表格として知られる竹林の七賢の一人。この「書」（手紙）は、彼が友人の山濤《さんとう》（二〇五－二八三。字は巨源。彼も七賢の一人に数えられる）に送ったもの。山濤が自分の後任に嵆康を推挙しようとしたところ、嵆康が己の志を知る者でないとして山濤に絶交を言い渡す、というのがその主旨である。以下に引用するのは、嵆康が仕官を望まない理由を、「必ず堪えざるもの 七」（役人生活において絶対に堪えられない七つのこと）、「甚だ不可なるもの 二」（役人生活に極めて不適格な二つのこと）として列挙する箇所である。

世間には礼というものがあり、朝廷には法というものがありますが、よくよく自分のことを考えてみますに、わたしには絶対に堪えられないことが七つ、極めて不適格なことが二つあります。

わたしは朝遅くまで寝ているのが好きなのですが、役人になれば、門番が呼び出しにきて自由に寝させてくれません。これが堪えられないことの一つ目です。琴を抱え、吟詠しながらぶらぶら歩いたり、野原で狩りや釣りをしたりするのが好きなのですが、供回りの下役人がわたしを監視し、勝手に出歩くこともできなくなります。これが堪えられないことの二つ目です。わたしはしばらく正座していると、足がしびれて動けなくなりますし、体には生来シラミが多く、ひっきりなしに掻きむしっております。それなのに役人になると、きちんとした礼服に身を包み、上官に拝礼もしなければなりません。これが堪えられないことの三つ目です。もともと手紙を書くのが下手で、好きでもないのですが、世間では何かと問題が起きるもので、机の上は人から届いた手紙であふれかえってしまいます。それらに返事をしなければ、礼教に反し義理を欠くことになりますから、無理をしてでも書こうとするのですが、やはり長続きはしないでしょう。これが堪えられないことの四つ目です。葬式の弔問に行くことも嫌いなのですが、これは人の道としてたいへん重んじられており、わたしはそのせいで狭量な輩の怨みを買い、誹謗中傷まで受けてしまいました。驚き恐れて、自分を責めたりもしたのですが、本性というものは変えることができません。心を抑制して世俗に順応などすれば、己の真情に背くことにもなります。結局のところ、『易経《えききょう》』にいう「咎《とが》無く、誉《ほま》れ無し」（言動を慎み、災いにあうことも誉れを受けることも避ける）というのは、わたしには無理なのです。これが堪えられないことの五つ目です。俗物は嫌いなのですが、そういう連中と一緒に仕事をしなければならず、時には座敷を埋め尽くすほどの客人に入り混じって、喧《かまびす》しい声に耳を痛ませ、塵の舞い立つ雑然とした場で、彼らの二転三転する駆け引きを目の当たりにしなければなりません。これが堪えられないことの六つ目です。わたしは面倒なことが苦手なのですが、役所の仕事は煩雑で、常に任務に心をくだいて、世事に悩まされなければなりません。これが堪えられないことの七つ目です。また、日頃から殷の湯王《とうおう》と周の武王を否定し、周公旦《しゅうこうたん》と孔子を軽んじていますが、世間にあってこのことを止めなければ、必ずや礼教を奉じる人々から爪弾きにされることでしょう。これが不適格なことの一つ目です。わたしは剛情で悪を憎む気持ちがとても強く、軽々しく直言してしまいがちで、事あるごとにそういった性格が表に出てしまいます。これが不適格なことの二つ目です。

偏狭で器の小さいわたしが、これら九つの欠陥を持ったまま役人になったりすれば、外から危害をこうむることがなかったとしても、自分の内部に病を抱え込んでしまうことになるでしょう。どうしてこの世に長く生きながらえることができましょうか。

嵇康が出仕を断る理由として挙げる「必ず堪えざるもの」を要約すると、「朝寝坊ができないこと」「散歩、狩り、釣りなどができないこと」「居住まいを正しくし、礼服を着なければならないこと」「手紙の返事を書かなければならないこと」「葬儀の弔問に行かなければならないこと」「俗物と一緒に仕事をしなければならないこと」「仕事の煩わしさに心を砕かなければならないこと」の七つ。彼は自らの自由奔放な性格が、〈俗世間＝役人世界〉といかに相容れないかをユーモラスに述べているのだが、ここには〈俗世間＝役人世界〉に対する痛烈な批判が、実は込められている。中国の知識人にとって世間に出るということは官僚機構に身を置き、役人になることを意味する。それを拒もうとした彼は、自己の欠点を挙げる体裁を装いつつ、宮仕えの息苦しさと、そこで重んじられている礼教の煩わしさを、ことさらにあげつらい、非難しているのである。

「甚だ不可なるもの」を述べる段に至ると、彼の舌鋒は更に鋭く、且つ大胆なものとなる。「日頃から殷の湯王と周の武王を否定し、周公旦と孔子を軽んじていること」、「剛情で悪を憎む気持ちが強く、軽々しく直言してしまうこと」。前者の言に見える殷の湯王と周の武王は、儒家においては聖王とされる人物だが、その実、武力革命によって前代の王朝を滅ぼした王でもある。彼らを批判することは、当時、魏の王朝を簒奪しようとしていた司馬昭《しばしょう》（二一一―二六五。三国・魏の司馬懿《しばい》の子で、後の晋の初代皇帝・武帝司馬炎《しばえん》の父）の批判へとつながる極めて危険な行為であった。また後者の「悪を憎む性分で、つい直言してしまうから出仕はできない」というのは、「今の朝廷には、看過しえない悪人がはびこっている」というのと同義であり、これは朝廷の中枢にいる者たちを弾劾する発言にほかならない。

嵇康に限らず、出仕を拒否し、野に隠れるという行為は、権力者とその政治機構に対する批判の意味合いを強く含んでいた。隠逸とは、政治に参画しないことで、時の権力者へのアンチテーゼを示す行為なのである。それは生命を賭した意思表示であって、嵇康も「殷の湯王と周の武王を否定する」という発言によって司馬昭の恨みを買い、友人の呂安《りょあん》の事件に連座して処刑されたと伝えられる。隠者には、安穏と酒や音楽の楽しみに耽っていた世捨て人というイメージがとかく先行しがちだが、それは彼らの実像とはやや異なる。彼らにとって隠逸とは、政治権力との緊張関係のもとになされたものなのであり、その意味においては、隠者も極めて政治的な生きものなのであった。

図44 「竹林の七賢と栄啓期《えいけいき》の図」

南朝・東晋の墓から出土した磚画《せんが》（レンガで作られたレリーフ）の拓本。栄啓期は春秋時代の高士。南京西善橋出土、南京博物院蔵。中国美術全集編輯委員会『中国美術全集・絵画編１・原始社会至南北朝絵画』（人民美術出版社、1986年）による。

隠者としてのこのような処世のあり方は、精神の自由を貴ぶ老荘思想の流行を受け、嵆康や阮籍《げんせき》などの魏晋の文人たちによって明確に打ち立てられたものであったが、儒教の枠内にも古くからその祖型は用意されていた。『論語』泰伯《たいはく》において、孔子は「天下　道有れば則ち見《あらわ》れ、道無ければ則ち隠る」と述べている。出仕するか隠逸するかは、為政者の「道の有無」を基準として選択されるのであり、その点において、隠逸も出仕と等しく政治的な営みなのである。

「山巨源に与うる絶交の書」が政治的な文脈に基づいて書かれていることは上述の通りだが、では嵆康にとってあるべき生のかたちとは、どのようなものだったのだろうか。右の引用部分では、理想とする生き方が直接述べられるのではなく、役人世界における束縛と、政治権力による横暴を徹底的に否定していくなかで、徐々に自己の「真情」や「本性」が明かされていく。現実社会を否定し、権力にアンチテーゼを示すことによって、真実の自己のあり方が確認されていくのである。隠逸（出仕の否定）という志向は、政治権力の否定であると同時に、自らの生を模索することにもつながるのである。

中国では、現実世界に対するアンチテーゼによって、個人の生のあり方が規定されていく傾向が極めて強い。それは隠遁者の文学において、とりわけ顕著である。中国の隠者の系譜のなかで特に重要な位置を占める文人、陶淵明（三六五－四二七）について、次に見てみよう。陶淵明は、東晋末期から宋初にかけての動乱期を生きた文人。出仕と隠逸を何度か繰り返した後、四十一歳のとき、「五斗米《ごとべい》」（わずかな扶持米、俸給）のために小役人に腰を折るのを潔しとせず、彭沢《ほうたく》県の県令を八十日で辞め、それ以後は故郷で悠々自適の田園生活を送る。「隠者」的生の一つの理想型を確立した人物である。

以下に挙げるのは彼の代表作の一つ、「五柳《ごりゅう》先生伝」である。

先生はどこの出身か不明であり、その姓名も詳らかでない。家の周りには五本の柳の木があり、それに因んだ号を名のっていた。物静かで口数も少なく、栄利を慕わない。書を読むのが好きだが、その全てを理解しようとはしない。自分の意にぴたりとあう箇所があると、そのたびに欣然として食事を忘れるというありさまであった。生まれつき酒を飲むのが好きだが、家が貧乏であるため、常に酒が手に入るわけではなかった。親族や友人はそのことを知り、酒を用意して先生を招待することがある。すると先生はそこに赴いて酒を取り、いつも飲み尽くしてしまう。酔っ払うことが目的なので、酔いが回るとすぐに立ち去り、ぐずぐずとその場に居座ることは決してなかった。狭い家屋はがらんとしていて、風や日差しを防ぐこともできない。小さな上着はぼろぼろで、食べものや飲みものを入れる器は、空っぽのことが多かったが、それでも心安らかであった。いつも詩文を作ってはひとり楽しみ、自らの志をそのなかに託していた。損得勘定などは全く念頭になく、このような暮らしを続けて命を終えた。

賛《さん》にいう。黔婁《けんろう》（春秋時代の隠者）のことばに、「貧賤にくよくよせず、富貴にあくせくとしない」とある。そのことばは、まさにこの五柳先生のような人を指しているのではないか。先生は酒を飲み、詩を作って、己の心を楽しませた。いにしえの帝王無懐氏《むかいし》の世の民であろうか、それとも葛天氏《かってんし》の世の民であろうか。

梁の蕭統《しょうとう》（五〇一－五三一、昭明太子）が、「嘗《かつ》て『五柳先生伝』を著して以て自らに況《たと》う。時の人これを実録と謂《おも》えり」（「陶淵明伝」）と述べているように、古来、この伝は陶淵明の自叙伝とみなされてきた。しかし厳密に言えば、それは誤りである。初めに出身地と姓名について述べ、最後に賛（論評）を置くのは、史書の列伝のスタイルを踏襲したものであろうが、この伝の場合、史書を意識していながら、最も基礎的な情報であるはずの出身地や姓名に関しては、ただ不明であるとしか述べていない。また賛の部分では、五柳先生は古代の伝説上の帝王「無懐氏」「葛天氏」の民に比定されている。これは、五柳先生など今の現実世界にはどこにも存在しない、ここに書かれているのはフィクションだということを、明言しているようなものである。この伝は事実の正確な記録を意図したものではなく、自らが理想とする人物像を、諧謔を交えて描き出したものなのである。陶淵明の他の作品、己の死後に執り行われる葬式の様子を詠った「挽歌《ばんか》の詩」や、自らの死を追悼する「自ら祭る文」などと同じ趣向で書かれた、虚構の自叙伝と言うべきであろう。[2]

では、陶淵明は「五柳先生伝」のなかで、どのような理想像を描き出したのだろうか。この伝の文章において最も特徴的だと思われるのは、否定形を連ねることによって、一つの人物像が形づくられていくことである。「栄利を慕わない」「常に酒が手に入るわけではない」「ぐずぐずとその場に居座ることは決してない」「風や日差しを防ぐこともできない」「損得勘定などは全く念頭にない」「富貴にあくせくとしない」。否定の対象となるのは、主に栄利や富貴、衣食住の充実など、現実社会では望ましく思われていることがらばかりである。ここでも、やはり「俗世間」へのアンチテーゼを通して、生の理想型が追求されているのである。

陶淵明がそのアンチテーゼの中核に据えたものとして更に注目されるのが、栄利や富貴と対の関係にある〈貧窮〉である。五柳先生は衣食住に事欠く貧しい暮らしを送りながら、それを全く意に介さず、自らの楽しみである飲酒、読書、著述に没頭する人間として描かれており、その総括として、賛の部分には「貧賤にくよくよとしない」という語が引かれている。この〈貧窮〉という生活条件は、陶淵明の文学全体において極めて重要な意味を有している。たとえば、彼が詩文に愛用した特徴的な語として、「固窮」（窮を固く守る）というものがある。「固窮の節に頼らずんば、百世　当に誰をか伝うべけん」（「飲酒」）、「誰か云う　固窮は難しと、邈《はる》かなるかな此の前修（前代の賢人）」（「貧士を詠ず」）などがその例。この語は、陶淵明の独創によるものではなく、『論語』衛霊公《えいれいこう》に典拠を持つ。孔子一行が陳の国で食糧が尽き、弟子の子路《しろ》が「君子も亦《ま》た窮すること有るか」と尋ねたところ、孔子は「君子も固窮す、小人は窮すれば斯《ここ》に濫《みだ》る（小人は困窮するとそれに堪えられず、自暴自棄になる）」と答えたという。陶淵明は孔子のこの発言を踏まえている。孔子のいう「固窮」は、古い注釈によれば、普通「固《もと》より窮す」（君子にも当然のことながら窮がつきまとう）と読まれるのだが、陶淵明はそれを「窮を固くする」、つまり「窮」を敢えて「固守」し、それによって己の節義を貫き通すという意味で用いている。貧窮はやむを得ず受け入れられるものではなく、自らの生き方として積極的に選択され、肯定されるべきものへと転じているのである。

右の伝には「固窮」の語は見えないものの、そこで描き出された五柳先生は、まさにこの「固窮の節」を貫いた人物であったと言えるだろう。この伝に通底しているのは、貧窮の暮らしをあえて楽しもうとする態度である。富や栄達にではなく、貧しさや不遇にこそ理念的な価値があり、逆境にあってこそ生を謳歌するのだ、という中国特有の清貧の美学がここには貫かれている。本来、貧しさは忌避されるものであり、陶淵明も別の詩文において、死の恐怖や餓えの苦しみを切々と訴えてはいる。しかし、理想のなかでは、そのような境遇は決してマイナス価値のものでなく、反って精神的な優位性を彼に与えるものであった。極言すれば、貧窮とは知識人にとって一種のステータスともなりうるのである。ここには、アンチテーゼの提示による、意識的な価値観の転倒があるのだが、その転倒をあざやかに自己の文学のなかで体現したために、陶淵明は隠棲を志す文人たちの間で、広く崇拝の念を集めることとなっていく。陶淵明が実際に貧窮にあえいでいたかどうかは、さして大きな問題ではない。貧窮を詠うことによって、自己の理想を確かなものとしようとした、その文学的営為こそが重要であろう。

第二節　隠者の棲みか——隠逸と自然

「自然は芸術を模倣する」という言葉を残したオスカー・ワイルドは、自然について次のように述べている。「自然とは何であるか。自然とは我々を生みおとした大いなる母などではない。彼女は我々の方が創り出したものなのだ。彼女は我々の頭の中で動きだし始める。モノが存在するのは我々がそれを見るからで、何を、どう見るのかは、我々に影響を与えた芸術によって左右される。……今、人々には霧が見えるようになっているが、それは霧がそこに存在するからではなく、詩人や画家がその効果のもつ神秘的な美しさを教えたからである」(3)。

自然とはそれ自体独立した存在であり、人為を排した無垢なる空間がそこには広がっている、と我々はつい考えがちである。だが、実際には、そのような自然を我々が目にすることはない。我々が自然を見る目には、既に先人たちによって培われてきた美意識や感性が介在しているのであって、人為的な価値づけ、意味づけが加えられて、初めてそこに「美しさ」が感じ取られるのである。

　中国の場合、そういった自然の「美しさ」を発見し、「創り出した」のは、文事に優れた知識人たちであり、政治機構に組み込まれた官僚たち（もしくはその予備軍）であったが、ここで先ず注意しておかなければならないのは、前近代の中国においては、そもそも今日的な意味での自然（nature）という概念は、存在していなかったということである。漢語にいう「自然」とは、文字通り「自ずから然《しか》る」という意味であり、作為が何ら働いていないありのままの状態を指す[4]。それは“nature”というより、“natural”（もしくはnaturalness）に近いニュアンスの語であった。後述するように、人為と天然、また人間界とそれ以外の世界とを分けて考える発想は、魏晋の頃から既に見られ、そのなかで非人為・非人間世界の象徴として、自然（nature）がクローズアップされるようにはなるものの、初めから自然が自然として認識されていたというわけでは決してない。

　このことは、文学作品における主題の問題、即ち何を意図して作品が書かれたのか（また何を意図したものとして作品が読まれたのか）をたどることによって、明確になるように思われる。たとえば、六朝・梁に編まれた文学作品のアンソロジー『文選』においては、歴代の詩歌がその主題によって、「献呈」「公讌《こうえん》（「讌」は宴）」「詠史」「遊仙」「招隠」「遊覧」「詠懐」「贈答」「行旅」など二十三の項目に分類されている。ここには「自然」の項目はもちろんないし、「山水」といった自然（nature）に近しい語も項目に立てられていない。しかし、『文選』をひもとけばすぐ分かることだが、そこに収録されている詩歌には、風や雲、山や川、動物や植物などの自然がいたるところに顔を出している。これは、一体なぜであろうか。

　中国文学は、自然との距離が近いとしばしば言われる。しかし、自然はそれ自体が主題となっていたわけではなく、何か別の主題と重なり合うことによって、重要な位置を占めるようになっていったに過ぎない。たとえば『文選』の「公讌」や「行旅」の項目では、宴や旅といった外在的な条件が先にあり、その状況下で目に触れた自然が、時には宴の主人の徳の表れとして嘆賞され、時には故郷への思いを触発するものとして詠出される。端的に言えば、自然は作者がそのとき置かれていた環境に従属しており、作者のそのときの内面を寄託するものとして選び取られ、描写されるのである。『草枕』の画工は西洋の詩について、「同情だとか、愛だとか、正義だとか、自由だとか浮世の勧工場にあるものだけで用を弁じて居る」と批判していたが、中国の詩では個人的な情感や心意をあからさまに表すことは避けられ、それは何か別のものに仮託しなければならないという暗黙の了解があり、その結果、選ばれたのが自然だったのである。

自然は固有の価値を与えられていたわけでは必ずしもなく、「情」や「志」といった作者の内面世界の表象として作品のなかにあらわれる。いわゆる「景情一致（自然の景色と作者の情が完全に一致すること）」「言外の意（叙景描写のなかに作者の意が潜んでいること）」といった境地が、自然詠の理想として追求されるのもそのためであり、この点に中国の自然観の大きな特質があると言える。ワイルドは自然の「美しさ」について述べていたが、前近代の中国にあっては、「美」以前の問題として、先ず表現者の「情」や「志」が極めて切実に意識され、それが自然とどのような関係を取り結ぶかが主たる関心事だったのである。

では、自然にはどのような「情」や「志」が寄託されてきたのだろうか。自然に託されてきたもののなかで際だって多いのは、隠逸の志である。先に引いた嵆康「絶交の書」は、「必ず堪えざるもの 七」「甚だ不可なるもの 二」を挙げた後に、自らが理想とする暮らしに触れて、以下のように言う。

わたしは山や沢辺に行き、鳥や魚を眺めることを楽しみとしているが、ひとたび役人になってしまえば、これを止めなければならない。どうして自らの楽しみを捨てて、望まぬことをしなければならないのか。

ここでは役人生活を拒む理由として、自然鑑賞の楽しみが挙げられている。官界とは対極にあるものとして、また自らの隠遁生活を保証してくれるものとして、山水自然の価値が再確認されているのである。

文人たちの自然への傾斜は、このように現実社会に対抗するかたちで、そして隠逸の志と寄り添うかたちで深められていく。次に挙げる晋・左思《さし》（二五二?―三〇六?）の「招隠」詩（『文選』巻二二）もそのことを示す一例。山中に隠者を訪ね求めながら、その生活への憧れを語る作である。

杖策招隠士、荒塗横古今　策《つえ》を杖《つ》きて隠士を招かんとすれば、荒塗《こうと》（荒れ果てた道）は古今に横たわる
巌穴無結構、丘中有鳴琴　巌穴《がんけつ》に結構（組み立てられた家屋）無く、丘中に鳴琴有り
白雲停陰岡、丹葩曜陽林　白雲　陰岡《いんこう》（山の北側の丘）に停《とど》まり、丹葩《たんぱ》（赤い花）陽林に曜《かがや》く
石泉漱瓊瑤、纖鱗亦浮沈　石泉　瓊瑤《けいよう》（美しい玉）を漱《すす》ぎ、纖鱗《せんりん》（小さな魚）も亦た浮沈す
非必糸与竹、山水有清音　糸と竹（絃楽器と管楽器）とを必とするに非ず、山水に清音有り
何事待嘯歌、灌木自悲吟　何ぞ嘯歌《しょうか》（口をすぼめて歌う）を待つを事とせん、灌木《かんぼく》は自ずから悲吟す
秋菊兼糇糧、幽蘭間重襟　秋菊は糇糧《こうりょう》（糧食）を兼ね、幽蘭は重襟《ちょうきん》に間《まじ》わる
躊躇足力煩、聊欲投吾簪　躊躇《ちゅうちょ》して足力煩う、聊《いささ》か吾が簪《かんざし》を投ぜんと欲す

この作品において特徴的なのは、自然が人為と比較されながら描き出されていることである。「巌穴に結構無く、丘中には鳴琴あり」は、山林には人が組み建てた立派な家はないが、吹き寄せる風が自ずと琴のような音色を響かせることを述べたもの。また「糸と竹とを必とするに非ず、山水に清音有り。何ぞ嘯歌を待つを事とせん、灌木は自ずから悲吟す」は、木々のそよぎや川のせせらぎにあふれる山奥では、管絃の調べや人の歌声などは不要である

ことを述べたもの。これらの句では、人間が奏でる音楽と自然界の発する音が対比され、前者よりも後者の方に優れた価値が見いだされている。「糸と竹」「嘯歌」といった音楽は、人為的・人工的なものであり、それ故に世俗の喧騒を想起させるものでもある。他方、自然界の音は人間の営みとは無関係に響き続け、無垢で尊い存在である。隠遁を心に願う作者は、このような発想のもと、山水自然の環境を讃美しているのだ（末句の「聊か吾が簪を投ぜんと欲す」とは、役人の礼装であるかんざしを投げ捨て、ここで隠遁しようの意）。

この詩の「招隠」という標題は、『楚辞』に収められている漢・劉安《りゅうあん》（前一七九－前一二二）の「招隠士」という作品を意識してつけられたものなのだが、実はもとの劉安の作では、自然はこのような描き方をされていない。劉安の作と左思の作とでは、自然の捉え方が全く異なる。奥深い山林が隠者の棲みかとして扱われている点は同じだが、前者では「叢薄《そうはく》（生い茂った草むら）深林　人上《のぼ》りて慄《おそ》る」とあり、また「虎豹は闘い熊羆《ゆうひ》（クマとヒグマ）は咆《ほ》え、禽獣は駭《おどろ》きて其の曹《ともがら》を亡《うしな》う。王孫よ帰り来たれ、山中は以て久しく留まるべからず」と結ばれているように、山林は不快で苦難を伴う場、君子が長く留まるべきではない場として描かれている。[5] それに対し、左思の作品では自然は一つの理想郷にまで化しているのである。このことは、自然が隠棲の志という内面世界の表象として、随意に変形させられていったものであることを如実に示しているだろう。左思は、人為＝俗世間という発想から、そのアンチテーゼとしての自然に価値を見いだし、自らの隠棲願望をかなえるのに相応しい空間を山中に「創り出し」たのである。このように考えたとき、自然とは、人為・人工の最たるものであると言うことができるだろう。自然が先にあるのではなく、人為（「世間」）が先にあり、その対極にあるものとして非人為的な自然（「出世間」）が、人間の手によってかたちづくられるのである。

自然はこのように隠者の棲みかに相応しい場として造型されていくのだが、魏晋以降、山林への隠遁志向が急速に広まっていくにつれて、そういった志向に反発する流れもあらわれてくる。たとえば、晋の王康琚《おうこうきょ》（？－？）に

図45　五代後梁・荊浩《けいこう》「匡廬《きょうろ》図」
匡廬は廬山《ろざん》（江西省九江市）の別名。隠棲を志す文人墨客たちの憧れの地。故宮博物院（台北）蔵。中国美術全集編輯委員会『中国美術全集・絵画編2・隋唐五代絵画』（人民美術出版社、1988年）による。

「反招隠」詩（『文選』巻二二）という作品がある。これは、先の左思の作を始めとし、晋代に数多く書かれた「招隠」の詩に反発して作られたものであり、そのなかで王康琚は「小隠は陵藪《りょうそう》に隠れ、大隠は朝市に隠る」と述べている（「陵藪」は丘陵と沢地をいい、「朝市」は朝廷と市場をいう）。つまらない隠者は奥深い山野に身を置くものだが、偉大な隠者は人の多く集まる町中にこそ隠れ住む――「反招隠」詩はこのように詠い、世俗を避けて山に籠もりたがる「小隠」を非難し、市中で生活を営む「大隠」を讃えるのである。陶淵明の有名な詩句、「廬《いおり》を結んで人境に在り、而《しか》も車馬の喧《かまびす》しき無し。君に問う何ぞ能く爾《しか》るやと、心遠ければ地自ずから偏なり」（「飲酒」）も、大まかに言えば、「小隠」ではなく、「大隠」の系統に属する隠逸を詠ったものであろう。

「小隠」に対するこの「大隠」の提唱は、「世間」と「出世間」の間に働く独特の力学を示しているように思われる。「世間」たる「朝市」へのアンチテーゼとして山林への隠遁が主張されたものの、それがあまりに流行して型どおりのものとなってしまうと、その種の隠遁自体もまた通俗的・世間的な営みに見られ、反発の対象となっていく。

「世間」は「出世間」を生むが、新たに生まれたその「出世間」も、やがて一つの「世間」に過ぎないものに堕してしまうのである。

「小隠」か「大隠」かという問題は、隠逸の環境を重んじるべきか、その精神のみを重んじるべきかという問題であったと考えられるが、時を経て唐代に至ると、両者をともに否定し、更に新たな隠逸のあり方を提示する文人が出現する。中唐の白居易（七七二―八四六）である。(6) 彼の五十八歳のときの詩、「中隠」を見てみよう。彼が太子賓客《たいしひんかく》（皇太子の教育係）という名ばかりの職を帯び、洛陽で悠々自適の生活を送っていたころの作である。

大隠住朝市、小隠入丘樊　　大隠は朝市に住み、小隠は丘樊《きゅうはん》（山林）に入る
丘樊太冷落、朝市太囂諠　　丘樊は太《はなは》だ冷落たり、朝市は太だ囂諠《ごうけん》たり（騒がしい）
不如作中隠、隠在留司官　　如《し》かず中隠と作《な》り、隠れて留司《りゅうし》の官（副首都の洛陽で勤務する官）に在るに
似出復似処、非忙亦非閑　　出《い》ずる（出仕する）に似て復《ま》た処《お》る（隠遁する）に似、忙しきに非ず亦《ま》た閑なるに非ず
不労心与力、又免飢与寒　　心と力とを労せず、又た飢と寒とを免る
終歳無公事、随月有俸銭　　終歳 公事（公務）無く、月に随いて俸銭有り

……（中略）……

人生処一世、其道難両全　　人生 一世に処る、其の道 両《ふた》つながら全くし難し
賎即苦凍餒、貴則多憂患　　賎ならば即ち凍餒《とうだい》（寒さと餓え）に苦しみ、貴ならば則ち憂患多し
唯此中隠士、致身吉且安　　唯だ此の中隠の士のみ、身を致すこと吉にして且つ安らかなり
窮通与豊約、正在四者間　　窮通（困窮と栄達）と豊約（豊かさと貧しさ）と、正に四者の間に在り

白居易は、「反招隠」詩の「小隠は陵薮に隠れ、大隠は朝市に隠る」を踏まえて、次のようにいう。大隠は町中におり、小隠は山中に棲むというが、山中は寂しすぎるし、町中はうるさすぎる。中隠の士となり、名目だけの官職についたまま隠居するのが一番だ。出仕しているようでもあり、隠居しているようでもある。忙しいわけではないが、暇というわけでもない。心と体をすり減らすこともなく、食事や着るものに困ることもない。年中これといった仕事もないが、毎月の俸給はきちんともらえる――大隠と小隠、朝廷と山林、出仕と隠逸、忙と閑、栄達と困窮、豊かさと貧しさ。白居易は、彼以前の文人たちが抱えていた、あらゆる対立軸を相対化して捉え、両者の中間に安住の地を見いだそうとする。幾つもの二項対立を提示した上で、「両《ふた》つながら全くし難し」とし、どちらか一方に傾くのではなく、双方の中間地点（「中隠」）に自分を置こうとするのである。

「出ずるに似て復た処るに似る」と詠っているように、彼にとっては出仕か隠逸かという問題すらも、既に二者択一的なものではなくなってしまっている。彼の意識のなかでは、両者は互いに排除し合うものではなく、パラレルに両立しうるものであったと考えられよう。役人ではあっても、閑職に過ぎないのだから、長安から離れた洛陽の地で、のんびりと隠棲の境地を味わうことができるというわけである。

「中隠」と名付けられたこのような処世のあり方は、閑職に追いやられた晩年の自己を、敢えて肯定するために発想されたものであろう。白居易は彼特有のしなやかな平衡感覚によって、世間に通行しているさまざまな尺度をいったん無効化し、宙ぶらりんの状態にある自己に「中」という積極的な価値を与えようとしたのである。これは、伝統的な処世観を下敷きにしつつ、それにアンチテーゼを示すことで、新たな生の理想像を模索する営みであったと言えようが、翻って従来の隠逸と比較した場合、この「中隠」を果たして真に隠逸と呼べるかどうか、いささか疑問の余地も残る。白居易の「中隠」には、嵆康の時代に存在したであろうアンチテーゼとしての峻厳さや、理念としての崇高さは、殆どないといってよい。そもそも隠逸とは、現実社会への反発とそこからの脱出を志向して生まれたものだったはずである。ところが、白居易は朝廷から俸給をもらい、現実社会と不即不離の関係を保ちながら、隠逸を果たそうというのである。彼は嵆康や陶淵明と異なり、出仕以後、七十一歳で致仕するまで、服喪の期間を除いて常に官界に身を置き、その結果、要職にもついている。白居易は、あくまでも出仕を全うした側の人間なのである。そのような生を送っていた彼が「中隠」を主張し、隠遁者を自任したということは、隠逸の持つ意味合いに、本質的な変化が生じたことを物語っているだろう。隠逸はもはや現実世界に真っ向から反発するようなものではなくなり、社会といかに適切な距離を取るか、といった問題にすり替わってしまったのである。こうしたすり替えを意図的に行うことで、白居易は「世間」と「出世間」、出仕と隠逸の相克を乗り越え、双方の利点をともに享受することができたのであった。

このような隠逸観の変化は、当時の役人世界の状況とも密接に関係している。白居易が生きた中唐期は、貴族を中心とした政治体制から、科挙を経験した文人官僚を中心とする政治体制に移行しつつあったときであった。彼ら新興の文人官僚たちは概ね寒門の出身であり、財力に頼らず、自らの才覚で頭角を現し、生計を立てていかねばならない。与えられた官職を捨て、山中に隠棲することなど、そう易々とは実行できないのである。白居易は右の詩において「終歳　公事無く、月に随いて俸銭有り」と述べていたが、中唐期の文人たちにとっては、官吏としての俸給も切実な問題であったと想像される（貴族社会であった六朝期の文人であれば、詩のなかでこのような発言をすることには、普通抵抗があったであろう）。当時の文人官僚たちの多くは隠逸への欲求を抱いたとしても、官と隠の両方を兼ねた処世を模索しなければならないのであり、そういった状況のなかで、白居易は「中隠」という新たな道筋を示したのであった。

なお、白居易の処世における官と隠の関係は、彼の文学における諷諭詩《ふうゆし》と閑適詩《かんてきし》の関係にそのまま当てはまる。彼は政治批判の作として諷諭詩を書く一方で、公務を離れた場においては日常生活の喜びを綴った閑適詩を書き続けた。官（公）と隠（私）の片方に偏ることなく、双方をともにカバーしながら、彼の文学は開花していったのである。

中唐期を経て、宋以降になると、新興層の文人官僚の活躍がますます目覚ましいものとなっていくが、白居易が示した処世観は、彼らに多大な影響を及ぼし、一つのモデルとなって受け継がれていく。公職につきながら、堂々と隠棲の境地を楽しむという生き方は、嵆康や陶淵明の処世より、実際的かつ魅力的なものとして、広く受容されていくのである。それは、ある言い方をすれば、隠逸がより受け入れやすい処世として大衆化・通俗化し、精神的な遊戯としての一面を強く帯びるようになったことをも意味していると思われるが、その問題については第四節において改めて考えてみたい。

第三節　別世界への夢想――仮想世界の構築

中国にあっては、朝廷を中心とする社会の枠組みが強固に存在していたため、そこから逸脱することで、新たな世界を切り開こうとする営みが絶えず繰り返されてきた。前節に述べた白居易の処世観は、そういった枠組み自体をいったん無化しようとするものであり、その点において、画期的な意味を持つものであったと言える。前述したように、彼が活躍した中唐は、新興の文人官僚層の登場によって大きな社会的変動が起こりつつあったときであり、従来の枠組みや既成の概念に対する変革が盛んに試みられた時期であった。では、白居易を始めとする中唐の文人たちが「出世間」を希求したとき、それはどのような世界となってあらわれてくるのだろうか。本節では、中唐の文人たちが追求した別世界について、公と私、人為と自然、真と仮の関係性の揺らぎに着目しながら見ていきたい。

先ず、白居易が造り出した一つの理想郷について、「池上篇《ちじょうへん》」という作品の序文を通して見てみよう。官と隠（出仕と隠逸）の間の壁を意識的に取り払い、両者を兼ね備えた立場に身を置こうとした彼は、人為と自然、双方の要素を併せ持つ世界を地上に築きあげた。この「池上篇」に詠まれている庭園がそれである。彼は晩年、洛陽の自邸に池を中心とした庭園を作っており、それがどのような空間で、どのようにして完成されたかを、次のように述べている。

都城の風・土・水・木の景勝は東南の隅にあり、その東南の隅の景勝は履道里《りどうり》にこそある。履道里の景勝は西北の隅にあり、西北の垣根のなかで第一の屋敷は、白氏の楽天翁が隠居しているこの地にほかならない。その広さは十七畝《ほ》あり、建物が全体の三分の一、池が五分の一、竹林が九分の一を占め、島や樹木、橋や道があちこちに点在している。……わたし楽天は、杭州刺史の任を終えたときに、天竺石一つと華亭の鶴二匹を手に入れて持ち帰り、そこではじめて西平橋を築いて、池をめぐる道を作った。蘇州刺史を辞したときは、太湖石、白蓮、折腰菱《せつようりょう》（菱の一種）、青板舫《せいばんほう》（青く塗装された小舟）を持ち帰り、更に中高橋を築いて、三つの島を結ぶ道とした。また刑部侍郎《けいぶじろう》を辞したときには、粟が千斛《こく》、書が車一台分あり、笛や磬《けい》、絃楽や歌に通じた奴婢を百人ばかり持ち帰った。

それより前のことだが、潁川《えいせん》の陳孝山《ちんこうざん》が酒の醸造方を教えてくれ、我が家の酒はとりわけ美味なものとなった。また博陵《はくりょう》の崔晦叔《さいかいしゅく》が琴を与えてくれ、その調べはまことに清らかである。蜀の姜発《きょうはつ》は「秋思」の曲を授けてくれ、その音色は実に恬淡《てんたん》としている。弘農《こうのう》の楊貞一《ようていいつ》は青石を三つ贈ってくれたが、方形ですらりと長く、滑らかなその石は、座ったり寝そべったりするのにもってこいである。

大和《たいわ》三年の夏、わたしは自ら請うて太子賓客となり、洛陽に分司してこの池のほとりに身を休めることとなった。三度の勤務で得たものや、四人の友が贈ってくれたものと一緒に、わたしもいま池のほとりの住人となったのである。池に風が吹きよせる春、月が射し込む秋、水が香り蓮が開く朝、露が清らかに降り鶴が鳴く夕べ。その折々に、わたしはいつも楊君の石を払い、陳君の酒を飲み、崔君の琴を手にし、姜君の「秋思」の曲をつまびく。すると陶然として自適の境地にいたり、ほかのことは全て忘れてしまう。酒もたけなわとなり琴を奏で終えると、楽童たちに命じて中島亭に登らせ、「霓裳羽衣《げいしょううい》」の曲の散序を合奏させる。その調べは風に乗ってひるがえり、音色が一点に集まったかと思えば、また散らばってゆき、竹林にかかる靄《もや》や波間に揺れる月の間をゆっくりとただよいながら響き渡る。曲がまだ終らないうちに、わたしはうっとりとした気分になり、酔いのままに石の上で眠ってしまうのである。眠りから覚め、たまたま歌を詠んでしまったが、それは詩でもなければ賦でもない。甥っ子の阿亀《あき》が筆をとって、石に書きつけてくれたのを見てみると、ほぼ韻を踏んだかたちになっているので、これに名づけて「池上篇」としたまでである。

彼にとっての理想郷は、大都市洛陽の自邸のなかに、庭園という姿を取ってあらわれる。左思の「招隠」詩に見られたように、隠棲の志を満たす空間は、通常は人界と遠く隔たった山中に求められるのだが、白居易にとっての理想郷は、人界の向こう側にあるものではなくなっている。出仕と隠逸は両立しうるものなのだから、わざわざ世俗から遠く離れた深山幽谷に赴き、そこで心身の安らぎを得る必要はない。普段住まいの屋敷のなかに、自然に満ちあふれた空間を生み出し、隠棲の境地を味わえばよいのである。つまるところ、白居易は「世間」をこえて「出世間」を求めようとしたのではなく、「世間」のなかに「出世間」的な別世界を新たに造り出そうとして、庭園を築いたのである。

庭園それ自体は、中国においては古い歴史を有している。漢代では皇帝が自らの権威を示すため、巨大な苑囿《えんゆう》（草木を植え、鳥獣を放し飼いにした庭。狩猟場を兼ねる）を築き、それは当時を代表する文学形式である賦の表現対象となった（第一章第二節参照）。また六朝期では、皇族や貴族たちが、代々所有する荘園内に別荘を造営し、その場で酒宴や詩作の集いを開いた。それが中唐期に至ると、皇帝や貴族だけではなく、科挙によって地歩を得た文人官僚たちもが、自ら貯えた財力によって、庭園を築くようになっていく。右の「池上篇序」で述べる庭園もその一つである。中唐期の文人たちは、公的な身分を帯びながら、私的空間を充実させることにも積極的になり、なかでも白居易は「十七畝」という広大な個人の庭園を完成させたのであった。

ところで、序文に明らかなように、白居易のこの庭園は、単に広大なだけでなく、多種多様なモノに満ちあふれた空間であった。池・竹・島・樹木、そして彼が三カ所の勤務先で得た天竺石と華亭の鶴、太湖石と白蓮、折腰菱と青板舫《ほう》、粟と書物。また四人の友人から贈られた琴や青石。白居易はそれらを庭園内に集めて配置しているのだが、そのなかには庭園であるが故に、石や植物といった自然物が多く含まれている。自然は赴任先から持ち帰ってきたり、園内で自由に移動させたりすることができる、個人の所有物として扱われているのである。「池上篇」本文にも「霊鶴・怪石、紫菱《しりょう》・白蓮、皆 吾の好む所は、尽く吾が前に在り」という句があり、自らが好む自然物が全て自分のものとして集められていることに、率直な喜びが表明されている。

自然に対するこのような態度も、中唐の白居易に始まるというわけでは必ずしもない。そもそも庭園は、自然を一種の所有物とみなす認識のもとに生まれたものである。自然をモノとして可能な限り収集・所有し、陳列する、そのこと自体は、賦に詠われているように少なくとも漢代の苑囿《えんゆう》にまで遡れる。しかし苑囿における自然は、世界の中心にいる皇帝の権力の象徴として収集され、保有されるものであった。それに対し、白居易は個人の閑適の志を満たすため、権力と離れた居住空間の場において庭園の自然を築き上げた。かつて皇帝のみが所有を許された自然が、一人の文人官僚によって、私的に囲い込まれるようになったのである。

ここに、公と私の関係性の揺らぎを見て取ることができるだろう。右の文において、白居易は官命によって派遣された地で石や動植物を得、それらを自邸の庭園内に持ち帰ったことを述べている。このことは彼にとっての私の領域（閑適の空間）が、公を取り込むかたちで拡充されていったことを示している。古来、公権力と対峙するものとして隠逸の志を託されてきた自然は、中唐の白居易に至ると、公を取り込みながら形成された私的空間に集められ、庭園というかたちをとって身辺に配されるようになったのである。前節において、白居易における隠逸と出仕、公と私の並存について述べたが、私の領域は無条件に与えられるものではなく、半ば公を侵食するかたちで勝ち取られたものだったと考えるべきだろう。

造園による自然物の占有、これは世俗的な豊かさ（役人としての栄達）とは、また別に保有しうる精神的な豊かさの表れとして、中唐以降、多くの文人の関心を集めるようになる。白居易と同時代を生きた文人、韓愈（七六八－八二四）の詩を更に見てみよう。以下に挙げるのは「裴僕射《はいぼくや》相公《しょうこう》の仮山に和す十一韻」と題された贈答の詩。「裴僕射相公」とは、唐王朝を代表する名臣の一人、裴度《はいど》（七六五－八三九）。科挙出身者でありながら軍功をたて、宰相にまで上りつめた人物で、韓愈や白居易ら寒門出身の文人たちと、詩文を通じて深い交友を結んだ。この詩は、裴度が自邸に作った築山（「仮山」）について詠ったもの。

公乎真愛山、看山旦連夕　　公や真に山を愛し、山を看ること旦《あした》より夕べに連なる
猶嫌山在眼、不得著脚歴　　猶お嫌う　山の眼に在りて、脚を著《つ》けて歴《へ》るを得ざるを
枉語山中人、匃我澗側石　　語を山中の人に枉《ま》ぐ、我に澗側《かんそく》の石を匃《あた》えよと
有来応公須、帰必載金帛　　来たりて公の須《もと》めに応ずるもの有らば、帰るに必ず金帛《きんぱく》を載す
当軒乍駢羅、随勢忽開坼　　軒に当りて乍《たちま》ち駢羅《べんら》し（ぎっしりと並べ）、勢に随いて忽ち開坼《かいたく》す（開く）

有洞若神剜、有巖類天劃
終朝巖洞間、歌鼓燕賓戚
孰謂衡霍期、近在王侯宅

洞の神剜《しんわん》（神の手による掘鑿）の若《ごと》きもの有り、巌の天劃《てんかく》（天然の彫琢）に類するもの有り
終朝　巌洞の間、歌鼓　賓戚を燕せしむ（宴を開いて楽しませる）
孰《た》れか謂《おも》わん　衡霍《こうかく》の期（衡山・霍山に隠棲する心づもり）、近く王侯の宅に在らんとは

山を愛する裴公は、それが視線の先にありながら、実際に足で踏みしめることができないことに我慢ならない――韓愈は裴度の山への傾倒ぶりを、このようにコミカルに描いた後、裴度が山中の人に頼んで、谷川の石を「金帛」で買い取ったことを述べる。山への激しい愛着が、石を積み重ねて築山を作る行為に彼を駆り立てたというのである。山を本当に愛するのならば、直接、山中に足を運べば良さそうなものだが、ここではそうはならない。自らの力によって自然を邸宅内に囲い込み、占有することにこそ一つの価値があるのであり、韓愈は誇張を交えつつも、その貪欲な姿勢に風流人の意気のようなものを感じて、この詩を綴っているのである。

ところで、詩題にある「仮山」ということばは、自然と人為の関係性を考える上で、極めて重要である。このことばには、石によって作られた山が、あくまで擬似的なものであるという認識が明確に示されている。真と仮、本物の自然と虚構として作られた偽の自然。韓愈はこの二者をはっきりと弁別した上で、後者を「神剜の若きもの」「天劃に類するもの」と評価し、そこに実際の名山（「衡・霍」）の趣と、隠棲の境地を感じ取っているのである。ここでは虚構であること、人工的であることは、全く否定的に捉えられていない。むしろ「仮」のものである人工物が、自然（「神」「天」）らしさをまとうことによって、独特の価値を帯びるようになっているのである。前掲の左思「招隠」詩が、人工的な音よりも自然界の音を尊んだのとは、別の美意識が働いていると言えよう。

先に見た白居易には、同じく裴度の庭園について詠んだ、「水竹 以て質（本体）為《た》り、質立ちて文（文飾・装飾）随う。之を文する者は何人ぞ、公（裴度）来りて親《みずか》ら指麾《しき》す」という句がある（「裴侍中晋公 集賢林亭即事詩三十六韻を以て贈らる……」詩）。ここでも、もともとの自然（「質」）と庭園の自然（「文」）をはっきり区別した上で、自然に人為的な文飾を加えることが、肯定的に捉えられている。自然を人の手によって装飾・加工する、そのような営みに積極的に価値を認める姿勢が、韓愈・白居易が生きた時代には、ある程度、浸透していたと想像されよう。

このように、中唐期に至ると、自然と人為（真と仮）の関係性にもある種の揺らぎが生じる。従来、ありのままの自然のなかにこそ真があり、人為はあくまで世俗的で仮のものにしか過ぎないとする見方が一般的であった。それが、真ではない仮のもの、元来の自然ではない人為的な庭園が、却って尊ばれることとなったのである。こういった変化の根底にあったものは、何だったのであろうか。それは、仮を仮としてその虚構性を楽しむ意識、「ありのままの自然」に従属するのでなく、自らの仮想によって新たな世界をイメージし、作り出そうとする意識だったのではないだろうか。まさに、庭園を造営しようとする者が、築山などの疑似的な自然物を駆使し、イマジネーションの赴くままに理想の空間を組み立てていくように。前節で述べたように、「ありのままの自然」も所詮は人為によって造られた虚妄にしか過ぎない。彼らは、恐らくそのことを予め認識しており、その上で人為の価値を積極的に認め、「ありのまま」を超えた別世界を、自己の想念によって追求したのである。

中唐期の先進的な文人たちは、個人の仮想・空想によって世界を埋め尽くし、世界のありようそのものを変えていこうとする意識をも有していたように思われる。たとえば、李賀《りが》（七九一－八一七）の「李憑《りひょう》の箜篌《くご》の引《いん》」を見てみよう（「箜篌」はハープに似た絃楽器の一種、「引」は歌）。李賀は個性的な詩人が数多く活躍した中唐期においても、ひときわ異彩を放った詩人。独特の鋭敏な感性で、幻想的かつ怪奇な詩を好んで書き、後世、李白の「天才」、白居易の「人才」に対して、「鬼才」と評されている（「鬼」は死霊や妖怪など超自然の事物を指す）。この「李憑の箜篌の引」

は、箜篌の演奏によって世界が変容していくさまを、李賀が夢想したものである。

呉糸蜀桐張高秋　　呉糸《ごし》　蜀桐《しょくどう》　高秋に張らる
空白凝雲頽不流　　空白く　凝雲《ぎょううん》　頽《くず》れんとして流れず
江娥啼竹素女愁　　江娥《こうが》　竹に啼《な》き　素女《そじょ》愁うるは
李憑中国弾箜篌　　李憑　中国（国の中心、都）に箜篌を弾ずればなり
崑山玉砕鳳凰叫　　崑山《こんざん》　玉砕けて　鳳凰叫び
芙蓉泣露香蘭笑　　芙蓉《ふよう》　露に泣きて　香蘭笑う
十二門前融冷光　　十二門前　冷光を融かし
二十三糸動紫皇　　二十三糸　紫皇《しこう》を動かす
女媧煉石補天処　　女媧《じょか》　石を煉《ね》りて天を補いし処
石破天驚逗秋雨　　石破れ天驚きて秋雨　逗《ほとばし》る
夢入神山教神嫗　　夢に神山に入りて神嫗《しんおう》に教うれば
老魚跳波痩蛟舞　　老魚　波に跳びて痩蛟《そうこう》舞う
呉質不眠倚桂樹　　呉質《ごしつ》　眠らずして桂樹に倚《よ》り
露脚斜飛湿寒兎　　露脚《ろきゃく》　斜めに飛びて寒兎《かんと》を湿す

楽器の材質と演奏前の状況について述べた初めの一聯と、楽人李憑《りひょう》の姿を描いた第四句を除けば、この詩は箜篌《くご》の音楽の描写で占められており、その描写は全て、詩人が音楽からイメージした想像世界の表出である。崑崙山《こんろんざん》、

女媧《じょか》が補修した天（女媧は太古の女神。五色の石を錬って天を補修したとされる）、夢のなかの神山、月中世界など、主に空想上の世界が、この詩の舞台となっているのである。一読すれば明らかなように、それぞれの舞台には、音楽を聴きそれに反応を示すさまざまな存在が配されている。そして、竹に涙をそそぐ湘江《しょうこう》の女神江娥《こうが》（舜帝の妃であった娥《が》江《こう》と女英《じょえい》）、愁いを抱く古の楽人素女《そじょ》、砕ける玉と鳴き叫ぶ鳳凰、露の涙を流す芙蓉と笑う香蘭、融解する冷ややかな光と心を揺さぶられる紫皇《しこう》（天帝）、破壊される石と驚愕する天、ほとばしる秋雨、飛び跳ねる老魚と痩蛟（生命力を失った魚と蛟《みずち》）、眠らず桂樹によりかかる呉質《ごしつ》（月に流謫されたとされる道士）、斜めに飛散して寒々とした兎（月）を濡らす露、がそれである。

　李賀は故事を用いつつ、さまざまな動植物や無機物、更には天帝や神女までをも持ち出して、音楽による感化や感応の有りさまを、つぶさに記しているのである。彼にとっての至高の音楽とは、自然界の動植物はもとより天をも驚かし、全世界を震わせるものであったに違いない。そういった音楽認識のもとに、彼は李憑の演奏から得たインスピレーションを膨らませ、世界が「ありのまま」の姿から新たな姿に変貌していくさまを夢想したのである。この作品は、藝術の持つ畏るべき力に光をあて、詩人としての空想力を最大限に発揮したものと言えよう。

　なお、藝術が自然界ないしは世界そのものに作用を及ぼすという発想は、この時代の詩人たちの文学認識のなかにも、散見することができる。[7] たとえば、李賀自身の詩に「筆は造化《ぞうか》（万物を創造する造物主のはたらき）を補いて天に功無からしむ」（「高軒過《こうけんか》」）とあるのは、造物主によって創られたこの世界を、文学が新たに創りなおして完全なものとすることを述べたもの。また韓愈の詩には、李白・杜甫の詩作行為を、古代の聖王禹《う》が峡谷を切り開いて洪水を治めたのになぞらえて、「想うに手を施す時に当たりて、巨刃《きょじん》 天を磨して揚《あ》がり、垠崖《ぎんがい》 劃《かく》として崩豁《ほうかつ》し（切り立った崖が割けて崩れ開く）、乾坤《けんこん》 擺《ふる》いて雷硠《らいろう》たらん（天地が振動してゴロゴロと鳴り響く）」（「張籍《ちょうせき》を調《あざけ》る」）と詠った句がある。

人間の営みである藝術を、世界の有り様を変えるほどの力を秘めたものとみなす思想が、中唐期には擡頭《たいとう》しつつあったのである。それは、造園によって自然を人為的に変形し、囲い込もうとする意識と連動するものであり、自然と人為の関係性の変化、即ち自然に対する人為の領分の拡張を示す事象だと言えるだろう。

第四節　日常生活の拡充——趣味化する生

前節で述べたように、中唐期は人為の持つ重みが増し、自分たち人間の営みを中心に据えた世界観が、新たに芽生えだした時代であった。人為を重視するその思想の背後には、自らのイマジネーションによって現実世界そのものを変えていこうとする意識があったと考えられるのだが、そういった先進的な意識は、中唐以降、却って徐々に失われていくこととなってしまう。人為を重んじる思想は、現実世界に対抗して新たな理想郷を創造しようとする意欲を欠いたまま、公に対して明確に意識されだした私の領域と強く結びつき、その結果、閉ざされた個の世界に自分だけの理想郷を作ろうとする、趣味的な生活意識を派生させることとなる。即ち、世事を忘れて、詩文や琴棋《きんき》書画などの私的な営みに没入し、自己の精神世界の安定を図る——文人趣味と呼ばれる生活スタイルの発生である。[8]

文人趣味は、唐に続く宋の時代に明確なかたちとなってあらわれてくるのだが、その萌芽は、「中隠」詩を詠った中唐の白居易などに既に窺うことができる。白居易の文学、特にその閑適詩に顕著に見られるように、中唐の文人官僚たちは私の世界を拡充することに大きな喜びを感じ、書画や音楽などさまざまな営みを個人の趣味として楽しむようになる。

たとえば、白居易は「草堂記」という文のなかで、自身が趣味の庭造りに熱中する性分であることに触れて、「矧《いわ》

んや 予 自ら思うに、幼従《よ》り老に迨《およ》ぶまで、白屋（粗末な家）の若《ごと》きも、朱門（豪華な家）の若きも、凡そ止まる所、一日二日と雖も、輒《すなわ》ち簣土《きど》（もっこに盛られた土）を覆いて台を為《つく》り、拳石《けんせき》（こぶし大の石）を聚《あつ》めて山を為り、斗水（わずかな水）を環《めぐ》らせて池を為る。其の山水を喜ぶ病癖 此《か》くの如し」と述べている。白居易が庭園を築き、私的空間の充実を目指したことについては、既に前節において言及した。ここで興味深いのは、山水を喜ぶと言いながら、山水を作りだすことの方に夢中になる様子が描かれている点である。この「草堂記」以外にも、白居易はしばしば詩文のなかで、造園にいそしむ自らのさまを詠っており、彼にとっては山水自然を作るという営みそれ自体が目的化しているようなふしさえある。狩人が求めているのは獲物ではなく、実は狩りそのものにほかならない（パスカル『パンセ』（前田陽一・由木康訳、中公文庫、一九七三年）一三九）。趣味というものは何かを得るために行われるのではなく、その行為自体に楽しみを求める自己完結的な営みであることを、白居易の詩文は示唆しているだろう。

　また「草堂記」に見られる「癖」という語は、趣味・嗜好に耽る文人たちの自意識のありようを考える上で、とりわけ重要である。この語は、やまいだれが用いられていることからもわかるように、元来、腹部にしこりができる病を指すことばであった。しかし、晋の杜預《どよ》の故事以来、偏った嗜好という意味を持つようになり[9]、中唐以後には、特定の対象に過度に没頭する性向をいうことばとして、好んで文人たちに用いられるようになった。たとえば、「詩癖」「書癖」「琴癖」「画癖」「酒癖」「茶癖」「山水癖」などの語によって、自身の持つ嗜好が、病的な偏愛・偏好として表明されるようになるのである。一つのことに夢中になる性分を、正常さを欠いた病として、中庸さを欠いた性の偏りとして標榜する。こういった自己言及の背後には、自らの嗜好のあり方を客体化・相対化して捉えなおし、それを常人とは異なる特性として、つまり一つの個性として他者に主張しようとする意識を読み取ることができるだろう。

　趣味・嗜好に対する意識のあり方について、更に白居易の「太湖石《たいこせき》の記」を通して考えてみよう。この文は、当時宰相であった知人の牛僧孺《ぎゅうそうじゅ》（七八〇－八四八？）の怪石趣味について、白居易が自身の見解を交えて述べたものであり、一つの趣味論・嗜好論を説いた作品として読むことができる。なお、太湖石とは太湖に産する石灰質の岩で、中唐以降、その奇異で醜怪な形状が、庭園における賞玩物として多くの好事家の関心を集めることとなった[10]。

図46　宋・蘇軾「古木怪石図」

奇石・怪石は、中唐を経て宋代になると、文人たちの間で更に珍重されるようになる。この絵の作者は宋一代を代表する詩人蘇軾《そしょく》。宋以降、絵画の制作も趣味として普及しだし、いわゆる文人画（職業画家ではない士大夫が余技として描いた絵画）の系譜を生んだ。徐邦達編『中国絵画史図録』（上海人民美術出版社、1981年）による。

古の達人は、皆、嗜《たしな》むものをもっていた。玄晏《げんあん》先生（皇《こう》甫謐《ほひつ》、二一五－二八二）は書物を嗜み、嵆康は琴を嗜み、靖節《せいせつ》先生（陶淵明）は酒を嗜んでいた。いま、丞相の奇《き》章《しょう》公（牛僧孺）は石を嗜んでいる。石には色もなく、音を発するというわけでもない。また、臭いや味もない。その意味で書・琴・酒の三つとは全く異なるのに、公はなぜこれを嗜好するのだろうか。多くのものはその嗜好を不可解に思っているが、わたしだけはそれを理解している。昔、友人の李生《りせい》が言った。「もし自分の意にかなえば、その用は多大である」と。まさにその通りなのであって、意にかなうことこそが大事なのだ。公が石を嗜むのも、こういうわけである。

ここでは、物への嗜好が達人の条件とされており、その達人の系譜のなかに、牛僧孺の怪石趣味が位置づけられている。

固有の嗜好を持つことが、あたかも一つのステータスであるかのように説かれているのである。嵇康にとっての琴、陶淵明にとっての酒は、魏晋の頃の名士特有の政治批判の意味合いを多分に持っていたと考えられるが[11]、ここではそのようなニュアンスは捨象され、ただ「自分の意にかなう」嗜好の先例として挙げられている。嗜好に耽ることが、各々の文人たちの私的側面を象徴する個性として、注目されていたことが窺えよう。

またそれに加えて白居易は、牛僧孺の怪石趣味が、周囲に理解されないものであったことを強調している。色や音色、臭いや味がなく、世間的に全く無価値な石。そのような対象に心惹かれる牛僧孺の嗜好のあり方は、一般的な価値観に背を向け、自己の「意」にのみ従ったものであり、その点を白居易は評価しているのである。ここには無理解な他者の視線を導入することによって、牛の嗜好の特異性を、その個性として際立たせようとする意識を、垣間見ることができるのではないだろうか。

個性（パーソナリティ）とは、自己を客観視し、他者と比較することによってはじめて認識されうるものである。趣味・嗜好を、他者と差別化する一つの個性として捉えようとする見方は、現代の我々の生活においても、しばしば見られる。たとえば履歴書。そこには、学歴・職歴といった、至って公的な情報の他に、なぜか趣味を書く欄が用意されていることがある。また自己紹介の場では、どのような趣味・嗜好を持っているのか（いかなる趣味に耽って余暇を過ごしているのか、また読書や映画、音楽についていかなる好尚を持っているか）を語るのが、今日でも定番となっている。趣味・嗜好は、その行為自体に楽しみを求める、自己完結的な営みでありながら、他者に自己の存在をアピールする対他的な側面をも有しており、個を主張するための情報として、重要な役割を担っているのである。趣味・嗜好にそのような位置づけが与えられたのは、中国における文人趣味、即ち官人としての公的な身分を帯びた知識人が、私的領域を拡大させていく過程で生まれた生活様式に一つの源流を求めることができ、現代の我々もその延長線上にあると言えるかもしれない。

ところで、上掲の引用ののち、白居易「太湖石記」では、牛僧孺がありとあらゆる形状の太湖石を集め、それらを「甲・乙・丙・丁」と「上・中・下」によってランク付けした上で、屋敷の庭に並べたことが記されている。牛僧孺にとって怪石は、一つあれば十分というものではなく、蒐集《しゅうしゅう》の対象でもあったのである。

愛好するものを蒐集し、そのコレクションの豊富さを誇ること。これは趣味・嗜好を持つ者がしばしば耽る営みであり、中唐を経て宋代に至ると、書画などの藝術品は勿論のこと、[12]筆・紙・硯・墨といった文房具（この四つを指して文房四宝《ぶんぼうしほう》という）や、花木・怪石などに至るまで、実にさまざまなものが蒐集の対象となっていく。蒐集には、もちろんある程度の財力が必要なのだが、公的立場をいったん離れて私的に獲得されたそれらのコレクションは、地位や財産とはまた別に価値を有するものとして、重んじられるようになる。一流の藝術品・嗜好品に囲まれながら、世俗を忘れて閑雅なひとときを楽しむ。そういった生活スタイルは、隠逸という伝統的な精神文化と、市場経済の発達がもたらした物質文化とが融合して、宋代に新たに開花したものと言えるだろう。

宋代におけるコレクション文化の隆盛を示す例として、骨董趣味の元祖ともいうべき欧陽脩《おうようしゅう》（一〇〇七—一〇七二）『集古録《しゅうころく》』について見てみよう。『集古録』は、古代の金石文《きんせきぶん》（青銅器や石碑などに刻まれた文）に考証を加えた書（全文は散佚してしまったが、その一部が『集古録跋尾《ばつび》』十巻として現存する）。以下に挙げるのは、『集古録』の大要を取り出して作られた目録の序文、「集古録目序」である。宋代、金石文をその拓本をもとに精密に解読し、文字学や文献学、歴史学などの角度から研究する学問（金石学という）が起こる。『集古録』はその草分けとも言うべき書物なのだが、この序文では、金石文が持つ学術的な価値についてはあまり触れられていない。そこで展開されているのは、物の蒐集に関する議論である。

物はそれを好む者によって集められ、力を有する強者によって獲得されるのが常である。力があってもそれを好まなければ、またそれを好んでいても力がなければ、たとえ近くにあって求めやすかったとしても、それを手に入れることはできない。象・犀・虎・豹は、辺地の山や海に生息して人を殺す獣だが、それを好み、且つ強大な力を持つ者であれば、その歯や角、皮革を集めて所有することは可能である。玉は万里の彼方、崑崙山《こんろんざん》の流砂に産するが、十余りもの地域を経て、はるばる中国にまで運ばれてくるのである。……金や玉、宝石といった貴重品でも、世の中にはそれを数多く集めて所有している者が常にいる。どんなものであっても、それを好み、強い力を持つ者であれば、手に入れることはできるのだ。

湯王《とうおう》の盤（銘文が刻まれた青銅製のたらい）、孔子家の鼎《かなえ》、岐山《きざん》の石鼓（鼓の形をした石。古代の文字が刻まれていた）、泰山《たいざん》・鄒山《すうざん》・会稽《かいけい》の石（秦の始皇帝が各地を巡遊したときに文を刻んだ石）、また漢魏以来の聖君や賢士たちの墓碑と青銅器、それらに刻まれた詩や序・記、そして古文（先秦期の文字）、籀《ちゅう》・篆《てん》・八分《はっぷん》・隷《れい》（何れも書体の一種）などの諸家の文字は、すべて夏・殷・周の三代以来の至宝であり、怪奇且つ壮麗で、巧みですばらしいものである。それらは人界から遠く隔たったところにあるわけでもなく、手に入れるのに災禍が伴うというわけでもない。しかし、年月の経過や兵火によって世に埋もれて磨滅していき、崖や野原にうち捨てられたまま拾われることもないのは、それを好む者が世間に稀だからである。たとえ好む者がいたとしても、その者に力がなければ、わずか一つや二つを得るにとどまり、多くを集めることなどできないのである。

しかし、そもそも物を集めるに当たっては、力よりもそれを好んでいることが大事であり、それを好む場合もただ好むのではなく、一心に好んでいることが肝心である。わたしは一つのことに打ち込みやすい性分で、しかも古を嗜好しており、世間の人が貪っている物は、どれも欲しいとは思わない。だからこそ、自分の好きな物に一途にのめりこむことができるのだ。物を好む気持ちが深ければ、力が足りなかったとしても、それを得ることができる。そういうわけで、上は周の穆王《ぼくおう》から、下は秦・漢・隋・唐・五代に至るまで、外は四海（中国を取りまく四つの海）九州（中国全土）、名山や大沼、切り立った崖や谷、荒廃した林や塚まで遍く尋ね、神仙や化け物が伝承してきたものも含めて、あらゆるものを手に入れることができたのであり、それらの拓本をまとめて『集古録』と名付けた。

この序文では、物は誰のもとにどのようにして蒐集されていくのか、自分はなぜ金石や石刻の拓本を蒐集しえたのか、といったことがらに議論が集中している。欧陽脩《おうようしゅう》が「古」を「集」め尽くすことに激しい情熱を抱いていたことは一読して明らかだが、それと同時に、蒐集という営みそれ自体に対して、理知的に分析が加えられている点が注目されよう。中唐の白居易「太湖石の記」が嗜好論を説いたとすれば、宋の欧陽脩はそこから更に進んで蒐集論を説いたのであり、愛好者はいかにして対象物を蒐集すべきかという問題が一つの関心事となっていたのである。

愛好品の蒐集が文人たちのなかで流行するのに連れて、宋代には『〇〇譜』といった題を持つカタログ書の類いが数多く編まれるようになる。たとえば、筆・紙・硯・墨などの各種文房具について解説した蘇易簡《そいかん》の『文房四譜』、各地に産する石の形状や材質などをこと細かに記した杜綰《とわん》の『雲林石譜』、菊の花の品種について詳述した范成大《はんせいだい》の『菊譜』などがそれである。欧陽脩の『硯譜』、陸游《りくゆう》の『牡丹譜』など、著名な文人もこの種の書を多く編んでおり、愛好品に関する深い見識を持つことが、一流の風流人であることの証左として考えられていたようである。これらのカタログ書は、コレクション文化の普及がもたらした産物であり、蒐集と鑑賞のための手引き書として、広く読み継がれていったものと思われる(13)。

古物の情報をふんだんに記載した欧陽脩『集古録』も、愛好者のための指南書としての性格を有しており、宋以降のカタログ文化の先駆けをなした書とみなすことができる。宋の大学者朱熹《しゅき》（一一三〇－一二〇〇）は、「家蔵の石刻の序」という文のなかで、この書を読んだときのことを次のように述べている。

わたしは若い頃から古代の金石文を好んでいたが、家が貧しかったためその拓本を得ることはできなかった。そこで、時々ひとりで欧陽先生が集録した本を手にとり、拓本に付された序跋の考証を眺めることを楽しみとしていた。自分の心にかなうところを見つけるとうっとりとし、まるでその金石を実際に手でさすり、文字を目にしているかのような気分になるのであった。そして自分の身が貧しく、僻地で暮らしているため、欲しい物を全て得ることができないのが恨めしく思われるのであった。

朱熹が語る読書体験は、カタログ書の類いがなぜ編まれ、普及していったのかを考える上で、示唆的である。朱熹にとって『集古録』は、知識や情報を得るためだけのものではなく、実物の肌触りを感じさせ、自らの所有欲を一時的に満たしてくれる存在だったのである。宋の大詩人陸游（一一二五－一二〇九）も、『集古録』の本の出来映えがあまりに素晴らしかったために、「真筆を見るが如し」という感想を述べている（「六一居士《りくいっこじ》の集古録跋尾に跋す」）。『集古録』を始めとするカタログ書は、愛好品の蒐集と鑑賞を趣味とする者たちに、あたかも実物を手元に置いているかのような感覚を与えてくれるものであったと想像されよう。現代の我々が衣服や装飾品のカタログを読んで、実際にそれらを身につけたかのような喜びを得るのと同じように。

カタログ書に加え、宋以降には、文人たちの趣味的生活全般にわたるマニュアル書（指南書）の類いも生み出されていった。青木正児《まさる》が「宋代における文房趣味の総論」と評した趙希鵠《ちょうきこく》『洞天清禄集《どうてんせいろくしゅう》』がその筆頭である。[14] この書は、古琴弁・古硯《けん》弁・古鐘鼎彝器《しょうていいき》（青銅器）弁・石弁・硯屏《けんぺい》（硯の傍に置き、塵やほこりを防ぐ小さな衝立）弁・筆格（筆かけ）弁・水滴（硯に注ぐ水を蓄えておく容器）弁・古翰墨真跡《かんぼくしんせき》（書の真跡）弁・古今石刻弁・古画弁の十門を設け、各々の文房具や藝術品についてこと細かに解説したものであり、その使用法や鑑賞法、更には偽物の作り方と識別法までもが丁寧に論じられている。題名に示されているように、この書物は屋敷のなかに「洞天」（仙人が住む別天地）を作りだし、そこで風雅な趣味生活に耽ることを指南したものにほかならない。居住空間を多様な嗜好品によって彩り、そこを別世界に見立てることで、一つの「出世間」を完成させようというのであり、「出世間」が日常的なものに矮小化されながら継承されていったことを、この書名から読み取ることができるだろう。「出世間」は、いまここにない世界として希求されるのではなく、自己の周囲に現出しうるものとして、意識されるようになったのである。

更に明代以降になると、盆栽や生け花の作り方、書斎における調度品の配置に至るまで、生活に関するありとあらゆることがらを扱った指南書が編まれるようになる（高濂《こうれん》『遵生八箋《じゅんせいはっせん》』、屠隆《とりゅう》『考槃余事《こうはんよじ》』、文震亨《ぶんしんこう》『長物志《ちょうぶつし》』など）。カタログ書・マニュアル書の存在は、趣味生活の洗練を意味するとともに、文人たちの私生活が様式化・定型化されていったことを一面では物語っている。文人趣味とは、元来、公の束縛から逃れようとした官人たちが、私の領域を獲得していく過程で生み出されていったものであるが、私の領域がある程度、確立されてしまうと、その内部においてまた規範意識が働き、文人はどう生活すべきかという問題が過

図47　五代南唐・周文矩《しゅうぶんく》「重屏会碁図《ちょうへいかいきず》」

周文矩は南唐王室の宮廷画家。南唐の中主・李璟《りけい》とその弟たちが室内で囲碁に興じる姿が描かれる。その後方には屏風が置かれ、屏風のなかには更に山水を描いた屏風があり、士人がそれを眺めてくつろぐ姿が見える。屏風や掛け軸は室内と別天地を結ぶ装置であり、文人生活に欠かせないものの一つ。故宮博物院（北京）蔵。『中国美術全集・絵画編２　隋唐五代絵画』（人民美術出版社、1988年）による。

度に追求されることとなってしまうのである。

最後に、清末の著名な詩人龔自珍《きょうじちん》（一七九二－一八四一）の「病梅館の記《びょうばいかん》」という文を見てみよう。龔自珍は、梅を愛する文人たちの歪んだ嗜好と美意識が、梅本来の姿を損ない、病に至らせたことを、以下のように慨嘆している。

江寧《こうねい》の龍蟠《りゅうばん》、蘇州の鄧尉《とうい》、杭州の西渓《せいけい》は、いずれも梅の産地である。ある人が言うには、「梅の枝は、曲がっているものが美しく、真っ直ぐなものは無粋である。斜めに傾いているものが美しく、正しく伸びたものは見るに堪えない。まばらに生えているのが美しく、密集して生えているのは無様である」と。ああ、いつもこうである。文人や画家は、心のなかでこう思っており、声高にそれを主張することはしないが、結局、自分たちの基準によって天下の梅をがんじがらめにしているのだ。そもそも、真っ直ぐな枝を斬り、密集した枝を剪定し、正しく伸びた枝を取り除き、それによって梅の寿命を縮めて病み衰えさせ、金もうけの手段とすることなど、天下の民にできることではない。また傾いた枝、まばらな枝、曲がった枝は、金銭を求める愚かな民がその浅知恵でできることでもない。文人や画家の偏った性癖が、梅を売る商人に、正しく伸びたものを斬らせ、脇から伸びたものを養わせ、密集した枝を剪定させ、生えたばかりの枝を枯れさせ、真っ直ぐな枝を除かせ、その生気を失わせ、値段を釣り上げているのである。このようにして、江浙《こうせつ》の地域の梅は全て病むこととなってしまったのだ。文人や画家は、これほどまでに酷い災いをもたらしたのである。

わたしは盆栽を三百ほど買ったが、それらは全て病んでおり、一つとして全き姿を保ったものはない。このことに三日間泣いた後、これを治療しようと心に誓った。梅を自由に生長させ、盆は壊し、枝を土に埋めて、縛っていた棕櫚《しゅろ》のひもを解いた。五年を目途に、必ずやこれを回復させ、全き姿に戻してやりたい。わたしは、もとより文人や画家ではないのだから、非難を受けたとしても甘んじてそれを受け入れ、病んだ梅のための館を開くのだ。ああ、わたしに多くの休暇と広い田があり、江寧・杭州・蘇州の病んだ梅を広く集め、生涯を費やして治療することができれば、どんなによいだろうか。

文人や画家たちの過度に発達した嗜好は、もはや天然の梅を許容することができなくなり、そこに何らかの歪み（非自然性）がなければ満足できなくなってしまう。「ありのままの自然」というものは完全に価値を失い、人為によって畸形化された自然が尊重されるに至ったのである。自然と人為の関係性の一つのなれのはてを、この「病梅」の姿に見て取ることができるだろう。

なお一説では、この文は傷つけられた梅に仮託して、清朝政府による知識人への弾圧を批判したものだと言われている。もしそうだとするならば、文人が追求した風流とは、ある種、皇帝権力に比擬されるような強圧性をも持つものだったと言えるかもしれない。皇帝がその権力によって知識人を抑圧したように、知識人もその嗜好と美意識によって自然を抑圧し、「がんじがらめ」にしていたのである。私的営みとして洗練されてきた文人趣味が、自然を屈服させる権威として横行したとすれば、その風雅の精神は現実社会（「世間」）の公的権力と同様の性格を帯びることとなったわけであり、「出世間」が「世間」に吸収されていくさまを、またここに見ることができるだろう。

（注）

（1）『漱石全集』第三巻（岩波書店、一九九四年）。原文の表記を一部改め、振り仮名を付した。

（2）陶淵明が虚構を好んだことについては、一海知義『陶淵明――虚構の詩人』（岩波新書、一九九七年）参照。

（3）訳文は、『岩波講座・文学7　つくられた自然』（岩波書店、二〇〇三年）所収の富山太佳夫「まえがき――つくられた自然のスタイル」による。

（4）いわゆる「無為自然」の「自然」。『老子』第二十五章に「人は地に法《のっと》り、地は天に法り、天は道に法り、道は自然に法る」と述べられているように、「自然」は老荘思想の根幹をなす概念の一つ。

（5）小尾郊一『中国文学に現われた自然と自然観』（岩波書店、一九六二年）第一章・第二節「叙景の詩」参照。なお同氏が指摘するように、劉安「招隠士」は隠逸を否定し、山林にいる隠者をここに招き寄せようとする作であるのに対し、左思「招隠」は隠逸を賛美し、隠者がいる山林に自ら足を運ぼうとする作である。

（6）白居易の文学と隠逸観については、下定雅弘『白楽天の愉悦――生きる叡智の輝き』（勉誠出版、二〇〇六年）、川合康三『白楽天――官と隠のはざまで』（岩波書店、二〇一〇年）など参照。

（7）川合康三「詩は世界を創るか――中唐における詩と造物」（『終南山の変容――中唐文学論集』、研文出版、一九九九年）参照。

（8）文人趣味については、青木正児『琴碁書画』（平凡社東洋文庫、一九九〇年）、荒井健編『中華文人の生活』（平凡社、一九九四年）など参照。

（9）『晋書』杜預伝に見える逸話。杜預は、王済《おうせい》には馬を好む「馬癖」があり、和嶠《かきょう》には銭を好む「銭癖」があると揶揄していたが、武帝に「では卿には何の癖があるのだ」と尋ねられて、「私には『左伝の癖』がございます」と答えたという。杜預は『左伝』（『春秋左氏伝』）の研究に没頭し、その注釈を作ったことで有名。

（10）第三節で挙げた白居易「池上篇」の序にもこの石への言及が見られた。太湖石に関しては、福本雅一『太湖石』（藝文書院、二〇〇九年）参照。

（11）魯迅「魏晋風度及文章与薬及酒之関係――九月間在広州夏期学術演講会講」（『魯迅全集』第三巻、人民文学出版社、一九八一年。初出は一九二七年）参照。

（12）自然の場合と同様、本来、全ての美術品は皇帝に帰属すべきものなのだが、唐代には、皇帝が所蔵する公的なコレクションとは別に、個人の蒐集家による私的なコレクションも注目を浴びだした。唐の裴孝源《はいこうげん》が編んだ『貞観公私画録』という書物の題にそれが窺える。また唐・張彦遠《ちょうげんえん》『歴代名画記』巻二「鑑識・収蔵・購求・閲玩を論ず」という文のなかにも、絵画の蒐集家として有名な唐の官人の名が多く記載されており、蒐集と収蔵が、文人たちの間で私的な趣味として流行していたことが想像される。

（13）宋代のカタログ文化に関しては、青木正児「文房趣味」（前掲『琴碁書画』所収）、中砂明徳『江南』第一章「趣味の市場」（講談社、二〇〇二年）など参照。

（14）前掲（注13）の論考参照。

（谷口高志）

あとがきにかえて

我が国に〈士農工商〉という言葉がある。〈士農工商〉とは、もちろん中国の古典典籍に起源のある言い方で、たとえば有名なところでは『漢書』「食貨志」は次のようにいう。

〈財〉とは、古の帝王が人々を集めその位を守り、諸々の集団・グループを養い、天の徳にしたがって国を治め民を安んじていく大本《おおもと》である。それゆえ……古の堯《ぎょう》・舜《しゅん》・禹《う》といった聖王は、民を邦《くに》でくぎり、城郭を築いてそこに居らしめ、井田と廬（農民が春と夏に暮らす井田の傍らの小屋）の制度を定めて民の生活を均一にし、市場と店がならぶ区域を開き、生産物の流通を図り、学校を設けて民を教え導いた。〈士農工商〉の四民にはそれぞれ家業がある。学を修めてしかるべき地位におる人を〈士〉といい、土地を開いて国の根本を増やす人を〈農〉、技術によって器物を作る人を〈工〉、財を流通させ貨をひさぐ人を〈商〉といった。古の聖王は民の能力にしたがって仕事を与え、四民はその力量を示して職を授けられた。それゆえ、朝廷には役に立たない官職はなく、村には怠惰な逸民はおらず、土地には荒れ果て放置された空き地はなかった。

この文章を読む際にまず注意しなければならないのは、これが「食貨志」、すなわち漢王朝の財産、国家財政について記述した部分にある記事であることである。ここにいう〈財〉とは帝王の元に集められる資源、資金、もっと解りやすくいえば〈税金として集められるもの〉をいうのであり、その記述の中に〈士農工商〉が出てくるということは、つまり、〈士農工商〉とは税金に基準を置いて国民をカテゴリーに分けた分類法だったのである。〈士〉とは、我が国では〈武士〉であるが、中国では〈士大夫〉と呼ばれる知識層で、学問を修めて役人となり、帝王のために税金を集めてまわる人、〈農〉とは農作物を納める人、〈工〉とは職人として自身が作成した器物を納める人、〈商〉とは物資を流通させ商税を納める人、の謂であった。〈士農工商〉は、大きく分ければ〈士〉と〈農工商〉とに大別でき、税金を納めず、帝王から俸禄をもらって〈農工商〉から税金を集めてまわる〈士〉と、自身の生業を何らかの形で換算して帝王に税金を納める〈農工商〉に区別できる。中国文学の担い手たちは、少なくとも創作者側に限れば、ほとんどすべて〈士〉の間から出たことはいうまでもない。

前近代の中国社会に生きた人々を〈税〉をキーワードにして単純に分類するなら、次のようにいうことができるかもしれない。世界の中心には、すべての領土、財産、文化を我がものとする皇帝がまずおり、その元に税は集められる。その皇帝から税の一部を俸禄としてもらい、彼の私生活や集金活動を支え、社会秩序の保全を図る人々がいる。彼らは俸禄をもらうのだから基本は役人であり、無税である。次に、今日の中国語であれば〈老百姓（一般庶民）〉、昔の中国語であれば〈良人〉と呼ばれる、納税義務を負った〈農工商〉の人々がいて、さらにその下に〈良賤〉という場合の〈賤〉、いわゆる〈賤民〉がいた。これら〈賤民〉は、罪人の子孫や捕虜、楽戸等のように生まれながらにして駈口・奴婢であり、生涯その身分に変化のないものと、元来は〈良人〉でありながら借金の返済のために年季奉公に出て奴婢となった人たちとがいて、いつの時代も彼らは売買の対象であった。「中国では乞食の世界にも官僚制がある」といわれるように、彼らの世界にも支配と搾取の構造はあったが、ただし彼らは、皇帝に対する納税義務はなく、奉公先の状況によっては〈農〉として重税にあえぐよりよほど楽で豊かな生活を送れたし、また、彼らを買い取った主人が偉ければ「虎の威を借る狐」式で、主人の家では奴婢に過ぎなくとも、一旦外に出れば太守さえ手出しの出来ない権勢を誇る場合もあった。宋以後の政府文書等では、奉公に出た農民たちが年期が明けても〈良人〉に戻ろうとせず、そのため税収が減っていることがしばしば問題にされるが、それはこうした事情によるものであった。つまり、前近代の中国社会にあっては、徴税の機構側に奴婢としてでも所属していれば、人口の九割以上を占めて〈田園〉に住む〈農〉のように、重税にあえぐ必要はなかったのである。

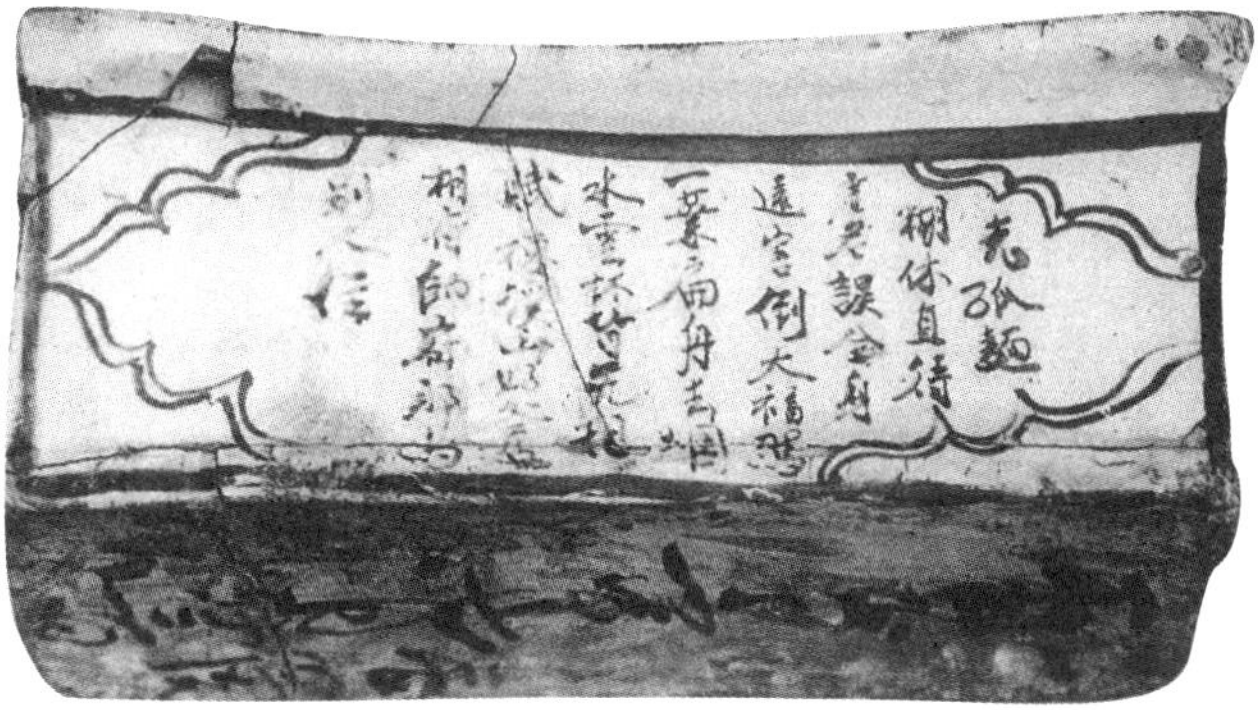

図48　元代に磁州（邯鄲）で作られた瓷枕《じちん》

底には「至正十一年七月廿三日」と日付が書かれ、側面には当時の小唄が焼き付けられている。『磁州窰詩詞』（天津古籍出版社、2004年）による。

さて、上の図を見ていただこう。図は、『磁州窰詩詞《じしゅうよう》』（天津古籍出版社、二〇〇四年）という本から採られたもので、陶器製の枕の側面に詩歌が描かれている。第二部の第三章で紹介した『枕中記《ちんちゅうき》』という作品があったが、その作品の舞台となった邯鄲《かんたん》は古くから生活用の陶器の制作で有名な土地であった。おそらく『枕中記』が生まれる前後からであろう、邯鄲で制作される陶器製の枕（これを瓷枕《じちん》という）は特に有名になり、図のように詩歌が書き込まれたり、また、山水画や人物像が書き込まれたりして、次第に贅沢品に変わっていったと思われる。この図は、底の部分に「至正十一年七月廿三日」という日付が書き込まれ、残る横長の三面にわたって散曲とよばれる元朝期の小唄の類が書き込まれている。その日付と散曲の内容から、私はこの瓷枕を、ある官僚が自身の誕生日に特別に作らせた（ないしは、誰かから特別にプレゼントされた）記念品の類ではないかと推測している。七月廿三日というのがこの瓷枕の所有者の誕生日であり、至正十一年（一三五一）とはその所有者にとっての特別な意味をもった年（たとえば還暦とか、古稀とか、退職の年とか）だったのではあるまいか。その特別な誕生日に所有者は、特別に瓷枕を作らせ、そこに世俗を離れ山水に遊ぼうとする、いわゆる〈道情（道教的世界観を詠み込んだ歌）〉の作を書き込ませた。瓷枕は一般に夏の午睡の際に用いられたというが、その午睡の夢に、『枕中記』の主人公が一生を夢に見たように、別の人生を夢に見ようというのである。

図には、次のような散曲が描かれる。原文と訳を示しておこう。

老孤。麺糊。休直待虚名誤。全身遠害倒大福。駕一葉扁舟去。煙水雲林、皆無租賦。揀渓山好処居。相府。帥府。那為別人住。

（役人とは出鱈目《でたらめ》なもの。ぐずぐずと虚名を求めて身を誤ってはなるまいぞ。殺されずに済み、無事に生きながらえれば儲けもの。一葉の扁舟にのって旅立とう。靄《もや》に煙る山川は、どこへ行っても税賦の取り立てはない。谷間《たにあい》の好い場所を選んで住むとしよう。大臣の官邸も将軍の邸宅も、私がいなくなれば別の人の住処になるだけ。）

この一首、冒頭に「老孤、麺糊」といい、末尾に「相府、帥府、那為別人住」というように、高官がその役職を辞して退隠すべきことを一人称で詠うものである。「老孤」とは、廓《くるわ》や芝居で用いられた隠語で、「老いた官人」の意。「麺糊」は、もとは「糊《のり》」の意だが、ここでは「糊塗」と同意で、「いい加減」「でたらめ」の意。「扁舟」に乗ってむかう「煙水雲林」とは、瓷枕に頭を乗せ、夢に訪れる理想の山水だから、〈現実〉の外側にある桃源郷のようなユートピアをいうに違いない。そのユートピアは、どこまでいっても「税の取り立て」はないという。ここにいう「租賦」とは恐らく〈政治権力〉を指し、「無租賦」とは「政治権力が及ばない世界」を暗示するだろう。太守の力の及ばない、桃源郷のような〈自由の境涯〉なのである。

しかるに、この散曲の作者はその〈自由〉を「倒大自由（なんと気ままなことか）」といった常套的表現は用いず、きわめて卑近な「無租賦」という言い方で述べた。そこには、重税にあえぐ社会の現実があったのか、あるいは時代の拝金主義に対する嫌悪があったのか。また、この散曲の作者が無教養であったが故に〈生活感覚〉が露呈されてしまったのか。ないしはまったく逆に、高度に洗練された意識をもったが故に的確に〈庶民感覚〉を偽装し得たのか。いずれにしても、この散曲の中の〈わたし〉は〈夢の山水〉に無限の憧れを示し、その「山水」の第一の属性を「無租賦」としたのである。ここには、中国文明が神仙界や山水にどのような幻影を託したか、その最も卑近でリアルな回答があるといえるだろう。彼らは国家権力から自由であること、どこへいっても無税であることを望んだのである。

しかも、右の散曲中の〈わたし〉が「老孤（役人）」であり「相帥（将軍）」であったように、作者たちの多くは官僚であり、実は「租賦」を集める側の人間だったのだ。中国の文人たちは自身の社会生活においては栄達を求め、〈国家権力〉を行使することを望んだが、個人の精神生活においては〈自由の境涯〉を希求し、〈権力〉の外側に〈夢の王国〉〈理想の山水〉を築くことを求めた。この分裂を右の瓷枕に即して述べるなら、文人趣味をもつある金持ちがいて、彼の誕生日が図の底にいう「七月廿三日」だったのだろう。その日に彼は自身の長寿を祈念し、道情を詠み込んだ〈めでたい枕〉を作らせた。その枕においては〈長寿〉と〈清貧〉が〈現実〉でなければならなかったから、〈夢〉と〈現実〉は入れ替わって、〈名利〉にまみれた昼間の生活は〈虚偽〉となり、枕上に見る〈清貧の夢〉

が〈真実の世界〉となる。ここには、昼間の社会生活を〈虚偽〉とする自己欺瞞がある。中国の文人たちはこのように、皇帝の代行者として振る舞う社会生活と、その裏返しである精神世界とで、巧みに二枚舌を使ってみせようとしたのである。

本書を「皇帝のいる文学史」と題した所以である。

（高橋文治）

浅見洋二（あさみ・ようじ）
一九六〇年生まれ。現在、大阪大学大学院文学研究科教授。主な著書に『距離与想象――中国詩学的唐宋転型』（上海古籍出版社、二〇〇五年）、『中国の詩学認識』（創文社、二〇〇八年）など。

高橋文治（たかはし・ぶんじ）
一九五三年生まれ。現在、大阪大学大学院文学研究科教授。主な著書に『董解元西廂記諸宮』調研究』（共著、汲古書院、一九九八年）、『成化本「白兎記」の研究』（共著、汲古書院、二〇〇六年）、『モンゴル時代道教文書の研究』（汲古書院、二〇一一年）など。

谷口高志（たにぐち・たかし）
一九七七年生まれ。現在、佐賀大学文化教育学部講師。主な著書に『中国文学のチチェローネ――中国古典歌曲の世界』（共著、汲古書院、二〇〇九年）、主な論文に「愛好という病――唐代における偏愛・偏好への志向」（『東方学』第百二十六輯、二〇一三年）など。

皇帝のいる文学史
中国文学概説

2015年4月10日　初版第1刷発行　［検印廃止］

著　者　浅見　洋二
　　　　高橋　文治
　　　　谷口　高志

発行所　大阪大学出版会
　　　　代表者　三成賢次

〒565-0871　大阪府吹田市山田丘2-7
　　　　　　大阪大学ウエストフロント
TEL：06-6877-1614　FAX：06-6877-1617
URL：http://www.osaka-up.or.jp

印刷・製本所　（株）遊文舎

ISBN978-4-87259-504-8　C3098